Silent

Die Stille in dir

Any Cherubim

Verlag:
Zeilenfluss
Implerstraße 24
81371 München
Deutschland

ISBN: 978-3-96714-152-8

Texte: Any Cherubim
Bildmaterialien: © Adobe Stock - ArtBackground / Tim / Fxquadro
Cover: Grit Bomhauer, www.grit-bomhauer.com
Korrektorat: Dr. Andreas Fischer
Satz: André Piotrowski

Silent

Die Stille in dir

Any Cherubim

ZEILENFLUSS

Achtung:
Dieses Buch kann triggernde Szenen beinhalten.
Mehr Informationen dazu findest du
auf der Website der Autorin:
www.anycherubim.com

Prolog

Es ist schade, dass niemand erfahren wird, welches Potenzial in mir steckt. In Hollywood wäre ich ein begnadeter Schauspieler. Alle Regisseure würden sich die Finger nach mir lecken, denn ich spiele die Rolle meines Lebens. Nur Du wirst in den Genuss davon kommen, das verspreche ich Dir. Du glaubst mir nicht? Ich werde es Dir beweisen.

Zunächst musst Du wissen, dass ein Freund von mir ein Problem hat. Na ja, ›Freund‹ ist vielleicht nicht der richtige Ausdruck, aber ich habe zugesagt, ihm zu helfen. Schon lange quälen ihn Gewissensbisse, und seine Psyche leidet sehr darunter. Unweigerlich muss ich seine Launen ertragen, weshalb ich ihm ein Geschäft vorgeschlagen habe. Es ist ein Geben und Nehmen, das heißt, wir profitieren voneinander. Ich sorge dafür, dass er die Liebe und Vergebung seiner Mutter erhält, und bekomme im Gegenzug Spezialzeit, in der ich meine Dunkelheit ausleben kann.

Wenn Du wüsstest, wie finster es in mir ist, würdest Du vor Entsetzen nach Luft schnappen, schreien, verzweifelt nach einem Lichtschalter suchen, der Deine Angst ausknipst und Dir den Schrecken nimmt.

Verzeih, dass ich grinse, aber es gibt keinen Schalter.

Ja, ich bin ein Sünder und habe Schreckliches getan – und werde es auch weiter tun. So bin ich nun einmal und bereue nichts. Wenn Du jetzt glaubst, in dieser Geschichte suche ich Vergebung oder ein warmes Licht, das die Kälte in meinem Innern vertreibt, dann täuschst Du Dich. Das wird niemals geschehen. Ich bin zufrieden mit mir, so wie ich bin.

1

Teach

Es gibt Momente im Leben, da glaubst du, das Richtige zu tun, nur um dann festzustellen, dass deine Entscheidung falsch war und dich viel kosten wird. Ich kann die Zeit nicht zurückdrehen, den Fehler nicht ungeschehen machen, egal wie sehr ich mir das wünsche. Der Schmerz ist mein ständiger Begleiter, und es gibt nichts, was ich dagegen tun kann.

Ich hätte nicht auf meine Zwillingsschwester hören, sondern bei ihr bleiben sollen. Jetzt ist es zu spät, und ich werde sie nie wiedersehen. Kim ist tot und kommt nicht zurück. Es tut weh, und ich vermisse sie jeden einzelnen Tag. Es fühlt sich an, als hätte jemand unsere besondere Verbindung gekappt, die schon im Mutterleib bestand. Ich fühle mich unvollständig ohne sie. Mein Kopf versucht das immer noch zu begreifen, und mein Herz weigert sich ihren Tod zu akzeptieren. Manchmal sehe ich sie vor mir, mit ihrem frechen Lachen, ihren langen blonden Haaren, die stets einen Tick heller waren als meine. Nachts liege ich wach, denke an die letzten Sekunden, die wir gemeinsam verbracht haben, und male mir aus, was geschehen wäre, wenn ich mich anders entschieden hätte. Ich bereue es, bereue es zutiefst.

Emilys sanfte Stimme reißt mich aus meinen Gedanken. »Bist du nervös wegen morgen?«

Sie kommt in mein Zimmer und legt die Post auf den Schreibtisch.

»Ein wenig«, gebe ich zu und wende mich vom Fenster ab.

»Du wirst sehen, mit der Zeit wird alles leichter, versprochen.« Sie tritt neben mich und schlingt ihren Arm um meine Schulter. »Ich bin mir sicher, dass die Kinder sich auf dich freuen. Sieh dir nur die tollen Grußkarten an.« Sie deutet zu der Schnur, die wir quer durch mein Zimmer gespannt haben. Daran sind die selbstgemalten Karten meiner Schüler befestigt. Die Aufmunterung meiner Klasse kam zum richtigen Zeitpunkt. Mit bunten Farben haben sie Blumen, Herzen und witzige Sachen gemalt, die mich auf andere Gedanken bringen sollen. Und das haben sie.

Ich schaue meine Cousine an. Sie sieht glücklich aus. Nach allem, was in den letzten Monaten geschehen ist, hat sie ein wenig Glück verdient.

Ich nehme ihre Hand. »Danke, Em. Danke, dass du das alles mit mir durchgestanden hast. Ich wüsste nicht, was ich ohne dich machen würde.«

»Hey, ist doch klar, dass ich zu dir halte, egal was geschieht. Immer.«

Wir umarmen uns.

Em ist die Einzige, die weiß, wie es in mir aussieht. Sie war die ganze Zeit an meiner Seite, war meine Stütze, hat mich nicht mit meiner Trauer allein gelassen und sogar meinen Eltern die Stirn geboten. In den dunklen Tagen, die hinter mir liegen, war sie immer für mich da. Dafür bin ich ihr dankbar.

»Und? Hast du wieder einen neuen Zettel von dem Unbekannten bekommen?« Sie deutet auf das große Einmachglas auf meinem Schreibtisch. Darin befinden sich unzählige gefaltete Papierstücke, die ich seit Monaten überall finde.

Irgendjemand hinterlässt sie an den verschiedensten Orten. Es sind wunderschöne handgeschriebene, Mut machende und Trost spendende kleine Nachrichten.

»Ja. Diesmal war einer auf der Gartenterrasse.« Ich gehe hinüber, öffne das Glas, suche das Stückchen Papier heraus und lese ihr vor.

Liebe Teach, lange habe ich darauf gewartet – du wagst dich in dein Leben zurück. Du wirst atmen, vertrauen lernen und irgendwann wieder lächeln können.

»Das ist wunderschön, Teach. Und du weißt nach wie vor nicht, von wem diese Zettelchen sind?«

»Nein.«

»Denkst du immer noch, sie könnten von Silent kommen?«

Ich zucke die Schultern. »Ich weiß es nicht … Ich hoffe es.«

Em kneift nachdenklich die Lippen zusammen, während sie einen der Papierstreifen aus dem Glas nimmt. »Irgendwie kann ich mir das nicht vorstellen. Silent ist zu verschlossen, zu ruhig. Obwohl …?«

Das stimmt, aber stille Wasser können tief sein. Jedenfalls gefällt mir die Idee, dass er dahintersteckt. »Wer auch immer es ist, ich fühle mich auf eine seltsame Art mit ihm verbunden.«

»Im Prinzip könnte es jeder sein«, meint Em achselzuckend. »Ganz Elisabethtown kennt dich, erst recht, nachdem die Presse unsere Geschichte ausgeschlachtet hat.«

»Auch das stimmt, aber ehrlich gesagt ist mir das inzwischen egal. Die Inhalte dieser Nachrichten sind so …« Ich suche nach den passenden Worten.

»Berührend und … irgendwie süß«, ergänzt sie grinsend.

Ich lächle. »Ja. In vielen Momenten haben die Zettelchen mich getröstet.«

»Und das ist das Wichtigste.« Emilys Blick gleitet zum Telefon. »Dein Anrufbeantworter blinkt.«

»Lass ihn blinken.« Ich winke genervt ab. »Das ist nur meine Mutter.«

»Sitzt sie dir wegen dem Verkauf des Hauses immer noch auf der Pelle?«

»Ja und nicht nur deshalb.«

Sie schüttelt verständnislos den Kopf. »Weiß sie, dass du entschieden hast, vorerst hierzubleiben?«

Seufzend, weil ich diese Hürde noch vor mir habe, setze ich mich aufs Bett. »Nein.«

Emily zieht die Brauen in die Höhe. »Oh, oh!«

Sie ahnt wie ich, dass die Auseinandersetzung in einer Katastrophe enden könnte.

Das Verhältnis zu meinen Eltern war vorher schon schlecht und alles andere als herzlich, aber seit der Sache an der Bluegrass-Mühle hat sich viel verändert. Sie wollen sämtliche Verbindungen zu Kim loswerden. So auch unser Haus, in dem meine Zwillingsschwester und ich aufgewachsen sind und bis zuletzt gelebt haben. Ich versuche mir einzureden, dass es eben ihre Art ist, mit unserem Verlust umzugehen, doch verstehen kann ich das nicht. Sie sind reich, besitzen mehrere Immobilien und sind darauf überhaupt nicht angewiesen. Ich will mich nicht davon trennen.

»Du solltest ihnen sagen, dass du erst mal hierbleibst, Elisabethtown nicht verlässt, weiter als Lehrerin arbeitest und ein Dach über dem Kopf brauchst. Sie können dich ja nicht zwingen, hier alles aufzugeben.«

Ich kenne meinen Vater. Er wird toben. »Ich krieg das schon irgendwie hin«, versichere ich zuversichtlich, weil ich nicht länger über dieses Thema sprechen will. »Wie laufen die Vorbereitungen für das Barbecue?«

»Gut. Conchita ist in ihrem Element. Du weißt ja, wie gern sie für Mads Partys kocht. Du kommst doch, oder?«

Ich presse die Lippen aufeinander. »Ich weiß nicht.«

Em macht ein bestürztes Gesicht.

»Teach! Du hast es mir versprochen«, jammert sie und schiebt schmollend ihre Unterlippe vor.

Erneut seufze ich und stehe vom Bett auf, um wieder ans Fenster zu treten. Denn draußen befindet sich der wahre Grund, warum ich Hemmungen habe, zu Emilys und Mads Barbecue zu kommen – Silent.

Sein schwarzer SUV parkt am Straßenrand. Natürlich nicht direkt vor unserem Haus, sondern mit etwas Abstand. Seit der schrecklichen Nacht an der Bluegrass-Mühle ist er ständig in meiner Nähe. Inzwischen habe ich so was wie einen sechsten Sinn für ihn entwickelt. Ich spüre seine Anwesenheit, merke es durch ein angenehmes Kribbeln im Bauch. Am liebsten würde ich die Geschehnisse der Galanacht ausradieren, um mit ihm zusammen zu sein. Das hat uns getrennt, dafür gesorgt, dass eine unsichtbare Mauer zwischen uns entstanden ist. Vor Kims Tod war ich ziemlich verliebt in ihn, war fasziniert von dem talentierten Bartender, dessen Loyalität uneingeschränkt seinem besten Freund Mad gehört. Abgesehen von der Beanie-Mütze und dem Vollbart, den er immer trägt, mag ich seine ruhige und stille Art. Ich mag es, wie er mich ansieht und meine Gegenwart ihn nervös macht. Obwohl er nie viel spricht, hat er mir das Gefühl gegeben, etwas Besonderes zu sein, ohne aufdringlich zu wirken. Silent ist ein ungewöhnlicher Mann. Bei ihm kann ich ich selbst sein.

Doch alles änderte sich in nur einer Nacht. Seit der Tragödie vor einem Jahr haben wir nicht mehr miteinander geredet, sind uns aus dem Weg gegangen, und wenn wir uns sahen, waren es nur stumme Blicke, die wir uns zuwarfen. Zwischen uns war kein Streit oder eine Meinungsverschiedenheit. Kims Tod hat uns einfach auseinandergerissen. Ich habe Angst, durch ihn noch mehr Details über Kims Tod zu erfahren, denn er und Emily waren unmittelbar dabei. Sie wissen, was Kim in den letzten Minuten gefühlt, gesagt und getan hat. Dieses Wissen könnte ich nicht ertragen, weshalb ich darüber niemals spreche, auch mit Emily nicht.

Trotz allem vermisse ich Silent und habe ein schlechtes Gewissen. Ich sollte diese lächerliche und hirnrissige Barriere zwischen uns abbauen. Emily meint, ich soll mir endlich einen Ruck geben, es tun und abwarten, wie es sich entwickelt. Eine gute Gelegenheit, uns wieder anzunähern, wäre das Barbecue, das sie und Mad veranstalten.

Ich bin lange nicht mehr ausgegangen, war bei keinem Fest und habe mich vollkommen zurückgezogen. Nur ab und an ging ich mit Em spazieren oder Besorgungen machen, aber es trieb mich jedes Mal schnell nach Hause, da das Interesse der Presse ungebrochen ist und ich die mitleidigen Blicke der Leute nicht ertragen kann.

»Du machst jetzt keinen Rückzieher, Pamela Westham«, sagt Em mit warnendem Unterton. »Ich rechne fest mit dir.« Sie schlüpft in ihre Jacke. »Außerdem habe ich eine Überraschung für dich.«

Ermüdet verziehe ich das Gesicht. »Nein, Em. Du weißt, dass ich kein Fan von Überraschungen bin.«

»Diese wirst du mögen.« Freudestrahlend kommt sie auf mich zu und drückt mir einen Kuss auf die Wange. »Ich werde dann mal losfahren. Mad und ich wollen uns mit einem Spirituosenhändler treffen. Also, bis morgen in Mads Villa. Und ich erwarte einen ausführlichen Bericht über deinen ersten Schultag nach deiner Auszeit.«

Lächelnd sehe ich ihr nach, wie sie über die Treppe zur Eingangshalle hinuntergeht, sich noch einmal zu mir umdreht und mir einen Handkuss zuwirft, bevor sie die Tür hinter sich zuzieht.

Wieder in meinem Zimmer trete ich an den Schreibtisch und schaue die Briefe durch, während ich das Blinken des Anrufbeantworters geflissentlich ignoriere. In der Post ist nichts Interessantes dabei. Ein Umschlag ist vom Immobilienbüro, das mein Vater mit dem Hausverkauf beauftragt hat, und Werbung. Die werfe ich gleich mit dem Briefumschlag in den Müll. Anschließend gehe ich hinunter in den Salon, drücke den Knopf des Anrufbeantworters, damit ich auch diesen lästigen Teil hinter mir habe, und lasse das Band laufen, solange ich mir in der Küche ein Sandwich mache.

Piep ...

»Pamela? Hier spricht deine Mutter ... Pam? Geh schon ran, ich weiß, dass du da bist ...« Sie legt auf, aber beim nächsten Signalton ist sie es erneut.

»Pamela, der Makler hat uns kontaktiert. Er hat uns mitgeteilt, dass du alle Termine bis auf Weiteres abgesagt hast. Ich erwarte eine Erklärung. Ruf mich sofort an, ja?«

Piep ...

»Junge Dame, du weißt, wie fuchsteufelswild dein Vater werden kann, wenn man ihn reizt. Willst du, dass er dir noch mehr Unterstützung streicht? Also, kümmere dich um den Hausverkauf. Wir brauchen den Kasten nicht, er verschlingt unnötig Geld, und da sich unser aller Situation geändert hat, hat er keinen Wert mehr für uns. Außerdem kommst du zu uns nach Santa Barbara und wirst keine Zeit für das Haus haben. Es ist nur eine Belastung – für uns alle.«

Wütend knalle ich das Messer, mit dem ich die Mayonnaise auf meinem Sandwich verteilt habe, auf die Arbeitsfläche, laufe hinüber zum Anrufbeantworter und drücke energisch den Knopf, um sie nicht mehr ertragen zu müssen.

Eine Belastung? ... Keinen Wert? Wie können sie so herzlos sein? Kim und ich sind hier aufgewachsen, haben unsere Kindheit und Jugend in diesem *wertlosen* Kasten verbracht. Aber was rege ich mich auf. Das können sie nicht verstehen, sie waren nie da, hatten stets die Firma im Sinn und spielten nur die heile Familie, sobald sie sich einen geschäftlichen Vorteil davon versprachen. Tante Kendra, Ems Mom, war mehr eine Mutter für Kim und mich als meine eigene, verdammt noch mal!

Verärgert nehme ich mein Sandwich, stapfe hinauf ins Badezimmer und lasse mir ein Bad ein. Ich sollte mich nicht länger aufregen. Meine Eltern werden sich nie ändern. War es eine Illusion, zu glauben, dass Kims Tod uns einander näherbringen könnte? Definitiv. Ich habe es gehofft, aber das war Wunschdenken.

Seit Monaten hat sich unsere Beziehung weiter verkompliziert. Wochenlang hat mein Vater seine Anwälte auf die McKinleys gehetzt. Vor allem Maddox hatte deshalb Probleme. Am schlimmsten war für sie, dass ich mich auf Emilys und Mads Seite gestellt habe. Das war in den Augen meiner Eltern der größte Verrat, da unsere Familien seit Jahrzehnten verfeindet sind. Mein Vater strafte mich, indem er mir das Auto wegnahm, unsere Haushälterin feuerte und mir den Zugang zum Konto sperrte, auf das Kim und ich Zugriff hatten. Irgendwann brach ich ein und versprach, zu ihnen nach Santa Barbara zu ziehen. Sie erklärten sich sogar einverstanden, dass ich weiter als Lehrerin arbeiten könnte und nicht den Platz in der Geschäftsführung der Firma meines Vaters annehmen muss. Aber als ich erfuhr, dass sie unser Haus verkaufen wollen, geriet ich in Panik. Es abzustoßen und Elisabethtown den Rücken zu kehren, bedeutet für mich, alle Erinnerungen und Kim für immer loszulassen und ihren Tod zu akzeptieren. Nein. Das kann und werde ich nicht zulassen. Obwohl ich keine Ahnung habe, wie ich mit dem kleinen Lehrerinnengehalt die monatlichen Kosten aufbringen soll, konnte ich nicht anders und warf alle Pläne über den Haufen. Dafür muss ich erneut mit der Härte meines Vaters rechnen, sobald er erfährt, dass ich mich umentschieden habe.

Ich seufze tief, stopfe mir den letzten Krümel Sandwich in den Mund und steige in die Wanne. Als das warme Wasser meinen Körper umspült, verbanne ich Mutters Anrufe, die Geldsorgen und all den anderen Kram aus meinen Gedanken und lehne mich entspannt zurück. Mit geschlossenen Augen genieße ich das heiße Badewasser und den zarten Duft nach Vanilleblüten, der mir sanft in die Nase steigt.

Ich nehme ein typisches Knacken im Gebälk des Hauses wahr. Wassertropfen platschen hin und wieder in die Wanne, die ich mit dem großen Zeh in die Öffnung der Badewannenarmatur zurückzudrücken versuche. Es ist herrlich still.

Die friedliche Stimmung endet, als ich es unten poltern höre. Etwas schläfrig rede ich mir ein, dass das bestimmt Tilly ist. In dem Moment als mir klar wird, dass meine Eltern sie entlassen haben, reiße ich erschrocken die Augen auf. Scheiße! Jemand ist im Haus.

* * *

Abrupt setze ich mich auf. Das Wasser schwappt über den Rand, Angst kriecht in mir hoch. Emily hat zwar einen Schlüssel, aber sie kommt nie ohne Klingeln oder Anmeldung. Mit klopfendem Herzen steige ich aus der Wanne, schnappe mir einen Bademantel, schlüpfe eilig hinein und schleiche in den Flur. Draußen sind die Geräusche deutlicher zu hören, und ich spüre, wie kühle Herbstluft über meine nasse Haut streicht. Ich wage einen Blick ins

Treppenauge. Schatten bewegen sich unten, und diesmal wird das Poltern von einem lauten Schnaufen begleitet.

Angst greift nach mir, und ich drücke mich an die Wand. Meine Kehle wird trocken, doch dann vernehme ich eine vertraute Stimme. »Danke, das wäre alles, Gustavo … PAMELA …?«

Vor Erleichterung entspannen sich meine Schultern. Mutter!

Nachdem ich mich von dem Schock erholt habe, laufe ich die Treppen hinunter. Das Klackern ihrer Schuhe hallt durch den Eingangsbereich, als sie gerade aus dem Salon kommt. Wie üblich ist sie schick gekleidet. Sie trägt einen eleganten Pelzmantel, der für diese Jahreszeit völlig übertrieben ist, für sie typisch hochhackige Pumps, ihre Prada-Handtasche in der einen und ihren Zigarillo in der anderen Hand.

»Mutter?« Verwundert bleibe ich auf der untersten Treppenstufe stehen.

»Ah, meine Tochter. Da bist du ja.«

»Was machst du denn hier?«

»Hast du meine Nachrichten nicht abgehört? Ich habe mehrmals angerufen, aber du scheinst kein Interesse zu haben, mit mir zu sprechen. Bei einem meiner letzten Anrufe habe ich dich über meinen Besuch informiert und gebeten, alles in die Wege zu leiten. Wo ist Tilly? Ist mein Schlafzimmer bereit? Ich würde mich gern nach der langen Reise etwas ausruhen.«

Ich komme aus dem Staunen nicht mehr heraus und verschränke die Arme.

»Tilly? Ihr habt sie entlassen«, sage ich in vorwurfsvollem Ton und ein wenig triumphierend, da sie das offensichtlich vergessen hat und sich nun um alles selbst kümmern muss.

»Oh!«

Ich grinse böse und hebe die Brauen. »Was machst du hier, Mutter? Ich dachte, du bist mit irgendeiner Yacht auf dem Mittelmeer unterwegs.«

»Das war ich auch, aber manchen Angelegenheiten muss man sich eben persönlich widmen. Wieso bist du um diese Tageszeit nicht angezogen?« Ihre Augen wandern über meinen Bademantel.

»Ich lag gerade in der Wanne.«

»Schön, schön«, sagt sie mit einer wegwerfenden Handbewegung und stolziert zurück in den Salon.

Ich folge ihr. »Was meinst du mit ›Angelegenheiten‹?«

»Da du es nicht für nötig gehalten hast, mich zurückzurufen, werde ich mich um die Sache mit dem Haus selbst kümmern. Bis wann wirst du Elisabethtown verlassen?«

Fassungslos muss ich mich setzen. Ich hatte gehofft, noch etwas Zeit zu haben, um eine Lösung zu finden, wie ich den Verkauf verhindern kann. Nach der Anzahl von Mutters Koffern hat sie nicht vor, schnell wieder abzureisen. Gott! Das ist ein Albtraum! Wenn ich ihr jetzt auch noch sage, dass ich vorerst hierbleiben werde, wird sie ausrasten.

»Ich weiß es nicht«, weiche ich ihrer Frage aus und hoffe, dass sie sich damit zufriedengibt. Dabei kenne ich sie gut genug, um zu wissen, dass so eine Antwort alles andere als akzeptabel für sie ist.

Sie dreht sich zu mir um. »Was soll das heißen, Pamela?«

Ich hasse es, wenn sie mich beim Vornamen nennt. Sie klingt dann strenger, als sie sowieso schon ist.

»Das bedeutet, dass ich den Plan, nach Kalifornien zu gehen, nochmals aufgeschoben habe«, erwidere ich mit fester Stimme und wappne mich innerlich, dass sie gleich wie ein Vulkan ausbrechen wird. Und das tut sie.

»Bist du verrückt geworden? Steckt deine Cousine etwa dahinter?« Verständnislos schüttelt sie den Kopf. »Es wird höchste Zeit, dass ich ihr mal ein paar Takte sage.«

»Emily hat nichts damit zu tun«, verteidige ich sie. »Das ist allein meine Entscheidung.«

»Ich fasse es nicht. Und wie stellst du dir das vor? Willst du weiter als Lehrerin an dieser Schule arbeiten?«, schreit sie mich an, und in ihren Worten schwingt ein Hauch von Panik mit.

Mir entgeht nicht, wie abwertend sie über meinen Beruf spricht. Für meine Eltern war es damals ein ziemlicher Schock, dass ich den Studienplan, den mein Vater sich für mich ausgedacht hat, verworfen habe, um andere Wege zu gehen.

Mutig hebe ich den Kopf. »Ja, genau das werde ich tun. Deshalb dürft ihr das Haus nicht verkaufen.«

Mutter steht da, als wäre sie zur Salzsäule erstarrt. »Das kann unmöglich dein Ernst sein, Pamela Louise! Du kannst nicht hierbleiben. Das ist nicht dein Platz. Wie oft sollen dein Vater und ich dir noch sagen, dass du etwas Besseres aus dir machen solltest.«

Ich kneife mir an den Nasenrücken, weil mich die alte Leier so nervt. »Bitte, Mutter, ich habe mich entschieden Lehrerin zu werden, weil ich die Arbeit mit den Kindern liebe. Es ist das, was ich immer wollte. Findet euch endlich damit ab.«

»Das kannst du nicht wirklich wollen. Du könntest ein märchenhaftes Leben führen, an der Seite deines Vaters das Unternehmen leiten und es irgendwann ganz übernehmen. Das ist dein rechtmäßiger Platz. Männer würden Schlange stehen, reiche, attraktive Männer.«

Wütend erhebe ich mich und gehe im Salon umher.

»Und was dann? Ich heirate, bekomme Kinder, für die ich keine Zeit habe, und entdecke eines Tages, dass meine ach so gute Partie mich ständig betrügt? Dann mache ich es wie du, gondle durch die Welt und vernachlässige meine Kinder. Das ist das Leben, das du für mich aussuchen würdest? Schau dich doch an, Mutter! Du bist ein einsamer, verbitterter Snob! Ich will auf keinen Fall so werden wie du«, platzt es aus mir heraus.

Ich weiß, es ist nicht fair, ihr den Spiegel vorzuhalten, aber ich kann nicht anders. Seit Kims Tod streiten wir, aber ich habe es noch nie gewagt, ihr die Wahrheit ins Gesicht zu sagen.

Ihre Reaktion folgt prompt. »Hüte deine Zunge, junge Dame.« Sie verzieht ihren Mund zu einem schmalen Schlitz. Daraufhin wendet sie sich vermeintlich verletzt von mir ab und schlendert zum Fenster. »Du hast keine Ahnung von meinem Leben. Habe ich nicht alles für dich und Kim getan? Ihr hattet alles, ihr konntet reisen, hattet ein schönes Haus, Autos, Geld. Was habe ich nur bei dir falsch gemacht?«

Ich versuche mich zu beruhigen und zähle leise bis zehn, so wie ich es den Kindern in der Schule beibringe, wenn sie wütend sind. Es funktioniert, und ich schlucke meinen Ärger hinunter. »Meine Entscheidung steht, Mutter. Entweder akzeptiert ihr das, oder ihr lasst es. Da ihr Tilly gefeuert habt, wirst du dein Schlafzimmer selbst herrichten müssen.«

Damit haste ich hinaus und lasse sie im Salon allein zurück.

Ich laufe die Stufen hinauf und höre, wie sie mir sauer nachkommt.

»Wir haben noch nicht das letzte Wort gesprochen. Hörst du?«, ruft sie, aber darauf antworte ich nicht, knalle meine Zimmertür zu und schließe von innen ab. Kurze Zeit später will ich wieder in die Wanne steigen, doch das Wasser ist genauso eisig geworden wie das Herz meiner Mutter. Ich erschauere und beschließe zu duschen. Danach schicke ich Emily eine Nachricht.

Teach 16.25 Uhr
Achtung! Achtung! Wichtige Meldung:
Der Mutterdrachen ist gelandet und hat schon Feuer gespuckt.

Em 16.26 Uhr
Ach herrje! Soll ich die Feuerwehr rufen oder ist der Brand inzwischen gelöscht?

Teach 16.27 Uhr
Alles gut. Hab mich im Zimmer verbarrikadiert, nachdem ich ihr gesagt habe, dass ich in Elisabethtown bleiben werde.

Em 16.27 Uhr
Wie hat sie es aufgenommen?

Teach 16.28 Uhr
So wie man es von einem Drachen erwartet: Sie hat Feuer gespuckt und hätte sich beinahe daran verschluckt. Ich erzähle es dir, sobald wir uns sehen. Kuss Teach

2

Teach

Es ist mein erster Schultag nach Monaten meiner Auszeit. Ich bin nervös und weiß nicht, wie ich den Alltag bewältigen werde. Noch einmal lese ich mir den kleinen Zettel durch, den ich auf dem Tisch im Garten gefunden habe.

> *Liebe Teach, lange habe ich darauf gewartet – du wagst dich in dein Leben zurück. Du wirst atmen, vertrauen und irgendwann wieder lächeln können.*

Ich grinse, weil der Schreiber oder die Schreiberin recht hat. Als ich die Schule betrete, merke ich, wie sehr mir die Kinder gefehlt haben. Die Kids haben mir einen wirklich netten Empfang bereitet. Sie haben ein Lied vorgetragen, und jedes Kind hat mich mit einer Blume willkommen geheißen. Ich war gerührt, habe Vertrauen gefasst und konnte durchatmen, genau wie es auf dem Zettel geschrieben stand. Und weil ich nicht gleich am ersten Tag mit dem Lernstoff weitermachen wollte, beschloss ich, dass die Kinder malen oder basteln durften.

Es ist still im Klassenzimmer, während ich am Fenster stehe und den Herbst bewundere. Innerhalb kürzester Zeit haben sich die Blätter bunt gefärbt. Nach den vielen Regentagen vertreibt die Sonne endlich die dicken Wolken, und alles sieht freundlicher aus.

»Lauf, Teach! Lauf, so schnell du kannst!«, schreit Kim voller Inbrunst und windet sich in den Armen unseres Peinigers. Er versucht ein Tuch auf ihren Mund zu pressen, während sie sich nach Leibeskräften wehrt. Wie erstarrt stehe ich da, zittere am ganzen Körper und weiß nicht, was ich tun soll. Es ist stockdunkel, und ich habe keine Ahnung, wo wir uns befinden. Ich werfe einen kurzen Blick ins Wageninnere und erkenne den Schatten meiner Cousine Emily auf dem Beifahrersitz. Ihr Kopf ruht bewegungslos an der Fensterscheibe. Ich bete, dass er ihr nichts angetan hat.

»Lauf los, Teach! Jetzt!«, schreit Kim mich erneut an. In ihren Augen steht Angst, und in ihrer Stimme liegt ein Flehen, das mir durch Mark und Bein geht. Ich zögere. Ich kann sie doch nicht zurücklassen. Nicht bei diesem Scheißkerl. Mein Herz rast, meine Gedanken überschlagen sich, während das Adrenalin durch meine Venen rauscht und mir klar wird, dass ich Hilfe holen muss. Es fällt mir unsagbar schwer, meine Cousine und Kim zurückzulassen, aber ich habe keine andere Wahl. Als Kims flehender Blick mich ein letztes Mal trifft, setzen sich meine Beine in Bewegung, und ich haste orientierungslos in den Wald. Es ist so dunkel, dass ich nur die Baumstämme in meiner unmittelbaren Nähe ausmachen kann. Die Luft ist kühl, und es riecht nach Erde. Ich höre ihn. Er flucht und brüllt mir Drohungen hinterher. Keuchend renne ich durch die Finsternis. Der Waldboden ist vom Regen aufgeweicht, meine Füße versinken im Matsch, und der Rock meines Abendkleids verheddert sich zwischen meinen Beinen. Ich stolpere, falle.

»Teach! Teach!«, singt er gedehnt meinen Namen, als wollte er ein Kind anlocken. »Du kannst mir nicht entkommen.« Der Lichtstrahl einer Taschenlampe leuchtet auf, und seine

Schritte nähern sich. In Panik verstecke ich mich hinter einem Baumstamm und versuche verzweifelt meinen Atem zu kontrollieren.

»Komm zurück, und ich werde deiner Schwester und Emily nichts tun.« Jedes Kind weiß, dass er lügt. Er würde alles sagen, um seinen Plan durchzuziehen. »Ich kann deine Angst riechen, Teach!« Er lacht gehässig, und mein Herzschlag donnert heftig gegen meine Brust. Ich schicke ein Stoßgebet gen Himmel, dass er mich nicht entdeckt. Panisch presse ich mich fester an den Baum.

Ich denke an Kim und Em und frage mich, was der Dreckskerl vorhat. Wie konnte er uns alle hintergehen? Angst pumpt durch meine Venen, und der Sauerstoff in meinen Lungen ist aufgebraucht. Vorsichtig spähe ich am Stamm vorbei. In einiger Entfernung sehe ich sein Taschenlampenlicht leuchten und will erleichtert aufstöhnen, weil er in eine andere Richtung läuft. Aber ich bin mucksmäuschenstill und behalte ihn im Auge, bis er mit der Dunkelheit verschmilzt. So leise wie möglich atme ich aus. Ich kann mich kaum auf den Beinen halten und ermahne mich, jetzt nicht hysterisch zu werden. Angestrengt lausche ich und fixiere den winzigen Lichtstrahl, der wieder näher kommt.

Er läuft zurück.

Zu mir.

Ich muss los.

Jetzt.

Sofort.

Ich raffe meinen Rock und renne.

Ich weiß, dass das Geräusch der knackenden Äste mich verrät, doch darauf achte ich nicht und hetze, so schnell ich kann. Ungeachtet dessen suche ich verzweifelt einen Weg aus dem Wald hinaus. Seitenstechen kündigt sich an. Plötzlich komme ich ins Schlingern, mein Fuß tritt ins Leere, und ich stürze eine Böschung hinunter. Das Laub federt meinen Körper ab, aber mit der nackten Schulter knalle ich gegen einen Felsen. Schmerz durchfährt mich, und ich bleibe einen Moment liegen. Auf allen vieren schleppe ich mich mühsam vorwärts, stehe auf und renne weiter. Kurz darauf muss ich wieder pausieren und stütze mich mit den Händen auf den Knien ab, um zu Atem zu kommen. Ich bin müde, meine Beine fühlen sich wie Pudding an, nur der Gedanke an meine Schwester und Emily treibt mich voran.

Ist er noch hinter mir? Ich höre ihn nicht, schaue mich um und entdecke eine Lichtung. Dort muss ich hin. Gerade als ich loswill, packen mich plötzlich kräftige Arme. Ich schreie, doch sofort presst sich eine Hand auf meinen Mund. Wild schlage ich um mich, trete, aber ich habe keine Chance.

Er hat mich.

»Beruhige dich!«, höre ich eine tiefe, sanfte Männerstimme, die mir vertraut ist. Im selben Augenblick reißt der Nachthimmel auf, und das Mondlicht erleuchtet sein Gesicht. Ich blicke in Silents dunkle Augen, erkenne seinen Bart und nehme seinen Duft wahr. Die Anspannung fällt von mir ab, schluchzend lasse ich mich gegen seine Brust fallen. Er drückt mich an sich, und dann geben meine Beine endgültig nach. In Tränen aufgelöst sacke ich zusammen, aber Silent hält mich in seinen Armen.

»Er hat uns entführt. Er ist hinter mir her, hat Em und Kim in seiner Gewalt«, sage ich weinend.

»Sch …! Alles wird gut, Teach. Wo ist er?«

»Du musst die Polizei rufen«, wimmere ich außer Fassung. »Er sucht mich.« Zitternd deute ich in den Wald. »Er hat meine Familie. Er hat sie!«

»Sch … Ich bringe sie dir zurück. Versprochen.« Seine Worte sind wie Balsam und legen sich wie Honig auf meine Seele. »Ich bringe sie dir zurück, Teach. Versprochen.«

Versprochen … Versprochen … Versprochen …

»Iieh ... Mia! Hör auf damit! Das ist eklig. Mrs. Teach ...!«

Irritiert von der Kinderstimme schiebe ich die dunkle Erinnerung beiseite. Ich sollte nicht daran zurückdenken – nicht bei der Arbeit, nicht hier im Klassenzimmer bei den Kindern. Es wird Zeit, wieder am Leben teilzunehmen, die Vergangenheit hinter mir zu lassen und nach vorn zu schauen. Das zumindest sagen Emily und meine Psychologin. Heute ist mein erster Arbeitstag nach der Tragödie an der Bluegrass-Mühle, und obwohl ich mich auf die Kids und meine Kollegen gefreut habe, spüre ich deutlich, dass ich noch nicht bereit dazu bin. Ich will nicht loslassen, denn das würde bedeuten, Kims Tod zu akzeptieren.

Ich wende den Blick vom Fenster ab und sehe zu Sophia, die mit erbostem Gesicht die hinter ihr sitzende Mia anstiert.

»Hey! Was ist denn los?«, will ich wissen und gehe zu ihnen.

»Mrs. Teach, Mia ärgert mich.«

Es gefällt mir, dass die Kinder mich mit meinem Spitznamen ansprechen. Gleich in meiner ersten Schulstunde haben wir damals eine Fragerunde gemacht. Dabei habe ich ihnen verraten, dass meine Freunde mich Teach nennen. Das schien den Kids zu gefallen, und seither bin ich nicht Mrs. Westham, sondern Mrs. Teach für sie, was ich wirklich süß finde.

»Mia bewirft mich mit Nasenpopeln«, beschwert sie sich erneut und verzieht angewidert den Mund.

Die Klasse kichert.

»Stimmt gar nicht. Sie lügt«, verteidigt sich Mia.

»Tust du wohl. Da.« Sophia deutet auf etwas Gelbgrünes, das auf dem Boden verteilt liegt, und einiges davon klebt in ihren Haaren. Tatsächlich sieht es aus wie getrocknetes Nasensekret.

Ich seufze. »Mia?«, frage ich, warte auf eine Erklärung und sehe sie tadelnd an. Die Sechsjährige ist schon vor meiner Auszeit durch ihr Verhalten aufgefallen. Sie kam während des laufenden Schuljahrs in meine Klasse und tat sich bei der Eingewöhnung schwer. Offensichtlich hat sich daran nichts geändert, und sie hat noch immer keinen Anschluss gefunden. Erst jetzt bemerke ich, wie sie ihre Hände unter der Bank versteckt, als hätte sie etwas zu verbergen. »Zeig mir mal deine Finger.«

»Wieso? Ich hab nix.« Sie setzt eine Unschuldsmiene auf, aber ich durchschaue sie, hebe eine Braue und sehe sie abwartend an.

Als sie merkt, dass sie aus der Nummer nicht mehr herauskommt, rollt sie mit den Augen und holt sie hervor. Allerdings zeigt sie nur ihre Handrücken. Ich drehe ihre Hände um und entdecke auf ihren Handinnenflächen Kleberreste. Ich erinnere mich, dass Kim solche Spielereien früher auch gemacht hat. Man nehme einen flüssigen Kleber, gebe eine ordentliche Portion auf die Handfläche und lasse ihn trocknen. Sie hat es geliebt, die Kleberfetzen abzuziehen und zwischen den Fingern zu reiben. Die sahen dann aus wie Nasenpopel.

Nichtsdestotrotz muss ich reagieren und fordere stumm die Herausgabe der Klebstofftube. Mia schnauft und rückt, wenn auch etwas widerwillig, die Tube heraus.

Im Augenwinkel bemerke ich das triumphierende Grinsen von Sophia.

»Warum hast du das getan, Mia?«

Das kleine Mädchen mit den schulterlangen Haaren hält ihren Blick gesenkt und sagt kein Wort. Ich bin mir aber sicher, dass Sophia nicht so unschuldig ist, wie sie vorgibt.

Genau in dem Augenblick, als ich überlege, wie ich die Situation klären soll, nimmt mir die Schulglocke die Entscheidung ab und erinnert mich an das Gespräch mit Direktor Wellington. Sofort springt Mia auf und will aus dem Zimmer eilen.

»Halt, Mia! Bleib bitte einen Moment, ja?«

»Aber Mrs. Teach, es ist große Pause«, beschwert sie sich und schielt hinaus in den Schulflur.

»Ich weiß«, erwidere ich lächelnd.

Als wir allein sind, drücke ich ihr einen Besen in die Hand. Die Kleine lässt enttäuscht die Schultern hängen, schnaubt abfällig und beginnt den Boden zu fegen. Als sie fertig ist, klopft sie die Klebekrümel in den Mülleimer.

»Danke, dass du so schnell wieder sauber gemacht hast.« Ich schenke ihr ein freundliches Lächeln.

»Kann ich jetzt gehen?«

»Gleich.«

Mia zuckt teilnahmslos mit den Schultern.

»Sag mal, warum ist Sophia nicht deine Freundin?«

Sie schaut zu Boden. »Weil sie blöd ist.«

Um dem kleinen Mädchen mit den wunderschönen grünen Augen ein Gefühl von Sicherheit zu geben, setze ich mich auf den Stuhl vor sie und nehme ihre Hand. »Was hat Sophia getan?«

Ruhe erfüllt den Raum, bevor sie antwortet.

»Sie ist gemein zu mir und ärgert mich immer«, platzt es aus ihr heraus. »Alle tun das«, fügt sie leiser hinzu, und mit einem Mal wird mir bewusst, wie traurig sie sein muss. »Sie lachen über mich und sagen schlimme Dinge.«

Die Problematik ist größer, als ich angenommen habe.

»Was für Dinge?«, will ich vorsichtig wissen.

Eine dicke Träne rollt über Mias Wange, und ich spüre, wie das Mädchen mit sich ringt.

»Du kannst mir alles sagen, Mia. Ganz egal, was es ist. Ich höre dir zu.«

Sie wischt sich die Tränen weg, meidet aber meinen Blick. »Kann ich gehen, Mrs. Teach?«

Einige Sekunden verstreichen, während ich die Kleine nachdenklich mustere. Es macht keinen Sinn, sie unter

Druck zu setzen. Fakt ist jedoch, dass ich das Gefühl habe, mich um das Problem kümmern zu müssen. »Ja, geh in deine Pause.«

Woher sie das Lächeln so schnell nimmt, ist mir ein Rätsel. Grübelnd packe ich meine Schultasche und die Blumen, die mir die Kinder heute Morgen geschenkt haben, und freue mich auf einen Kaffee, den ich dringend brauche.

* * *

Laut schnatternd höre ich die Schüler im Pausenhof herumtoben, während ich den Schulflur zum Lehrerzimmer entlanggehe. An den Wänden vor den Klassenräumen hängen überall bunte Herbstbilder, die sie gemalt haben. Es ist ein schönes Gefühl, wieder hier zu sein, und irgendwie habe ich die kleinen Racker vermisst. Ich liebe Kinder, vor allem ihre ehrliche und unbefangene Art. Ich mag es, ihnen das Lesen und Schreiben beizubringen, zu sehen, wie sie sich entwickeln, bevor sie auf die Middle School wechseln.

Grüßend betrete ich das Lehrerzimmer; sofort verstummen die Gespräche. Alle Augenpaare sind auf mich gerichtet. Mir ist bewusst, dass meine Kollegen über mich tuscheln, was ich verstehen kann. Schließlich bin ich eine Überlebende der schrecklichen Nacht, die unsere Kleinstadt Elisabethtown in den bisher größten Skandal verwickelt hat.

Es ist, als erwarten die Leute eine Reaktion oder dass ich etwas sage. Das geht mir schon ziemlich auf die Nerven, aber ich lächle tapfer in die Runde, stelle meine Tasche auf einen Stuhl und schiebe die Vase auf den Gemeinschaftstisch.

»Hey Teach, Direktor Wellington erwartet dich in seinem Büro.« Ella ist die Erste, die die unangenehme Stille unterbricht und mir eine Tasse mit Kaffee entgegenstreckt. Sie gehört wie ich zu den jüngeren Lehrkräften.

Dankbar nehme ich ihr das heiße Gebräu ab und probiere einen Schluck. »Ich gehe gleich zu ihm.«

Sie unterrichtet Mathematik und Religion, und wir haben uns von Anfang an gut verstanden. Sie hat ein nettes, offenes Gesicht und trägt ihr Haar kürzer als vor ein paar Monaten.

»Wenn der Rektor Sie sprechen will, Mrs. Westham, sollten Sie ihn nicht warten lassen«, brummt es von einem anderen Tisch am Fenster. Mr. Thucker, unser Dienstältester, knickt eine Ecke seiner Zeitung um und schaut missbilligend zu mir herüber. Er sitzt in den Pausen meist allein, ist für seine bissigen Kommentare bekannt und war noch nie besonders nett. Er geht in wenigen Monaten in Rente, und ich kenne einige, die seinen Abschied kaum erwarten können.

»Jetzt gönnen Sie ihr doch mal eine kurze Verschnaufpause, Thucker. Ein Schluck Kaffee wird ja wohl drin sein«, mischt sich Edward McKee ein, worauf Mr. Thucker verdrießlich den Mund verzieht und sich wieder seiner Zeitung zuwendet.

»Schon gut, Edward«, melde ich mich, bevor es zu einer Diskussion kommt. Mr. Thucker stichelt mit Vorliebe und drückt seine stockkonservative Haltung gern anderen auf, was ihn nicht gerade zum Lehrer des Jahres macht.

Edward dagegen ist der Liebling der weiblichen Belegschaft. Jung und gutaussehend. Er unterrichtet Sport und scheint auch in seiner Freizeit sehr aktiv zu sein. Sein Charme und sein Lächeln haben selbst unsere argwöhnische Mrs. Meyers erobert.

»Außerdem ... Was geht Sie das an, Thucker. Predigen Sie nicht immer, jeder solle sich um seinen eigenen Mist kümmern?«, erklärt Ella provozierend. Ich werfe ihr einen beschwichtigenden Blick zu.

»Es gibt gewisse Anstandsregeln, Mrs. Moore, an die

sollte man sich halten«, versucht es Mr. Thucker erneut. Die Tür zum Kopierraum öffnet sich, und ein mir unbekannter Mann betritt das Lehrerzimmer.

»Da stimmen Sie mir doch zu, oder, Mr. Collins?«

Der Mann blättert hochkonzentriert in einem Stapel Papiere und blickt verwundert auf. »Wie?«

Es ist offensichtlich, dass er nicht mitbekommen hat, worum es geht. Irritiert schiebt er das dicke Gestell seiner Brille die Nase hoch, wird knallrot, während ein leises Kichern von den Kollegen zu hören ist.

»Nichts, Theo«, ruft Edward. »Thucker meckert mal wieder, aber nicht über dich.«

»Ach so«, murmelt er und durchquert das Lehrerzimmer.

»Das ist unser IT-Fachmann Theodor Collins. Er kümmert sich um das neue EDV-System und soll die Akten digitalisieren«, flüstert Ella mir ins Ohr. »Er ist erst einige Wochen bei uns, aber er hat jetzt schon den Ruf als Ober-Nerd. Er soll einen hohen Intelligenzquotienten haben.«

Sein Äußeres trifft perfekt auf die Beschreibung zu. Er ist groß, ziemlich dünn, hat längeres lockiges Haar, das er im Nacken zu einem lockeren Zopf zusammengebunden hat, trägt dazu Bundfaltenhosen und ein verknittertes Hemd. Sofort bin ich an die Fernsehserie *Big Bang Theory* erinnert. Er scheint extrem schüchtern zu sein und ist die Sorte Typ, die man gern übersieht und kaum wahrnimmt – introvertiert, wenig oder keine Sozialkontakte und wortkarg.

Mr. Thucker faltet grimmig seine Zeitung zusammen und wirft mir einen unwirschen Blick zu, als wartete er, dass ich endlich zum Chef gehe. Der Mann ist ein alter Griesgram. Ich mag ihn nicht besonders.

»Ich geh dann mal.« Ich nehme meine Tasche und mache mich auf den Weg ins Sekretariat.

Nach einmaligem Anklopfen trete ich ein. Wie erwartet unterbricht Mrs. Matthews ihr Getippe am Computer und lugt über ihre Brille, die an einer goldenen Kette befestigt ist, zu mir auf.

»Teach!« Die Sekretärin lächelt und erhebt sich. Herzlich werde ich von ihr umarmt. Sie ist die gute Seele der Schule, eine rundliche nette Frau, Anfang sechzig und mächtig stolz auf ihre sieben Enkel. Auf ihrem Schreibtisch befindet sich ein Foto ihrer Familie. »Willkommen zurück, meine Liebe.«

»Danke.«

Sie nimmt meine Hände und reibt über die Knöchel. »Ich freue mich, dass Sie wieder da sind. Wie geht es Ihnen?«

»Ganz okay, denke ich. Die Kinder haben mich heute Morgen mit Blumen empfangen.«

»Ja, sie haben Sie vermisst.«

Mrs. Matthews' nette Worte rühren mich, und ich versuche die Leere zu vertreiben, die mich schon so lange gefangen hält.

»Kann ich zu ihm?« Mit einem Kopfnicken deute ich zu einer Tür, die mit dunklem Leder bezogen ist.

Sie nickt. »Gehen Sie nur rein, meine Liebe.«

»Danke.«

Ich klopfe leise an und betrete das Büro unseres Rektors. Sofort fällt mein Blick auf seinen Schreibtisch, der überladen mit Ordnern und Papierstapeln ist. Er selbst steht an einem Buchregal und ist so in einen dicken Wälzer vertieft, dass ich glaube, er hat mich nicht bemerkt. Doch dann schaut er auf. »Mrs. Westham, wie schön, Sie endlich wieder bei uns zu haben.«

Er klappt das Buch zu und läuft mir freudig entgegen.

»Hallo Mr. Wellington. Ich freue mich auch wieder hier zu sein.« Ein wenig verlegen schiebe ich mir eine blonde Strähne, die sich aus meinem Zopf verirrt hat, hinters Ohr.

Er trägt immer einen Anzug. Heute sitzt seine Krawatte locker, und das Jackett hängt an seiner Stuhllehne. Sein graues Haar kommt mir deutlich weißer vor, aber das tut seiner Attraktivität keinen Abbruch. Für einen Mann in seinem Alter ist er gutaussehend, und seine freundliche Art ist ansteckend.

»Nehmen Sie Platz.« Er zeigt auf einen der Stühle vor seinem Schreibtisch. »Wie geht es Ihnen inzwischen?«

»Ich komme klar«, erwidere ich. »Es ist nicht leicht, aber ich denke, das wird schon.«

»Auch bei uns saß der Schock tief. Sie können sich vorstellen, dass die Kinder äußerst betroffen reagiert haben. Deshalb haben wir für die Eltern Ihrer Schüler einen Elternabend veranstaltet, um aufzuklären, wie man den Fragen der Kinder am besten entgegentritt. Ich glaube, das kam gut an und hat einigen geholfen.«

»Ich bin Ihnen für Ihre Unterstützung, die Sie mir in den letzten Monaten entgegengebracht haben, sehr dankbar, Sir.« Ich schlucke. »Ich wollte Sie um etwas bitten.«

»Immer heraus damit.«

»Während meiner Auszeit habe ich Ihnen meinen Versetzungsantrag zukommen lassen.«

Er nickt wissend.

»Damit würde ich gern noch warten.«

Augenblicklich verschwinden die Falten, und er lächelt breit. »Das sind ja hervorragende Neuigkeiten.« Doch dann erlischt sein Lächeln, und er überlegt. »Allerdings … Ich habe ihn schon an die zuständige Schulbehörde weitergeleitet.«

»Oh!«

»Aber das dürfte kein Problem sein. Ich rufe einfach dort an und erledige das. Es wäre wirklich schade, eine hochqualifizierte Lehrerin zu verlieren. Ich lasse Sie nicht gerne gehen. Es ist heutzutage schwer, gute Lehrkräfte zu bekommen.«

»Danke, das ist mehr, als ich erwartet habe, Sir.«

»Ich finde Ihre Entscheidung richtig. Natürlich nicht nur aus eigenem Interesse, sondern auch, weil ich denke, Sie sollten nichts überstürzen. Sie müssen sich Zeit geben, sich an die neue Situation zu gewöhnen.«

»Das mache ich. Haben Sie vielen Dank.«

Rektor Wellington und ich erheben uns und schütteln einander die Hände. Beim Hinausgehen fühle ich mich besser. Als ich das Sekretariat verlasse, lehnt Theodor Collins an der Wand gegenüber, tippt sich mit dem Zeigefinger gegen die Stirn und murmelt etwas vor sich hin. Ich grüße ihn, als ich an ihm vorbeilaufe, und spüre, wie sich sein Blick in meinen Rücken bohrt. Er ist wirklich ein seltsamer Vogel. Durch und durch ein Nerd eben.

3

Silent

Emily und Teach kommen aus einem Café, überqueren die Straße und steigen in Emilys Wagen. Ich parke drei Autos hinter ihnen, in sicherem Abstand, aber nahe genug, um sie beobachten zu können. Teach sieht wunderschön aus. Die Sonne reflektiert das Gold in ihrem langen Haar, ihre Haut glänzt seidig, und ich mag ihren legeren Kleidungsstil. Lockere Bluse, enge Jeans und flache Schuhe. Einzig ihr Lächeln scheint sie verloren zu haben, und ich wünschte, ich könnte es ihr wiedergeben. Sie kommt mir wie ein Engel vor, dessen Flügel gebrochen worden sind und der nicht mehr fliegen kann. Mein Herz krampft bei dem Gedanken, denn es ist meine Schuld.

Noch immer steht der Wagen auf dem Parkplatz, und ich frage mich, warum sie nicht losfahren. Durch die Scheiben der Autos vor mir versuche ich zu erkennen, weshalb sie den Motor nicht startet. Vielleicht unterhalten sie sich oder Mad ruft mal wieder Emily an. Letzteres kann gut möglich sein. Mad will zu jedem Zeitpunkt wissen, wo Em ist. Und da behauptet er, ich hätte ein Kontrollproblem, was absolut lächerlich ist.

Plötzlich öffnet Emily ihre Wagentür und kommt auf mich zu. Ich werde nervös, weiß nicht, wohin ich schauen soll, und tue so, als würde ich den gottverdammten Radiosender einstellen. Egal, welche Ausrede ich ihr gleich auftische, sie wird sie mir nicht abkaufen. Es gibt einfach keine logische Erklärung, warum ich mich schon wieder in Teachs Nähe aufhalte. Nach wie vor bin ich beim weiblichen Geschlecht gehemmt, traue mich kaum die Initiative zu ergreifen. Em ist die Einzige, die das irgendwie versteht, aber seit Monaten will sie mich dazu bringen, endlich über meinen Schatten zu springen. Sie kennt meine ernste und zurückhaltende Art inzwischen mehr als genug.

Bei mir angekommen, beugt sie sich zu mir und klopft gegen die Seitenscheibe. Ich brauche gar nicht den Überraschten zu spielen. Sie hat mich erwischt – schon wieder. Per Knopfdruck lasse ich das Fenster herunter.

»Hi Silent.« Sie lächelt breit.

»Hi.« Ich presse die Lippen aufeinander und starre geradeaus.

»Solltest du dich nicht um die Moonshiner-Lieferung für die neue Bar kümmern?«

»Hab ich«, versichere ich ihr.

»Okay, und hier bist du rein zufällig?«

Ich schweige.

»Bist du sicher, dass du kein Stalkingproblem hast, Silent?« Ich werfe ihr einen grimmigen Blick zu und fahre mir durch den Bart. »Hast du überhaupt über unsere letzten Gespräche nachgedacht?«

Monatelang. Pausenlos. Ich nicke.

Emilys vertrautes Parfum steigt mir in die Nase, als sie ihre Sonnenbrille ins Haar schiebt, sich mit ihren Armen am Fensterrahmen anlehnt und tiefer zu mir herunterbeugt. Sie seufzt. »Nervt es dich nicht, sie immer nur von Weitem anzuhimmeln?«

Und wie.

»Hast du denn gar nicht das Bedürfnis, endlich mit ihr zu sprechen? Das ist doch frustrierend, Silent.«

Wenn ich das könnte, hätte ich es schon längst getan.

»Sprich mit ihr.«

Ich nicke.

»Warum tust du es nicht einfach? Sie wird dich nicht zurückweisen.«

»Ich brauche noch Zeit«, murmle ich ausweichend.

»Also ehrlich, ich verstehe euch beide nicht. Ihr seid so perfekt füreinander, und Teach könnte eine Schulter zum Anlehnen wirklich gut gebrauchen. Versprich mir, dass du es wenigstens beim Barbecue versuchen wirst.« Unzufrieden, weil ich nichts darauf antworte, verzieht sie den Mund, tätschelt aber meinen Oberarm. »Wir sehen uns nachher in der Destillerie, okay?«

Ich nicke und starre ihr hinterher, wie sie zum Wagen zurückläuft und mit Teach auf dem Beifahrersitz davonfährt.

Wenn ich damals doch nur das Versprechen hätte halten können, dann …

Seit Kim gestorben ist, sind die beiden Frauen noch enger zusammengerückt. Ich bin froh, dass Em für Teach da ist. Trotzdem frustriert mich unsere Situation, weil ich genau weiß, dass ich der Mann an Teachs Seite sein könnte. Em will nur helfen, aber das ist nicht so einfach. Ich bin ein kaputter, schweigsamer Typ, der es wahrscheinlich nicht verdient hat, jemanden wie Teach auszuführen. Em versucht mir diesen Komplex schon länger auszureden, und einmal hätte sie es beinahe geschafft. Doch seit der Nacht, als Kim kaltblütig vor meinen Augen erschossen wurde, habe ich den Mumm nicht mehr aufgebracht, mit ihr zu sprechen. Manchmal wünschte ich, ich wäre nicht so verkorkst.

* * *

In der neuen Bar in Radcliff gab es Schwierigkeiten mit einer Lieferung, und Milow musste sich um den Papierkram kümmern. Er flucht oft, weil er Büroarbeit genauso sehr hasst wie ich. Wir liegen Mad schon länger in den Ohren, dass wir dringend jemanden einstellen müssen, der sich darum kümmert. Daher komme ich erst spät nach Hause und bin völlig erledigt. Ich schalte den Fernseher ein, hole aus dem Kühlschrank den Rest Spaghetti, wärme sie auf und genehmige mir ein Bier. Während ich mir die Nudeln auf der Couch einverleibe, verliest die Nachrichtensprecherin die Schlagzeilen des Tages.

> *Seit mehreren Wochen wird Jessica Amers vermisst. Noch immer fehlt von der jungen Mutter jede Spur. Laut Polizeiangaben wurde sie in einer Einkaufs-Mall in Louisville zuletzt gesehen, wo man auch ihr Fahrzeug sicherstellen konnte. Videoaufnahmen bestätigen das. Ein Sprecher der Polizei sagte, dass man inzwischen von einem Verbrechen ausgeht. Jessica Amers ist dreiundzwanzig Jahre alt und Mutter eines zweijährigen Jungen. Die Ermittlungen laufen auf Hochtouren. Die Polizei bittet die Bevölkerung um Mithilfe. Für sachdienliche Hinweise zur Aufklärung ist eine Belohnung von zehntausend Dollar ausgesetzt.*
>
> *Und nun zum Wetter …*

Das Bild der Vermissten ist die ganze Zeit eingeblendet, während die Sprecherin vorliest. Die junge Frau ist hübsch, und ich frage mich, in was für einen Mist sie geraten ist. Sie hat einen kleinen Sohn, der sie braucht und für den sie da sein sollte. Hoffentlich ist sie nicht abgehauen und lässt ihn im Stich. Ich weiß nur zu gut, welches Pech man haben kann, wenn man als Kind wie ein Wanderpokal von einer Familie zur anderen gereicht wird. Ich hasse es, wenn die Bilder und Gefühle von damals in mir aufsteigen. Sie erinnern mich an etwas, das das Monster in mir erschaffen hat, an die dunkle Seite, die ich gelernt habe zu verbergen.

* * *

Ich bin wie erstarrt, als der Bambusstock dröhnend durch die Luft saust und kurz darauf Joana aufschreit. Michael, Seth und ich wagen es nicht, von unseren Tellern aufzusehen, aber im Augenwinkel bemerke ich, wie Joana schützend ihre Arme über den Kopf hält und vor den Schlägen zurückweicht. Sie schreit schmerzerfüllt, fällt durch die Wucht zu Boden und spuckt Blut.

»Wer hat dir erlaubt, dich heimlich aus dem Haus zu schleichen? Hast du dich etwa mit dem Jungen Bundy getroffen?«

»Nein, habe ich nicht«, verteidigt sie sich weinend, aber Grace ist so in Rage, dass sie gleich noch einmal das Rohr auf sie herabschwingt. Wieder brüllt Joana auf.

»Lügnerin! Am Ende hast du einen Braten in der Röhre, und ich muss deinen Bastard auch noch durchfüttern. Aber nicht mit mir, junge Dame. Ich werde mir mein Ansehen von dir nicht kaputtmachen lassen.« Erneut fliegt der Stock durch die Luft und trifft sie ins Gesicht. Sie schreit, und alles in mir zieht sich vor Schmerz zusammen. Mein Herz flattert nervös, als ich den Kopf zu ihnen drehe. Ich suche nach etwas, was unsere Pflegemutter besänftigt, doch Michaels vor Schreck aufgerissene Augen und sein vehementes Kopfschütteln verbieten es mir.

»Du Hure! Du bist genauso dämlich wie deine Mutter«, brüllt Grace, während Jo versucht aufzustehen. Ihr Augen-Make-up läuft in schwarzen Schlieren über ihre geröteten Wangen. Blut rinnt von einer aufgeplatzten Wunde aus einer ihrer Brauen, und auch ihre Unterlippe hat was abbekommen. Sie weint, aber ich sehe in ihrem Blick, wie wütend Jo ist.

»Du weißt gar nichts von meiner Mutter«, presst Jo hervor. »Rede nicht so von ihr.«

Unheilvolles Schweigen herrscht im Esszimmer. Die Luft ist mit bedrohlicher Stille aufgeladen. Grace ist der Teufel mit Engelsgesicht, und wir sind ihre Opfer.

»Jungs, verlasst den Raum. Sofort«, sagt sie gefährlich ruhig, ohne Jo aus den Augen zu lassen. Seth und Michael tun, was sie verlangt, aber ich kann mich nicht rühren. Ich sitze wie festgenagelt auf dem Stuhl und spüre, wenn ich jetzt gehe, wird Grace etwas Schreckliches tun. Ich habe Angst.

»Tu ihr nichts. Bitte«, sage ich mutig und lenke damit ihre Aufmerksamkeit auf mich.

Grace kneift die Augen zu Schlitzen. »Ich sagte, RAUS hier!«

»Ben! Geh schon«, fleht Jo weinend.

Sie hat Angst und will mich beschützen. Sie sieht mich an und sagt: »Worte schlucken, nichts fühlen, das rettet dich.«

Seit Grace mir das erste Mal wehgetan hat, hat Joana versucht mir das beizubringen. Daher bemühe ich mich krampfhaft, meine Worte im Kopf einzusperren, sie nicht über meine Lippen zu lassen. Von Tag zu Tag gelingt es mir immer besser.

Ich will nicht gehen.

»Verschwinde endlich! Oder hast du nicht genug vom letzten Mal?«, faucht Grace mich böse grinsend an. Die Erinnerung daran treibt mir den Magensaft in die Kehle. Ich kann den pochenden Schmerz noch fühlen und höre ihr schauderhaftes Lachen. Mein Atem geht flach, und wie ein Echo wiederholen sich Jos Worte in meinem Kopf. Schließlich bewegen sich meine Beine wie von selbst, und ich gehe langsam am Tisch vorbei bis zur Küchenzeile, dort schaue ich zu Jo zurück.

»Es ist okay, Ben. Geh nur«, wimmert sie. »Halt dir die Ohren zu und denk an den Strand. Okay?« Sie ringt sich ein Lächeln ab und versucht mich zu trösten. »Worte schlucken, nichts fühlen, das rettet dich«, flüstert sie mir zu, bevor sie Grace hasserfüllt ansieht.

Ich wische mir die Tränen mit dem Ärmel meines Pullis ab und nicke, doch kaum habe ich einige Schritte Richtung Tür gemacht, schreit Grace und fällt brüllend über Jo her. Es poltert, der Bambusstock surrt durch die Luft und trifft auf weiches Fleisch. Es rumst und kracht. Jos Schreie gemischt mit Grace' Gebrüll sind schrecklich und fressen sich in meine Seele.

Grace schnauft schwer vor Anstrengung, aber Joana gibt keinen Laut mehr von sich. Ängstlich werfe ich einen Blick zu ihnen und erkenne, dass Grace' Hände um Joanas Hals liegen und sie würgen.

Panisch denke ich nach. Was soll ich nur tun? Niemand wird Jo helfen. Sie wird sie umbringen, sie töten. Panik wallt in mir auf, bis ich auf den Messerblock schiele, es plötzlich ganz still in mir wird und ich nur diesen Ausweg sehe. Ich greife nach dem scharfen Fleischermesser. Mit einem Mal ist meine Angst ausgeschaltet, mein Gerechtigkeitssinn stumm, und ich fühle nichts.

Als ich mich umdrehe, liegt Joana blutüberströmt am Boden und versucht verzweifelt sich von Grace' Griff zu befreien. Panisch irren ihre Pupillen umher, während das Weiße in ihren Augen blutunterlaufen ist.

Grace bemerkt nicht, wie ich auf sie zugehe. Mit aller Kraft würgt sie Jo. Sie krächzt vor Anstrengung, ist außer Atem und scheint in ihrem Wutrausch gefangen zu sein. In ihrem Gesicht sind Blutspritzer, und der Bambusstock, der am Boden liegt, ist ebenfalls rot gefärbt.

Mein Herz rast, meine Finger umklammern schwitzig den Messergriff hinter meinem Rücken, und ich weiß, ich muss mich entscheiden. Das Blut rauscht in meinen Ohren, ich sehe Jos verzweifelten Blick, und dann steche ich ohne Zögern zu.

4

In dem Moment, als ich das Messer anhebe, durchströmt mich ein befreiendes Glücksgefühl. Es ist wie ein angenehmes Kitzeln. Man schließt die Augen, hält wie eine Katze den Kopf hin, weil es guttut und man mehr davon will. Instinktiv weiß ich, dass der Höhepunkt noch kommen wird.

Voller Erwartung halte ich wenige Sekunden inne. Mein Herz rast, meine Nervosität verschwindet, als ich das Messer mit einer kräftigen, aber fließenden Bewegung in der Haut versenke. Wie Butter gleitet die Klinge ins Fleisch, gleichzeitig geht ein Ruck durch den Leib, und mein Opfer gibt ein gurgelndes Geräusch von sich. Die Augen weiten sich, wollen begreifen, was gerade geschieht. Ein kurzer Anflug von Widerstand flammt auf, da ich aber kein Theater will, ziehe ich mein Werkzeug hastig heraus, um es gleich darauf erneut hineinzustechen - brutal, inbrünstig und mit viel mehr Hingabe. Ein Röcheln ist zu hören, doch diesmal hat es etwas Endgültiges, und der Unglaube in den Augen meines Opfers weicht. Nackte Angst lese ich darin, was mich zutiefst befriedigt. Die Seele vor mir kapiert, dass sie keine Chance hat, weil ich stärker und mächtiger bin.

Mir entfährt ein freudiger Gluckser. Alles ist so, wie ich es mir vorgestellt habe. Voller Staunen betrachte ich den sterbenden Körper, schaue in das Gesicht, in dem eben noch Panik gestanden hat. Doch was ist das? Ein Flehen? Eine Bitte?

Mit einem Lächeln lege ich meine Finger fester um den Griff und drücke das Messer in den Rumpf, dabei drehe und bohre ich die Klinge tiefer in den Leib. Ein letztes Aufbäumen, ein letzter Atemzug und das Licht in den schmerzerfüllten Augen verblasst. Der Blick entrückt, und das Leben schleicht endgültig aus dem Körper. Es ist vollkommen still, als ich den toten Leichnam vor mir ansehe. Ich höre Musik. Genauer gesagt, eine Symphonie mit einem engelsgleichen Chor und bin einen kurzen Moment verwirrt, dann begreife ich.

Ich bin die Erlösung. Ich habe es in der Hand, ob ich der Seele gnädig bin oder sie noch ein wenig leiden lasse. Ich allein. Ein neues, berauschendes Gefühl überkommt mich, während das reinigende Blut warm über meine Finger rinnt. Es ist fantastisch und absolut faszinierend. Ich schließe die Lider, lege den Kopf in den Nacken und genieße den Augenblick des vollkommenen Glücks. Tief atme ich ein, lasse die Glückseligkeit in jeden Winkel meiner Glieder und in jede Zelle eindringen, bis sie aus meinen Poren herausströmt und mich vollends einnimmt. Jetzt weiß ich, dass ich nie wieder der Schwache sein werde. Ich habe die Macht. Ich bin die Macht.

Niemand kann mir etwas anhaben, denn ich entscheide über Leben und Tod. Wie eine Gottheit, deren Geist in mich gefahren ist. Ich bin die fleischgewordene Erlösung. Der Messias.

* * *

»Also, ehrlich, das ist krank, geradezu widerlich.« Angeekelt wende ich mich zum Fenster und versuche mit dem Blick auf die Natur die düsteren und blutigen Bilder zu zerstreuen. »Du solltest dich untersuchen lassen. Das ist definitiv nicht normal.«

Er lacht höhnisch. »Ach, und du glaubst, das Stalking, das du seit Monaten bei dieser Lehrerin betreibst, macht dich zu einem Heiligen? Ich bitte dich.«

Ich weiß, dass er das niemals verstehen wird. Das mit Teach ist neu, etwas völlig anderes, was Psychopathen wie er nicht empfinden oder nachvollziehen können, denn sie haben kein Gewissen, kein Mitgefühl und keinerlei Empathie.

Er mustert mich, und ich habe Mühe, meine Gedanken zu verbergen.

»Was soll das überhaupt mit der Lehrerin? Seit Monaten bist du irgendwie verändert. Glaubst wohl, ich merke das nicht ...« Er hält inne, starrt mich ungläubig an, dann formt sich sein Mund zu einem erstaunten Lächeln. »Nein ... Das gibt es doch nicht! Wie ist das möglich?« Eindringlich taxiert er mich.

»Wovon sprichst du?«, fauche ich genervt, weil ich mich enttarnt fühle.

»Na, ich spreche von einem Gefühl, so rein und zart wie der Tau einer bunten Sommerwiese. Von rosa Wolken, von flatternden Schmetterlingen, von einem viel zu schnellen Herzschlag, sobald sie auftaucht ... Ich muss gleich kotzen, aber ... Ja ... Wieso bin ich nicht schon früher darauf gekommen? Der kleine Stalker hat sich in die Lehrerin verguckt. Versteh mich nicht falsch, ich kann das absolut nicht nachvollziehen, und nur bei dem Gedanken treibt es mir meine letzte Blutmahlzeit in die Kehle, aber ... Ich kann es nicht fassen. Hat der kleine Stalker sich etwa verliebt?« Er umgarnt mich wie eine Spinne, die ihr Opfer gleich packen wird. »Jetzt verstehe ich endlich ... Ja, das muss es sein.«

»Gar nichts weißt du.« Ich schnaube. Verdammt! Es ist nicht das erste Mal, dass er mich darauf anspricht, aber bisher habe ich ihm geschickt ausweichen können.

»Jetzt sag schon, ich bin sehr gespannt zu hören, ob es sich wirklich so schrecklich anfühlt, wie ich mir das vorstelle.«

Ich sollte mich nicht auf dieses Gespräch mit ihm einlassen, denn er wird das niemals verstehen. »Du redest

Bullshit. Ich mag sie, mehr nicht. Und im Übrigen weißt du genau, dass ich nicht wie du bin. Ich bin kein eiskalter Killer, der sich am Blut seiner Opfer ergötzt und sie dann genüsslich tötet. Sowas könnte ich einfach nicht.«

Er hebt grinsend die Brauen. »Du hast auch schon Dinge getan, die in den Köpfen unserer Mitmenschen höchst verwerflich sind. Also hör auf, dir einzureden, dass du besser bist als ich. Du bist ein kleiner Stalker, der Kameras bei der Lehrerin platziert hat, sie beobachtet und sich dabei regelmäßig einen runterholt. Ach ja, ich sollte noch erwähnen, dass du seit Monaten eine Frau gefangen hältst, krampfhaft versuchst ein Kind zu zeugen, nur damit deine Mommy ihren Seelenfrieden erhält und dich vielleicht wieder in ihr Bett lässt. Wenn das nicht verabscheuungswürdig und pervers ist, weiß ich auch nicht.«

Es ärgert mich, dass er mich als kranken Irren darstellt und immer das letzte Wort hat. Ich habe einen Grund, warum ich all das veranstalte, und es macht mir wirklich keinen Spaß. Das weiß er doch. »Lass meine Mutter da raus. Ich bin ihr das schuldig.«

Abwehrend hebt er die Hände. »Schon gut, ich will nur sagen, dass du kein besserer Mensch bist als ich. Deine Taten sind genauso schlimm wie meine - wenn man es aus der Sicht unserer Gesellschaft betrachtet. Wir sind nun mal, was wir sind - Ausgeburten des Teufels, und das werden wir immer bleiben, egal welche Gründe du hast. Auch deine Lehrerin wird daran nichts ändern.«

Ich schweige und verschränke die Arme, während er nachdenklich im Zimmer umhergeht.

5

Teach

Es macht Spaß, mit den Kindern über unser neues Thema, die Weltmeere, zu sprechen, und ich bin erstaunt, wie viel sie schon darüber wissen. In der letzten Stunde lese ich ihnen eine Geschichte vor. Mir ist klar, dass im Zeitalter der digitalen Medien die meisten Kids kaum Interesse an Büchern haben, deshalb freut es mich umso mehr, dass sie mir an den Lippen hängen und gespannt sitzen bleiben, obwohl es zum Schulschluss klingelt, weil sie erfahren wollen, wie der Held sich aus seiner prekären Lage befreit.

Nach der Schule treffe ich mich mit Emily zum Shoppen. Ich bin froh, dass sie mich begleitet, da ich weiß, dass das nicht gerade ihre Lieblingsbeschäftigung ist. Genauer gesagt hasst sie es. Aber so kann ich noch ein paar Stunden den Frieden genießen und laufe nicht Gefahr, meiner Mutter im Haus zu begegnen. Der Morgen hat mir schon gereicht. Ihre ewigen Nörgeleien, Vorhaltungen und Zurechtweisungen und die Tatsache, dass mein Chevy erst nicht anspringen wollte, haben mir den Rest gegeben.

Zuhause angekommen, will ich mich in aller Ruhe auf den heutigen Abend vorbereiten und passende Accessoires für mein neues Kleid heraussuchen.

Leise betrete ich das Haus und hoffe, dass Mutter beschäftigt oder besser gar nicht da ist, und diesmal scheine ich

Glück zu haben. Ich schleiche in mein Zimmer und lasse mich geschafft rücklings aufs Bett fallen.

Ich bin nervös wegen des Barbecues. Hauptsächlich, weil Em mir ins Gewissen geredet hat, endlich mit Silent zu sprechen. Es ist Monate her, dass er mit mir ausgehen wollte, ich an jenem Abend ewig auf ihn gewartet habe und dann … Dann hat sich mein Leben vollkommen verändert.

Obwohl wir nie viel miteinander gesprochen haben, las ich in seinen Augen genau die gleichen Gefühle, die ich auch für ihn empfand. Wenige Wochen nach Kims Beerdigung vermisste ich ihn. Ich war einsam und fasste den Entschluss, alles zwischen uns zu bereinigen. Da erfuhr ich, dass er für einige Zeit verreist war. Es war hart, und auch jetzt gibt es Momente, da träume ich von ihm.

Es ist so weit. Aufgehübscht und bereit für das Barbecue trete ich leise aus meinem Zimmer. Kaum zu glauben, dass ich eine erwachsene Frau bin und mich wie ein Teenager aus dem Haus schleichen muss. Für das Essen heute hat Emily mir ein ärmelloses, bodenlanges Kleid ausgesucht, das meine Figur betont, aber recht sommerlich wirkt. Mit einer Jeansjacke und weißen Sneakers ist mein Outfit chic, sportlich und nicht overdressed. Kim wäre stolz auf mich.

Bleibt das Problem mit meinem Chevy. In letzter Zeit lässt er mich öfter im Stich, indem er nicht anspringt. Ich sollte ihn in eine Werkstatt bringen, aber dafür fehlt mir das Geld, und meinen Vater werde ich sicherlich nicht fragen. Ich bete, dass er beim Starten nicht stottert und Mutter auf mich aufmerksam wird.

Das Glück steht heute auf meiner Seite. Mein Chevy schnurrt wie ein Kätzchen, und ich fahre los.

Vor Mads Villa dröhnt der dumpfe Bass seiner Musikanlage zur Straße. Das Grundstückstor ist offen, weshalb ich erst gar nicht an der Tür klingle. Ich folge den fröhlichen

Partygeräuschen, die aus dem Garten kommen. Beim Vorbeilaufen werfe ich einen Blick in die Garage, dort parken Mads protzige Sportwagen und die Motorräder, an denen Silent und er gern schrauben. Mein Magen kribbelt, wenn ich daran denke, Silent gleich zu begegnen.

Ich erreiche die Wiese, und Emily ist die Erste, die mich entdeckt und zu sich winkt.

Ich betrete die Terrasse, wo Mad und Silent am Grill stehen und sich leise unterhalten. Die meisten Gäste tummeln sich bereits an der Bar und dem großen Tisch.

»Leute, Teach ist da«, verkündet Emily meine Ankunft. »Na endlich! Ich dachte schon, du versetzt mich.«

»Nein, ich halte meine Versprechen«, sage ich, bevor ich merke, dass *er* meinen Satz als Anspielung auffassen könnte. Mist! Ich spüre Silents Blick auf jedem Quadratzentimeter meiner Haut und erröte. Das war keine Absicht. Selbst Emily schaut mich mit hochgezogenen Brauen verwundert an. Für einen flüchtigen Moment gucke ich zu Silent. Natürlich hat er es als Spitze gegen sich verstanden.

Innerlich schimpfe ich mit mir und erinnere mich, dank unseres Kindermädchens, an meine Kinderstube.

»Hallo Silent«, sage ich mutig.

Er nickt mir grüßend zu.

»Du siehst toll aus. Was hast du mit deinem Haar gemacht?«, unterbricht Emily die peinlichen Sekunden. »Der Glanz ist ja unglaublich.«

»Nichts Besonderes, ich habe nur seit ewigen Zeiten mal wieder eine Kur verwendet.«

»Hey Teach!« Mad winkt mit der Grillzange. Wie üblich umarme ich ihn. »Alles klar bei dir?«

»Geht so.«

»Probleme?«

Ich seufze. »Meine Mutter ist da.«

Mad verzieht den Mund. »Oh! Shit!«

»Du sagst es.« Mad hat die Bekanntschaft mit meinen Eltern schon hinter sich und weiß, wie schwierig sie sind.

Am Tisch begrüße ich Freunde, die ich ewig nicht mehr gesehen habe. Tim Carter und seine Dauerflamme Fernando, Tims Schwester Anna und zu meiner Verwunderung Edward und Ella, meine Kollegen von der Schule.

»Ella? Edward? Was macht ihr denn hier?« Verwundert werfe ich einen Blick zu Em, die verstohlen lächelt.

»Hi! Es ist mir heute so schwergefallen, in der Schule den Mund zu halten, um die Überraschung nicht zu verderben. Tadaaa ... Überraschung!« Ella streckt kichernd die Arme nach mir aus, und ich freue mich, dass sie da ist. Sie hat mich während meiner Auszeit ein- oder zweimal zuhause besucht und dabei auch Em kennengelernt. Aber woher Emily Edward kennt, kann ich mir nicht erklären.

Unser gutaussehender Sportlehrer grinst wissend. »Wie klein ist bitte die Welt?«

»*Zu* klein«, gebe ich verblüfft von mir.

»Mad trainiert mit Edward in der gleichen Muckibude und hat ihn eingeladen«, klärt Emily mich auf.

»Was für ein Zufall, aber schön, dich mal außerhalb der Schule zu treffen.«

»Ja, das finde ich auch.« Edward schenkt mir einen durchdringenden Blick, während ich sein einnehmendes Lächeln erwidere.

Emily stellt mir noch ein paar Geschäftsfreunden vor, danach setzen wir uns an den Tisch, und ich bin froh, dass sie mir einen Platz neben sich reserviert hat.

Ich schaue mich um. Überall im Haus und im Garten erkennt man Ems Händchen für Deko. Brennende Kerzen tauchen die Szenerie in warmes Licht. Überhaupt muss ich sagen, dass sie Mads Villa vollkommen verändert hat. Vom kühlen Einrichtungsstil ist nicht mehr viel übrig. Innen hat Em Mads fast schon steriles Design mit farbigen Kissen, üppigen Pflanzen und Fotos aufgebrochen. Dadurch wirkt es gemütlich und persönlicher.

Zu meiner Linken sitzt Edward, der sich mit Anna unterhält, während ich versuche, mich zu entspannen. Neugierig und unauffällig werfe ich einen Blick zu Silent. Er hat mir den Rücken zugewandt, aber auch der sieht verdammt gut aus. Er trägt eine verschlissene Jeans und ein enganliegendes schwarzes T-Shirt, das die unzähligen Tattoos auf seinen Armen und im Nacken freigibt. Sein Markenzeichen fehlt auch an diesem Abend nicht – die Beanie-Mütze. Schon oft habe ich mich gefragt, wie er wohl ohne aussehen würde. In seiner linken Braue klemmt ein Piercing, und mir ist sofort, als ich gekommen bin, aufgefallen, dass er seinen Bart gestutzt hat. Silent ist groß, breitschultrig, und je länger ich ihn anschaue, desto mehr hasse ich, was zwischen uns geschehen ist.

Ich beobachte, wie er die Steaks wendet, hin und wieder einen Schluck von seinem Bier nimmt. Dabei entgehen mir die klobigen Silberringe an seinen Fingern nicht. Aber das, was mich schon immer an ihm fasziniert hat, sind sein treuer Blick, die Ruhe und Sanftheit, die er ausstrahlt, obwohl seine äußere Erscheinung auf einen anderen Typ schließen lässt. Neben ihm versucht eine Frau, die Emily mir als Alana Flake vorgestellt hat, seine Aufmerksamkeit zu erlangen. Es ist offensichtlich, dass sie an Silent interessiert ist, so wie sie ihn anlächelt und ständig ihre Oberweite aufreizend in Szene setzt. Es ist das erste Mal, dass ich ihn zusammen mit einer Frau sehe und beginne, meine Krallen zu wetzen. Ich schaue an mir herunter und bedauere, dass ich nicht über so ein Dekolleté verfüge.

»Leute! Es ist angerichtet. Lasst es euch schmecken«, ruft Mad und reißt mich aus meinen Gedanken. Die Gäste der Bar finden sich am Tisch ein, und Silent stellt eine riesige Fleischplatte zwischen den unzähligen Salatschüsseln ab.

Etwas später herrscht eine ausgelassene Stimmung. Alles quasselt, lacht, und selbst Silent scheint gute Laune zu haben. ›Alana-Airbag‹ kichert aufgekratzt und schmiegt sich ziemlich vertraut an ihn. *Zu* vertraut für meinen Geschmack. Ich presse die Lippen aufeinander und versuche mir nicht anmerken zu lassen, wie sehr es mich gerade stört, dass er so gar nichts dagegen hat und es scheinbar auch noch genießt. Ein Hauch von Empörung macht sich in mir breit, obwohl Silent tun darf, was er will, versichere ich mir selbst. Wir sind schließlich nicht zusammen – und waren es auch nie! Verdammt! Meine eigenen Beteuerungen beruhigen mich kein bisschen, weil es sich wie eine beschissene Lüge anhört. Ich sollte woanders hinschauen.

»Du musst unbedingt Conchitas Guacamole probieren.« Edward hält mir eine Schüssel unter die Nase, von der er vorher schon die ganze Zeit genascht hat.

»Du kennst Conchitas Kochkünste?«, will ich neugierig wissen.

»Ja, ich kam in den Genuss, als ich Mad letzte Woche besucht habe. Das war übrigens der Abend, als ich herausgefunden habe, dass du sozusagen mit ihm verwandt bist.«

»Noch nicht, aber bald.«

»Ich finde, dass Emily und Mad ein tolles Paar abgeben. Wie sieht es bei dir aus? Oder ist die Frage zu persönlich.«

»Nein, überhaupt nicht. Ich bin Single.«

Sein Grinsen verbreitert sich, und er rutscht mit seinem Stuhl näher zu mir.

Kichernd und ein wenig verlegen schiebe ich eine Haarsträhne hinters Ohr. »Flirtest du etwa mit mir?«

Edward lehnt sich geschockt zurück. »Ich? Niemals. So etwas tue ich doch nicht.«

Wir lachen, weil klar ist, dass er jede Perle angräbt, an jedem Finger eine haben könnte und das genau weiß.

»Und was ist der Grund, warum du nicht in festen Händen bist?«

»Ich habe die Richtige noch nicht getroffen.«

Lügner! Ich wette, er liebt die Frauen, oder besser das weibliche Geschlecht, und hat seinen Spaß.

»Und wie sollte sie sein?«

Er senkt den Blick und denkt über meine Frage nach. »Ich mag den natürlichen Typ Frau. Also diese aufgebrezelten Mädels … Ich weiß nicht.« Er schüttelt den Kopf und kneift die Augen zusammen. »Mit denen kann ich nicht wirklich viel anfangen. Sie sollte sportlich und ein Familienmensch sein.«

»Du bist ein Familienmensch?« Das überrascht mich.

»Absolut. Ich habe zwei jüngere Schwestern und einen Bruder.«

»Oh wow! Ist bestimmt nicht einfach, dich bei so vielen Frauen durchzusetzen.«

Er lacht. »Ja, da könntest du recht haben.«

Es ist unglaublich angenehm, sich mit Edward zu unterhalten, und ich frage mich, warum wir uns nicht schon früher besser kennengelernt haben. Er ist nicht der Typ Mann, für den ich ihn gehalten habe. Während des Essens plaudern wir über Gott und die Welt, und ich fühle mich wohl bei ihm. Erst als Mad Edward auffordert, mit ihm und seinen Kumpels den neuen Moonshiner zu probieren, den er und Em gebrannt haben, entschuldigt er sich und folgt ihm.

»Läuft da etwas, wovon ich wissen sollte?«, fragt Em, als ich ihm nachschaue, wie er zu Mad an die Bar geht. Silent steht hinter dem Tresen, mixt Cocktails für die Damen und schenkt Whiskey für die Herren aus.

»Nein, wieso? Wir haben uns lediglich gut unterhalten.«

Emily grinst verschmitzt. »Und was ist dir bei der Begrüßung mit Silent passiert?«

Sie spricht mich auf den Satz an, der mir versehentlich

über die Lippen gekommen ist. »Das ist mir herausgerutscht und war mir wirklich unangenehm. Meinst du, er hat es mir übel genommen?«

»Todesübel.« Sie lacht. »Quatsch. Komm, wir holen uns einen Cocktail, und dann reden wir.« Em greift nach meiner Hand und zieht mich mit sich.

* * *

An der Bar gibt sie Silent den Auftrag, uns irgendwas Leckeres zu mixen. Natürlich sitzt Mrs. Airbag auf einem der Barhocker und hat ihr Dekolleté auf dem Tresen abgelegt. Silent schaut mich kein einziges Mal an, dafür bin ich vollkommen fasziniert davon, wie geschickt er die Getränke mixt, in zwei große Gläser füllt, mit Schirmchen und Früchten garniert und vor Emily abstellt.

Er sieht mich an. Diesmal liegt etwas in seinen Augen, das ich nicht richtig deuten kann. Verärgerung? Wut? Ich weiß es nicht, schließlich sind es nur Sekunden, in denen sein Blick in mich sickert.

Emily und ich setzen uns abseits der Party an den Pool auf die Liegen.

»So und jetzt erzähl. Hast du dir wegen dem Hausverkauf Gedanken gemacht?«, fordert mich meine Cousine auf. »Ehrlich gesagt kann ich mir nicht vorstellen, dass Tante Amanda plötzlich ihre Mutterliebe entdeckt und es dir freiwillig überlässt.«

»Pf… Mutterliebe. Sie weiß ja nicht mal, was das ist. Aber mal im Ernst. Ich werde mir wohl oder übel eine Bleibe suchen müssen, falls ich keinen Ausweg finde und meine Eltern das Haus wirklich verkaufen. Denn leisten kann ich mir das nicht.«

»Du könntest in Mads Villa einziehen, oder in seine Wohnung in der *Whisper*-Bar. Das ist nicht das Problem.«

»Ich weiß.« Ich seufze traurig. »Aber ich kann nicht aufgeben, Em. Das würde bedeuten …« Ich stocke und habe plötzlich einen Kloß im Hals.

Emily nimmt meine Hand. »Ich weiß genau, was du sagen willst. Es fühlt sich an, als würdest du nicht nur dein Zuhause verlieren, sondern auch Kim.«

»Ja«, flüstere ich. »Es ist, als würde ich sie ganz loslassen. Ich weiß nicht, ob ich das schon kann. Ich schaffe es noch nicht mal, in ihr Zimmer zu gehen.«

»Mir ist es ähnlich ergangen damals. Ich konnte den Gedanken nicht ertragen, dass man Aiden und mir die letzten Erinnerungen an Tom wegnehmen würde. Deshalb ließ ich mich auf Mads Angebot ein.«

»Ich kann einfach nicht begreifen, wie kalt meine Eltern darüber hinwegsehen können. Kim und ich sind dort aufgewachsen. Wenn ich mir vorstelle, dass Fremde einziehen, vielleicht sogar im Inneren etwas umbauen …« Ich schüttle den Kopf. »Das halte ich nicht aus.«

»Wir finden einen Weg, Süße«, tröstet mich Em. »Zur Not werden Mad und ich das Haus durch einen Strohmann kaufen.«

Ich lache leise auf, und mein Herz quillt über vor Liebe für sie. »Du bist die Beste, Em, aber so einfach ist das nicht.«

»Ich weiß«, sagt sie seufzend. »Und jetzt zu deinem Liebesleben.«

Ich rolle mit den Augen. »Oh bitte! Können wir nicht von etwas anderem reden?«

»Nope. Es wird höchste Zeit, dass du dich auch diesen Problemen stellst.«

»Findest du nicht, dass ich im Moment genug am Hals habe?«

Sie überlegt kurz. »Vielleicht, jedenfalls bin ich mir sicher, dass es dir besser geht, wenn du endlich mit *ihm* sprichst.« Sie hebt abwehrend die Arme, als ich den Mund aufmachen will. »Ich weiß, du hast Angst, ich glaube jedoch, Silent wird selbst froh sein, wenn er nicht mit dir über die Nacht im Bluegrass Forest sprechen muss.«

Ich senke den Blick. »Manchmal denke ich, dass Kims Tod für immer zwischen uns stehen wird.«

»Das muss er nicht, Teach. Ihr standet kurz davor, ein Paar zu werden, wenn das Arschloch nicht gewesen wäre. Ich bin fest davon überzeugt, dass nicht alles verloren ist. Rede endlich mit ihm und sag ihm, was du auf dem Herzen hast.«

Ich nicke, weil Emily recht hat, und vielleicht wird es Zeit, unsere Probleme aus der Welt zu schaffen, denn schließlich gibt es keinen Grund, es nicht zu versuchen.

Wir drehen die Köpfe zur Bar, wo Silent und Alana stehen.

Ich trinke einen großen Schluck und merke, wie der Alkohol sich in wohlige Hitze verwandelt. Ich kann mich nicht erinnern, wann ich das letzte Mal was Hochprozentiges getrunken habe. Ich bin es nicht gewohnt. »Hast du mit ihm darüber gesprochen?«

»Ich habe ihm das Gleiche gesagt wie dir. Redet endlich!«

»Und was sagt er?«

Emily kichert. »Er nickt nur. Wie immer.«

Ich muss selbst lachen, weil das so typisch für Silent ist. Er ist wirklich nicht sehr gesprächig, aber wenn wir das zwischen uns klären wollen, wird ihm wohl nichts anderes übrig bleiben.

Wir werden von lautem Gegröle unterbrochen und schauen zur Bar. Silent ist nicht mehr da. Er steht am Haus, raucht und beobachtet die Leute.

Emily ist meinem Blick gefolgt und lehnt sich zu mir. »Ich weiß, dass er kaum Erfahrungen mit Frauen hat. Du warst sein erstes Date überhaupt in jener Nacht. Er war schrecklich nervös und hat mich um Ratschläge gebeten.

Es war so süß, Teach. Ich glaube, er empfindet immer noch sehr viel für dich. Sonst würde er nicht ständig in deiner Nähe sein.«

»Ich weiß, Em, aber ich habe das Gefühl, es liegen Welten zwischen uns.«

»Sag ihm das. Wichtig ist, dass er erfährt, dass du ihm keine Schuld gibst. Das ist längst überfällig.«

»Du hast recht. Es ist ja nicht so, als ob ich das nicht schon versucht hätte. Als ich endlich so weit war, war er fort.«

»Das stimmt. Er brauchte eine Auszeit und ist an die Westküste gefahren.«

Ich weiß noch, wie enttäuscht ich war, als ich damals davon erfuhr. Danach hat sich einfach keine Gelegenheit ergeben.

Erneut schaue ich zu ihm, und mich verlässt der Mut, als ich Alana bei ihm entdecke. »Wer ist sie eigentlich?«

Emily folgt meinem Blick. »Ach«, sie winkt ab, »sie ist nur eine Bekannte von Milow.«

»Und warum hängt sie sich den ganzen Abend an Silent?« Es sieht so aus, als würden sie sich unterhalten, wenn ich nicht genau wüsste, dass sie einen Monolog führt.

Als würde diese Frau spüren, dass ich meinen Mut zusammenkratze, um mit Silent zu sprechen, stöckelt sie davon. Das ist meine Chance, endlich reinen Tisch zu machen. Mein Magen kribbelt. Soll ich es wagen? »Na gut, Em. Ich rede mit ihm.«

»Ehrlich?«

»Jup.« Es überrascht mich, wie spontan ich bin. Das liegt bestimmt am Alkohol. Ich kippe das Cocktailglas in einem Zug und drücke es ihr in die Hand. »Wünsch mir Glück, Em.« Ich erhebe mich, zupfe mein Kleid zurecht, straffe die Jeansjacke, bevor ich mich auf den Weg zu ihm mache.

Kurz bin ich verunsichert, weil ich gerade bemerke, wie

er verschwindet. Ob er weiß, dass ich komme? Unmittelbar bleibe ich stehen und schaue zurück zu Emily. Die aber winkt, dass ich ihm nachgehen soll. Na gut, ich tue es. Zumindest kann mir dann niemand vorwerfen, dass ich es nicht versucht habe.

6

Teach

Der Wind frischt auf und schiebt dicke Regenwolken über den Himmel. Es brennt Licht in der Garage. Ich bleibe am Eingang stehen und werfe einen Blick hinein. Silent stützt sich mit beiden Händen an einem Metallregal ab.

»Fuck!« Er schlägt mit der Faust gegen den Regalrahmen. Laut knallt etwas herunter. Es ist eine Dose mit Schrauben, der er wütend einen Tritt verpasst, sodass sie sich öffnet und der Inhalt sich auf dem Boden verteilt. Er ist sauer. Auf mich? Auf Alana? Auf jemand anderen?

Langsam trete ich in den Lichtstrahl, und er bemerkt durch das Knirschen meiner Schuhe meine Anwesenheit. Er dreht den Kopf leicht in meine Richtung, bleibt aber an das Regal gestützt stehen.

»Silent?«, frage ich flüsternd, wage mich weiter vor und halte erst dicht hinter ihm an. Endlich richtet er sich auf und wendet sich vollständig zu mir um. Er ist groß, wunderschön und absolut faszinierend. Wie immer muss ich zu ihm aufschauen. Es herrscht eine seltsame Stimmung. Es ist das erste Mal, dass ich ihm so nahe bin, seit jener Nacht.

»Alles in Ordnung?« Ich nicke zur Büchse am Boden.

Schweigend sieht er mich an, sagt aber kein Wort.

»Können wir reden? Ich meine, wie früher, bevor das Ganze passiert ist?« Er reagiert nicht, und ich wünschte, ich könnte seine Gedanken lesen. »Seit Kims Tod haben wir nicht miteinander gesprochen. Du warst eine Weile fort.«

»Wir brauchten beide Zeit.« Er überkreuzt die Arme.

»Das stimmt.« Verlegen schiebe ich mit dem Fuß eine Schraube Richtung Dose. »Du warst heute wieder an der Schule und beim Café, in dem Em und ich waren«, beginne ich vorsichtig.

Er senkt den Blick.

»Versteh mich nicht falsch, es stört mich nicht, aber ... Es fällt auf.«

»Ich werde mich mehr zurückhalten.«

»Warum tust du das?«

Er zuckt mit den Schultern. Lautes Lachen dringt vom Garten zu uns, gefolgt von klackernden Schuhen, die näher kommen. Unruhig greift Silent sich in den Bart. »Du solltest gehen, Teach.«

Alana taucht auf, und Silent wendet sich dem Regal zu, als wäre es ihm unangenehm, dass sie uns zusammen sieht.

»Es kann losgehen, Süßer. Ich sagte doch, ich hab noch welche in meiner Handtasche.« Sie wedelt freudig mit etwas in ihrer Hand, das ich erst erkenne, als sie stehen bleibt, weil sie mich bemerkt. Es sind Kondome.

Erstaunt schaut sie hin und her.

»Oh ... Okay!« Ihr Blick wandert über mich hinweg, dann grinst sie. »Ihr wollt es zu dritt, Babes? Warum nicht? Sie ist hübsch«, sagt sie lasziv, streicht über meinen Arm und begutachtet mich.

Abrupt rücke ich von ihr ab und bekomme keinen Ton heraus. Die Erkenntnis lässt mich nach Luft schnappen, und ich schwanke zwischen Entsetzen und Enttäuschung. Sie haben sich zum Sex verabredet. Er wollte es hier in der Garage mit ihr treiben, und ausgerechnet ich habe ihm dazwischengefunkt. Deshalb wollte er, dass ich gehe. Gott! Ich bin so dämlich.

»Sorry, ich bin raus. Macht das lieber mal allein«, zische ich, hebe abwehrend die Hände und laufe rückwärts, bevor ich mich umdrehe und flüchte. Völlig durcheinander eile ich zum Auto.

»Teach!«

Ich ignoriere sein Rufen, steige ein, starte den Motor und erschrecke, als er gegen die Scheibe klopft.

»Warte ... Teach!«

Wütend, weil ich mir wie eine dumme Gans vorkomme, drehe ich mich zu ihm um. »Vergiss es einfach, Silent. Du bist mir keine Rechenschaft schuldig. Geh und hab deinen Spaß«, schreie ich und weiß gar nicht genau, aus welchem Grund ich so sauer auf ihn bin. Tränen der Enttäuschung kann ich nicht länger zurückhalten. Es ist mir unfassbar peinlich, weshalb ich Gas gebe, bevor er sie bemerkt.

Ich bin so eine dumme Kuh! Wieso habe ich mir eingebildet, wieder da anknüpfen zu können, wo wir aufgehört haben? Die Straßen sind frei, aber Regen setzt ein, und die Tränen verschleiern mir die Sicht. Energisch wische ich sie mit einer Handbewegung beiseite und versuche mich auf die Fahrt zu konzentrieren. Unaufhörlich klingelt mein Smartphone in meiner Handtasche. Das ist bestimmt Em.

Kurze Zeit später taucht im Rückspiegel ein Motorradfahrer auf, der ziemlich dicht auffährt. Ich erkenne Silent an seiner Mütze. Was soll das? Er hupt, um auf sich aufmerksam zu machen, schert links auf die Gegenfahrbahn aus und zieht mit mir gleich. Ein riskantes Manöver. Mit der Hand gibt er mir ein Zeichen, dass ich rechts ranfahren soll. Das kann er vergessen. Mir ist jede Lust vergangen, mit ihm zu reden.

Scheinwerfer leuchten plötzlich in der Ferne auf, die auf Silent zusteuern. Verdammter Mist! Er fährt weiter auf der Spur, und die Lichter kommen immer näher. Was tut er? Ist er wahnsinnig? Sieht er nicht, dass ein Fahrzeug direkt auf ihn zuhält? Adrenalin schießt durch meinen Körper, und Panik schnürt mir die Kehle zu. Ich bremse ab, damit er vor mir einscheren kann. Der Idiot trägt noch nicht mal einen Helm.

Jetzt erkenne ich einen Lastwagen, der lautstark seine Hupe betätigt, während Silent mir immer noch Handzeichen gibt und irgendwas zuruft.

Ist er lebensmüde?

»Fahr rüber!«, schreie ich, und eine Kollision scheint unausweichlich, als wir mit viel zu hoher Geschwindigkeit dem LKW entgegenrasen. Jeden Moment erwarte ich den Unfall mit schrecklichen Folgen. Mein Atem geht schnell, ich schwitze, und mein Herz hämmert so stark gegen meine Brust, dass ich kaum klar denken kann. Ich blicke zu Silent und bremse weiter ab.

Endlich verhindert er einen Zusammenprall, weil er sich auf meine Fahrbahn rettet. Mit Getöse und lautem Hupen braust der LKW an uns vorüber. Keuchend umklammere ich das Lenkrad, bin unsagbar erleichtert und gleichzeitig unbändig wütend über derart viel Leichtsinn.

Silent fährt in eine Haltebucht. Dort ziehe ich an ihm vorbei, bringe meinen Wagen zum Stehen und brauche einige Sekunden, um den Schreckmoment zu verdauen.

Wutentbrannt steige ich aus meinem Chevy, werfe sauer die Tür zu und stapfe auf ihn zu. Der Wind peitscht Regen in mein Gesicht. Das Gewitter kommt schnell näher.

»Hast du sie noch alle?«, schreie ich, während er vom Bike steigt. Als er vor mir steht, hole ich aus und verpasse ihm eine Ohrfeige. Aber damit nicht genug. Mit beiden Händen schlage ich kräftig auf seine Brust ein und beschimpfe ihn. Er nimmt alles hin.

»Du hättest draufgehen können. Wolltest du dich umbringen?« Ich trommele mit den Fäusten weiter auf ihn ein, heule und bin völlig aufgelöst. »Das hätte schlimm enden können. Du verdammter Idiot!«

»Beruhige dich«, zischt er, packt meine Handgelenke und hält mich fest. Ich wehre mich und will mich von ihm losreißen, doch dieser Mann ist so stark, dass ich keine Chance habe.

»Wieso tust du mir das an?« Meine Kraft lässt nach, und ich sacke schluchzend in seinen Armen zusammen.

»Ich wollte dir keine Angst machen«, raunt er mir leise ins Ohr.

»Hast du aber.« Ich schniefe und löse mich mit einem Ruck von ihm. Mir ist kalt, und ich bibbere. »Tu das nie wieder. Hörst du? Ich kann nicht noch jemanden verlieren«, füge ich hinzu, ohne zu merken, welches Geständnis ich von mir gebe. Das ist einfach zu viel für mich. Kopfschüttelnd lasse ich ihn stehen und gehe zurück zum Wagen.

»Teach!«, ruft Silent, greift nach meinem Arm und sieht mich an, wie ein Kind, das etwas ausgefressen hat. »Alana und ich ...« Er schüttelt den Kopf. »Das war so nicht. Ich hätte niemals mit ihr ... Ehrlich, das musst du mir glauben.« In seinen Augen lese ich mehr Worte, Erklärungen, die aber nicht den Weg aus seinem Mund finden. »Vergiss sie bitte, sie ist nicht wichtig.«

»Was ist dann wichtig?«

Ein Donnerschlag dröhnt, und der Regen prasselt auf uns nieder, durchnässt unsere Kleidung.

»Nur du«, murmelt er kaum hörbar. Im Lichtschein der Straßenlaterne wirken seine Augen lebendiger und wärmer als jemals zuvor. Das triff mich mitten ins Herz, und ich drohe mich darin zu verlieren. Unter der schwarzen Tinte an seinem Hals pulsiert sein Herzschlag. »Teach ...«, sagt er rau und nimmt meine Hände in seine. Mehr bringt er nicht heraus, dafür wird sein Blick durchdringender und tiefer, als würde er mich in seinen Bann ziehen wollen.

Und das tut er. Wie eine Motte vom Licht werde ich von ihm angelockt, bin nicht fähig, einen klaren Gedanken zu fassen. Der Sog ist so stark, dass ich mich nicht wehren kann. Und das will ich auch nicht. Mein Körper verzehrt sich mit einer Heftigkeit nach ihm, wie ich es noch nie erlebt habe. Obwohl Blitze den Himmel über uns erhellen und es donnert, fühlt sich der Regen seltsam warm auf meiner Haut an. Hitze steigt in meine Wangen, meine Wut verraucht, und ein Kribbeln schießt in meinen Schritt. In dem Augenblick existiert nichts und niemand, nur wir beide.

* * *

In meinem Kopf ist eine angenehme Leere. Ich schlucke schwer und weiß mit einem Mal nicht, was ich sagen soll. Mutig strecke ich einen Arm nach ihm aus, will ihn an seiner Brust berühren, doch er greift meine Hand und hält mich auf.

Mein Herz wünscht sich das klärende Gespräch, aber mein Körper lechzt nach Sex. Noch nie zuvor habe ich so auf einen Mann reagiert.

Ein Klingeln in Silents Lederjacke durchbricht die aufgeladene Stimmung und den intensiven Blickkontakt. Er nimmt sein Handy heraus und geht ran.

»Ja? ... Ja, sie ist hier. Es ist alles in Ordnung. Ja, ich begleite sie nach Hause. Okay.« Ohne ein weiteres Wort beendet er das Telefonat.

Der intime Moment ist vorüber. Das wissen wir beide. Ich schaue zu meinem Wagen. »Ich sollte jetzt gehen. Du brauchst mich nicht heimzubringen.«

Schweigend sieht er mich an, und ich hoffe, dass er mich aufhält oder irgendetwas unternimmt.

»Dann ... Gute Nacht«, sage ich, wende mich von ihm ab und laufe zum Chevy. Mit jedem Schritt sinkt meine

Hoffnung. Bevor ich einsteige, werfe ich einen Blick zu ihm. Er steht immer noch an der gleichen Stelle, reibt sich den Nacken und schaut zu Boden. Ich rede mir ein, dass es besser ist, unser Gespräch auf einen späteren Zeitpunkt zu verschieben. Mein Kleid und meine Jeansjacke sind völlig durchnässt, und in meinen Schuhen befindet sich ein kleiner See. Ich schließe die Tür, drehe den Schlüssel und starte das Auto. Es ist genau wie in den Momenten, wenn das Schicksal andere Pläne hat – mein Wagen springt nicht an.

»So ein Mist!«, fluche ich, schlage genervt auf das Lenkrad und versuche es weiter. Im Rückspiegel erkenne ich, dass Silent bereits auf seinem Bike ist und abwartend zu mir schaut.

Er kommt an die Scheibe. »Was ist los?«

»Ich fürchte, mein Wagen ist abgesoffen«, sage ich und steige aus. Ich öffne die Motorhaube und strenge mich an, etwas zu sehen. Dabei habe ich noch nicht mal eine Ahnung, wonach ich suchen muss. Silent steckt ebenfalls seinen Kopf darunter und leuchtet mit dem Handy in den Motorraum. Ratlos bleibe ich mit verschränkten Armen neben ihm stehen.

Nach einer Weile schließt er die Haube und wischt sich die Finger an seiner Jeans ab. »Sieht nach etwas Größerem aus, aber ich kann erst morgen genauer danach schauen.«

»Na toll, und was jetzt?«

Nachdenklich reibt sich Silent den Bart. Der Regen lässt nach, und das Gewitter verzieht sich.

»Nimm deine Sachen und komm.« Er läuft zu seiner Harley zurück.

Im ersten Moment bin ich unschlüssig, aber letztlich habe ich keine Wahl. Zum Laufen ist es eindeutig zu weit. Also schnappe ich meine Tasche und schließe mein Auto ab. Ich ahne, was er vorhat, und augenblicklich werde ich wieder nervös. Ich bin noch nie auf einem Motorrad gefahren, und ehrlich gesagt habe ich Schiss. Manchmal wünschte ich, ich wäre so mutig wie Kim. Sie hatte vor nichts Angst und liebte das Abenteuer.

»Ich nehme dich mit zu mir. Schreib Emily, damit sie Bescheid weiß«, fordert Silent mich auf und zieht seine Lederjacke aus. Er hat recht. Jemand sollte wissen, wo ich bin. Ich krame nach meinem Handy und tippe meiner Cousine eine kurze Nachricht.

»Anziehen«, befiehlt er, wirft mir seine Jacke zu und gibt mir einen Helm, den er aus dem Sitzfach herausgeholt hat. Dann setzt er sich auf seine Maschine. Das Leder ist schwer, aber von ihm angewärmt und duftet nach Holz, Seife und dem typischen Silent-Aroma. Meine Armhärchen richten sich auf, als ich seinen unverwechselbaren Geruch registriere und den Reißverschluss schließe. Unbeholfen, weil mein Kleid an meinen Beinen klebt, klettere ich hinter ihm auf den Sattel. Er startet den Motor, löst den Ständer und greift nach meinen Händen, bevor er losfährt. Er zieht sie zu sich, sodass ich fest seine Taille umschlinge. Gott! Ich spüre die Hitze, die von ihm ausgeht. Als Silent auf der Straße das erste Mal Gas gibt, klammere ich mich vor Schreck an ihn. Er scheint seinen Spaß zu haben, bemerkt meine Anspannung und tätschelt meine Hand, was mich beruhigen soll.

7

Teach

Wir fahren durch die Nacht, und langsam entspanne ich mich. Der Fahrtwind ist kalt, aber ich friere nicht. Mein Oberkörper ist an Silents gelehnt, und ich bin ganz benebelt von seinem herben männlichen Duft.

Viel zu schnell ist die Fahrt vorbei. Er hält vor einem kleinen Haus am Ende einer Straße. Mit einer Fernbedienung, die er aus seiner Jeans zieht, öffnet er die Garage.

»Hier wohne ich«, sagt er, als wir warten, bis das Tor sich geöffnet hat.

Das Gebäude sieht im spärlichen Laternenlicht nett aus. Okay, es ist etwas älter und der Garten ehrlich gesagt eine Katastrophe. Seitlich der Einfahrt parkt eine Blechkiste, die auf einem Schrottplatz vielleicht besser aufgehoben wäre. Sie ist vollkommen von Gras und Unkraut überwuchert. Ich glaube, ein verrottetes Fahrrad im Gebüsch zu erkennen, und auch sonst ist das Grundstück ungepflegt.

Silent hilft mir beim Absteigen, als wir in der Garage sind. Bibbernd schaue ich mich um. Ähnlich wie bei Mad sind hier ebenfalls an den Wänden Regale, gefüllt mit Werkzeug, Elektrokram und anderen Dingen. Ein Wagen ist mit einer Plane abgedeckt.

Ich folge ihm, während sich hinter uns das Garagentor automatisch schließt. Er geht voraus und schaltet überall im Haus Licht ein. Seine Küche sieht anders aus, als ich erwartet habe. Hier ist alles sauber und ordentlich. Gewaschenes Geschirr steht auf der Spüle, auf dem Esstisch liegt eine Tischdecke mit einer Obstschale, und jede Menge Fotos von Mad und ihm als Jugendliche hängen an einem Kühlschrank. Sogar ein Pärchenfoto von Emily und Mad entdecke ich. Im Wohnzimmer murmelt er etwas von Handtüchern und trockener Kleidung, während ich mich umschaue. Silent scheint es schlicht und einfach zu mögen. Der flache, übergroße Fernseher und eine Zocker-Konsole bilden die einzigen teuren Ausnahmen. Auf einem kleinen Couchtisch liegen etliche Kabel und Elektrokram. Ich weiß, dass er gern schraubt und sich in den Bars um die Technik kümmert. Auf einem Regal befinden sich in einer Reihe Whiskeyflaschen, unter anderem die Moonshiner, die er mit Mad gebrannt hat.

Silent kommt mit einem Stapel Handtücher zurück. »Ich werfe deine Sachen in den Trockner. Du kannst duschen, dann ist dir nicht mehr kalt. Danach fahre ich dich nach Hause.«

»Und was ist mit meinem Wagen?«

»Ich kümmere mich morgen darum.« Er weicht meinem Blick aus, während er mir ein Handtuch, eine Jogginghose und ein T-Shirt von sich in die Hand drückt.

Als ich ihn damals kennenlernte, fand ich seine schüchterne Art unglaublich süß, und auch jetzt muss ich mir auf die Lippen beißen, um nicht zu schmunzeln. Ich nehme die Sachen an mich. Als er sich von mir abwendet und im Gehen sein T-Shirt auszieht, bin ich wie versteinert. Ich wusste, dass er gut gebaut ist, aber das verschlägt mir die Sprache. Ich kann nicht aufhören auf seinen nackten, tätowierten Oberkörper zu starren. Ich muss ihn einfach anglotzen. Seine Tattoos sind eindrucksvoll überall auf seiner

Brust verteilt. Um seinen Hals glänzt eine Kette mit einer Heiligenfigur.

»Das Bad ist hier.« Er deutet auf die erste Tür im Gang und reißt mich aus meinen Überlegungen. »Ich mache Tee.«

Ein Sixpack, sein beachtliches V an den Bauchmuskeln und die winzigen dunklen Härchen, die wie ein Pfad in seinem Jeansbund verschwinden, lassen meinen Atem stocken. Hitze. Ich fühle überall Hitze, obwohl mir kalt ist. Ich schlucke bei dem, was Silent zu bieten hat.

»Du willst keinen Tee?«, fragt er, als ich nicht reagiere.

Ich schüttle den Kopf. Wer will schon Tee, wenn er so in Flammen steht. Unwillkürlich lecke ich mir über die Lippen.

»Kaffee? Heiße Milch?« Er dreht sich um, öffnet den Kühlschrank und verwehrt mir somit den Blick auf seine Brust.

»Was? ... Äh ... Tee ist prima«, versichere ich und betrachte die Narben auf seinem Rücken, die er mir unabsichtlich zeigt. Es sind unzählige, kleine helle Stellen, die schon lange abgeheilt sind und die er mit Tattoos zu verdecken versucht. Am liebsten würde ich ihn darauf ansprechen, aber ich wage es nicht und gehe endlich duschen.

Das heiße Wasser ist großartig, vertreibt die Kälte aus meinen Knochen und wärmt mich vollkommen auf. Doch aus meinem Kopf lässt sich das Bild seines Oberkörpers nicht verbannen. Ich muss mich zusammenreißen, um das erotische Aufflackern unter Kontrolle zu halten.

Seine Jogginghose ist mir natürlich viel zu groß, ebenso das T-Shirt, aber ich bin froh um die trockenen Sachen. Mit der flachen Hand reibe ich über den Spiegel und erschrecke, als ich die verschmierte Wimperntusche auf meinen Lidern entdecke. Ehrlich gesagt sehe ich aus wie ein Pandabär. Ich wasche mein Gesicht und kämme mir die langen blonden Zotteln, bis sie wieder einigermaßen ansehnlich sind. Erst dann traue ich mich aus dem Badezimmer.

Silent hat den Tee für mich schon zubereitet und drückt mir die heiße Tasse in die Hand, als ich die Küche betrete. Schweigend nimmt er mir das nasse Kleid und die Jeansjacke ab und stopft sie in die Maschine.

»Danke«, flüstere ich, trinke einen Schluck und schaue ihm zu, wie er das Gerät einschaltet. Als ein summendes Geräusch zu hören ist, dreht er sich um und lehnt sich mit verschränkten Armen gegen den Trockner. Es herrscht eine seltsame Stimmung, und wir wissen beide nicht, was wir sagen sollen. Er ist immer noch oberkörperfrei, und es fällt mir schwer, ihn nicht anzustarren. Er hat keine Ahnung, was sein Anblick mit mir anstellt. Der Kerl ist unfassbar sexy. Bevor er mir die Gedanken anmerkt, widme ich mich wieder meiner Teetasse und überlege, über etwas Unverfänglicheres zu sprechen. »Glaubst du, die Reparatur meines Wagens wird teuer?«

Lange sieht er mich mit seinen schokoladenbraunen Augen an, und ich kann dabei zuschauen, wie sein Hirn arbeitet. Mehrmals öffnet er den Mund und schließt ihn wieder. Was will er mir sagen? Und wieso fällt es ihm so schwer? Es vergehen Sekunden, ehe er sich überwinden kann.

»Ich wünschte, ich hätte Kim damals retten können«, unterbricht er plötzlich die Stille. »Es tut mir leid, dass ich sie dir in dieser Nacht nicht zurückbringen konnte.« Er weicht meinem Blick aus und senkt den Kopf.

Sofort löst das Thema einen Stich in meinem Herzen aus. Ich sehe das Bild vor mir, wie Silent mich im Wald gefunden hat und mir sein Versprechen ins Ohr flüstert, das er nicht halten konnte. Ich bemerke, wie sehr das alles an ihm nagt, und es wird endlich Zeit, ihn nach all den Monaten von seinen Schuldgefühlen zu befreien.

»Es gibt nichts, was ich dir verzeihen muss. Es war nicht deine Schuld.« Ich schlucke. »Das hätte ich dir längst sagen sollen.«

In seinen Augen flackert es warm, und er schaut mich so intensiv an, dass ich sofort wieder in seinen Bann gerate. Mein Körper reagiert, und ich sehne mich danach, von ihm berührt zu werden. »Silent, ich …«

Langsam gehe ich auf ihn zu. Mein Herz klopft wild, als ich mich für meinen Vorschlag mutig genug fühle.

»Vielleicht können wir dort weitermachen, wo wir damals unterbrochen wurden?«, sage ich leise und beiße mir auf die Unterlippe, weil ich vor Verlangen unter Strom stehe. Ich will endlich das von ihm haben, was uns von der Nacht an der Bluegrass-Mühle gestohlen wurde. Und diesmal wird uns nichts stören, nichts voneinander fernhalten und schon gar nichts trennen. Voller Hoffnung recke ich mein Gesicht, schließe die Lider, während mein Herz in freudiger Erwartung dem Kuss entgegenwummert.

Es vergehen Sekunden.

Nichts geschieht.

Null.

Nada.

Niente.

Ich bin verwirrt und blinzle.

Kaum merklich schüttelt er den Kopf. Er kämpft mit sich, während seine Augen auf meinen Lippen liegen.

»Schlaf mit mir, Silent«, raune ich betörend und voller Hoffnung, ihm endlich nahezukommen.

* * *

Er zögert, ringt mit sich, ballt die Fäuste, bis die Knöchel weiß hervortreten, aber nichts geschieht. Habe ich mich geirrt und nur ich die erotische Spannung zwischen uns wahrgenommen? Okay, das wäre wirklich peinlich, aber ich bin mir sicher, dass er genauso in Flammen steht wie ich. Sein Blick liegt auf meinen Lippen, sein Atem geht schwer, und ich sehe deutlich, dass er mich will.

Mutig starte ich einen neuen Versuch, lege eine Hand auf seine Brust, um die intime Bindung zu verstärken. Plötzlich, als könnte er die sanfte Berührung nicht ertragen, greift er meine Handgelenke und drückt sie ruckartig gegen meinen Rücken. Dabei schiebt er mich rückwärts zum Küchentisch, bis ich dessen Kante am Po spüre, dann dreht er mich mit einer harten Bewegung um und presst seinen Körper von hinten an mich. Sein Atem geht stoßweise und strömt warm über meinen Nacken.

»Das willst du nicht, Teach«, haucht er in mein Ohr, und es klingt wie eine Warnung und gleichzeitig wie ein süßes Versprechen.

»Doch.«

»Du weißt nicht, was du da sagst. Ich ... ficke, Teach.«

Überrascht schnappe ich nach Luft. Wie tief stille Wasser doch sein können, aber seine deutliche Sprache schießt mir direkt in den Schritt, und Hitze fließt in meine Wangen. Einen Moment schließe ich die Augen und bekomme eine Ahnung, wie es sein könnte – wild, animalisch und hart. Sex, der mich vergessen lässt und den Schmerz für einige Zeit ausschaltet. »Zeig es mir, Silent. Bitte.«

Er hält inne, als würde er überlegen, und kurz darauf höre ich ein tiefes Knurren aus seiner Kehle. »Verdammt!«

Dann spüre ich seine Lippen auf meinem Hals und wie sich seine Zähne in meine Haut bohren. Erregt keuche ich auf, während seine Finger unter das T-Shirt zu meinen Brüsten gleiten. Genüsslich recke ich sie ihm entgegen. Wie von selbst schlingen sich meine Hände um seinen Nacken. Ich will mich umdrehen, um ihn zu küssen, doch Silent greift erneut nach meinen Handgelenken.

»Nicht«, sagt er und verwehrt mir, ihn zu berühren.

Wieso nicht? Ich will ihn anfassen, ihn schmecken, sein Aroma einsaugen, auf der Zunge spüren und damit aus meinem Alltag aussteigen und endlich etwas anderes empfinden als Schmerz und Sorgen. Die Intensität der Gefühle, die durch mich hindurchrieseln, und die ruppige Art sind neu für mich. Einerseits erregt und reizt es mich, andererseits verstärkt es die Leere, die ich doch füllen wollte.

Langsam lässt er meine Handgelenke los, streicht dabei sachte über meine Taille und drückt meinen Oberkörper sanft, aber bestimmt auf den Tisch. Ich lasse es geschehen, bis meine Wange auf der kalten Platte liegt, während er die Jogginghose von meinen Hüften zieht. Ich spüre seinen Blick auf meinem nackten Po. Oh Gott, was wird er jetzt tun?

Sekunden verharrt er, als würde er zögern. Dann legt er eine Hand schwer atmend auf eine Pobacke, wandert streichelnd abwärts. Bevor er meine Scham berührt, ist mein Körper vollends in Aufruhr. Ich halte den Atem an, als er seine Finger gegen meine Schamlippen drückt. Mein Herz kommt ins Stolpern, und wie von selbst spreize ich die Beine, um ihm besseren Zugang zu verschaffen. Ungekannte Emotionen überschwemmen mich, und während er meine Klit zusammendrückt, schreie ich auf und schwebe gefährlich über dem Abgrund. Ich bin wie von Sinnen. Das qualvoll süße Gefühl erfasst meinen ganzen Körper, und ich könnte schreien vor Wonne.

Seltsamerweise mag ich seine ruppige Art, aber ich sehne mich danach, ihn zu berühren, ihn zu küssen, ihm nahe zu sein und mich an ihm festzuhalten.

»Silent, bitte«, wimmere ich und will mich aufrichten, doch auch diesmal drückt er mich auf die Tischplatte zurück.

»Nicht bewegen«, befiehlt er rau, und im nächsten Moment höre ich das Geräusch des Reißverschlusses seiner

Jeans. Meine Nerven sind bis aufs Äußerste gespannt, als er die Spitze seines Schwanzes vor meinem Eingang positioniert. Mit einem einzigen festen Stoß dringt er in mich, und ich schnappe nach Luft, weil er mich vollkommen ausfüllt und ich kaum Zeit habe, mich an seine Größe zu gewöhnen.

Er nimmt mich kräftig und hart, genau wie er es vorher gesagt hat. Seine Finger bohren sich in meine Hüften, und ich muss mich am Tischrand festhalten, um das Gleichgewicht nicht zu verlieren. Der Raum ist erfüllt von dem Geräusch aufeinanderklatschender Haut, gemischt mit meinem Stöhnen, das ich nicht kontrollieren kann. Ich bin gefangen zwischen zügelloser Lust und der Erlösung, der ich sofort näher komme.

Der Tisch rückt mehrere Zentimeter von seinem Platz, die Obstschale zerschellt am Boden, aber das stört uns nicht. Unerbittlich stößt Silent in mich und löscht sämtliche Gedanken in meinem Kopf aus. Ich bin wie berauscht von seiner rauen, animalischen Art, und schneller als erwartet bin ich bereit, ihm alles von mir zu geben.

Als ein tiefes Brummen aus seiner Kehle dröhnt, komme ich. Der Orgasmus spült über mich hinweg, und ich merke, dass Silent auch gleich so weit sein wird. Gerade als ich glaube, erschöpft wieder auf der Erde zu landen, spüre ich einen schmerzhaften Klaps auf meinem Po. Ich schreie auf. Das Brennen auf meiner Haut schießt direkt in mein Zentrum und treibt mich zurück zur Welle, die mich in ungeahnte Höhen katapultiert. Ich verlasse den Planeten, meine Welt schaltet sich aus. Ich fliege in endlose Weiten, zwischen Mond und Sternen und fühle unfassbare Wonnen und Glückseligkeit.

Erst jetzt merke ich, dass Silent sich in mehreren Schüben in mir ergießt, während ich erschöpft auf der Tischplatte gebeugt liege. Ich brauche Sekunden, um zu landen, das Erlebte zu begreifen und meinen Herzschlag zu beruhigen.

Das Ticken der Küchenuhr vermischt sich mit unserem abgehackten Atem. Silent lässt mich los und zieht sich aus mir zurück. Das Nächste, was ich höre, ist der Reißverschluss seiner Jeans. Ich bin vollkommen aufgezehrt, aber ich richte mich auf, will in sein Gesicht sehen. In dem Moment, als ich versuche, seine Augen zu ergründen, wendet er sich von mir ab.

Sofort fühle ich mich wieder leer, allein und irgendwie schäbig. Verwirrt ziehe ich die Jogginghose hoch. Seine Art verletzt mich mehr, als ich es in Worte fassen kann. Kein Kuss, keine Zärtlichkeiten, keine Berührungen. Nicht mal etwas Vertrautes lässt er zwischen uns zu. Irgendetwas stimmt nicht.

»Alles okay?«, murmelt er leise, was das befremdliche Gefühl noch verstärkt. Als ich nicht antworte, wagt er einen kurzen Blick in meine Richtung.

Stolz recke ich das Kinn.

»Ja«, lüge ich, kann aber meine Stimme nicht so sorglos klingen lassen.

»Sobald deine Sachen trocken sind, fahren wir.« Er geht aus der Küche.

Ich bin wie versteinert. Was zum Teufel ist gerade geschehen? Das kann doch nicht sein. Das Display der Maschine zeigt zwanzig Minuten – zwanzig verdammt lange Minuten. Das halte ich nicht aus. Immer noch wie vor den Kopf gestoßen, muss ich mich setzen, als es mir plötzlich klar wird: Ich war nur ein Fick, ein Blitzableiter, eine schnelle Nummer – nichts weiter.

Schmerz durchfährt mein Herz, und ich muss heftig schlucken. Entweder hat der Sex unsere Situation schwieriger gemacht, oder wir passen doch nicht so gut zusammen, wie Emily behauptet. Er hat mich benutzt, so wie ich ihn benutzt habe. Keine Frage, der Sex war heiß, und noch nie hatte ich ein solches Erlebnis mit einem Mann, trotzdem würde ich ihn am liebsten schütteln, ihn zwingen mich anzusehen und mir zu sagen, ob er wirklich so eisig ist. Aber wahrscheinlich bin ich zu durcheinander, um das jetzt zu analysieren. Ich bin geschockt von seiner gleichgültigen Art, seiner Kälte, obwohl wir gerade sehr intim miteinander waren. Und überhaupt war er ganz anders, als ich erwartet habe.

Eilig ziehe ich mein Handy aus der Handtasche, schreibe Emily und unterdrücke mit aller Kraft die Tränen, die aufsteigen wollen.

»Emily holt mich ab. Dann brauchst du heute Abend nicht mehr los«, sage ich so belanglos wie möglich, als Silent zurückkommt und den Kühlschrank öffnet. »Sie ist schon unterwegs.«

Erst als ich mit versteinerter Miene auf einen Punkt auf dem Tisch starre, scheint er sich genötigt zu fühlen, etwas zu fragen. »Ist wirklich alles gut?«

Ich will ihn anschreien, ihm entgegenschmettern, wie kalt und egoistisch ich ihn finde, aber das wage ich nicht.

»Ja«, gebe ich stattdessen knapp von mir, und als kurze Zeit später Scheinwerfer aufleuchten, fällt mir ein Stein vom Herzen. »Das ist sie schon. Danke für deine Hilfe. Gute Nacht.«

Ich werfe meine Tasche über die Schulter und flüchte regelrecht aus seiner Küche, aus seinem Haus und vielleicht aus seinem Leben.

8

Silent

»*Es gibt nichts, was ich dir verzeihen muss. Es war nicht deine Schuld.*« Wie Honig beträufelt sie damit meine Seele und schenkt mir ein kleines Stück Erlösung – zumindest ein wenig. Dieser Wortlaut kam über ihre Lippen, und genau diese streckt sie mir entgegen – voll, weich und wunderschön. Ich soll sie küssen. Das ist es, was sie sich wünscht.

Die Versuchung ist so einladend, so verlockend, dass es mich alle Kraft kostet, nicht wie ein Tier über sie herzufallen und wie gewohnt mein Ding durchzuziehen. Wie lange habe ich von diesem Moment geträumt und kann nicht glauben, dass es nun wirklich passiert. Nur ein winziges Stück hätte ich mich zu ihr herunterbeugen müssen und es einfach tun können.

Aber ich kann nicht. Niemals.

Sie sieht in meinen Klamotten so verdammt sexy aus. Mein übergroßes T-Shirt verhüllt ihren schlanken Körper. Ihre Wangen sind vom Sex gerötet, aber ganz langsam sickert die Ernüchterung in ihr Bewusstsein. Ich kann es in ihren Augen erkennen. Da ist Verletztheit und Scham, was ich ihr nicht verdenken kann. Ich habe sie gefickt und gewusst, dass ich sie enttäusche. Das schmerzt mehr, als ich sagen kann. Ich werde ihr nie das geben können, was sie sich von mir wünscht. Dennoch kann ich nicht von ihr lassen, ich will sie – schon so lange, verflucht noch mal.

Als sie aus meinem Haus flüchtet, sehe ich ihr nach und fühle mich wie ein Trottel, weil ich es mal wieder vermasselt habe.

Es ist ziemlich früh, als Mad an diesem Morgen vorbeikommt. Er sitzt auf meiner Couch und hält einen der Minisender in der Hand, an denen ich seit Monaten bastle. Mir ist klar, dass er nicht deshalb so zeitig aus dem Bett gefallen ist. Es ist gerade mal kurz nach acht, und Mad befindet sich um diese Zeit normalerweise noch im Tiefschlaf.

»Das ist genial, Bro«, meint er begeistert. »Wann können wir die Knöpfe ausprobieren?«.

»Bald«, entgegne ich und nehme ihm den Probeknopf eilig ab. »Die Dinger sind empfindlich.« Behutsam lege ich sie in die Schachtel zurück. Er weiß genau, dass ich es nicht leiden kann, wenn er alles anfasst und durcheinanderbringt.

»Ist ja gut! Und was ist mit der neuen Kamera für Mr. Wick?« Er beobachtet mich, während ich zur Verandatür gehe und die x-te Tasse Kaffee in mich hineinschütte, um wach zu bleiben.

Ich bin vollkommen übermüdet, konnte nicht schlafen, nachdem Teach gegangen ist. Stundenlang habe ich überlegt, ob ich ihr eine Nachricht schreiben soll.

»Ich arbeite daran«, antworte ich knapp, und die Stille im Wohnzimmer erdrückt mich fast. Mein bester Freund kennt mich gut, und ich spüre seinen Blick in meinem Rücken, der mich stumm auffordert, endlich zu erzählen.

»Jetzt spuck es schon aus, Mann! Was ist gestern Abend zwischen Teach und dir vorgefallen?« Er erhebt sich und läuft auf mich zu. »Stell dich nicht so an. Wir wissen beide, dass etwas passiert sein muss. Du nimmst das Mädchen, in das du schon so lange verknallt bist, mit in dein Haus. Kurze Zeit später erhält Em eine Nachricht, dass sie sie abholen soll. Ich weiß nur, dass Teach geweint hat und ziemlich durcheinander war, und du schlägst dir die ganze Nacht mit Arbeit um die Ohren.«

Ich schweige. Scheiße, sie hat geweint. Wegen mir.

»Komm schon, Bro. Mir kannst du nichts vormachen. Was zum Teufel war denn los?« Er zieht die Brauen hoch. »Nein«, entfährt es ihm geschockt. Normalerweise haut Mad so schnell nichts aus den Socken, aber als er erkennt, dass ich richtigen Mist gebaut habe, erlebe ich ihn zum ersten Mal sprachlos. Mit entsetztem Gesicht sieht er mich an, braucht keine zwei Sekunden, um von selbst darauf zu kommen. »Sag bitte nicht, ihr habt ...«

Ich schweige.

»Du hattest Sex mit ihr, wie mit deinen üblichen Weibern?«

Ich presse die Lippen aufeinander, weil es mir widerstrebt, Teach mit diesen Frauen gleichzusetzen.

»Ohne sie vorher aufzuklären, wie du tickst?« Mad seufzt und reibt sich die Nasenwurzel. »Scheiße, Mann! Das hätte nicht passieren dürfen. Hast du es ihr wenigstens hinterher erklärt?«

Schuldbewusst schließe ich einen Moment die Augen und lasse den Kopf hängen.

Mad stößt einen langen Atem aus und fährt sich durchs Haar. »Mann! Mann! Mann! Ich weiß ja, dass es dich Überwindung kostet, aber Teach hat Klasse, und du solltest sie für deinen Scheiß nicht benutzen.«

»Das weiß ich selbst, verdammt!«, knurre ich genervt. »Außerdem habe ich sie nicht benutzt.« Kaum habe ich das gesagt, lacht der Teufel höhnisch in mir auf, weil ich exakt das getan habe. »Sie ... Ich ... Du hast keine Ahnung, wie schwer es war, ihr zu widerstehen. Sie ...« Ich breche ab, weil die richtigen Worte, um Teach zu beschreiben, einfach nicht über meine Lippen wollen.

Kameradschaftlich legt Mad eine Hand auf meine Schulter. »Glaub mir, Bro. Ich weiß genau, wie schwierig das ist.«

»Hinterher ... ist sie so schnell vor mir geflüchtet, und erst als sie fort war, habe ich kapiert, dass ich Trottel ...«

»Klär das, verdammt! Emily reißt dir sonst die Eier ab, und ich schwöre dir, das willst du nicht.« Es ist Mad anzusehen, wie ernst er das meint. Mit Emily ist nicht zu spaßen, wenn sie sauer ist. Sie ist die unberechenbarste Person, die ich kenne, obwohl sie auch ein Engel sein kann. »Gibt es irgendwelche Neuigkeiten wegen den Beobachtungen an Teachs Haus?«

»Nein, leider nicht.«

Er nickt wissend. »Das Ganze wird allmählich zu einem Problem. Emily meint, du gehst mit dem Stalking langsam zu weit. Noch toleriert Teach es, aber da sie nicht weiß, dass du ihr zum Schutz folgst –«

»Mad«, unterbreche ich ihn. »Da war jemand an Teachs Haus, unmittelbar nach der Beerdigung. Ich habe zwar nur einen Schatten gesehen und auch sonst keine Beweise, aber ich spüre es in den Knochen, dass sie in Gefahr sein könnte.«

Lange sieht Mad mich an. Er kennt mich wie kein anderer und weiß, dass ich mich immer auf mein Bauchgefühl verlassen kann und mich selten irre. Er nickt bedächtig. »Die Morde an Kim und Hurley sind aufgeklärt. Wie groß ist die Wahrscheinlichkeit, dass noch jemand durchdreht? Ausgerechnet hier in Elisabethtown? Wir haben alles abgeklopft, sogar die Wachhunde ihres Vaters gecheckt.«

»Ich bin mir sicher, dass wir an der falschen Stelle suchen. Louisville ist die nächste Großstadt, in der unzählige Spinner leben. Ich will einfach kein Risiko eingehen, Mad.«

»Ich auch nicht. Nach allem, was Emily und Teach durchgemacht haben, sollten wir wachsam bleiben ... Es aber trotzdem nicht übertreiben. Okay, sieh zu, dass du das mit Teach geregelt bekommst.«

»Und wie?«, frage ich hilflos.

»Keine Ahnung. Kauf Blumen, entschuldige dich, lade sie zum Essen ein. Sorg dafür, dass sie dir verzeiht. Früher oder später musst du dich überwinden und den Mund aufmachen. Das predige ich dir seit Jahren. Aber so schwer ist das nicht, Bro. Ich bin mir sicher, dass du das hinbekommst. Du erzählst ihr von deinen Gefühlen und was dein Problem ist. Der Rest kommt dann schon von allein.«

»Okay«, murmle ich, bin jedoch noch mehr verunsichert.

»Ruf mich an, wenn ich dir helfen soll.«

»Mach ich.«

Eine Stunde später stehe ich in einem Blumenladen. Unschlüssig laufe ich zwischen der bunten Blütenpracht und dem Bereich mit Zimmerpflanzen umher. Von Emily weiß ich, dass Frauen Blumen mögen, warum ich aber ständig bei den Kakteen hängen bleibe, kann ich nicht sagen. Die gefallen mir besser als der filigrane Firlefanz in den Eimern vorne im Verkaufsraum. Allerdings bin ich mir nicht sicher, ob Teach auf so etwas steht.

»Kann ich Ihnen helfen?«, fragt die Verkäuferin freundlich. Seit ich den Laden betreten habe, hat sie mich nicht aus den Augen gelassen. Als würde ich aussehen wie ein verdammter Blumendieb.

Unentschlossen greife ich mir an die Beanie-Mütze, weil ich keinen Plan habe, was ich kaufen soll. So ein Geschäft habe ich noch nie von innen gesehen und mir schon gar nicht über solchen Schnickschnack Gedanken gemacht.

»Ich suche etwas für eine Frau.«

Sie lächelt wissend. »Für welchen Anlass?«

Die ist aber neugierig. Hat sie schon mal was von Privatsphäre gehört? Als sie meinen verwirrten Blick registriert, grinst sie. »Wie wäre es mit einem hübschen Rosenstrauß?«

Rosen? Ich schüttle den Kopf. Nur ein liebeskranker Idiot kauft das. Ich brauche was anderes. Bunte Stängel oder Kakteen? Was würde Teach gefallen?

»Für *Ihre* Frau?«, hakt sie nach.

Mit dieser Frage fängt sie meinen Blick ein. Meine …? Auf keinen Fall. Das verdiene ich nicht. Das würde bedeuten, sie würde zu mir gehören. Das wird ein Traum bleiben.

»Eine Freundin«, verbessere ich sie unbehaglich.

Die Verkäuferin grinst dümmlich. »Dann besser rote Rosen. Die stehen für ewige Liebe und Romantik.«

»Ich nehme den hier.« Ich deute mit dem Finger auf einen Topf mit einem stacheligen Kaktus.

Sie ist sichtlich irritiert, besinnt sich aber zügig.

»Eine … nette Wahl. Sehr robust, braucht nicht viel Wasser und kommt an jeder heimischen Fensterbank gut zur Geltung«, plappert sie in ihrem Verkaufsmodus, nimmt die Pflanze mit zum Kassenbereich. »Ich pack ihn ein, damit Sie sich nicht piksen.«

* * *

Zehn Minuten später bin ich mit dem verpackten Kaktus unterm Arm an Teachs Schule und laufe den Flur entlang. Laut Em hat sie gleich eine Freistunde, die ich nutzen will, um ihr wenigstens zu sagen, dass ich … Scheiße. Ich hätte mir über meine Entschuldigung Gedanken machen und nicht einfach kopflos aus dem Haus rennen sollen, nur weil Mad mir den Floh ins Ohr gesetzt hat, dass ich dringend und am besten sofort mit Teach reden muss. Er hat mir sogar extra den Vormittag freigegeben.

Da ich keinen blassen Schimmer habe, in welchem Zimmer sie gerade unterrichtet, horche ich an den Türen, bis ich schließlich ihre Stimme vernehme. Ungeduldig spähe ich auf die Armbanduhr. Die Schulstunde ist erst in ein paar

Minuten vorbei, und dann kann ich es endlich hinter mich bringen. Je länger ich vor dem Klassenzimmer stehe und ihr zuhöre, desto mehr bekomme ich mit, wie gut sie mit Kindern umgehen kann. Teach ist wirklich geboren für den Job. Wenn ich an meine Schulzeit zurückdenke, habe ich nur schlechte Erinnerungen. Sie wurden erst besser, als ich die Schule abbrach.

Meine Knie werden weich. Wie zur Hölle soll ich ihr das alles erklären? Ob ihre Freistunde ausreicht, um ihr von meinen inneren Dämonen und den Auswirkungen zu erzählen? Ich muss ihr sagen, dass die Sache von letzter Nacht mich …

Die Tür geht auf, und ein kleines Mädchen kommt heraus. Sie hat langes braunes Haar, das sich am unteren Ende lockt. Sie ist winzig, beinahe wie ein Zwerg. »Hallo.« Sie bleibt stehen und mustert mich neugierig. »Mrs. Teach gibt uns noch die Hausaufgaben, dann sind wir fertig.«

»Du solltest die auch nicht verpassen.«

Sie rollt mit den Augen. »Werde ich schon nicht. Ich muss Pipi. Bist du ein Dad?«

Ich ziehe die Augenbraue in die Höhe. Ich. Ein Dad? Gott bewahre! Ich wäre ein miserabler Vater. Ich schüttle den Kopf.

Dann öffnet sie sperrangelweit die Tür. »Mrs. Teach, da ist ein Mann. Er ist aber kein Dad.«

Augenblicklich verstummen alle, unzählige Gesichter schauen mich neugierig an.

»Kannst reingehen«, sagt das kleine Mädchen, schiebt mich ein Stück ins Klassenzimmer und schließt die Tür.

Damit ist alle Aufmerksamkeit auf mich gerichtet. Obwohl es nur Kinder sind, ist meine Zunge mit einem Mal so schwer, und ich widerstehe dem Drang, wieder zu verschwinden.

»Silent! Was machst du denn hier?« Teach steht an der Tafel, hat ein Kreidestück in der Hand und unterbricht ihren Vortrag.

Mit der Situation überfordert, trete ich endlich näher. Herrgott! Wieso habe ich sie nicht allein treffen können. »Ich … Ich … Entschuldige …«

Unsicher schiele ich zu den Kids, die mich alle anstarren, als wäre ich ein Alien.

»Bist du ein Verbrecher?«, kommt es aus einer Ecke.

»Bestimmt! Mein Vater ist Polizist und kann ihn verhaften«, schallt es von der anderen Seite.

»Also Kinder«, ermahnt Teach die beiden Jungs. »Erstens verurteilen wir niemanden wegen seines Äußeren, und außerdem ist das Silent, ein Freund von mir.«

»Ich hätte später kommen sollen.« Ich wende mich ab, doch in dem Moment klingelt es. Die Kids springen auf, packen ihre Sachen und eilen aus dem Zimmer. Ein Mädchen bleibt vor mir stehen und beäugt mich interessiert.

»Warum hast du dich so angemalt?« Sie deutet auf die Tattoos, die meinen Unterarm zieren.

Der Polizistensohn mischt sich ein. »Mein Dad sagt, Leuten mit Tattoos kann man nicht trauen.«

»James!«, ermahnt Teach ihren Schüler. »Ein Tattoo sagt nichts über einen Menschen aus.«

»Aber mein Dad ist Polizist und …«

»… täuscht sich gewaltig. Es gibt auch Polizisten, die tätowiert sind.«

»Wenn ich groß bin, will ich eine Prinzessin und ein Einhorn genau hier haben«, mischt sich das Mädchen wieder ein und deutet auf ihren Bauch.

Das Bild von einem bunten Einhorn und einer Prinzessin mit Krone und rosa Kleid drängt sich mir auf, und automatisch muss ich mich schütteln. Was für eine schreckliche Vorstellung sie hat.

Teach schmunzelt. »Ich glaube, darüber brauchst du dir jetzt noch keine Gedanken zu machen, Theresia.«

»Warum macht man das eigentlich?«, will der Polizistenjunge wissen.

»Weil Menschen sich an ein Ereignis aus ihrem Leben erinnern möchten. Für manche ist das Körperkunst, und andere lassen sich ein Tattoo stechen, einfach weil sie es schön finden. Es gibt sogar Kulturen, da gehört das zur Religion«, erklärt Teach geduldig.

Wow! Ich bin beeindruckt, wie sie den Kindern das alles auf eine nette Weise beibringt.

»Mein Dad findet das hässlich, und ich auch.« Der Polizistensohn schnappt seine Tasche und schlendert aus dem Klassenzimmer. Das Mädchen grinst und läuft ihm nach.

»Entschuldige, die Kinder sind sehr neugierig«, meint Teach, als wir allein sind. Sie schließt die Tür. »Was kann ich für dich tun, Silent?« Ihre Reserviertheit schmerzt, und ich sehe in ihren Augen die Enttäuschung, für die ich verantwortlich bin.

So ein Gespräch habe ich noch nie geführt, und es fällt mir alles andere als leicht. Ich hätte mich besser darauf vorbereiten sollen.

»Ich muss mit dir sprechen«, murmele ich.

»Worüber?« Sie geht zu ihrem Tisch zurück und packt ihre Sachen ein.

Verdammt! Sie macht es mir nicht gerade einfach. Okay, ich habe ihre kalte Schulter verdient. Ich reiße mich zusammen und schlucke. »Über letzte Nacht.«

Mitten in der Bewegung hält sie inne, und ihre Wangen röten sich. »Alles gut, du hattest deinen Spaß.«

Genau das habe ich befürchtet. Jede Faser in mir schreit, dass sie das auf keinen Fall denken darf und ich das irgendwie wieder in Ordnung bringen muss, jedoch weiß ich, dass das schwierig wird. Ich habe Angst, es zu vermasseln. Einen

Schritt laufe ich auf sie zu. »Ich … hätte dich so nicht gehen lassen dürfen, ohne … Erklärung.«

Neugierig sieht sie mich an und hebt eine Braue. »Jetzt bin ich aber gespannt.«

»Es tut mir leid«, sage ich gedämpft. »Ich wollte dich nicht verletzen.« Mir fällt der Kaktus wieder ein, den ich, seit ich die Schule betreten habe, unterm Arm trage. Schnell strecke ich ihn ihr entgegen. Sie zögert eine Weile, bevor sie ihn mir abnimmt und unausgepackt auf den Tisch stellt.

Tief atme ich ein und versuche es erneut. »Du und ich, das … Du solltest mit jemandem zusammen sein, der dir das geben kann, was du verdienst.«

»Erzähl mir keine Scheiße, Silent«, braust sie plötzlich auf. »Du hast mich gestern Nacht benutzt. Und ich dachte, da wäre mehr zwischen uns.«

Panik schießt mir in die Eingeweide, und der Satz, der mein ganzes Leben geprägt hat, hallt in mir nach. *»Worte schlucken, nichts fühlen, das rettet mich.«* Verdammt! Das alles ist zu kompliziert. Schuldbewusst senke ich den Blick, damit ich ihren Schmerz nicht sehen muss. Ich will etwas erwidern, aber die Silben wollen einfach nicht über meine Lippen.

»Was ist das Problem?«, flüstert sie ergriffen.

Satzfetzen wirbeln durch meinen Kopf, und egal wie sehr ich mich anstrenge, es ihr zu erklären, wird mir mal wieder bewusst, wie gewaltig und mächtig der Berg in Wahrheit ist, dessen Überwindung ich nicht schaffe. Ich schlucke und zwinge mich. »Ich … kann dich nicht küssen, Teach. Niemals.«

Sie wird bleich, und ich fühle mich wie ein Freak, der ich ja auch bin. Ich richte meinen Blick aus dem Fenster und erinnere mich an die Zeit, als ich noch in Ordnung war. Es hat nur Augenblicke gedauert, bis aus dem unschuldigen Jungen ein gefühlloses Monster geworden ist.

»Wieso nicht?«

»Ich bin nicht dazu fähig. In mir toben Dämonen, denen ich dich nicht aussetzen will.« Dunkle Erinnerungen wollen sich aus den Untiefen hervordrängen.

Einen Moment sieht sie mich an. »Das reicht mir nicht, Silent. Sag mir einen Grund.«

Sie braucht Erklärungen, und mir wird heiß und kalt. »Das war immer so und hat nichts mit dir zu tun.«

»Und warum wolltest du vor Kims Tod mit mir ausgehen?«

Ich senke den Blick. »Weil … Ich glaubte, ich könnte mich ändern. Ich mag dich, Teach, wirklich, aber was gestern geschehen ist …« Ich schüttle den Kopf. »Es ist besser, wenn sich das nicht wiederholt.«

Wütend schlägt sie ihre Tasche zu. »Ich kann nicht glauben, dass mir das schon wieder passiert.« Dann entweicht ihr ein sarkastisches Lachen. »Ich bin so was von dämlich.«

»Nein, bist du nicht.«

»Doch. Ich falle immer wieder auf solche Typen herein, weil ich mir einbilde, dass sie aufrichtig etwas für mich empfinden.«

»Das tue ich«, presse ich schnell hervor, und es ist die Wahrheit.

Sie hebt eine Hand. »Erspar mir das. Ich habs kapiert und werde dich nicht länger belästigen.«

Fuck! Nein! So sollte das nicht laufen.

»Ich will dich nicht mehr vor meinem Haus, hier an der Schule oder an anderen Orten sehen. Lass mich einfach in Ruhe, Silent.« Wütend stürmt sie aus dem Zimmer und lässt mich mit dem gleichen Schmerz zurück, den ich ihr zugefügt habe. Nachdenklich betrachte ich den Kaktus auf ihrem Pult, wickle ihn aus dem Papier und starre die vielen Stacheln an. Ich habs vermasselt.

Als ich das Schulhaus verlasse, kann ich nicht anders, schlage mit der Faust gegen die Metallspinde und trete einen Mülleimer.

9

Teach

Schluchzend sitze ich auf dem Toilettendeckel und schnaube in ein Taschentuch. Wieso gerate ich schon wieder an einen Typen, der es nicht ernst mit mir meint? Mein Ex filmte mich heimlich beim Sex und verkaufte die Clips im Internet. Das war echt niederträchtig, aber als er auch noch Kims Mörder eines der Videos für Geld überließ und dieser damit meine Schwester erpresste, war die Pille, die ich schlucken musste, extrabitter. Und jetzt das mit Silent. Das alles nagt an mir, unterspült mein Herz mit üblen Gedanken. Trotzdem muss ich ständig an ihn denken.

Ich ziehe die Nase hoch. Wieso weine ich ihm überhaupt eine Träne nach? *Steh auf, Teach, klopf dir den Schmutz von den Schultern und richte dein Krönchen.* Genau das hätte meine Zwillingsschwester gesagt. Ach, Kim ... Verdammt! Warum bekomme ich mein bescheuertes Herz, sobald es um ihn geht, nicht in den Griff?

Der Gong dröhnt durch den Schulflur und kündigt das Ende meiner Freistunde an. Ich verlasse die Kabine. Am Waschbecken versuche ich mit kaltem Wasser die Spuren meiner Tränen zu vertuschen. Ich bin gerade einigermaßen zufrieden, als die Tür aufgeht und Mrs. Matthews hereinkommt. Natürlich kann ich der erfahrenen Mutter nichts vormachen. Sie sieht mein Dilemma sofort. »Alles in Ordnung, meine Liebe?«

Ich bringe kein Wort heraus. »Es ist … Ich …«

»Ach, Kindchen, das wird schon.« Sie reibt mir über den Arm. »Manchmal gibt es eben Tage, da will man einfach weinen. Da ist einem alles zu viel. Ich versteh das.« Sie lächelt mich an. »Weißt du, was ich meinen Töchtern immer sage?«

»Nein, was denn?«

»Tief Luft holen …« Sie atmet ein und breitet gleichzeitig ihre Arme langsam seitwärts aus. »Und ausatmen.« Sie lässt sie wieder sinken. »Versuch es«, fordert sie mich auf, und ich tue ihr den Gefallen.

»Siehst du, schon steht mitten in der Schultoilette ein Engel, der fliegen will.«

Mir entfährt ein Lachen, und sie stimmt mit ein.

»Danke, Mrs. Matthews.« Ich umarme sie.

»Gern, meine Liebe, und falls dir mal wieder alles über den Kopf wächst, atmen und fliegen.«

»Das mache ich.«

Auf dem Weg zum Unterricht geht es mir schon ein wenig besser. Emily schickt mir eine Nachricht. Sie hat mich heute Morgen zur Schule gefahren, obwohl ich auch hätte zu Fuß gehen können.

> **Emily 11.48 Uhr**
> Hey Liebes, dein Wagen ist repariert und steht auf dem Lehrerparkplatz. Silent meinte, dass du dir dringend ein anderes Auto anschaffen musst, weil dein Chevy eine Gefahr für die Allgemeinheit ist. Er faselte irgendwas Technisches, genau habe ich es nicht verstanden. Du weißt, mit Technik habe ich nichts am Hut. Drück dich, Em.

Jetzt muss ich mich auch noch bei ihm bedanken. Ich stecke das Handy in meine Tasche zurück, laufe den Schulflur entlang und rolle mit den Augen. Darüber mache ich mir später Gedanken.

Vielleicht sollte ich die Sache mit Silent ganz abhaken und nach vorn schauen. Ich straffe die Schultern, bevor ich zu den Kindern gehe. Als ich das Klassenzimmer betrete, halte ich inne. Auf dem Lehrerpult steht die ausgepackte Pflanze, die er mitgebracht hat. Ich grinse in mich hinein, weil er ausgerechnet einen Kaktus ausgesucht hat. Und der ist genau wie er – ungewöhnlich, wunderschön mit einer noch geschlossenen Blüte, aber schmerzhaft bei Berührung.

Ich konzentriere mich auf die Kids. Tatsächlich lenken sie mich ab, und der restliche Schultag fliegt nur so dahin. Nach der letzten Stunde will ich für den morgigen Tag einige Arbeitsblätter kopieren. Im Kopierraum stoße ich auf Theodor Collins, den Rektor Wellington hierher verfrachtet hat, weil nirgends Platz für ihn ist. Er zuckt erschrocken zusammen, als ich in sein Kabuff eintrete. Hektisch klickt er mit der Maus, bis sein Bildschirm schwarz ist. Insgeheim muss ich schmunzeln, weil ich ihn bestimmt erwischt habe, wie er auf einschlägigen Pornoseiten surft.

»Hi.« Ich schließe die Tür hinter mir. »Wir wurden uns noch nicht vorgestellt. Ich bin Pamela Westham.« Ich reiche ihm die Hand.

Abrupt erhebt er sich und ergreift sie mit seinen schwitzigen, knöchrigen Fingern. Dabei entgeht mir nicht, wie unsicher und nervös er ist und wie er verlegen an seiner Cap herumfummelt. »Äh … Hi.«

Irgendwie sieht er aus wie ein pubertierender Teenager, der schon lange die Sonne nicht mehr gesehen hat. Er ist ziemlich dünn und bleich. Als er sich wieder setzen will, rempelt er einen Papierstapel an, der flatternd zu Boden fällt. Sofort bückt er sich danach und kippt auch noch sein Wasserglas um. Die Flüssigkeit ergießt sich über den Tisch.

»Scheiße!«, flucht er und versucht hektisch seine Tastatur in Sicherheit zu bringen. »Tut mir leid. Ich bin so ungeschickt.«

›Tollpatschig‹ trifft es wohl eher. Ich schmunzle, und er wischt akribisch mit dem Ärmel seines Hoodies die Tasten trocken.

»Kein Problem. Du musst dich doch nicht entschuldigen. Kann ich helfen?« Ich bücke mich, um das Papier am Boden einzusammeln.

»Das … Danke!«, sagt er, als ich ihm den Rest in die Hand drücke.

»Und du heißt?«, fordere ich ihn auf und gehe wieder zum Kopierer.

»Oh, äh … Theodor Collins«, beeilt er sich zu sagen. »Ich kümmere mich um die neue Software und die Digitalisierung.«

»Ja, davon habe ich gehört. Viel Arbeit, wie ich sehe.« Ich deute durch den Raum, in dem überall kleine Papierhaufen liegen, dieses Chaos versteht wohl nur er.

Er nickt.

Weil für mich der Small Talk damit beendet ist, wende ich mich dem Kopierer zu und schalte ihn ein. Während ich die ersten fertigen Arbeitsblätter entgegennehme, merke ich, dass Collins sich immer noch nicht rührt und mich wie ein Mondkalb anstarrt.

»Stimmt was nicht?«, frage ich, da sein Starren unangenehm wird. Ein paarmal habe ich ihn angelächelt, aber langsam wird es seltsam.

Geistesabwesend schüttelt er den Kopf, öffnet den Mund, um etwas zu sagen, was aber von Rektor Wellington unterbrochen wird, als dieser zur Tür hereinkommt. »Da sind Sie ja. Haben Sie eine Minute, Collins?«

Erst als der Computerfreak merkt, dass er gemeint ist, schreckt er aus seiner Trance auf, als würde unser Chef ihn daran erinnern, dass er noch den Countdown einer Atombombe abstellen muss. »Hä? … Oh … Ja, Sir.«

Sein Blick huscht zum Bildschirm, dann zu mir, bevor er verkniffen den Mund verzieht und zögerlich mit Wellington den Raum verlässt.

Was für ein seltsamer Vogel. Während der Kopierer die letzten Arbeitsblätter ausspuckt, werfe ich neugierig einen Blick zum Monitor und bin mir ziemlich sicher, dass er deshalb so komisch reagiert hat, weil er etwas verbergen will. Ich wage mich an seinen Tisch und klicke mit der Maus, bis der Bildschirm anspringt. Was ich dann entdecke, überrascht mich.

* * *

Ich finde weder Pornoseiten noch sonst etwas Schmuddeliges. In der unteren Bildschirmleiste sind mehrere Seiten von Nachrichtenportalen geöffnet, die alle von der Tragödie berichten, die die McKinleys und wir Westhams letztes Jahr durchlebt haben. Offenbar hat Collins ein ausgeprägtes Interesse an der Geschichte. Vieles ging durch die Medien. Das meiste davon habe ich nicht gelesen und auch manche Berichterstattungen im Fernsehen nicht gesehen. Teilweise wurden Lügen gedruckt, Gerüchte geschürt und von Dingen berichtet, die so nicht stimmten. Und bei allem haben meine Eltern mitgemischt. Die Erinnerung ist schmerzhaft, weshalb ich mich um meine Kopien kümmere und hoffe, dass der Bildschirmschoner anspringt, bevor Collins zurückkommt.

Genau in der Sekunde, als das Display schwarz wird, ist er wieder da. Zum Glück wird die letzte Kopie ausgespuckt, und ich kann gehen.

»Also dann, schönen Feierabend«, sage ich, packe meine Sachen zusammen und laufe zur Tür.

»Danke, Teach. Dir auch.«

Erst als ich die Tür schließe, fällt mir auf, dass er mich bei meinem Spitznamen genannt hat. Woher kennt er den? Was für ein seltsamer Typ!

Die Begegnung mit Theodor hat mich abgelenkt, aber meine Laune erreicht erneut den Tiefpunkt, als ich einen fremden Wagen vor unserem Haus entdecke. Das bedeutet, Mutter hat Besuch, und mein Bauchgefühl verrät mir, dass es kein angenehmer Gast ist. Entweder sind das irgendwelche Leute, die mein Vater schickt, oder sie hat sich Unterstützung besorgt im Kampf gegen ihre unverschämte Tochter.

Wie auch immer, ich schleiche mich leise hinein und will gerade die Treppe hoch, als ich aus dem Salon ein Stöhnen höre. Hat Mutter sich verletzt? Hat sie Schmerzen? Erst als ich die Salontür aufschiebe, erkenne ich meinen fatalen Irrtum. Es sind die Geräusche, die kein Kind von einem Elternteil belauschen will – und schon gar nicht sehen. Oh. Mein. Gott! Ich erblinde! Mein Blick fällt sofort auf das Sofa, vor dem ein nackter Mann kniet und seinen Kopf zwischen die Beine meiner Mutter hält, während sie laut und deutlich ihren Orgasmus herausschreit. Augenblicklich bin ich traumatisiert und weiß nicht, wie ich jemals dieses Bild aus meinem Hirn verbannen soll. Angewidert wende ich mich ab und wünschte, ich wäre nicht so naiv gewesen. Die eigene Mutter am späten Nachmittag so vorzufinden, zerstört jede Art von gutem Willen zu einem Mutter-Tochter-Gespräch, das ich mir vorgenommen habe.

Leise husche ich zur Gästetoilette und brauche einige Minuten, bis ich mich gefangen habe. Erst danach traue ich mich hinaus.

»Wir müssen meine Tochter irgendwie davon überzeugen, Mitch.«

»Ich verstehe dich ja, aber wie willst du das anstellen?«

Interessiert schleiche ich mich wieder an die Salontür und lausche.

»Was soll ich dabei tun?«

Ihre Stimme wird honigsüß, wie immer, wenn sie etwas will. »Du bist doch ein sehr attraktiver Mann, hast Charme und Humor. Ich dachte, du könntest meine Tochter ein wenig bezirzen und vielleicht … Na, du weißt schon, sie dazu bringen, sich in dich zu verlieben, und sie so überreden.«

Der Typ keucht lachend auf. »Hat dir schon mal jemand gesagt, dass du ein ziemliches Biest bist?«

Sie kichert, und mir wird übel. Stocksteif stehe ich da und kann nicht glauben, dass meine eigene Mutter mich an einen so schmierigen Kerl verkauft?

Von meinen Eltern waren Kim und ich einiges gewöhnt. Manches tat weh, und vieles nahmen wir einfach hin, weil wir wussten, dass sie eben so waren, und nichts daran ändern konnten. Aber jetzt geht Mutter zu weit, und ich bin definitiv nicht bereit, meine Zukunft zu opfern.

Ich stoße die Tür zum Salon auf, und diesmal ist es mir völlig egal, ob ihr Gast und sie angezogen oder immer noch nackt auf dem Sofa sind.

»Pamela!«, ruft sie erschrocken, versucht sich mit einem Sofakissen zu bedecken, während der Typ, den ich jetzt als den Immobilienmakler wiedererkenne, es ihr kopflos aus der Hand reißt und vor sein Gemächt hält.

»So ist das also«, zische ich. »Du verkaufst dein eigenes Fleisch und Blut?«

Der Kerl sieht ziemlich geschockt aus.

»Es gibt für alles eine Erklärung«, will er mich besänftigen.

»Raus hier! Sofort!«, schreie ich ihn an, worauf er seine Klamotten vom Boden zusammensucht und sich zurückzieht. Erst als er aus meinem Blickfeld verschwunden ist, wende ich mich wieder an meine Mutter.

Inzwischen hat sie ihre Bluse gefunden und knöpft sie zu. »Beruhige dich, Liebling.«

»Gott! Hör auf, mich wie ein Dummchen zu behandeln. Ich habe es so satt!«

»Du verstehst das nicht.«

Ungläubig hebe ich eine Braue.

»So?«, frage ich auf ihre Erklärung wartend und überkreuze die Arme.

»Dein Vater braucht dich.«

»Seit wann?«

»Na, er wollte immer, dass Kim oder du in seine Fußstapfen tretet. Wer soll denn die Firma leiten, wenn er mal nicht mehr kann?«

Ich schüttle den Kopf. »Kim und ich wollten das nie, und das wisst ihr genau. Abgesehen davon bin ich mir ziemlich sicher, dass er jede Menge geeigneter Manager und Führungskräfte um sich schart, die das übernehmen können.«

»Aber das ist doch nicht das Gleiche, Pamela«, erwidert sie und zündet sich einen Zigarillo an. »Das wirst du verstehen, sobald du selbst Mutter geworden bist.«

Ich keuche auf. Das wird ja immer besser. Ich ahne, was dahinterstecken könnte. »Mit welchem Unternehmen will er diesmal fusionieren?«

Schon einmal hatte er die fixe Idee, Kim an irgendeinen Wirtschaftsmagnaten gegen eine Fusion einzutauschen. Zu unserem Glück war der Sohn schwul und zu einer Scheinehe nicht bereit.

»Diesmal nicht, Pamela.« Sie winkt ab. »Er will dich einfach an seiner Seite haben.«

»Und ich habe gesagt, ich will nicht.«

Seufzend steht sie vom Sofa auf, läuft hinüber zur Wasserkaraffe und schenkt sich ein. »Was hält dich denn hier? In Santa Barbara gibt es zehnmal schönere Häuser. Du könntest viel Geld verdienen und ein besseres Leben führen als hier.«

Ich bin diese Unterhaltung leid und habe keine Lust, es ihr wieder und wieder zu erklären. Sie versteht es einfach nicht. »Weiß Vater, dass du ihn betrügst?«

Sie pustet gelassen den Rauch aus, trinkt einen Schluck und sieht mich an. »Was das betrifft, gehen er und ich schon eine Weile getrennte Wege.«

»Wie auch immer, das müsst ihr beide wissen. Aber deinen Immobilienfreund auf mich ansetzen zu wollen, damit bist du jetzt zu weit gegangen.« Kopfschüttelnd starre ich sie an und kann nicht begreifen, wieso sie uns Mädchen nie geliebt hat. Wieso haben sie uns gezeugt, wenn wir nur Ballast für sie waren?

Sie winkt ab. »Ach, du verstehst das nicht, machst aus einer Mücke einen Elefanten.«

Wütend presse ich die Lippen zusammen und komme kaum gegen den Sturm an, der in mir tosend aufbricht. »Ich habe es wirklich satt«, zische ich erbost. »Du bist berechnend, heuchlerisch und kalt. Keine Frau, die so handelt, verdient es, ›Mom‹ genannt zu werden. Nicht mal als deine eigene Tochter starb, hast du Herz gezeigt. Du bist gefühlskalt, egoistisch und versnobt.«

»Pamela! Sprich nicht so mit mir«, will sie mich halbherzig ermahnen, aber ich rede mich so in Fahrt, dass ich mich davon nicht beeindrucken lasse.

»Ihr glaubt, ihr könnt mit Geld alles kaufen, aber mich bekommt ihr nicht. Ich hasse dich dafür, dass du Kim und mich im Stich gelassen hast. Kim ist tot, und euch interessiert das nicht die Bohne. Alles, worum es euch geht, ist die Firma, euer Vermögen und Ansehen.«

»Pamela!«, schreit sie mich jetzt an. »Das ist nicht wahr!«

Ich schüttle den Kopf. »Das ist so erbärmlich. Du kannst deine Koffer wieder packen und meinem Vater ausrichten, dass ihr mich beide kreuzweise könnt. Mir reichts! Ich bleibe in Elisabethtown. Das ist mein letztes Wort. Ich bin fertig mit euch.«

Wutentbrannt knalle ich die Salontür zu und habe das Gefühl, zu platzen, wenn ich nicht sofort gehe. Ich muss hier weg, brauche dringend frische Luft und renne aus dem Haus zum Auto. Nie war ich wütender als in diesem Moment. Ich kann ihren Anblick nicht länger ertragen. Hoffentlich springt meine Mistkarre gleich beim ersten Mal an. Erleichtert trete ich das Gaspedal durch, als der Motor aufheult, und bin froh, diesen ganzen Mist hinter mir zu lassen.

Kim und mir war schon lange klar, dass unsere Eltern nur auf dem Papier eine Ehe führen, nur an sich denken und im Grunde niemals Kinder hätten kriegen dürfen. Wenn ich doch bloß mit Kim reden könnte. Sie könnte sich noch besser gegen all das wehren als ich. Kim. Der Gedanke an sie tut so weh, dass sich meine Brust zusammenzieht. Mitten auf der Landstraße muss ich rechts ranfahren. Mir ist vor Wut speiübel, ich schaffe es gerade noch so an den Straßenrand und übergebe mich.

Als mein Magen faktisch leer ist, beruhige ich mich, die Übelkeit verschwindet. In meiner Tasche greife ich nach meiner Wasserflasche und spüle mir den Mund aus. Das ist einfach alles zu viel, und ich sollte zusehen, dass ich Mutter so schnell wie möglich wieder loswerde.

10

Teach

Am nächsten Morgen merken meine Kollegen, dass es mir nicht besonders gutgeht. Mrs. Matthews streicht mir mehrmals mitleidig über den Arm, erinnert mich an die Übung, die sie mir in der Damentoilette gezeigt hat, und Ella hat mich mehrfach gefragt, was los ist. Durch die Kinder schaffe ich es tatsächlich, für den restlichen Schultag meine Probleme hinten anzustellen. Sie machen mir mal wieder bewusst, wie sehr ich meinen Job liebe, und bestärken mich in der Entscheidung, hierzubleiben. Zweifel überschatten den eigentlichen Plan, als mir klar wird, dass ich das Haus nicht halten kann. Meine Eltern werden es über kurz oder lang verkaufen. Egal, wie sehr ich mich dagegen stemme. Ich habe aus einer Emotion heraus gehandelt und nicht rational nachgedacht. Jetzt erscheint es mir dumm, dass ich überhaupt auf die Idee gekommen bin, es irgendwie übernehmen zu können. Innerlich stelle ich mich darauf ein, es doch aufzugeben.

Für den frühen Nachmittag hat Rektor Wellington eine Konferenz anberaumt. Das Thema der heutigen Sitzung sind die neuen Brand- und Datenschutzbestimmungen. Langweiliger Kram, aber leider Pflicht, weshalb ich meine Sonnenbrille aufgesetzt habe und die Pause bis zum Meeting nutze, um im Schulhof die Wärme zu genießen. Meine Klasse hat längst Schulschluss, die anderen müssen noch ausharren, bis die Schulglocke sie befreit. Daher ist es leer und ruhig im Hof. Aus geöffneten Fenstern sind das Gemurmel der Schüler und die Stimmen einiger Lehrer zu hören. Doch die Stille schiebt mein Gedankenkarussell wieder an. Da sind das Haus mit allen Erinnerungen an Kim, der Verrat meiner Eltern und der Mann, der mir nicht mehr aus dem Kopf will. Verdammt! Ich bin wütend auf mich selbst, denn so wie es aussieht, habe ich mich mit dem Haus verrannt. Obwohl ich sonst immer der Typ bin, der weiß, welchen Weg er einschlagen muss. Jetzt sitze ich vor dem Scherbenhaufen und habe keine Ahnung, was ich tun soll.

Tränen laufen schon wieder, die ich genervt von der Wange wische. Ich verbiete mir weiter zu grübeln. Ich sollte alles auf mich zukommen lassen.

Plötzlich muss ich innehalten und schaue mich um. Es ist, als hätte sich ein sechster Sinn in mir angeknipst. Auf der Straße ist weder der dunkle SUV noch Silents Motorrad zu sehen. Ich könnte schwören, dass er da ist. Mein Blick schweift vom Straßenrand wieder zum Schulgebäude, aber ich kann keine Beanie-Mütze oder sonst irgendjemanden entdecken. Gleichzeitig bin ich mir sicher, dass er ... Habe ich Silent nicht ausdrücklich gesagt, dass er mich in Ruhe lassen soll? Da! Ein Schatten am Fenster. Ich erkenne nur die Umrisse eines Hoodies und ziehe meine Sonnenbrille ein Stück herunter, da ist die Person schon verschwunden. Ich weiß genau, dass ich mir das nicht eingebildet habe. Da war jemand.

»Ah ... Eine Sonnenanbeterin.«

Mein Kopf fährt herum, und ich blicke in Edwards strahlendes Gesicht. Er lässt seine Sporttasche fallen und stellt ein Bein auf der Bank ab, um seinen Schnürsenkel zu binden. Sein Lächeln erstirbt, als er die Spuren meiner Tränen entdeckt. »Teach? Alles in Ordnung?«

Ich ziehe die Nase hoch.

»Hi Edward. Hattest du Sport?«, antworte ich stattdessen und deute auf seine Tasche.

Er setzt sich neben mich. »Was ist los? Kann ich dir irgendwie helfen?«

Ich senke den Blick, während er mich eindringlich mustert. »Das ist lieb, aber ... Es ist kompliziert.«

Er legt einen Arm um mich. »Das ist es doch immer. Erzähl, wen soll ich mir vorknöpfen?«

Ich lache. Er ist wirklich süß, und ich sehne mich nach einer starken Schulter, an der ich mich anlehnen kann. »Wenn meine Probleme mit Fäusten und ein paar Tritten erledigt wären, würde ich dich tatsächlich engagieren.«

»So schlimm?«

Ich presse die Lippen aufeinander, weil ich überlege, ihn ins Vertrauen zu ziehen. Tief hole ich Luft. »Ich glaube, ich habe mich an etwas festgeklammert, das von vorneherein zum Scheitern verurteilt war.«

Aufmerksam hört Edward mir zu, als ich ihm von meinem Dilemma mit dem Haus berichte und was mich seit Kims Tod belastet. Es sprudelt nur so aus mir heraus, und am Ende sitzt er betroffen da und schüttelt über die Dreistigkeit meiner Mutter den Kopf. Nachdenklich reibt er sich über den Nacken. »Das ist wirklich ein ganzer Batzen Ballast, den du mit dir herumschleppst. Vielleicht war es zu früh, wieder arbeiten zu gehen.«

»Ich kann ja nicht ewig zuhause sitzen, außerdem habe ich meinen Job vermisst, und Rektor Wellington hätte mir irgendwann wahrscheinlich gekündigt.«

»Verstehe. Das ist wirklich eine schwierige Situation. Kannst du ihnen das Haus nicht einfach abkaufen?«

Traurig schüttle ich den Kopf. »Wenn ich das könnte, hätte ich es schon getan.«

»Hm. Das ist echt mies und tut mir leid für dich. Wenn ich so viel Kohle hätte, würde ich dir das Haus kaufen.«

Ich lächle bekümmert. »Danke, dass du mir zugehört hast. Es tat gut, mir das alles mal von der Seele zu reden.«

»Ich wünschte, ich könnte mehr tun.«

Ich lehne meinen Kopf an seine Schulter. »Schon gut. Ich werde bestimmt eine Lösung finden.« Ich stehe auf. »Es wird Zeit. Lass uns reingehen.«

»Okay. Wenn du bei irgendwas Hilfe brauchst, sag mir Bescheid.«

»Danke.«

Als ich an diesem späten Nachmittag den Wagen vor unserem Haus abstellen will, wundere ich mich über einen Laster, der direkt davor steht. Arbeiter sind damit beschäftigt, Kartons und Möbel herauszutragen und einzuladen.

Entsetzt steige ich aus. »Hey, was machen Sie da?«, rufe ich, als vier Mann den Flügel aus dem Salon hinausschieben. »Aufhören, sofort!«

Die verdutzten Packer bleiben stehen. »Miss?«

Mum stöckelt aus dem Haus, bevor sie etwas erwidern können. »Lass die Leute ihre Arbeit machen, Pamela. Das Mobiliar ist verkauft und wird nun abgeholt.«

Ich bin wie erstarrt und weiß im ersten Augenblick nicht, was ich sagen soll. Weitere Männer kommen heraus und stellen Kartons auf der Ladefläche ab.

»Das kannst du doch nicht machen. Das sind auch meine Sachen«, zische ich Mutter an und stakse aufgebracht ins Haus. Im Eingangsbereich sind die Wände kahl, der Salon ist praktisch ausgeräumt, und auch in der Küche gibt es keine Sitzgelegenheit mehr.

»Wir hatten dich gewarnt. Hättest du die Schreiben meines Immobilienmaklers nicht ignoriert, wäre dir diese Überraschung erspart geblieben.«

Ich fahre zu ihr herum. »Ich lebe hier«, kreische ich. »Habt ihr das vergessen?«

»Du wolltest nach Santa Barbara kommen. Tja, ich denke,

du wirst deine Entscheidung nochmals überdenken müssen.« Ungeduldig, als hätte sie schon zu viel Zeit mit mir vergeudet, blickt sie auf ihre Armbanduhr. »Bis alles geregelt ist, wohne ich im *Hilton* in Louisville. Dort erwarte ich dich, wenn du zur Vernunft gekommen bist.« Damit stellt sie mich vor vollendete Tatsachen.

Wütend balle ich die Fäuste, und mir entfährt ein Aufschrei, der von den nackten Wänden widerhallt. Ein Gedanke schießt mir in den Sinn, und eilig renne ich hinauf in mein Zimmer. Erleichtert stoße ich den Atem aus, weil Mutter wenigstens meine Sachen nicht angerührt hat und noch alles an seinem Platz steht.

Ich fläze mich in den Sessel und starre gedankenverloren ins Nirgendwo. Was soll ich jetzt tun? Langsam dämmert es mir, dass ich keine andere Wahl habe, als das Haus aufzugeben. So gesehen habe ich keinen Anspruch oder ein Recht, das ich einklagen könnte, und selbst wenn, könnte ich es mir überhaupt nicht leisten. Egal wie emotional ich mit dem Haus verbunden bin, ich habe es verloren.

Tränen laufen über meine Wagen. Ich bin so unsagbar wütend. Wie sehr müssen meine Eltern mich hassen, um mir das alles anzutun? Weinend schniefe ich in ein Taschentuch, fische mein Handy aus der Hosentasche und rufe Emily an.

Ohne zu zögern, gibt Mad mir die kleine Wohnung in seiner Bar *Whisper in a Bottle*, die die beiden hin und wieder als Rückzugsort nutzen. Der Umzug ist ein Klacks, da Emily mir hilft, mein Hab und Gut zusammenzupacken. Ich nehme nur die wertvollsten Dinge mit, während Em meine Klamotten aus dem Schrank holt und sie in einen Karton legt.

»Das Fotokissen auch?«, fragt sie, als ich meinen Schreibtisch ausräume.

»Ja, und die Bilder von Kim da ebenfalls.« Ich deute zu den Fotos, die neben meinem Bett hängen. Dann gebe ich ihr das Glas mit den kleinen Zetteln, dessen Deckel sie sorgfältig mit etwas Klebeband verschließt und es dann in eine Tasche packt. Sie nimmt die Bilderrahmen von der Wand, schlägt sie in Zeitungspapier und verstaut sie im Karton. »Was wirst du deiner Mutter sagen? Nach der Nummer würde ich wahrscheinlich überhaupt nicht mehr mit ihr reden.«

»Soll sie doch im *Hilton* versauern. Sie glauben wohl, sie können mich mit diesem Zwangsrausschmiss kleinkriegen, aber da täuschen sie sich. Ich bin fertig mit ihnen – endgültig.«

Emily sieht zu mir herüber und grinst. »Wow! Teach! Die Rebellin steht dir super.«

»Danke.«

Wir packen alles zusammen und tragen die leichteren Kartons hinunter.

»Ich kann Edward anrufen, der hilft uns bestimmt«, sage ich, als mein Blick über die restlichen Möbel schweift.

Sie zieht eine Braue hoch. »So so, Edward, ja?«

Ich rolle mit den Augen, weil ich genau sehe, dass sie ein winziges Grinsen auf den Lippen trägt. »Da ist nichts, Em, und du weißt, warum.«

Sofort wird ihre Miene weich, und sie seufzt. »Silent. Verstehe.«

Wir sind fertig, und ein letztes Mal schaue ich mich in meinem Zimmer um. Es fällt mir schwer, das Haus zu verlassen, aber wie sagt man: ›Besser ein Ende mit Schrecken, als ein Schrecken ohne Ende.‹

* * *

Fünf Wochen und vier Tage sind vergangen, seit ich im *Whisper* lebe. Die Wohnung ist groß und stilvoll eingerichtet, ganz nach dem luxuriösen Geschmack, den Mad hat.

Besonders das Aquarium, das im Wohnzimmer in die Wand eingelassen ist, hat eine beruhigende Wirkung auf mich. Ach, und erwähnen sollte ich das Badezimmer mit der riesigen Wanne mitten im Raum und das bequeme Bett im Schlafzimmer. Angefreundet habe ich mich mit Josh, dem Barkeeper, der mich morgens mit Frühstück verwöhnt. Nur den Sand, der in der ganzen Bar ausliegt und karibischen Flair erzeugen soll, trage ich ständig mit in die Wohnung, weshalb ich oft den Staubsauger schwinge.

Wie erwartet kam der überstürzte Auszug bei meinen Eltern alles andere als gut an. Mutter hat getobt, als ich nicht im Hotel auftauchte, und Vater hat mir sogar einen seiner Lakaien auf den Hals gehetzt, der mich zur Vernunft oder am besten gleich mit nach Santa Barbara bringen sollte. Mad und seine Männer verhinderten das, allen voran Silent. Einmal beschützte er mich, weil einer der Wachhunde meines Vaters aufdringlich wurde. Ich bin immer noch sauer auf Silent, aber ihn in meiner Nähe zu wissen, beruhigt meine Nerven. Es ist trotzdem nicht leicht, nur seine Blicke einzufangen und nicht mit ihm sprechen zu können. Deshalb vermeide ich es, abends in der Bar zu sitzen, und verkrümle mich ins Bett. Die ganze Aufregung schlägt mir seit Tagen auf den Magen. Ich bin launisch, schlafe schlecht und grüble. Je länger ich Silent aus dem Weg gehe, desto mehr sagt mein Kopf, dass ich ihn vergessen und einen Schlussstrich unter die Sache ziehen soll. Wenn nur mein bescheuertes Herz nicht wäre. Dieses flüstert mir unentwegt zu, dass ich nicht aufgeben darf. Aber so wie die Dinge liegen, ist das alles andere als einfach für mich.

Es sind so viele Wochen vergangen, seit wir Sex hatten, und noch immer komme ich nicht von ihm los, und das, obwohl Edward mit mir flirtet und deutlich gemacht hat, dass er mehr möchte. Er ist wirklich süß, und ich mag ihn, aber er geht mir nicht so sehr unter die Haut wie Silent. Jede

Information über den schweigsamen Mann sauge ich auf wie ein Schwamm. Ich vermisse diesen Mistkerl, der seit einigen Tagen nicht mehr in die Bar gekommen ist. Dafür habe ich das Gefühl, dass Milow mir nicht von der Pelle rückt. Erst als ich von Mad mitbekomme, dass Silent kurzfristig an die Ostküste gefahren ist, um dort etwas Familiäres zu klären, vermute ich, er hat ihn auf mich angesetzt. Silents Reise hat selbst Emily erstaunt. Wir sind davon ausgegangen, dass er keine nahen Angehörigen hat. Silent hat also Familie.

Was mich aber verunsichert, sind die kleinen Zettel, die ich trotz Silents Abwesenheit erhalte. Jedes Mal treffen die Worte mein Herz, weil ich glaube, dass er dahintersteckt. Doch nun werde ich eines Besseren belehrt.

Ich komme gerade ins Lehrerzimmer, da entdecke ich Collins vor dem Schrank mit den Ablagefächern für jeden Lehrer, in denen wir Schulinformationen, Veranstaltungshinweise oder Nachrichten von Eltern hinterlegt bekommen. Er ist allein im Raum und fummelt an meinem Fach herum. Als er mich bemerkt, zuckt er erschrocken zusammen, tut so, als würde er bei Elly – sie hat ihre Ablage direkt neben meiner – etwas hineinlegen, und hat es dann ziemlich eilig, zu verschwinden.

Als ich nachschaue, finde ich einen neuen Zettel.

> *Liebe Teach, sei stolz auf dich. Außer dir weiß keiner, wie viel Kraft und Tränen es gekostet hat, dort zu stehen, wo du heute bist. Also, Kopf hoch.*

Schreibt etwa Collins all diese schönen Nachrichten? Es gibt einige Punkte, die dafür sprechen. Erstens: Er kennt meine Geschichte, nicht persönlich, aber sicherlich kann Elisabethtown kaum Geheimnisse für sich behalten. Zweitens: Ich habe selbst gesehen, wie er sich im Netz über unsere Familie informiert hat. Und drittens: Da ist ständig dieser

Blick. Schüchtern, wie er ist, versucht er das zu verbergen, wird rot oder schaut schnell beiseite, wenn ich ihn dabei erwische. Ich habe Augen im Kopf und weiß, dass ich ihm gefalle.

Enttäuschung wallt in mir auf, weil ich daran festhalten will, dass Silent die kleinen netten Nachrichten schreibt. Doch jetzt fällt diese Wunschvorstellung wie ein Kartenhaus in sich zusammen. Dabei passen die Worte so treffend zu meiner aktuellen Situation. Jedes Mal bin ich davon fasziniert, wie er es schafft, meine Stimmung mit solch ergreifenden Sätzen aufzuhellen. Auch diesmal passt es perfekt. Nur wenige wissen, welche Kämpfe ich mit meinen Eltern ausgefochten habe, bis ich meinen Abschluss und eine Anstellung an einer Schule hatte. Heute ahnen sie nicht, wie mein Leben aussieht oder was für Wünsche und Träume ich habe. Ich kann wirklich stolz auf das sein, was ich erreicht habe. Es gibt nicht viele Menschen, die in der Lage sind, ihren Traum zum Beruf zu machen. Ich bin Grundschullehrerin mit Leidenschaft und kein Boss eines riesigen Konzerns.

Traurig nehme ich das Stück Papier an mich und stopfe es in meine Hosentasche, weil ich mich in die Vorstellung verrannt habe, Silent kann zwar nicht offen sprechen, aber wenigstens schreiben. Doch … Wenn Collins für die Nachrichten verantwortlich ist, muss ich mir dann nicht Sorgen machen, woher er meinen gegenwärtigen Seelenzustand kennt? Wie kann es sein, dass jemand, der keinen engen Kontakt zu mir pflegt, dem ich quasi fremd bin, so viel über mich weiß? Irgendwie ist das unheimlich.

Es ist Mittwochmorgen, als ich müde und erschöpft aufwache und sofort eine Übelkeitswelle über mich hinwegfegt. Schneller als ich eigentlich dazu in der Lage bin, schwinge ich meine Beine aus dem Bett und schaffe es gerade noch rechtzeitig zur Toilette. Mein Magen krampft, und ich kotze den gesamten Inhalt aus. Geschwächt und zitternd halte ich mich am Waschbecken fest und überlege fieberhaft, was mir gestern Abend nicht bekommen sein könnte. Ich spüle meinen Mund aus und wasche mein Gesicht. Als ich mich im Spiegel betrachte, schießt mir ein Gedanke in den Kopf. Nein! Das kann nicht sein. Sofort zähle ich nach, nehme sogar die Finger, um mich nicht zu verrechnen, und muss mich auf den heruntergeklappten Toilettensitz setzen, als meine Berechnungen immer wieder zum gleichen Ergebnis führen.

Scheiße!

Eine Schwangerschaft ist das Letzte, was ich in meiner jetzigen Situation gebrauchen kann. Panik steigt in mir auf, aber ich zwinge mich rational zu denken und ruhig an die Sache heranzugehen. Ich benötige einen Test, und den werde ich mir noch vor Schulbeginn besorgen. Mit diesem Plan husche ich unter die Dusche, frühstücke bei Josh eine Kleinigkeit und mache mich, mit Milow als Schatten, auf den Weg. Ich bin nervös, habe Angst, weil die Möglichkeit, dass ich schwanger bin, tatsächlich besteht. Silent und ich haben nicht verhütet. Keinen Gedanken habe ich an dem Abend an den Schutz verschwendet, wofür ich mich jetzt ohrfeigen könnte. Wie konnte ich nur so leichtsinnig sein! Beruhigend rede ich mir aber ein, dass das Ausbleiben der Periode auch dem Stress zuzuschreiben sein könnte. Was kein Wunder wäre, nach dem ganzen Theater der letzten Wochen.

An der Kasse bezahle ich zwei unterschiedliche Schwangerschaftstests, Tee, Schokolade und andere Hygieneartikel, die ich nur zum Schein in meinen Korb gelegt habe. Zum Glück kenne ich die Verkäuferin nicht, und sie achtet nicht darauf, und so brauche ich mir keine Gedanken zu machen, dass in Elisabethtown bald Gerüchte im Umlauf sein könnten.

Da ich spät dran bin, muss ich mit den Tests bis zur Frühstückspause warten und bitte Ella, meine Pausenschicht zu übernehmen. Eilig begebe ich mich zu den Damentoiletten und schließe mich in eine Kabine ein. Ich bin aufgeregt, als ich die Teststäbchen aus der Verpackung nehme und sie jeweils so verwende, wie es in der Anleitung steht, um jeglichen Fehler zu vermeiden.

Dann kommt das Schlimmste – die Wartezeit auf das Ergebnis. Das ist der blanke Horror. Sekunden fühlen sich wie Minuten an, und ich schicke Stoßgebete gen Himmel, dass es ein Fehlalarm ist. Falls ich schwanger bin, ist Silent der Vater. Ein Umstand, der in einer Katastrophe endet. Das spüre ich. Ich bin allein, müsste meinen Job aufgeben und wäre auf Unterstützung angewiesen. Nein! Das sind definitiv keine guten Voraussetzungen, um ein Baby in die Welt zu setzen. Ich komme noch nicht mal selbst mit allem klar, wie sollte ich das mit einem Kind bewerkstelligen?

Voller Anspannung werfe ich nach abgelaufener Zeit einen Blick auf die beiden Tests. Zwei Striche bedeuten positiv, einer negativ. Als sich auf den Teststäbchen jeweils zwei zartrosa Balken abzeichnen, presse ich mehrmals fest die Augen zusammen, weil ich hoffe, geschielt zu haben. Aber als ich sie an mich nehme und sie anstarre, ändert sich nichts.

Fakt ist: Laut den Dingern bin ich schwanger!

Zwei Tests, zwei gleiche Resultate. Wie von selbst legt sich meine Hand auf meinen Bauch. Diesen Schock muss ich erst mal verdauen. Ich horche in mich hinein. Ist da etwas? Ein Ziehen? Ein zartes Klopfen? Ein Herzschlag? Natürlich ist mir klar, falls ich wirklich ein Kind erwarte, kann ich zum jetzigen Zeitpunkt nichts spüren, aber ich lausche trotzdem. Ich liebe Kinder, und ich habe mir immer eigene gewünscht. Allerdings mit einem Partner, mit dem ich den Rest meines Lebens verbringen will. Tja, sieht ganz so aus, als wäre diese rosa Wolke geplatzt, und ich lande gerade mit meinem Hintern auf dem harten Boden der Realität.

Die Schulglocke dröhnt durchs Haus und lässt mich aus meinen Gedanken aufschrecken. Eilig sammele ich die Verpackungen zusammen, werfe sie in den Müll und stecke die Teststreifen ein. Ich muss zu einem Arzt. Dringend. Er ist meine letzte Hoffnung, eine Schwangerschaft auszuschließen. Ich greife nach meinem Handy und rufe die Nummer von Dr. Aloe an, bei der ich gleich am Nachmittag einen Termin bekomme. Weil ich das unmöglich allein durchstehen kann, muss Em mit. Ob sie will oder nicht. Ich erkläre ihr am Telefon, dass ich sie brauche. Ohne zu murren, sagt sie zu und kommt nach Unterrichtsende zur Schule.

»Um Gottes willen, Teach. Was ist denn passiert? Was fehlt dir?«, fragt sie über den Lehrerparkplatz hinweg. Ich sehe ihr an, dass sie sich Sorgen macht.

Es fällt mir schwer, ein unbekümmertes Gesicht aufzusetzen, ich seufze tief und erzähle ihr in kurzen Worten, was geschehen ist.

Ihre Augen werden größer, und ihr Mund klappt auf, als ich ihr die beiden Tests zeige. »Puh, Teach! Zurzeit nimmst du das komplette Programm, oder?«

»Glaub mir, ich suche mir das nicht freiwillig aus.«

Während ich auf dem Stuhl von Dr. Aloe liege, sind unsere Blicke auf den Monitor gerichtet. Zuerst ist da nur ein schwarzweißes Bild, auf dem wir unmöglich etwas erkennen können. Aber die Ärztin scheint zufrieden, zumindest macht sie nicht den Eindruck, als ob ihr Ultraschallgerät defekt wäre. »Alles normal, Mrs. Westham.«

Erleichtert sinkt mein Kopf auf die Lehne zurück. Gott sei Dank. Falscher Alarm.

»Herzlichen Glückwunsch, Sie sind schwanger«, sagt sie lächelnd und deutet auf dem Monitor zu einer winzigen Blase mit einem noch winzigeren Pünktchen darin.

Was?

»Wow! Du wirst eine Mommy, Teach«, entfährt es Emily, die mich freudestrahlend angrinst.

In meinem Kopf dreht sich alles, ich bin durcheinander und weiß nicht, was ich sagen soll. Diese Nachricht kommt zu einem denkbar ungünstigen Zeitpunkt und ist abgesehen davon, dass der Vater des Kindes ein verschwiegener, verkorkster und nicht beziehungsfähiger Kerl ist, eine Vollkatastrophe. Mir wird schon wieder schlecht.

Noch auf dem Weg zum Parkplatz muss ich ständig auf das Ultraschallbild schauen, das ich von Dr. Aloe bekommen habe. Ich bin tatsächlich schwanger und kann es nicht fassen.

»Was wirst du jetzt tun, Teach?« Ich habe mich bei Emily eingehakt, und wir schlendern, noch unter Schock, zum Auto zurück.

»Ich werde mir eine Wohnung suchen müssen. Schließlich kann ich nicht ewig Mads Domizil mietfrei beanspruchen. Dann mein Job. Für die erste Zeit möchte ich für das Kind da sein. Da kann ich nicht arbeiten. Keine Ahnung, wie sich das regeln lässt. Ich muss mich über alles informieren.«

»Dann wirst du das Baby behalten?« Wir bleiben stehen, und Emily zieht mich in eine spontane Umarmung. »Oh Teach! Ich freue mich so.«

»Wie kommst du darauf, dass ich es nicht haben will?«

Sie zuckt mit den Schultern. »Ich weiß nicht. Es gibt viele Frauen, die eine Schwangerschaft abbrechen.«

»Das kommt für mich nicht infrage. Außerdem könnte ich das niemals. Dafür liebe ich Kinder zu sehr.«

»Und was ist mit Silent? Du wirst es ihm doch sagen, oder?«

Darüber habe ich mir noch keine Gedanken gemacht. Das alles geht so schnell, dass ich kaum mitkomme. Allerdings habe ich Angst vor seiner Reaktion. Das wird ihn sicherlich umhauen, genau wie mich. Was, wenn er das Baby nicht will? Wenn er sogar befürwortet, die Schwangerschaft abzubrechen? Mein Herz verkrampft.

»Ich muss diese Nachricht erst selbst verdauen, bevor ich ihn informiere.«

»Ja, das kann ich verstehen.«

Wir sind an unseren Autos angekommen. »Danke, dass du mich begleitet hast.«

Em winkt ab. »Quatsch. Ich wäre sauer gewesen, wenn du mich nicht eingeweiht hättest.« Sie streicht über meinen Arm. »Es wird alles gut, Teach. Mach dir keine Sorgen. Ich werde dir beistehen, egal, was geschieht.«

Ich lächle sie an und bin sehr froh, eine Cousine und beste Freundin wie sie zu haben. Schon oft hat sie mich emotional gerettet. »Ich hab dich lieb.«

»Ich dich auch, Süße.«

11

Vor Aufregung wippe ich mit dem linken Bein und gehe in Gedanken die Möglichkeiten durch, die sich mir bieten. Ich will das eigentlich nicht tun ... Nicht mit Teach. Ich mag sie.

»Sei kein Weichei. Sie ist die perfekte Kandidatin - geschwächt durch ihren Verlust, labil durch die Familienprobleme und herrlich naiv. Du musst nur den richtigen Zeitpunkt abpassen.«

Aber das würde bedeuten, dass sie am Ende ...

»Einen Tod muss man immer sterben. Komm schon. Du hast nur Vorteile bei ihr.«

Und die wären?

»Abgesehen davon, dass du endlich deine Schuld begleichst, musst du sie nicht mehr besamen. Sie ist schwach und besitzt keinen Kampfgeist. Sie wird dir keine Probleme machen. Sie ist perfekt.«

Das stimmt. Sie ist nicht wie ihre Cousine Emily, die ziemlich kreativ ist, wenn es darum geht, für etwas zu kämpfen, das man liebt. Teach ist bedacht, ruhiger und entscheidet sich immer für den sicheren Weg.

Schließlich beende ich meine Grübeleien und treffe eine Entscheidung.

Mommy kommt, um eine Milchflasche aufzuwärmen. Sie weiß genau, dass ich es nicht ausstehen kann, wenn sie mit dem Baby auf der Hüfte durch die Küche tanzt und dabei alberne Kinderlieder summt. Das ruft nur den Jungen auf den Plan, und auf seine neunmalklugen Fragen habe ich keine Lust. Sein Wissensdurst ist anstrengend und raubt mir den letzten Nerv. Ich habe schon genug mit Pindalou zu kämpfen.

»Hey, das habe ich gehört.«

Ich höre Mommy zu, wie sie singt, kichert und das Baby auf ihrem Arm knuddelt.

Pinke Panke Mitternacht,
im Keller wohnt die dunkle Macht.
Hörst du nicht die Schreie,
bald bist du an der Reihe.
Er kommt gleich rauf,
er kommt gleich rauf,
so nimmt das Spiel jetzt seinen Lauf.

Eins, zwei, drei, vier …
das Monster, das wohnt hier.

»Sei still, Mommy. Du weißt, ich brauche Ruhe, um nachzudenken«, herrsche ich sie genervt an, ohne aufzusehen. Früher hat sie mir das Lied immer vorgesungen, jetzt nicht mehr. Ich bin eifersüchtig.

»Wie wäre es mit einem ›Guten Morgen, liebe Mommy. Hast du gut geschlafen?‹«, erwidert sie singend und honigsüß an das Kind gewandt und streicht ihm liebevoll über den Kopf, meint aber mich.

»Morgen«, brumme ich gehorsam, beende mein Frühstück und verlasse die Küche.

Doch Mommy kommt mir nach und bleibt im Flur stehen. »Halt! Wo willst du hin?«

Nichts ist mehr von ihrem süßen Singsang übrig. Sie

hat die freie Hand in die Hüfte gestemmt und klingt wie gewohnt streng und tadelnd.

»In mein Zimmer. Darf ich?« Ich setze meinen schönsten Welpenblick auf und lächle, was ausreicht, um sie milde zu stimmen. Klappt immer.

»In Ordnung.« Sie lächelt wieder freundlich. »Ich bringe nur schnell Lia in ihr Bettchen, dann komme ich, und wir reden.«

Sie entlässt mich, und ich weiß, welches Thema sie ansprechen wird. Darüber muss ich mir auch noch Gedanken machen. Oder ich überlasse das Problem gleich Pindalou. Er kann es kaum erwarten, mit Jessica zu spielen, und reibt sich vor Freude schon die Hände.

In meinem Zimmer gehe ich zum Fenster, starre nachdenklich hinaus und treffe eine endgültige Entscheidung – ich werde Teach opfern – ich *muss* sie opfern. So schwer es mir fällt, weil sie etwas Besonderes ist, aber ich kann nicht anders. Lange habe ich überlegt, mich mit ihrer Vergangenheit beschäftigt, sie beobachtet und mich sogar beinahe in sie verliebt. Doch das, was ich im Gegenzug bekommen werde, ist wichtiger – Mommy wird mich wieder in ihr Bett lassen.

»Ich wusste, dass du zur Vernunft kommen wirst.«

Aus der Schreibtischschublade hole ich die zwei Schwangerschaftstests, um sie Mommy zu zeigen. Ich kann immer noch nicht fassen, dass Teach so leichtfertig war und die Packungen in den Mülleimer der Damentoilette geworfen hat. Dadurch wurde ich erst darauf aufmerksam. Es war ganz leicht, bei Dr. Aloe an die Ergebnisse zu kommen. Ein bisschen Flirterei hier, ein wenig charmantes Getue da, und schwups hat die dämliche Sprechstundenhilfe mir alles gegeben, was ich wissen wollte. Die gute Teach erwartet ein Kind. Damit hat sie ihr Schicksal nun besiegelt.

»So, Liebling. Jetzt habe ich Zeit für dich«, sagt Mommy, als sie mein Zimmer betritt und zu meinem Bett hinübergeht. Wie jeden Morgen schüttelt sie die Decke und das Kissen auf und zieht das Laken glatt. »Hast du dir etwas wegen unserem Problem überlegt?«

Als ich nicht antworte und mürrisch das Gesicht verziehe, stutzt sie, wirft mir einen bösen Blick zu und fegt ein letztes Mal mit ihrer Hand über das Bettzeug, bevor sie zu mir rüberkommt. »Ist das alles, was du zu sagen hast? Ich finde, du könntest dir mehr Mühe geben. Schließlich bin ich diejenige, die die meiste Arbeit mit Jessica hat und unter enormem Stress steht.«

»Denkst du, ich etwa nicht? Du weißt nicht, wie anstrengend es ist, Pindalou von ihr fernzuhalten.«

»Das brauchst du nicht mehr. Ich sehe keinen Sinn darin, sie länger hierzubehalten. Sie wird schwächer, und ich kann ihr Gejammer nicht mehr hören. Sag Pindalou, er kann sie haben. Wir haben keine Verwendung mehr für sie.« Ihr Blick fällt auf die beiden Schachteln in meiner Hand. »Was hast du da?«

Ich grinse feierlich und bin gespannt auf ihre Reaktion.

»Etwas, was dich freuen wird«, sage ich. Sie nimmt die leeren Kartons an sich und begutachtet sie mit einem Stirnrunzeln. Dann schaut sie auf, sieht mich fragend an und wartet auf eine Erklärung.

»Ich habe jemanden gefunden. Sie ist bereits schwanger, das bedeutet, ich muss sie nicht besamen. Wir können geduldig abwarten.«

Sofort nehmen ihre Augen diesen besonderen Glanz an, und ihr Mund formt sich zu einem Lächeln. »Ist das wahr?«

Ich nicke grinsend.

»Und ist es auch sicher für uns?«

»Todsicher, Mommy. Ich kenne sie gut.«

»Oh mein Junge! Endlich!« Sie wirft sich in meine Arme,

was ich erwidere, weil sie das erwartet. »Wer ist sie? Wo hast du sie gefunden, und wann wirst du sie mir bringen?«

»Schon sehr bald. Darf ich dann wieder …?«

Liebevoll kneift sie in meine Wangen. »Mein Liebling. Natürlich, aber erst das Mädchen und sorge dafür, dass alles gutgeht.«

»Das mache ich, versprochen«, sage ich nickend und voller Enthusiasmus. »Du kannst dich voll und ganz auf mich verlassen, Mommy.«

12

Teach

Nach einer schlaflosen Nacht schleppe ich mich zur Schule. Für heute habe ich mir eine Gruppenaufgabe ausgedacht. So lernen die Kinder im Team zu arbeiten und müssen Lösungen gemeinsam finden, um Probleme zu bewältigen. Mein Hintergedanke ist dabei, Mia und Sophia in eine Gruppe zu stecken. Damit will ich erreichen, dass die Mädchen miteinander reden, sich arrangieren und vielleicht – ganz vielleicht – doch anfreunden. Ich beobachte Mia, wie sie sich einzubringen versucht, und freue mich darüber, dass mein Plan aufzugehen scheint. Wie ich vermutet habe, braucht die Kleine nur ein paar anerkennende Worte, denn ihre Ideen kommen bei den anderen gut an. Überhaupt denke ich, dass das Kind mehr gefördert werden sollte. Ohne Frage ist sie sehr intelligent, aber sie traut sich nicht aus sich heraus, und ich habe das Gefühl, dass Mia Probleme hat. Dieser ständige traurige Ausdruck in ihren Augen stimmt mich jedes Mal nachdenklich.

In der Pause stehe ich am Fenster im Lehrerzimmer und beobachte die Kinder. Die Mädchen, die gerade noch in einer Arbeitsgruppe waren, spielen zusammen, nur Mia ist nicht dabei. Mein Blick huscht über den Hof, über die Kids hinweg, die ihr Pausenbrot essen und toben. Wo steckt die Kleine? Ich entdecke sie bei dem Wiesenstück, das die älteren Schüler für ein Projekt mit Gemüsesetzlingen angelegt haben. Sie ist allein und damit beschäftigt, die Pflanzen aus der Erde zu reißen. Ich will gegen die Scheibe klopfen, aber da ist Ella schon auf sie aufmerksam geworden und hindert sie daran, das Gemüsebeet vollkommen zu zerstören.

Man muss kein Psychologe sein, um zu sehen, dass das Mädchen offenkundig Probleme hat. Ich sollte nicht länger warten. Kurzerhand hole ich die Klassenliste aus meiner Schultasche und suche die Nummer von Mias Eltern. Ich lasse es durchklingeln, aber leider geht niemand ran. Ich werde es später nochmals versuchen.

Als am Ende des Unterrichts die Schulglocke läutet und die Kinder aus dem Schulhaus strömen, entdecke ich Mias Vater auf dem Parkplatz. Das ist die Gelegenheit. Eilig verabschiede ich mich von Ella und renne auf den Mann zu, der den Ranzen seiner Tochter gerade in seinen Wagen wirft.

»Mr. Sunday? Warten Sie.«

Über das Dach des Autos hinweg blickt er auf. Freundlich lächelnd strecke ich ihm meine Hand entgegen, als ich ihn ein wenig außer Puste erreiche. »Bitte entschuldigen Sie. Ich bin Mrs. Westham, die Lehrerin von Mia.«

Mr. Sunday ignoriert meine Hand, nickt mir aber grüßend zu. Dann schließt er die hintere Wagentür und sieht mich abwartend an.

Mia, die im Wagen sitzt, schaut interessiert zu mir auf.

»Ich habe mehrfach versucht, Sie oder Ihre Frau anzurufen. Ich würde mich gern mit Ihnen über Mia unterhalten.«

»Warum? Macht die Göre etwa ihre Hausaufgaben nicht?«

Ich schüttle den Kopf. »Nein, nichts dergleichen, sie ist eine gute Schülerin.«

»Dann ist ja alles in Butter.« Er winkt desinteressiert ab. »Hören Sie, ich habe es eilig.« Ungeduldig wirft er einen Blick auf seine Armbanduhr.

»Ich will Sie auch nicht lange aufhalten, aber ich denke, ein Gespräch wäre trotzdem hilfreich.«

Mr. Sunday hält inne und kneift die Augen zusammen. »Wenn Sie sagen, dass meine Tochter ihre Hausaufgaben macht und gute Noten schreibt, worüber wollen Sie dann reden? Unsere Zeit ist begrenzt, Mrs. Westham.«

In seinem Ton liegt Anspannung, die mich aufhorchen lässt. »Es geht um das Verhalten Ihrer Tochter. Sie stört den Unterricht und zerstört mutwillig Sachen.« Vorsichtig linse ich zu Mia im Wagen und hoffe, dass sie nichts von meinen Worten mitbekommt. »Das würde ich gern in einem persönlichen Gespräch mit Ihnen oder Ihrer Frau bereden.«

Mr. Sunday lacht auf. »Wollen Sie mir etwas sagen, dass Sie mit Mia überfordert sind?«

»Nein. Ich ...«

»Bringen Sie meiner Tochter das Lesen und Schreiben bei, und um den Rest kümmere ich mich«, weist er mich entschlossen ab und öffnet die Fahrertür.

»Mr. Sunday«, erwidere ich in strengerem Ton. »Ich glaube, dass Mia Probleme hat. Ich muss das der Schulbehörde melden, falls wir keine Lösung finden. Ich denke, Ihrer Tochter geht es nicht gut.«

Jetzt wirft er die Tür zu, macht einige Schritte auf mich zu, stützt die Hände in die Hüften und bleibt vor mir stehen. »Was soll das heißen? Drohen Sie mir etwa?«

Der Kerl ist einfach unglaublich, legt mir Dinge in den Mund, die ich nie gesagt habe.

»Keineswegs. Ich informiere Sie und bitte Sie um Kooperation. Mehr nicht«, erwidere ich tonlos, hebe den Kopf und sehe ihm fest ins Gesicht.

In seinen Augen glitzert es gefährlich, und ich frage mich, wieso er so angriffslustig reagiert. Seit ich die Schulbehörde erwähnt habe, scheint seine Stimmung gekippt zu sein.

»Ich sage Ihnen was. Mia geht es hervorragend, sie hat

gute Noten, und falls Sie nicht mit ihr fertigwerden und überfordert sind, dann sollten Sie sich einen anderen Job suchen. Und jetzt vermiesen Sie mir nicht weiter den Tag.« Er steigt in seinen Wagen, startet den Motor und fährt davon.

»Was für ein Arschloch«, murmle ich, als ich ihm nachsehe. Es kommt hin und wieder durchaus vor, dass Eltern sich in ihren Erziehungsmethoden angegriffen fühlen, aber so einer wie er ist mir noch nie untergekommen. Sein Verhalten trägt nicht gerade dazu bei, meine Besorgnis zu zerstreuen. Vielleicht leben Mr. und Mrs. Sunday in Scheidung? Das kann schon mal für Spannungen sorgen, wenn es um die Kinder geht. Ich nehme mir fest vor, es bei Mrs. Sunday zu versuchen, und falls das auch nicht klappt, muss ich eine Meldung machen.

Einen Tag später stehe ich im leeren Klassenzimmer und warte ungeduldig auf Mias Mutter. Es war pures Glück, dass ich sie am gestrigen Abend noch erreicht habe und sie sich auf einen Termin einließ. Seltsam ist allerdings, dass Mia heute nicht zur Schule gekommen ist. Von Mrs. Matthews erfuhr ich, dass sie auch nicht krankgemeldet wurde.

Mrs. Sunday ist schon fünf Minuten zu spät, mehrmals gehe ich zur Tür und halte im Schulflur nach ihr Ausschau. Währenddessen texte ich mit Emily. Sie schreibt, dass Silent wieder da ist, was mein Herz sofort in Aufruhr versetzt. Sie fügt einen Zwinkersmiley hinzu, und ich weiß, worauf sie hinauswill. Da er nun zurück ist, könnte ich ihm sagen, dass er Vater wird. Es kribbelt in meinem Magen bei dem Gedanken, und ich bin unsicher, wie er reagieren wird. Trotzdem darf ich die Sache nicht länger aufschieben und will es hinter mich bringen. Am besten kläre ich das noch heute, rede ich mir gut zu.

Eine Stunde ist vergangen und Mrs. Sunday nicht aufgetaucht. Sie hat mich versetzt. Kurz überlege ich einfach bei der Familie vorbeizuschauen, sie wohnt in der Nähe von Silent, aber die Idee verwerfe ich schnell. Schließlich will ich nicht als penetrante Lehrerin wahrgenommen werden. Die Schulglocke läutet zum Unterrichtsschluss, und die Schüler strömen nach Hause.

Als ich ein paar Minuten später vom Schulparkplatz auf die Hauptstraße abbiege, bin ich schrecklich nervös. Mehrmals schaue ich in den Rückspiegel und überprüfe mein Haar. Dabei ist es Silent bestimmt völlig egal, wie ich aussehe, wenn er erfährt, dass er Vater wird. Ich bin so in Gedanken, dass ich an einer Kreuzung die Grünphase der Ampel verpasse und gerade noch bei Gelb hindurchhusche. Allerdings scheint mein Hintermann es megaeilig zu haben und rauscht eindeutig über Rot. Er schießt so schnell hinter mich, dass ich Angst habe, er könnte mich rammen, aber er bremst scharf.

»Hey!« Ich mache eine aufgebrachte Handbewegung. »Der spinnt ja. Was für ein Vollidiot.« Verständnislos schüttle ich den Kopf. Ich schaue in den Rückspiegel, ob ich den Fahrer erkenne, aber er hält jetzt zu großen Abstand. Sein Wagen ist ein alter Golf, der nicht gerade im besten Zustand ist. Der linke Kotflügel hat eine auffällige Delle.

Ich wechsle die Spur und merke, dass er die Fahrbahn ebenfalls wechselt. Bei einer Querstraße biege ich ein, und auch der Golf folgt mir, allerdings mit etwas mehr Zurückhaltung. Ist das Zufall? Um das zu testen, nehme ich einen weiteren Umweg in Kauf und stelle fest, dass der Typ mir nachfährt.

Mist! Unruhig schaue ich mehrmals in den Rückspiegel und habe sofort ein dumpfes Gefühl im Magen. Wer ist der Kerl? Angespannt beschleunige ich, lenke meinen Wagen in die nächste Abbiegung und sause geradewegs in eine freie Parklücke vor einen LKW. Mit klopfendem Herzen starre ich in den Außenspiegel und halte den Atem an. Tatsächlich rauscht der alte Golf mit erhöhter Geschwindigkeit an mir vorbei. Nur eine Sekunde erhasche ich einen Blick auf den Fahrer. Er trägt einen roten Kapuzenhoodie, mehr kann ich nicht erkennen. Ich warte, bis er aus meinem Blickfeld verschwunden ist, beeile mich, aus der Lücke zu kommen und zu wenden. Angespannt gebe ich Gas und bin erleichtert, ihn nicht mehr im Rückspiegel zu sehen. Ich habe ihn abgehängt.

Trotzdem war das seltsam. Oder habe ich mir das nur eingebildet? Wer zum Teufel war das? Irgendein Spinner? Ich muss an Mias Vater denken, aber ich kann mich nicht mehr an sein Auto erinnern.

Kurze Zeit später erreiche ich ohne meinen Verfolger die Straße, in der Silent lebt. Von Weitem kann ich schon das Haus erkennen und werde nervös.

Zweifel überkommen mich. Vielleicht ist es doch keine so gute Idee, unangekündigt bei ihm hereinzuplatzen. Tausend Ausreden ploppen in meinem Kopf auf, warum ich den Wagen wenden sollte, aber ich reiße mich zusammen, finde einen Parkplatz einige Meter vom Haus entfernt und steige aus. Misstrauisch schaue ich mich um und nestle aufgeregt an meiner Bluse. Dann gehe ich mit langsamen Schritten auf das Gebäude zu.

Schade, dass das Baby durch eine schnelle Nummer gezeugt wurde. Ich hätte mir gewünscht, dass es in einer Liebesnacht entstanden wäre. Ich seufze und ermahne mich, die romantische Vorstellung endlich ad acta zu legen. Manchmal entstehen die schönsten Dinge eben spontan, damit muss ich mich abfinden.

»Hallo Mrs. Teach.«

Ich drehe mich um und schaue nach der Kinderstimme, die mich gerufen hat. »Mia?«

Die Kleine sitzt auf dem Bordstein und bemalt den Asphalt. Beim Vorbeilaufen habe ich sie gar nicht bemerkt.

Ihr T-Shirt und ihr Gesicht sind mit rosa und grüner Kreide verschmutzt, und auf dem Boden entdecke ich allerlei kindliche Malereien wie Blumen, Buchstaben und andere Zeichnungen.

»Hallo Mia«, antworte ich freundlich und bleibe stehen. »Was machst du denn hier?«

»Ich wohne da drüben.« Sie deutet mit dem Finger zur anderen Straßenseite, auf ein Haus mit einem Garten, der noch ungepflegter aussieht als der von Silent.

»Und wo ist deine Mom?«, frage ich unverfänglich.

»Zuhause. Ich … Mir war schlecht heute Morgen, deshalb bin ich nicht zur Schule gekommen.«

Ich lächle wohlwollend. »Ist okay. Geht es dir denn jetzt besser?«

Sie nickt, weicht meinem Blick aus und malt mit der Kreide einen Kreis. Kurz überlege ich bei den Sundays einfach zu klingeln, aber den Gedanken verwerfe ich, als jemand nach der Kleinen ruft.

»Mia? Ich hab dir doch gesagt, du sollst nicht mit Fremden sprechen.«

»Ich muss gehen. Das ist meine Mom«, erklärt sie, steht auf und klopft sich den Kreidestaub von der Hose.

Ich schaue auf und sehe einer jungen Frau entgegen. Sie ist etwas älter als ich, hat langes dunkles Haar, trägt abgewetzte Jeans und einen Pulli. Aber das ist es nicht, was meine Befürchtungen bestätigt. In ihrem Gesicht blinken ein ziemlich frisch wirkendes, dunkelblaues Veilchen und eine geschwollene Lippe. Sie bleibt wenige Meter vor Mia stehen und weicht meinem Blick aus. Die Kleine geht zu ihrer Mutter. Diese greift nach ihrer Tochter und will sie mit sich ziehen. »Los, Abmarsch nach Hause, Fräulein.«

»Aber Mom, das ist doch Mrs. Westham«, beschwert Mia sich, worauf Mrs. Sunday zu mir schaut. Hastig legt sie eine Haarsträhne über ihr Auge und versucht es damit zu verbergen. Sie weiß aber, dass ich es längst gesehen habe, was ihr unangenehm ist.

Ich reagiere sofort, gehe auf sie zu und strecke ihr meine Hand entgegen. »Hi Mrs. Sunday. Ich bin Mias Klassenlehrerin. Pamela Westham.«

Sie erwidert meinen Händedruck nicht, stattdessen nickt sie und zieht ihre Tochter schützend an sich.

»Wir waren heute verabredet«, beginne ich vorsichtig.

»Ja … Ich weiß.« Sie ringt sich ein unsicheres Lächeln ab und schaut immer wieder zum Haus. Als hätte sie Sorge, etwas Unerlaubtes zu tun.

»Es ist kein Problem, dass unser Gesprächstermin nicht geklappt hat. Wir können einen anderen vereinbaren.«

»Okay, tut mir leid.« Diese Frau hat Angst. Das sehe ich ihn ihren Augen und höre es in ihrer Stimme. Ich schaue zum Haus und verstehe sofort. Dort ist Mr. Sunday, der mit beiden Armen auf der Veranda abgestützt in unsere Richtung blickt. Seine Miene ist ausdruckslos, aber an Mrs. Sundays Verhalten spüre ich, unter welchem Druck sie steht.

»Ich muss los«, sagt sie schnell, nimmt ihre Tochter an die Hand und geht. Mia winkt mir traurig zu, was mich tief bewegt. Verdammt! Ich kann sie doch nicht einfach so ziehen lassen. Ich muss etwas unternehmen. Instinktiv weiß ich, dass sie auch bei einem neuerlichen Termin nicht erscheinen wird.

»Mrs. Sunday?«, rufe ich und laufe ihr die wenigen Schritte nach.

Sie bleibt stehen, schiebt ihre Haarsträhne ins Gesicht und wartet.

»Ich will Ihnen nicht zu nahe treten, aber …« Ich greife in meine Handtasche und krame eine Visitenkarte heraus. »Sie können mich jederzeit anrufen, wenn Sie Hilfe benötigen.«

Ich gebe ihr die Karte und schaue sie eindringlich an, in der Hoffnung, dass sie mein Angebot richtig deutet.

Sie steckt sie in die Gesäßtasche ihrer Jeans und verzieht den Mund.

»Ich brauche keine Hilfe. Uns geht es gut«, antwortet sie mit etwas Trotz in der Stimme. Wir starren uns an und wissen, dass das eine Lüge ist.

»Es gibt immer einen Ausweg, man muss nur den ersten Schritt wagen. Denken Sie an Ihre Tochter, Mrs. Sunday. Ich kann Ihnen helfen.«

Tausend unausgesprochene Worte liegen in ihrem Gesicht. Von Skepsis, Angst, Unglauben bis hin zu einem Funken Hoffnung ist alles dabei. Es ist nicht leicht für Frauen in ihrer Situation, sich zu befreien. Oft ist das mit großen Problemen verbunden.

»Wie ich schon sagte, Mrs. Westham, uns geht es gut. Mia kommt morgen wieder zur Schule«, erwidert sie kühl, läuft mit ihrer Tochter an der Hand über die Straße auf ihr Haus zu. Selbst als die beiden im Inneren verschwunden sind, steht der Ehemann noch immer auf der Veranda und schaut in meine Richtung. Er taxiert mich. Er will, dass ich weiß, dass er mich als Gegnerin betrachtet. Ich kann seine unausgesprochene Drohung beinahe spüren. Ich soll mich nicht in seine Familienangelegenheiten einmischen. Aber so schnell lasse ich mich nicht einschüchtern und erwidere seinen Blick, gebe ihm damit zu verstehen, dass ich ihm tatsächlich Schwierigkeiten machen werde. Er unterbricht unseren Blickkontakt, wirft seinen Zigarettenstummel auf die Straße und geht ins Haus.

* * *

Keine Frau sollte in so einer toxischen Beziehung leben, Angst vor ihrem Partner haben und sich nicht frei fühlen.

Nachdem ich gesehen habe, dass die Mutter verletzt ist und sich mein Verdacht immer mehr erhärtet, darf ich nicht länger schweigen. Andererseits will ich keinen Druck ausüben, denn ich spüre, dass mein Auftauchen Mrs. Sunday und Mia in Schwierigkeiten bringen kann.

Es ist gar nicht so leicht, die Sorgen um Mia und ihre Mutter abzustreifen und mich auf das zu konzentrieren, weshalb ich hier bin. Ich gehe auf Silents Haus zu und bin fest entschlossen, Mrs. Sunday noch mal zu einem Gespräch in die Schule zu bitten. Vielleicht erreiche ich mehr, wenn sie nicht vor den Augen ihres Mannes mit mir spricht.

Vor Silents Haustür atme ich durch, räuspere mich, und als ich meine Hand hebe, um anzuklopfen, reißt er schon die Tür auf. Wir starren uns an, und sofort überkommt mich heiße Sehnsucht. Verdammt! Erst jetzt wird mir klar, wie sehr ich ihn vermisst habe. Ich muss schlucken, als mein Blick über seine nackte Brust, seine Tattoos und die feinen Härchen am Bauch wandert, die wie ein Pfad im Bund seiner Jeans verschwinden. Läuft er immer halbnackt durchs Haus? Herrgott noch mal, es ist Herbst! Kann er sich nicht etwas anziehen? Hitze steigt in meine Wangen.

»Teach! Ist alles in Ordnung?«

Meine Nackenhaare stellen sich auf, als ich seine raue Stimme wahrnehme, während sein Blick in mich hineinfällt, tief in mir aufschlägt und wohlige Wärme in mir verbreitet. Er hatte früher schon ein ausgeprägtes Gespür dafür, mich zu lesen und auf eine Art zu berühren.

»Kann ich reinkommen?« Er entreißt sich unserem Blickkontakt, schiebt wortlos die Tür auf und tritt beiseite. Bevor ich einen Rückzieher machen kann, schlüpfe ich schnell hinein. »Tut mir leid, dass ich dich überfalle.«

Er geht an mir vorbei und räumt einen Berg Wäsche von seinem Sofa.

»Bitte.« Er bedeutet mir Platz zu nehmen. Beim Hinausgehen nimmt er eilig leere Bierflaschen mit, die auf dem kleinen Tisch zwischen irgendwelchem Technikkram herumstehen.

Mein Auftauchen ist tatsächlich ein Überfall, denn es scheint ihm unangenehm zu sein. Er ist damit beschäftigt, sein Durcheinander hastig beiseitezuschaffen, während ich versuche, einen Anfang zu finden.

Großer Gott, wie sagt man einem Mann, der keine Beziehung will, dass er Vater wird? Entweder ganz cool und ohne Umschweife: ›Hey Silent, nette Wohnzimmertapete. Übrigens, du wirst Vater.‹ Oder ich sage es ihm durch die Blume: ›Hey Silent, du kennst doch die Geschichte vom Bienchen und Blümchen, oder? Also, es funktioniert wirklich. In neun Monaten wirst du ein Daddy.‹

Mist! Ich bin so konfus, dass ich keinen Plan habe, wie ich es ihm am besten beibringe. Ich hätte das vorher üben sollen.

»Ich habe gehört, du warst verreist?«, beginne ich mit etwas Unverfänglichem.

Er nickt.

»Ich wusste gar nicht, dass du Familie an der Ostküste hast.«

Er erwidert nichts, wirft den Stapel Klamotten in eine Ecke und fährt sich durchs Haar. Darüber will er offensichtlich nicht sprechen oder es ist ein Zeichen, dass er mit der Situation überfordert ist. Irgendwann bleibt er vor mir stehen und sieht mich mit seinen schokoladenbraunen Augen so süß an, dass ich dahinschmelzen könnte. »Teach, ich … Ich bin froh, dass … du da bist.« Er ist nervös, presst immer wieder die Lippen aufeinander. »Das letzte Mal wollte ich dir so viel sagen, aber … Du weißt, ich bin ziemlich schlecht in solchen Dingen.«

»Lass dir Zeit.«

Er nickt, schluckt und sucht offensichtlich nach einem Anfang. Verlegen zieht er an seiner Beanie-Mütze. »Du warst wütend auf mich. Mit Recht. Ich habe es vermasselt. Ich wollte nicht, dass das in der Küche auf diese Weise geschieht.« Er deutet mit dem Kopf Richtung Küchentisch und spricht so langsam, als wollte er jedem Wort Nachdruck verleihen.

»Wieso ist es dann auf diese Art geschehen?«, frage ich leise. »Wieso durfte ich dich nicht berühren oder küssen?«

Er fährt sich durch den Bart, und unendliche Sekunden verstreichen, bis er weiterspricht. »Das kommt, weil ... ich gelernt habe, mich zu schützen.«

Ich runzle die Stirn. »Schützen? Wovor?«

Je länger Stille zwischen uns herrscht, desto mehr begreife ich und ahne, dass etwas ganz und gar nicht bei ihm stimmt. Ich denke an die Narben auf seinem Rücken, seine verschwiegene Art und den ewigen Kampf, den er mit sich selbst führt. Das alles muss einen Grund haben, einen dunklen, traumatischen Grund.

»Scheiße, Silent! Was ist dir nur zugestoßen?«, flüstere ich betroffen, als mir klar wird, dass er Schlimmes durchgemacht haben muss. Sein Gesicht ist ausdruckslos, doch seine Augen sprechen Bände. Ich lese Qual, Verzweiflung und Hoffnung, aber auch etwas anderes, das ich nicht einordnen kann. Er löst sich aus unserem Blickkontakt und schlendert hinüber zum Fenster. Ich erfasse die Narben auf seinem Rücken, die man trotz der Tattoos deutlich sehen kann. Wie gerne würde ich sie berühren, aber das wage ich nicht. Ich gehe ihm nach, und als er meine Nähe bemerkt, will er mir ausweichen, doch er zwingt sich zu bleiben. Mein Herz bricht, als ich seine Angst erkenne. Meine Güte, er kommt mir so verloren vor.

»Die Wahrheit ist ...«, sagt er aus dem Fenster in die Ferne schauend. »Ich kann nicht lieben, Teach.«

Ich schüttle den Kopf, weil ich nicht verstehe, wer ihm das eingeredet hat. »Wieso nicht?«

»Weil ich ein Monster bin.«

Ein Monster? Nein. Das kann ich mir nicht vorstellen. Er ist Silent, der stille, gutaussehende Typ, der sich sogar anschießen ließ, weil er Kim retten wollte, und der mich beschützt. Ich weiß, dass er ein gutes Herz hat und dass ich ihm vertraue. Er kann kein Teufel sein.

»Doch wenn ich es könnte, dann wärst du meine Frau«, sagt er rau.

Ich schüttle den Kopf. »Das glaube ich nicht. Das würde bedeuten, du könntest nichts empfinden. Das ist nicht wahr, Silent, denn ich sehe Liebe in deinen Augen. Jedes Mal, wenn du mit Mad sprichst, in der Art, wie du Whiskey brennst, wie du Emily anhimmelst, sogar ... wie du *mich* angesehen hast«, füge ich leiser hinzu. »Du bist ein Kümmerer, einer, den die Schicksale der anderen nicht kaltlassen.«

»Du kennst mich nicht.«

»Mir reicht, was ich bisher kennengelernt habe. Ich weiß, dass du ein gutes Herz hast. Und egal, was in deiner Vergangenheit geschehen ist, oder wie schlimm die Dinge sind, die du getan haben magst, ich habe keine Angst vor dir. Ich vertraue dir und empfinde etwas für dich, Silent.« Ich halte inne, denn diese Worte kamen einfach so über mich, ohne dass ich groß darüber nachgedacht habe.

Einen winzigen Moment blitzen seine Augen auf, aber dann erlischt es, und er weicht meinem Blick aus. »Tu das nicht, Teach. Bitte.«

Lange sehe ich ihn an und weiß nicht, ob ich mein Geständnis bereuen soll. »Du kannst nicht abstreiten, dass du auch so empfindest.«

Tief atmet er ein und sieht mich an.

»Habe ich recht?«

Er nickt langsam, und mein Herz flattert vor Aufregung, denn ich weiß, dass ich jetzt nicht aufgeben darf. Ich habe eine Chance, ihn zu erreichen, und vielleicht – ganz vielleicht – gibt es einen Weg für uns.

»Wir könnten es versuchen, für unser ...« Meine Worte verkümmern in meinem Mund wie eine vertrocknete Pflanze. Gerade kann ich mich noch zurückhalten. Ihm jetzt zu sagen, dass ich ein Kind von ihm erwarte, würde ihn überfordern und eventuell alles kaputtmachen. Ich muss es vorsichtig angehen.

Zögernd hebe ich meine Hand. Silent beobachtet ihren Weg, und kurz bevor ich sie auf seine Brust lege, beißt er die Zähne zusammen. Ich nehme seine Wärme wahr.

»Ich werde dir nicht wehtun«, verspreche ich flüsternd.

Er schließt die Augen und hält den Atem an. Als meine Finger federleicht auf seine Haut treffen, verspannen sich seine Muskeln. Es vergehen Sekunden, ehe ich etwas sage. »Wie fühlt sich das an?«

»Okay«, presst er leise hervor, doch ich merke, wie viel Kraft es ihn kostet.

Ich will einen Schritt weitergehen und lege sie an seine Wange. Sanft und vorsichtig streichle ich ihn mit dem Daumen. Silent lässt es zu, und ich glaube zu spüren, dass seine Anspannung ein winziges bisschen nachlässt. Ich lächle zufrieden, und am liebsten würde ich mich ihm in die Arme werfen, aber das wäre zu früh. Das könnte den Fortschritt zunichtemachen.

Die Zeit steht in diesem Augenblick still, und das warme Knistern, das uns schon immer verbunden hat, ist wieder da. Diese Verbindung zwischen uns geht tiefer als irgendetwas sonst, und ich will nur ihm gehören. Er ist wie das fehlende Puzzlestück, nach dem ich so lange gesucht habe, das wird mir jetzt klar. Das muss ich ihm irgendwie begreiflich machen. Aber wie?

Abrupt löst er sich aus der Berührung und tritt einen Schritt zurück. Er sieht geschockt und zugleich erstaunt aus. Habe ich ihm zu viel zugemutet?

»Es tut mir leid, ich hätte dich nicht so bedrängen dürfen«, sage ich reumütig.

Er schüttelt kaum merklich den Kopf. Seine Brust hebt und senkt sich in einem schnellen Rhythmus, und er ist sichtlich verwirrt. »Das war ... okay.«

Ein winziges Lächeln zuckt an seinem linken Mundwinkel, was mein Herz noch mehr in Aufruhr versetzt.

»Ja?«, frage ich hoffnungsvoll.

Er nickt, und innerlich balle ich die Siegerfaust. Er hat Angst, zu lieben, vielleicht, weil er in der Vergangenheit verlassen wurde. Es ist schlimm, was einige Kinder durchmachen. Manches prägt sie für ihr ganzes Leben. Ich beherrsche nur einfache Küchentischpsychologie, aber ich bin mir sicher, dass wir das gemeinsam bewältigen können. »Ich kann es dir beibringen. Langsam, Stück für Stück, wenn du mich lässt.«

Unsicher sieht er mich an.

Ich lächle. »Wir machen es wie eben. Behutsam und du bestimmst das Tempo. Falls wir keine Fortschritte mehr sehen, dann haben wir es wenigstens versucht.«

Sein Blick wird intensiv, und er scheint darüber nachzudenken. »Okay ... Können wir ... noch mal.«

Wird er jetzt übermütig? Ich grinse und habe eine Idee. »Na gut. Berühre mich, Silent, dann wähle eine Stelle aus, an der ich dich auch anfassen darf.«

13

Silent

Sie ist das Schönste, was ich je gesehen habe, und es kostet mich Kraft, stillzuhalten und Teachs Hand nicht abzublocken. Ich will sie, so sehr. Ich will wiedergutmachen, was ich verbockt habe, und stelle mich dem inneren Instinkt, der mich zwingt, sie nicht näher an mich heranzulassen. Dabei habe ich Jos Stimme in meinem Kopf, *»Worte schlucken, nichts fühlen, das rettet dich«*, was alles verkompliziert.

Ihre Hand liegt auf meiner Brust, und ihre Wärme dringt in mich, wie ein unendlicher Strom aus zarter Energie. Zu Beginn ist da ein dröhnender Schmerz, der wie Nebel langsam in mich schleicht. Erst ist es unerträglich, doch dann – und das erstaunt mich – fühle ich nur ein leichtes Brennen, das immer mehr vergeht, je länger ihre Finger auf mir liegen. Darauf folgt ein Flattern, wie die Flügel eines Schmetterlings, und gleichzeitig bringen mich ihre blauen Augen vollkommen durcheinander. Ich versinke darin, verliere mich in den goldenen Sprenkeln aus tiefen Tälern, und ich finde etwas, wonach ich mein Leben lang gesucht habe. Es ist wie ein Ankommen, ein Zuhause, ein Gewolltsein, und je länger ich sie ansehe, desto mehr will ich mich fallen lassen.

»Worte schlucken, nichts fühlen, das rettet mich.« Solange ich denken kann, habe ich mich daran gehalten. Es ergab

Sinn und hat mich überleben lassen, doch jetzt bei Teach ist das anders. Sie verwirrt mich, zerrt an dem Seelenknoten, den ich seit vielen Jahren akzeptiert habe. Ich will mehr von ihr, aber ich habe Angst, dass ich es nicht schaffe. Wie kann ein Mädchen wie sie nur so an mich glauben? Nur mein bester Freund Mad weiß, wie ich ticke, hat meine Marotten toleriert, nach mehrmaligen erfolglosen Versuchen, mir zu helfen.

»Berühre mich, Silent. Wähle eine Stelle aus, an der ich dich auch anfassen darf.« Geduldig wartet sie auf eine Reaktion. In meinem Kopf sehe ich sie wieder über den Tisch gebeugt, während ich sie hart von hinten nehme. Ich verglühe bei dem Gedanken, aber das darf nicht noch einmal passieren. Ich will mich auf sie einlassen und schauen, wohin das führt.

Alles, was in den letzten Minuten geschehen ist, ist mehr, als ich jemals zugelassen habe. Es war schwierig, aber auf eine gute Weise. Etwas in mir ist wach geworden, wird übermächtig, sodass ich sie mutig an mich ziehe. Sie ist überrascht, genau wie ich. Meine Hand lege ich auf ihren Kopf und drücke sie sachte an meine Brust, bis ich ihre Wange auf der nackten Haut wahrnehme. Ich schlucke, als der Schmerz eintritt, und warte. Es ist wie vorhin. Ich spüre erst Schmerz, brennend und tief, doch dann keimt etwas Zartes auf, das sich gut anfühlt und nach dem ich süchtig werden könnte. Ich schließe die Augen und lasse es zu. Mein Gott! Ich hätte das niemals für machbar gehalten. Berauscht davon halte ich sie im Arm, bis der Schmerz wieder die Oberhand gewinnt und ich vor ihr zurückweichen muss.

Obwohl ich sie abrupt loslasse, strahlt sie mich an. Ich bin verwirrt, durcheinander und verstehe nicht, wie das plötzlich möglich ist.

»Das war …«, beginnt sie.

»Unglaublich«, beende ich erstaunt ihren Satz.

»Ja«, flüstert sie und kommt wieder näher. »Eigentlich finde ich ja, wir sollten es für den Anfang nicht übertreiben, aber … Darf ich …?« Zögernd hebt sie ihre Hände und legt sie sacht auf meine Schultern.

Es wird leichter, die Berührung zu ertragen, und ich nicke ihr langsam zu als Zeichen dafür, dass es okay ist. Ich schließe die Augen und versuche es zu genießen. Sie streichelt mich, aber das lässt den Schmerz in mir aufpeitschten, und als sie meine Beanie-Mütze herabziehen will, brüllt der Dämon in mir auf. Schroff packe ich sie an ihren Handgelenken und halte sie auf.

»Nein«, fauche ich und bereue es im selben Augenblick. Fuck! Das war zu hart.

Erschrocken zuckt sie zusammen. »Schon gut. Entschuldige.«

Ich zwinge mich, ruhig zu bleiben, schaffe es und gebe ihre Hände frei. »Tut mir leid, ich …«

Ich schüttle den Kopf. Das geht nicht. Niemals. Ich sehe ihre Fragen, ihre Neugier, aber das bringe ich nicht über die Lippen.

»Sch … Silent, alles ist gut.« Sie lächelt, was mich beruhigt und dieses liebliche Kribbeln in meinem Bauch wieder zurückbringt.

Ein Handyklingeln unterbricht die Stille und reißt mich aus den neuen Empfindungen. Teach löst sich aus der Umarmung, und ich sehe sie fasziniert an. Ihre Wangen sind gerötet, ihre Augen schimmern glasig, und ich bin vollkommen von ihr eingenommen.

»Willst du nicht rangehen?« Sie deutet auf das nervige Handy, das auf dem kleinen Tisch liegt.

Ich nehme ab.

»Was?«, brumme ich den Anrufer an, und in dem Augenblick ist es mir egal, wer es ist.

»Sorry, dass ich dich störe, Alter, aber du wolltest doch wissen, wenn mir etwas Ungewöhnliches auffällt.«

Um mich auf Milows Worte zu konzentrieren, massiere ich meine Nasenwurzel. »Ja? Was ist los?«

»Ein Kerl ist um das *Whisper* geschlichen. Wir haben ihn an der Rückseite des Hügels erwischt, am Fenster der Wohnung.«

»Das ist das Schlafzimmerfenster«, murmle ich und sehe Teach an. Sofort hat Milow meine gesamte Aufmerksamkeit.

»Erst als wir ihn geschnappt haben, habe ich mich erinnert, dass ich ihn vor ein paar Tagen auch an Teachs Haus gesehen habe, allerdings stand er harmlos einige Zeit auf der anderen Straßenseite und ging dann weiter. Ich dachte mir nichts dabei.«

»Habt ihr ihn?«

»Natürlich, deshalb rufe ich dich ja an. Mad ist schon auf dem Weg.«

»Okay, bin gleich da.« Ich lege auf.

»Was ist los?«, will Teach wissen, die meine Besorgnis gesehen hat. Kurz überlege ich, sie aufzuklären, aber ich will ihr keine Angst machen. »Ich muss los. Bleib hier, bis ich zurückkomme. Okay?«

»Was? Nein, ich kann nicht hierbleiben. Ich muss noch die Hausaufgaben der Kinder durchgehen.« Sie hält inne. »Silent?« Misstrauisch neigt sie ihren Kopf. »Du verschweigst mir etwas. Was ist passiert? Komm schon, es mir zu sagen ist auch eine Übung.«

Seufzend weiche ich ihr aus und laufe in mein Schlafzimmer. Aber Teach wäre nicht Teach, wenn sie es einfach akzeptieren würde. Wenn sie sich mal festgebissen hat, ist sie wie ein Terrier. Sie kommt mir nach, während ich aus dem Kleiderschrank nach einem frischen T-Shirt greife.

»Was ist los?«, bohrt sie weiter, verschränkt die Arme und versperrt mir den Weg.

Sie ist süß, wenn sie aufgebracht ist, und ich gebe nach. »Milow hat jemanden erwischt, der um das *Whisper* geschlichen ist.«

»Oh! Er war an meinem Schlafzimmerfenster?«

Ich nicke. »Milow und die Jungs haben ihn geschnappt. Ich werde das klären und bin bald zurück. Warte einfach hier.«

»Selbstverständlich komme ich mit. Ich muss sowieso in diese Richtung«, sagt sie grinsend und geht ins Wohnzimmer, um ihre Tasche zu holen.

* * *

Es hätte keinen Sinn gehabt, ihr zu widersprechen. Also gebe ich zähneknirschend nach, und wir fahren mit ihrem Wagen zum *Whisper.* Wir nehmen die Abkürzung durch den Park und gehen durch das Lieferantentor auf der Rückseite des Hügels. Von außen ist es nicht einsehbar, weil das Tor mit künstlichem Gras verkleidet ist. Ich bin es nicht gewohnt, dass ich jemanden im Schlepptau habe, und vergesse, dass Teach Mühe hat, meinen großen Schritten zu folgen. Sie hat wirklich kleine Füße, aber hübsche. Wie alles an ihr.

Verdammt! Ich lasse mich von ihrem Zauber ablenken, dabei sollte ich mich auf den Typ konzentrieren, der ihr nachstellt. Zum Glück war ich intelligent genug, unsere Männer damit zu beauftragen, während meiner Abwesenheit ein Auge auf Teach zu haben.

Als wir im *Whisper* ankommen, sitzen Dave und Ivan an der Bar. Sie nicken mir grüßend zu, und Dave zeigt mit seiner Hand nach unten, was bedeutet, dass der Kerl im Keller ist.

Ich wende mich an Teach.

»Du wartest hier«, brumme ich leise, aber bestimmt. Sie will etwas dazu sagen, schließt aber wieder ihren Mund, als sie meinen Blick bemerkt, der keine Widerworte duldet. Mit einem Nicken gebe ich den Jungs an der Bar Bescheid, dass sie auf sie achten sollen.

Eilig öffne ich die Tür, die zu den separaten Räumlichkeiten führt, und gehe den Flur entlang zum Kellerabgang. Feuchte kalte Luft schlägt mir entgegen, und ich höre unten schon Mads Stimme.

»Ich wiederhole mich nur ungern. Also, was wolltest du hier?«

»Ich sagte doch, dass ich mich verirrt habe. Ich war im Park spazieren.« Der Kerl bricht wimmernd ab, als ich im Türrahmen auftauche. Wie sonst auch, wenn wir jemanden unserer speziellen Befragung unterziehen, ist der Typ an einen Stuhl gefesselt. Er trägt einen roten Hoodie, wirkt jung und schlaksig. Was ich nicht verstehe, ist, dass Mads neuer Kumpel Edward mit von der Partie ist. Normalerweise sind bei solch intensiven Gesprächen keine Fremden dabei.

Wie üblich war Mad gerade damit beschäftigt, langsam sein Hemd aufzuknöpfen. Ein Ritual, das er gern nutzt, um sein Spielchen zu intensivieren. Im Grunde dient es nur dazu, dem Gefangenen Angst einzujagen. Beim letzten Mal hat Mad es ein klein wenig übertrieben.

Er hält inne, als er mich an der Tür entdeckt. »Wurde auch Zeit, Bro. Er gehört ganz dir.«

Spielerisch deutet er eine Verbeugung an und mimt diese so galant, als würde er mir ein Schweinchen auf dem Silbertablett servieren.

Der Typ schaut verwirrt in meine Richtung. Ich bleibe vor ihm stehen, starre auf ihn hinab und ziehe ihm mit einem Ruck die Kapuze vom Kopf. Zum Vorschein kommt …

Vor Überraschung hebe ich eine Braue, während der Typ auf dem Stuhl mich böse anfunkelt. Dabei steht ihm der Schweiß auf der Stirn, und ich kann seine Angst schon riechen.

»Kennst du ihn?«, will Mad wissen, der meinen Ausdruck richtig deutet, was ich mit einem Nicken quittiere. Ich weiß, dass er ebenfalls in der Schule arbeitet. Collins' Atem geht schnell, aber das beeindruckt mich nicht im Geringsten. Feuchte Haarsträhnen hängen ihm in sein verpickeltes Gesicht. Ich würde sagen, er hat mächtig die Hosen voll, als er kapiert, dass ich ihm auf den Zahn fühlen werde.

Seit der Sache in der Mühle habe ich Teach über Monate nicht aus den Augen gelassen, erst recht nicht, seit sie wieder arbeitet. Mein Instinkt hat grandios angeschlagen. »Was hast du hier verloren?«

»Nichts, ich ... sagte doch schon, dass ich mich verlaufen habe.«

Normalerweise würde ich ihn meine Faust spüren lassen, aber bei der Wucht könnte er vom Stuhl fallen. Deshalb gebe ich ihm einen Schlag auf den Hinterkopf.

»Wir haben dich an Teachs Haus gesehen, also erzähl uns keine Scheiße«, klärt Milow seine Lüge auf.

Es arbeitet in seinem Hirn, er beißt sich auf die Unterlippe und merkt, dass wir ihn an den Eiern haben.

»Mann!«, ruft er wimmernd und verzieht das Gesicht zu einer bedauernden Miene.

»Bestimmt will er jetzt heulend zu seiner Mum«, ahmt Milow ihn nach.

»Antworte«, fordere ich Collins harsch auf.

Er schnieft und zieht die Nase hoch. »Okay. Ist ja gut. Ich gebe es zu, ich habe ihr nachspioniert.«

Allein dafür sollte ich ihm meine Faust in die Fresse hauen.

»Ich habe schon in der Schule gemerkt, dass du ein Auge auf Teach geworfen hast«, meint Edward, worauf Collins ihn finster anblickt.

»Ja und? Ist das etwa verboten?« Er dreht den Kopf zu mir.

»Du hast dich doch auch oft in ihrer Nähe herumgetrieben.« Abneigung und Hass spiegeln sich in seinem Blick.

Etwas stimmt mit dem Jungen nicht. Er kennt mich nicht persönlich. Wir haben nie miteinander zu tun gehabt. Woher also die Feindseligkeit? Oder hat er sich in Teach verliebt?

»Du elender Mistkerl«, zischt Emily plötzlich von der Tür. »Du bist ein verdammter Stalker.« Sie geht auf ihn zu, holt aus und tut, was ich schon die ganze Zeit tun wollte. Sie knallt ihm eine. Die Ohrfeige ist wie gewohnt kräftig, was Mad mit stolzem Blick und einem Grinsen zur Kenntnis nimmt. Erst jetzt sehe ich Teach, die wie paralysiert in der Tür steht und ungläubig auf ihn hinabschaut.

Edward pfeift anerkennend. Emily ist so wütend, dass sie dem Kerl noch eine verpassen will, doch Mad hält sie diesmal auf und zieht sie fest in seinen Arm.

»Babe, dein Wums ist noch genauso stark wie früher.« Er grinst.

Emily kann zur Furie werden, aber Mad beruhigt sie.

Es wird still im Raum, weil Teach hereinkommt und vor ihm stehen bleibt. »Collins?« Sie schlägt geschockt eine Hand auf den Mund. »Du warst der Typ, der vorhin über Rot gefahren ist und mich verfolgt hat.«

Sie deutet auf seinen Pulli und starrt ihn fassungslos an. Schuldbewusst lässt er den Kopf hängen.

»Es tut … mir leid. Ich … Ich …«, stottert er.

»Warum hast du das getan?« Teach wartet einige Sekunden, doch als er nicht antwortet, flippt sie dezent aus. »Rede, verdammt!« Ihr Ausbruch hallt von den Kellerwänden wider und überrascht uns alle. Aber mir gefällt es.

»Ich wollte dir keine Angst einjagen, ehrlich«, will er sie beschwichtigen und sucht nach Erklärungen. »Ich wollte mit dir sprechen, deshalb bin ich dir hinterhergefahren, aber du warst plötzlich wie vom Erdboden verschluckt. Ich dachte, du bist nach Hause, zum *Whisper*, weshalb ich hierhergekommen bin.«

»Um Small Talk zu halten, hast du dich an ihrem Schlafzimmerfenster zu schaffen gemacht?«, will Mad ungerührt wissen. »Ganz ehrlich, das ergibt wenig Sinn, und niemand hier kauft dir das ab.«

»Ich wollte wirklich nur mit dir reden, Teach, ohne dass die davon Wind bekommen.« Er deutet zu Mad, Milow, Edward und mir.

»Tja, Pech gehabt, du Penner. Unsere Augen sind überall.« Milow versetzt ihm einen leichten Hieb auf den Hinterkopf.

»Wenn du mit mir sprechen wolltest, hättest du das auch in der Schule tun können«, meint Teach.

»Nein. Das, was ich dir zu sagen habe, kann ich dir nur allein anvertrauen. Dort ist nicht der richtige Ort für so ein Gespräch.«

»Okay, das reicht«, entfährt es Emily. »Teach, du musst ihn anzeigen.«

»Ja, der Meinung bin ich auch«, stimmt Edward Emilys Vorschlag zu. »Er wollte immerhin hier einbrechen.«

Collins' Kopf ruckt hoch.

»Was? Nein, bitte, ich wollte nichts Böses. Ganz bestimmt nicht. Wenn das rauskommt, könnte mich das meine Stelle in der Schule kosten«, jammert er wieder und schaut mit einem flehenden Blick zu Teach, Emily und Mad.

»Was willst du von mir?«, bohrt Teach weiter nach. »Sag es, sprich es frei aus.«

Eine Weile zögert er. »Ich will dich warnen …«, er macht eine Kopfbewegung in meine Richtung, »vor ihm.«

Na, das wird ja immer besser! Ich seufze und hätte gute Lust, ihn windelweich zu schlagen.

»Vor wem? Etwa vor Silent?«, fragt sie stirnrunzelnd.

Der Kerl blickt ihr fest in die Augen und nickt.

»Wieso?«

Er räuspert sich verlegen. »Das sage ich dir, wenn wir allein sind und ich deine Zusicherung habe, dass ich anschließend unversehrt gehen kann.«

14

Teach

Ich starre Collins an, als hätte er gerade eine Maus vertilgt. Man könnte eine Stecknadel fallen hören, so still ist es im Kellerraum. Ich verstehe zwar nicht, was er mit der ganzen Aktion bezweckt, dennoch will ich wissen, was er mir so Wichtiges zu sagen hat, dass er sogar eine rote Ampel überfährt.

»Denk nicht mal dran«, zischt Silent ruhig, aber mit warnendem Unterton.

»Wieso nicht?«

»Weil du ihm nicht trauen kannst«, erwidert er.

»Er hat recht, Teach. Du solltest nicht allein mit dem Kerl sein«, mischt sich Mad ein. »Er wird schon reden, wenn er –«

»Leute«, unterbreche ich Mad, »er ist an einen Stuhl gefesselt, es gibt nur dieses kleine Fensterchen, das vielmehr ein Guckloch ist. Da passt kein Mensch hindurch, ansonsten bleibt ihm ja nur die Tür, hinter der meine persönlichen Bodyguards warten. Ich nehme an, ihr habt ihn nach einer Waffe oder so was durchsucht?«

»Natürlich haben wir das«, bestätigt Milow.

»Na also. Dann kann nichts schiefgehen.«

Silent und ich liefern uns ein Blickduell. Er ist stur, aber ich sehe deutlich, wie er mit sich ringt. Er weiß, dass er sich an mir die Zähne ausbeißt. Es folgt längeres Schweigen, während die anderen Blicke zwischen uns hin und her wechseln. Schließlich gibt er nach, nickt einverstanden, bevor er sich an Collins wendet. »Du hast eine Minute, Arschloch. Keine Tricks, sonst gnade dir Gott.«

Nacheinander verlassen alle den Kellerraum. Collins wartet, bis wir allein sind, dann sieht er mich an.

Ich kneife fragend die Augen zusammen. »Sag mal, hast du mir die vielen Zettelchen geschrieben?«

»Was für Zettel?« Collins legt die Stirn in Falten und macht nicht den Eindruck, als wüsste er, wovon ich spreche. Okay, damit hake ich ihn erst mal ab.

»Vergiss es«, ich winke ab und trete ungeduldig von einem Bein aufs andere. »Also? Was gibt es so Dringendes?«

Er leckt sich mit der Zunge über die Lippen. »Es gibt etwas, was du wissen musst über …«

»Über?«

»Deinen Freund Silent.«

Ich runzle die Stirn.

»Du solltest dich vorsehen, was ihn betrifft.«

»Komm zur Sache und rede Klartext, sonst ist diese Unterhaltung sofort beendet.«

Er senkt den Kopf und schluckt, dann sieht er mich wieder an. »Bitte komm näher.«

Ich werfe einen Blick zur Tür und fühle mich sicher genug, um es zu wagen. Also beuge ich mich ein Stück zu ihm hinunter.

»Silent ist … ein Mörder. Du darfst ihm auf keinen Fall vertrauen«, raunt er in mein Ohr.

Ich neige mich zu ihm hinab und schaue ihm in die Augen. Mir fällt beim besten Willen nicht ein, was er damit meint. »Du willst mich verarschen.«

Kaum merklich schüttelt er den Kopf. »Leider nein, Teach. Das ist die Wahrheit.«

Ich richte mich auf und muss das erst mal sacken lassen.

Collins erwidert meinen Blick, ernst und mit einer Selbstsicherheit, die mir unheimlich ist.

»Es ist wahr«, sagt er mit fester Stimme.

»Das ist lächerlich«, wiegle ich ungläubig ab. »Würdest du deine Anschuldigung auch vor den anderen wiederholen?«

»Nein.«

»Und warum nicht?«

»Das liegt doch auf der Hand. Ich will dich beschützen.«

»Indem du mich verfolgst und beobachtest?«, fahre ich ihn eine Spur zu schrill an. Sofort streckt Silent den Kopf zur Tür rein.

»Sag das noch mal, Collins. Komm schon, sag es ihm ins Gesicht.« Ich winke Silent herein, worauf auch die anderen folgen.

Er sitzt da wie ein Häufchen Elend, als könnte er kein Wässerchen trüben, und schweigt. Er hat nicht mal so viel Mumm in den Knochen, zu seiner Behauptung zu stehen.

»Was hat er gesagt?«, will Emily, die an meine Seite getreten ist, sofort wissen.

»Er behauptet, Silent ist ein ... Mörder«, spreche ich es laut aus.

Milow lacht auf. »Was Besseres hat er nicht auf Lager?«

»Wir sollten die Polizei rufen und ihn wegen Stalkings und versuchten Einbruchs anzeigen«, meint Emily, die ihm kein Wort abkauft.

»Em hat recht. Das ist eine heftige Behauptung«, mischt sich Mad ein und verschränkt die Arme.

Alle Augen sind ungläubig auf Collins gerichtet, nur ich schaue zu Silent. Sein Gesicht ist versteinert, seine Wangenknochen mahlen, und sein Oberkörper ist angespannt. Er hat seine Hände zu Fäusten geballt, und in seinem Blick liegt etwas Dunkles, das ich so noch nie gesehen habe.

»Es ist die Wahrheit«, beteuert Collins seine Behauptung.

»Ich habe mich in den Server der Jugendfürsorge gehackt und ein wenig in seiner Vergangenheit herumgestochert.«

»Das ist absoluter Bullshit. Ich habe keine Ahnung, was du damit bezweckst, aber wir kaufen dir diesen Mist nicht ab«, sagt Mad, worauf Emily ihm nickend zustimmt.

»Los komm, Teach! Ich denke, wir sind hier fertig. So einem Schwätzer sollten wir nicht länger zuhören«, meint sie und will mich aus dem Kellerraum ziehen, doch ich habe noch nicht genug. Ich finde es ungeheuerlich, dass ein Kollege der Schule in meinem Leben herumschnüffelt, abstruse Behauptungen aufstellt und sich in Dinge einmischt, die ihn nichts angehen.

Ich trete zu Collins, beuge mich zu ihm hinunter und schaue ihm direkt in die Augen. »Hör zu, mit wem ich befreundet bin oder nicht, geht dich einen feuchten Dreck an. Sollte ich noch einmal mitbekommen, dass du mir nachstellst, mich beobachtest oder mir mit dem Auto folgst, dann werde ich dafür sorgen, dass du deinen Job verlierst.«

Collins senkt den Kopf. »Aber … Ich … habe das doch nur für dich getan.« Tränen laufen über seine Wangen, und er verzieht den Mund. »Ich wollte dich doch nur beschützen, Teach. Ich …«

»Lasst ihn gehen. Er wird mich ab jetzt in Ruhe lassen«, sage ich an Mad gerichtet und verlasse den Keller. Obwohl ich glaube, richtig gehandelt zu haben, geht mir Silents Reaktion nicht aus dem Kopf. Ich weiß, dass er eine harte Vergangenheit hat, aber was, wenn Collins die Wahrheit gesagt hat?

Wieder oben in der Bar angekommen würde ich am liebsten bei Josh einen Whiskey bestellen. Ich verzichte und schließe die Wohnung auf. Emily ist mir auf den Fersen.

»Der hat sie doch nicht mehr alle«, schimpft sie und läuft im Wohnzimmer auf und ab, während ich mich aufs Sofa setze und gedankenvoll in das Aquarium starre.

»Wie kommt er nur auf solche Ideen? Ich meine, da könnte ja jeder irgendetwas behaupten. Vielleicht solltest du zu uns in die Villa ziehen. Zumindest vorübergehend.«

»Er wird mir nichts tun, Em.«

»Nach allem, was wir hinter uns haben, wäre ich da eher vorsichtig«, entgegnet sie und setzt sich zu mir.

»Ich weiß, aber nur weil jemand eine so böse Intrige gegen die McKinleys gesponnen hat, dürfen wir nicht alle anderen Menschen über einen Kamm scheren.«

Emily nickt nachdenklich. »Das ist auch wieder wahr. Ich würde mich trotzdem wohler fühlen, wenn du bei uns wärst.«

»Mach dir keine Sorgen, ich komme schon klar, und schließlich bin ich nicht allein hier.«

Es klopft, und Em öffnet die Tür. Es sind Mad und Silent.

»Ist er gegangen?«, will sie sofort wissen.

»Ja, Milow bringt ihn gerade hinaus«, antwortet Mad und sieht mich fragend an. »Alles in Ordnung bei dir?«

»Mir geht es gut.« Ich schaue zu Silent, der sich wie immer im Hintergrund hält.

»Na gut«, begnügt sich Mad. »Ich habe meine Männer für das *Whisper* verdoppelt. Nur zur Sicherheit.«

»Das wird nicht nötig sein, trotzdem danke.«

Ich frage mich, ob nur mir aufgefallen ist, wie Silent reagiert hat, als Collins ihn als Mörder bezeichnet hat.

Mad spürt, dass ich Redebedarf mit Silent habe. »Komm, Babe, wir sehen mal nach unserem Whiskey.«

Emily lässt sich von ihm aus der Wohnung ziehen, deutet aber mit den Fingern an, dass ich sie später anrufen soll. Erst als die Tür hinter ihnen zufällt, kommt Silent näher und durchbohrt mich mit seinem Blick.

Wir schweigen, und die Stille ist so unerträglich, dass ich am liebsten schreien will, denn ich fühle, dass etwas nicht stimmt. Ich warte, aber Silent hält wie immer die Klappe, was mich nach Collins' Aussage wahnsinnig macht. Eine normale Reaktion wäre es, abzustreiten, Collins als Lügner zu bezeichnen oder sich in irgendeiner Weise aufzuregen, aber er tut nichts dergleichen. Stattdessen liegt etwas Trauriges in seinem Blick, und mein Bauchgefühl wird stärker, je länger ich ihn ansehe.

»Was ist damals geschehen, Silent?«, frage ich vorsichtig.

Nachdenklich reibt er sich den Nacken und schüttelt den Kopf, als Zeichen dafür, dass er nicht darüber sprechen kann.

»Du musst es mir nicht erzählen, aber es ist so schwer, nicht zu wissen, wer du damals warst. Hat Collins …?«

»Der Junge weiß einen Scheiß über mich.«

Ich gehe auf ihn zu, bleibe vor ihm stehen und nehme seine Hand in meine. »Ich wünschte, du könntest mir alles sagen. Dann würdest du dich besser und freier fühlen.«

»Das wird nicht geschehen, Teach«, entgegnet er vollkommen ruhig.

»Ich glaube …«

Er schaut auf unsere Finger, löst die Berührung, greift an seinen Hals und nimmt seine Kette ab. Er legt sie in meine Handfläche und schließt sie zu einer Faust. »Dein Glaube ist alles, was wir haben, Teach. Den darfst du nicht verlieren.«

Ich betrachte den Anhänger. Es ist eine goldene Figur im Mönchsgewand mit einem Kind auf dem Arm.

»Das ist der heilige Antonius aus Padua. Er ist der Schutzpatron für alles Verlorene. Ich war einst verloren, Teach«, sagt er heiser und berührt damit mein Herz auf so tiefe Weise, dass ich den Atem anhalte. »Ich besitze sie, seit ich neun Jahre alt war. Neben den Erinnerungen ist diese Kette alles, was aus meiner Vergangenheit übrig geblieben ist.« Silent nimmt sie mir aus der Hand, öffnet den Verschluss und legt sie mir um.

Ich lasse den Anhänger zwischen meinen Fingern gleiten und sehe ihn betroffen an. »Das kann ich nicht annehmen.«

Er streicht eine verirrte Haarsträhne aus meiner Stirn. Voller Hoffnung erwidere ich seinen Blick, und da ist wieder diese Wärme in seinen Augen, aber nur kurz. Dann verhärten sich seine Züge, und ich spüre, wie er sich regelrecht von mir zurückzieht. »Teach, es ist besser, wenn wir es dabei belassen. Ich kann dir nicht geben, was du suchst.«

Sekunden vergehen, während ich regungslos dastehe. Es ist, als rammte er einen Dolch mitten in mein Herz. Der Schmerz ist überwältigend. Ich verliere ihn, obwohl ich ihn nie hatte. Ich will schreien, ihn anbrüllen und auf ihn einschlagen, aber ich stehe da, kann mich kaum rühren und vergesse zu atmen.

Er wendet sich von mir ab. »Du bist hier sicher, Teach. Mad und ich passen auf dich auf.«

Das ist alles, was er sagt, und als die Tür hinter ihm zufällt, schließe ich die Augen, weil ich von Traurigkeit überwältigt werde.

* * *

Er hat es beendet, noch bevor es angefangen hat. Damit muss ich nun klarkommen. Von dem Gedanken, eines Tages eine normale, gesunde Beziehung mit ihm zu haben, muss ich mich verabschieden. Das Loch, das er in meinem Herzen hinterlässt, schließe ich mit Verärgerung und Wut über mich selbst. Wie konnte ich mir nur einreden, dass ich heilend auf Silent wirken könnte? Ich bin weder eine Psychologin noch Therapeutin. Jemand wie er, der Schlimmes erlebt und vielleicht noch Schlimmeres getan hat, kann nicht mit einem Fingerschnippen geheilt werden. Warum habe ich mit Männern einfach kein Glück?

Der Schmerz ist groß, aber ich darf mich nicht unterkriegen lassen. Der Winzling in meinem Bauch hat Liebe und ein Zuhause verdient. Darauf muss ich mich konzentrieren. In erster Linie muss ich jetzt an das Baby und mich denken. Es ist eindeutig, dass Silent mit seinen Dämonen noch immer ringt.

Trotzdem liege ich in der Nacht wach, weine mir die Augen aus und frage mich, was zur Hölle damals geschehen ist. Wie kommt Collins zu so einer Behauptung? Das ist doch verrückt. Vielleicht sollte ich gehen, Elisabethtown hinter mir lassen und mit dem Baby irgendwo neu anfangen. Der Ort im Versetzungsantrag lässt sich jederzeit ändern, und Emily würde es verstehen. Ich bin hin- und hergerissen.

Am nächsten Tag treffe ich Edward vor Schulbeginn auf dem Lehrerparkplatz. Er stellt seinen Wagen direkt neben meinen ab und steigt aus. »Hey Teach! Alles klar bei dir? Du siehst aus, als hättest du nicht genug Schlaf bekommen.«

»Hi. Nach der Aktion von gestern ist das auch kein Wunder, oder?«

»Allerdings. Ich hoffe, deine Ansage hat er verstanden. Falls nicht, gib mir Bescheid.«

Gemeinsam schlendern wir zum Schulgebäude und begrüßen hier und da Schüler und Kollegen.

»Das ist nett, mache ich. Ich würde dich aber bitten, diese Sache wirklich für dich zu behalten. Ich will nicht, dass wieder irgendwelche Gerüchte in Umlauf kommen.«

Er bleibt stehen und macht ein betroffenes Gesicht. »Was denkst du von mir? Sehe ich aus wie eine Klatschbase?«

»Natürlich nicht, aber du weißt, was ich meine.«

Versöhnlich lächelt er mich an, ich hake mich bei ihm ein, und wir gehen schweigend einige Schritte. Bevor wir im Schulhaus ankommen, hält er mich zurück. »Hör mal, Teach«, sagt er und schaut sich zu allen Seiten nach fremden Ohren um. »Darf ich dir eine persönliche Frage stellen?«

»Kommt drauf an.«

Er presst die Lippen aufeinander. »Also, gestern, in Mads Keller, da …«

»Ja?«

Er räuspert sich, und ich wundere mich über ihn. Weil Edward selten verlegen ist, um genau zu sein, nie. »Ist da etwas zwischen dir und Silent? Mir ist natürlich klar, dass mich das nichts angeht, aber … Ich würde das gern wissen, bevor mein Herz weiter verrücktspielt und am Ende gebrochen wird.«

»Edward!«, rufe ich erstaunt aus. Das ist mehr als ein Flirtversuch, und so ernst, wie er mich ansieht, geht es tiefer. Das überrascht mich.

»Ich wüsste nur gern, woran ich bin.« Er schaut mich mit seinem Welpenblick so süß an, dass es mir leidtut, ihn enttäuschen zu müssen. Er ist wirklich ein netter Kerl.

Im ersten Moment weiß ich nicht, was ich sagen soll. Ich bin ganz überfahren von seiner Frage. »Also, Silent und ich … Da ist nichts.«

»Ach nicht?«

»Es ist kompliziert.«

»Das heißt?«

»Nichts. Ich glaube, wir sind nicht mal Freunde.« Ich senke den Blick und streiche mir eine Haarsträhne hinters Ohr. »Ich will keine Beziehung, zumindest im Moment nicht«, gebe ich vorsichtig zu und sehe die Enttäuschung in seinem Gesicht.

Er lächelt, aber es erreicht seine Augen nicht. »Okay, das trifft mich hart. Hast du den Knacks gerade gehört?« Er legt seine rechte Hand an die Brust. »Das war mein Herz, das wurde soeben brutal gebrochen.«

Er taumelt zurück und spielt den Schwerverletzten, dabei grinst er schelmisch.

»Spinner«, erwidere ich lachend und betrete das Schulhaus.

Er rennt mir nach und holt mich in der Aula ein. »Alles gut, Teach. Ich wollte es nur wissen. Mach dir keine Sorgen um mich. Ich komme schon klar.«

»Das glaube ich dir sofort.«

Der Schultag verlief wie gewöhnlich. In der kleinen Pause gab es eine Prügelei in der Parallelklasse, die Elly und ich schlichteten. Die Jungs hatten sich um irgendein Spielzeug gezankt, obwohl sie wissen, dass sie keine Spielsachen mit zur Schule bringen dürfen. Die Streithähne landeten bei Rektor Wellington, der ihnen die Leviten las. Während des Unterrichts musste ich mehrmals gähnen. Weshalb ich beschloss, mit den Kindern einen Spaziergang zu machen, um Herbstblätter zu sammeln. Die frische Luft tat uns allen gut, und die Kids hatten vom kühlen Wind ganz rote Wangen.

Am Nachmittag treffe ich mich mit Emily in der Einkaufsmall. Für den Geburtstag ihrer Mutter will sie sich ein Kleid kaufen. Ich hatte mich schon gewundert, denn Emily hasst es, zu shoppen. Aber es ist ein runder Geburtstag, den sie und Mad in New Orleans bei Tante Kendra verbringen wollen. Natürlich ist der Vorfall von gestern das Hauptthema. Sie erzählt mir, dass Mad auch Collins überwachen lässt. Er hat Milow auf ihn angesetzt, der ihn für die nächste Zeit nicht aus den Augen lassen soll. Mad will, nach der ganzen Sache von damals, auf Nummer sichergehen, was ich ihm nicht verdenken kann. Unser aller Vertrauen wurde auf schäbige Weise missbraucht, zwei Menschen mussten sterben, und weitere wurden verletzt. Das ist noch nicht lange her, und so eine Aktion wie die gestern von Collins ist schon sehr merkwürdig.

Voller Neugier quetscht mich Emily über Silent aus, und ich weiß, dass ich ihr alles bis ins kleinste Detail erzählen muss. Wir stehen mitten in der Einkaufsmall, Leute laufen an uns vorüber, während ich ihr den Anhänger zeige.

»Und nachdem er dir die Kette angelegt hat, hat er das wirklich zu dir gesagt?«

Ich nicke und spiele nachdenklich mit dem goldenen Antonius an meinem Hals.

»Scheiße, Teach! Wieso hat der Mistkerl das getan?«

»Er will es einfach nicht.«

»Oder er hat zu viel Angst«, sucht sie nach Erklärungen. »Er hatte noch nie eine feste Freundin.« Sie schüttelt den Kopf. »Er schenkt dir etwas so Emotionales, was ihn mit seiner Vergangenheit verbindet, und sagt, dass es aus ist? Also, wenn du mich fragst, passt das nicht zusammen.«

»Egal, er hat sich entschieden, und ich akzeptiere das«, gebe ich beleidigt zurück, weiß aber, dass sie recht hat.

»Und das Baby?«

Ich zucke mit den Schultern. »Was soll damit sein?«

»Du musst es ihm sagen, Teach.«

»Ja, das tue ich dann, wenn ich so weit bin.«

Schweigend gehen wir noch ein paar Schritte.

»Dabei waren Mad und ich, was euch betrifft, einer Meinung: Ihr seid wie geschaffen füreinander. Er muss nur lernen, die Eisschicht endlich abzutragen, Stück für Stück, und mit deiner Hilfe hätte er das hinbekommen.«

»Nein, hätten wir nicht. Ich bin nicht die richtige Person. Es ist ziemlich schwer, wenn er niemanden an sich heranlässt. Ich brauche einen Mann, den ich berühren kann, der mich liebt und mit dem ich ein Kind großziehen kann, und keinen Typen, der mit sich selbst nicht klarkommt. Es ist alles so kompliziert mit ihm.«

»Niemand hat gesagt, dass es einfach wird«, gibt Em zurück. Ich seufze, und sie legt einen Arm um meine Schulter. »Trotzdem solltest du ihm so schnell wie möglich erzählen, dass er demnächst Vater wird. Dann könnt ihr eure Beziehung auf das nächste Level anheben. Ich bin mir sicher, dass er dich nicht hängen lässt. Silent ist ein anständiger Kerl.«

»Emily«, sage ich nachdrücklich, weil ich vermute, dass sie es immer noch nicht kapiert hat, »zwischen Silent und mir wird es keine Beziehung geben. Höchstens eine wegen des Babys, falls er es überhaupt sehen will.«

Sie stöhnt und legt den Kopf in den Nacken. »Ich weiß, dass er dich liebt, Teach. Das alles ist so ... Argh!«

Meine Cousine ist und bleibt eine hoffnungslose Romantikerin. Sie hat mit Mad eine harte Nuss geknackt, aber Silent ist, was den Härtegrad angeht, wie ein Diamant. »Was wirst du jetzt tun?«

»Vielleicht verlasse ich Elisabethtown.«

»Nein, komm schon, Teach! Du weißt, wie ich darüber denke. Du wärst völlig auf dich allein gestellt. Gerade mit einem Kind ist das nicht einfach.« Sie bekommt ganz große Augen. »Du hast doch nicht etwa vor, nach Santa Barbara zu gehen?«

»Nein!«, wehre ich sofort ab. »Das wäre wirklich der letzte Ort, wo ich hinziehen würde. Ich bin mit meinen Eltern durch.« Wir erreichen die Boutique für Abendkleider und stöbern durch die Angebotsständer. »Aber vielleicht wäre ein Tapetenwechsel nicht schlecht.«

»Teach, du wirst doch nicht von hier weggehen.«

»Ich weiß auch nicht. Alles ist so kompliziert.«

»Das sind die Hormone. Solche Entscheidungen sollte man nicht von einer Minute auf die andere treffen. Versprich mir, dass du nichts überstürzt und in Ruhe darüber nachdenkst.«

»Ja, das mache ich.« Ich drücke ihr drei Cocktailkleider in die Hand. Traurig sehen wir uns an, und ich weiß, was es bedeuten würde, wenn ich tatsächlich fortginge. Ich darf mich nicht von meinen negativen Emotionen leiten lassen.

Emily nimmt die Kleiderbügel, verschwindet in der Garderobe, und ich schaue mir die Umstandsmode an. Teilweise hängen da schreckliche Säcke, die eine Frau noch monströser aussehen lassen. Kaum vorstellbar, dass ich mich bald wie ein unförmiger Wal durch die Gegend schleppen werde.

»Dafür hast du noch ein wenig Zeit«, sagt Em grinsend. Sie trägt ein mitternachtsblaues Cocktailkleid, das gut zu ihrem Hautton passt. Während ich sie mustere, dreht sie sich einmal, und ich muss nickend anerkennen, dass es wie für sie gemacht ist. »Das sieht super an dir aus, Em. Wirklich.«

»Meinst du?« Unsicher schaut sie an sich herab.

»Definitiv. Das ist deine Farbe und der perfekte Schnitt für dich. Wie fühlt sich der Stoff an?«

»Angenehm.«

»Okay, das kommt auf jeden Fall in die engere Wahl. Jetzt probier die anderen an.«

»Wozu? Ich vertraue deiner Meinung und kaufe dieses hier. Damit wären wir mit dem Pflichtprogramm schon durch und können ungestört bummeln.« Sie grinst vielsagend, weil für sie der schlimmste Teil des Shoppings vorüber ist. Ich sehe ihr kopfschüttelnd nach, wie sie zurück zur Umkleide marschiert. Wenn es um Klamotten geht, war sie noch nie wählerisch, ganz im Gegensatz zu Kim. Sie hätte zwanzig Kleider anprobiert und am Ende nicht gewusst, welches sie kaufen soll.

Emily bezahlt ihren Fummel, und gemeinsam schlendern wir durch die riesige Halle der Einkaufsmall. Ich werde magisch in die verschiedenen Läden gezogen, und wir probieren Schuhe, witzeln mit Hüten und bewundern die Auslagen eines Juweliers.

Wir laufen an einem Geschäft mit einer großen Auswahl an Babyausstattung vorbei, und Emily gerät in Verzückung, als sie rosa und hellblaue Babykleidung sieht. »Oh Teach, schau dir nur die winzigen Strampler an. Ich kann es kaum erwarten, das Baby mit all den süßen Sachen einzukleiden.«

Sie zieht mich ins Ladeninnere.

»Wie wäre es mit einem eigenen Kind?«, frage ich grinsend. Ich sehe Tante Emily schon genau vor mir, wie sie das Kleine ohne Ende verwöhnen wird.

»Bist du verrückt, Teach? Ich will Mad schließlich nicht überfordern.«

Ich kichere, denn der Gute hat sein hart erarbeitetes Playboy-Image wegen Emily aufgeben müssen.

Auf Tischen liegen nach Größen sortiert klitzekleine Babysocken, Babystrampler, Lätzchen, Kleidchen, Minijeans und Mützchen mit Tierohren. Emily kriegt sich kaum noch ein. Auf der anderen Seite gibt es Kinderwagen in allen möglichen Ausführungen, genauso Autositze, dann Spielsachen, Kuscheltiere und allerlei Kram, den junge Eltern unbedingt für ihre Sprösslinge brauchen. Während Em und ich durch die Gänge gehen, prickelt Vorfreude in mir auf. Ich bekomme bald ein Baby. Lächelnd fahre ich mit den Fingern über die hübschen Decken und Spieluhren.

»Schau mal, ist das nicht süß?« Emily streckt mir ein Kleidchen entgegen, das wie für eine Puppe gemacht scheint. »Das werde ich kaufen.«

»Aber wir wissen doch noch gar nicht, was es wird?«

Sie zuckt mit den Schultern. »Na und? Eine von uns wird schon ein Mädchen bekommen, dem wir es anziehen können.«

»Du bist verrückt.« Ich lache und halte verwundert inne, als ich Edward mit einer Frau nur ein paar Ständer weiter entdecke. Er trägt einige Tüten und mehrere Kleiderbügel mit Babykleidung. »Edward?«

Er dreht sich zu uns um. »Oh Teach! Was machst du denn hier?«

Emily und ich gehen auf ihn zu. »Ach, wir albern nur herum und sehen uns die Sachen hier an«, sage ich schnell, damit er nicht auf blöde Gedanken kommt. Die Frau neben ihm mustert uns neugierig. »Und du?«

»Nur ein paar Einkäufe für die Familie. Bitte entschuldigt«, unterbricht er sich selbst, als die Frau ihn an seinem Ärmel an ihre Anwesenheit erinnert. »Wie unaufmerksam von mir. Darf ich euch meine Mutter vorstellen? Das sind Pamela, eine Schulkollegin, und ihre Cousine Emily.«

Edwards Mutter ist ein ganzes Stück kleiner als ich. Sie hat blond gefärbtes Haar, das am Ansatz grau herauswächst, aber sie ist sehr gepflegt, dezent geschminkt und hat ein so einladendes Lächeln, das wir sofort erwidern.

»Ach wie nett, Sie beide endlich mal persönlich kennenzulernen. Edward hat mir schon viel von Ihnen erzählt, vor allem von Ihnen, Teach. Ich darf Sie doch auch so nennen, oder?«

»Natürlich, Mrs. McKee.« Unsicher werfe ich Edward einen Blick zu. Weiß sie etwa, dass ihr Sohn sich mehr von mir erhofft hat?

»Betty, bitte.«

Wir schütteln uns die Hände.

»Sie müssen uns unbedingt besuchen kommen und mir alles von Ihrer Arbeit mit den Kindern in der Schule berichten. Edward kennt ja nur seinen Sport und erzählt viel zu selten etwas. Wahrscheinlich denkt er, ich habe von Pädagogik keine Ahnung.« Sie lacht, und er rollt genervt mit den Augen.

»Mum, bitte«, ermahnt er sie. »Sorry, wir müssen leider los.« Er schiebt sie Richtung Kasse. »Wir haben noch einige Einkäufe vor uns, und die Sportstunde für morgen muss ich auch vorbereiten.« Edward beugt sich zu uns vor, als seine Mutter außer Hörweite ist. »In Wahrheit will ich nicht, dass sie noch mehr aus dem Nähkästchen über mich plaudert. Mütter können wirklich peinlich sein, oder?«

Emily und ich kichern.

»Ist okay, obwohl ich ja gerne mehr von dir gehört hätte«, necke ich ihn.

»Dann auf Wiedersehen, die Damen. Es hat mich sehr gefreut, Ihre Bekanntschaft zu machen«, ruft uns Edwards Mutter zu und winkt.

»Es war nett, Sie kennenzulernen, Betty«, erwidern Em und ich gleichzeitig.

Meine Cousine sieht auf ihre Armbanduhr. »Oh Scheiße!«

»Was ist?«

Sie greift sich an die Stirn.

»Ich habe Mad vollkommen vergessen. Er wird mich umbringen.« Sie holt ihr Handy aus der Tasche und tippt sofort los.

»Wir sind gleich mit ihm im Pearman Forest verabredet.«

»Im Wald? Will ich wissen, was ihr da treibt?«

Emily steckt ihr Handy ein. »Ja, das willst du, du kommst nämlich mit.«

Sie hängt das Kleid zurück, das sie für eine unserer Töchter kaufen wollte, und zieht mich eilig aus dem Laden.

»Wohin?« Ich bin total überrumpelt.

»Ach, Silent hat doch für Mad diese Ohr-Dinger gebaut, mit denen man mit anderen Teilnehmern verbunden ist. Irgend so ein neumodischer Kram. Die will er heute ausprobieren und braucht dafür einige Versuchskaninchen.«

»Ach so, und da muss ich dabei sein, weil …?«

»Na, weil ich keine Lust habe, allein dort hinzufahren, dir etwas Abwechslung guttut und du die beste Cousine aller Zeiten bist.« Sie klimpert drollig mit ihren Wimpern, und ich dumme Gans gebe mal wieder nach.

15

Teach

Mehr als vierzig Minuten kommen Emily und ich zu spät im Pearman Forest an. Das Waldstück liegt weit draußen von Elisabethtown, und bisher ist uns niemand begegnet. Ich hoffe nur, dass mein alter Wagen diese holprige Fahrt überlebt oder wir nicht durch die nächste aufgeweichte Fahrrinne im Schlamm stecken bleiben. Wohl ist mir nicht bei der Sache, denn als wir aus Elisabethtown hinausgefahren sind, kündigt sich mit einer schwarzen Wolkenfront ein Gewitter an. Die ganze Situation erinnert mich an die Nacht im Bluegrass Forest, und ich bin froh, dass Mad den Treffpunkt nicht dort gewählt hat. Wahrscheinlich will er selbst keinen Fuß mehr dorthin setzen. Dieser Wald hat den Menschen in der Umgebung mit den unheimlichen Geschichten und Legenden stets Angst eingejagt, erst recht, nachdem letztes Jahr jemand seine widerwärtige Show abgezogen und die Mühle in die Luft gejagt hat.

Ich bin erleichtert, als wir die Lichtung erreichen. Mad, Silent, Milow, Dave, Ivan und ein paar andere Männer, die für Mad arbeiten, die ich aber nur vom Sehen her kenne, warten bereits auf uns.

»Wurde auch Zeit. Waren die Angebote beim Shoppen etwa heißer als wir, oder warum kommt ihr zu spät?«, murrt Mad, als Em und ich aus meinem Auto steigen.

»Sorry, Schatz, tatsächlich waren da zwei Hotties, die uns aufgehalten haben.« Frech wie sie ist, küsst sie ihn auf die Wange, und seine Männer kichern leise. Nur Silent scheint nicht gleich zu kapieren, dass Em einen Witz gemacht hat. Er blickt ziemlich düster drein und nickt einmal kurz in meine Richtung.

»Um die Hotties kümmern wir uns später«, antwortet Mad grinsend. »Dann können wir jetzt endlich anfangen.«

»Was machen wir überhaupt hier?« Ich sehe mich um. Außer Bäumen und frischer Waldluft gibt es hier nicht viel.

»Silent hat spezielle Headsets gebaut, die wir heute testen wollen.«

»Im Wald?« Emily runzelt die Stirn.

Mad nimmt winzige Ohrhörer aus einem kleinen Karton und teilt sie aus. »Ganz genau, weil es hier keine Störquellen gibt. Silent wird sich gleich in den Sendemast dort drüben einhacken.«

Er deutet in eine Richtung, in der ich nur Bäume sehe. Ich ziehe eine Braue in die Höhe. »Ist das illegal?«

Mad grinst verschlagen. »Sagen wir, es ist eine Grauzone. Das Militär und das FBI verwenden diese Technik manchmal, aber mach dir keine Sorgen, Teach.«

Silent ist mit dem Laptop beschäftigt. Ich wusste gar nicht, wie flink er tippen kann.

»Die Miniknöpfe steckt ihr euch bitte ins Ohr. Sie sind quasi unsichtbar.«

Ich betrachte das winzige Ding in meiner Hand. Es ist noch kleiner als ein kabelloser Kopfhörer, überzogen mit hautfarbenem weichem Gummi. Emily drückt es sich in die Ohrmuschel, und tatsächlich sieht man es überhaupt nicht, wenn man es nicht weiß.

»Und wofür brauchst du das?«, frage ich neugierig.

»Für die Arbeit in den Flüsterbars und in der Destillerie. Wir sind alle miteinander verbunden und können perfekt über große Entfernungen kommunizieren. Leider ist der Handyempfang oft sehr miserabel. Auf jeden Fall sind diese Miniknöpfe eine enorme Erleichterung, und Silent konnte sich beim Basteln austoben.«

»Ist so wie Agenten spielen«, witzelt Milow begeistert.

»Silent hat lange an der Technik gefeilt, und bevor wir sie einsetzen, wollen wir sie mit einer Generalprobe austesten.«

»Und was, wenn wir erwischt werden?«, fragt Em und deutet zu Silent, der immer noch auf die Laptoptastatur einhämmert.

»Keine Sorge, unser Genie hat ein Spionageprogramm installiert. Wir werden informiert, falls man uns bemerkt. Okay, am besten teilen wir uns in Zweiergruppen auf. Milow und Dave, ihr fahrt mit dem Wagen. Ivan und Mike, ihr nehmt die Strecke Richtung Norden. Fred und Amin, ihr checkt zu Fuß den Pfad hier, Teach bleibt bei Silent, und Em, du kommst mit mir.«

Silent und ich schenken Mad einen düsteren Blick. Er hat uns beide absichtlich in ein Team gesteckt, was Mad mit einem schelmischen Grinsen abtut. »Verteilt euch im Wald und immer schön in Kontakt bleiben. Bist du so weit, Silent?«

Er nickt, und Mad gibt uns das Go.

Genervt stecke ich mir den Knopf ins Ohr und zucke kurz zusammen, weil es rauscht, aber dann kann ich die Stimmen von Milow und dem restlichen Team hören. Sie steigen in ihre Autos und fahren los, während Silent den Laptop in seinen Rucksack packt, sich den Ohrhörer in die Ohrmuschel steckt und irgendein Gerät einschaltet, das er in der Hand hält. Ohne sich um mich zu kümmern, läuft er in den Wald, und ich trotte ihm missmutig hinterher. Der Kerl nimmt keine Rücksicht auf mich, geht mit riesigen Schritten voraus, als hätte er es eilig, von mir fortzukommen. Ich habe

Mühe, ihm durch den bepflanzten Forst zu folgen, und je größer der Abstand zwischen uns wird, desto wütender werde ich.

Die anderen kann ich durch den Knopf im Ohr hören. Milow schimpft über Dave, der in einen Kothaufen getreten ist. »Schmeiß die Schuhe aus dem Wagen, Dave. Der Gestank ist ja nicht zum Aushalten.«

»Eigentlich sollte dir der Duft deiner Mutter vertraut sein«, wehrt er sich, und Mad und die anderen lachen.

Der Wind rauscht durch die Bäume, und von irgendwoher ist ein Donnergrollen zu hören. Leise vor mich hinfluchend stapfe ich Silent hinterher.

»Hey, sind wir etwa auf der Flucht?«, rufe ich ihm zu, aber er reagiert nicht. »Argh …!« Ich stolpere über einen Ast, strauchle und falle auf den weichen Waldboden. Erst jetzt bleibt Silent stehen und hält es mal für nötig, nach mir zu sehen. Er kommt zurück und will mir aufhelfen. Sein Gesicht spricht Bände.

»Was? Schau mich nicht so vorwurfsvoll an. Du solltest auf Mad sauer sein, nicht auf mich.« Ich klopfe mir den Schmutz von den Knien. »Was habe ich dir getan, hm? Denkst du, mir macht es Spaß, dir durch den Wald hinterherzuhetzen? Glaub mir, ich könnte mir Besseres vorstellen«, schimpfe ich, in der Hoffnung, irgendeine Reaktion von ihm zu bekommen. Er sieht mich an, und ich erkenne, wie es in seinem Kopf arbeitet.

»Wie weit müssen wir denn noch laufen?«

»So weit wie möglich«, antwortet er mit dem Blick auf das Ding in seiner Hand.

»Und das heißt?«

»Weit.«

Ich rolle mit den Augen. »Dein Informationsfluss war auch schon mal besser, Silent.«

»Du kannst ja zurückgehen.«

Ich bin erstaunt über seinen Tonfall. »Oh, Mr. Geheimniskrämer ist schnippisch? Was ist dein Problem?«

Seine Wangenknochen mahlen, und ich weiß, dass er mal wieder seine Gedanken zurückhält. »Heute ist kein guter Tag, Teach.«

Er lässt mich stehen und geht weiter.

»Kein guter Tag wofür?«, frage ich und will mit ihm Schritt halten, was nicht so einfach ist.

»Du hättest nicht dabei sein sollen.«

»Und wieso nicht? Ist es wegen gestern? Hör mal, ich habe gehört, was du gesagt hast, aber ganz ehrlich, Silent, ich würde es gern verstehen. Kommen wir doch gleich auf den Punkt. Warum stößt du mich von dir? Ich sehe in deinen Augen, dass ich dich nicht kaltlasse. Weshalb willst du es dann nicht versuchen? Wovor hast du Angst?«

»Genau, Silent. Wovor hast du Schiss? Teil uns deine Probleme mit, mein Freund. Das Sorgentelefon ist immer kostenfrei und rund um die Uhr für dich da«, witzelt Milow durch den Ohrknopf.

Die anderen lachen auf, worauf Silent genervt einen Knopf auf dem Ding in seiner Hand drückt.

»Ich habe sie stummgeschaltet.«

Irritiert schaue ich zu ihm auf. »Sie können uns jetzt nicht mehr hören?«

»Nein.« Er wirft mir einen langen Blick von der Seite zu, aber lesen lässt er mich diesmal nicht darin.

»Gut, sehr gut, dann lass uns über alles sprechen. Hier und jetzt.«

»Lass es gut sein, Teach«, brummt er ausweichend, und mal wieder ist so vieles unausgesprochen zwischen uns. Er kann mich doch nicht so abservieren! Seit gestern habe ich das Gefühl, dass er jede Verbindung gekappt hat, und das nur, weil ... Ja, warum eigentlich? Weil Collins etwas behauptet hat, das ihm nicht gefällt?

Das Geplapper der anderen geht mir auf die Nerven. Wütend zupfe ich den Knopf aus dem Ohr und stopfe ihn in meine Hosentasche. Dann jogge ich zu Silent, fasse ihn am Arm und zwinge ihn, stehen zu bleiben. »Rede mit mir, bitte. Das ist wirklich wichtig für mich.«

Er seufzt tief und rückt seine Beanie-Mütze zurecht. Ich muss zu ihm aufschauen, weil er so viel größer ist als ich. »Du kannst mir nicht ständig ausweichen oder mich mit irgendwelchen halben Sachen abspeisen.«

Er reibt sich die Nasenwurzel, als würde ich ihm auf die Nerven gehen. »Ich habe es dir doch schon erklärt. Ich ... bin nicht romantisch und überhaupt nicht der Typ fürs ... Kuscheln oder all diese Dinge.«

Bei dem Wort ›Kuscheln‹ verzieht er angewidert das Gesicht.

»Ja, ich habe gemerkt, dass du mehr der Mann fürs Grobe bist, aber leider, Silent, nehme ich dir das nicht ab. Ich weiß, dass du das könntest, wenn du nur wolltest.«

»Du kennst mich nicht.«

»Dann lass mich dich kennenlernen«, erwidere ich barsch.

»Das willst du nicht wirklich.«

Aufgebracht runzle ich die Stirn. »Verdammt noch mal, woher weißt du, was ich will? Es existieren so viele Dinge, die ich dir zeigen kann. Und ... da gibt eine besondere Sache, von der du wissen musst. Aber solange du mich von dir wegstößt, kann ich nicht ...«

Vehement schüttelt er den Kopf, was mich zum Schweigen bringt.

»Du darfst mir nicht vertrauen«, brummt er rau, und plötzlich setzt der Regen ein.

»Wieso? Sag es mir?«, zische ich wütend.

Ein Donnergrollen hallt durch den Wald, dicke Tropfen benetzen mein Gesicht, aber es ist etwas anderes, das mich frösteln lässt. Seine Augen sehen jetzt aus wie schwarze Kohlen, die ein winziges bisschen von der Dunkelheit in ihm preisgeben. Meine Nackenhaare stellen sich auf. »Was hast du getan, Silent? Wer bist du?«

»Hör auf, Teach!«, funkelt er mich an.

»Komm schon!«, fauche ich. »Sag es! Oder bist du zu feige?«, schreie ich. Ich weiß, dass ich zu weit gehe, aber ich bin so sauer und in Fahrt, dass nichts meine Fragerei aufhalten kann.

Sein Oberkörper ist angespannt, seine Atmung geht schnell, und kleine Äderchen treten an seinen Schläfen deutlich hervor. Ich spüre, wie er seine Wut zurückhalten will, aber sie ist zu mächtig. »Ich habe getötet. Hörst du, Teach? Ich habe meine Pflegemutter erstochen und dabei zugesehen, wie sie verblutet ist. ICH. BIN. EIN. KILLER.«

Wie in Zeitlupe sickern seine Worte in mich, während der Regen langsam auf uns niederprasselt. Ich weiche einige Schritte vor ihm zurück. Schock und Enttäuschung übernehmen das Kommando über meinen Körper, und als ich ein tiefes Knurren aus seiner Kehle höre, weiß ich, dass ich nicht hier sein sollte. *»Lauf, Teach, lauf«*, hallt es durch meinen Verstand, aber mein Herz weigert sich und kämpft gegen die Bedeutung seiner Worte an. Ich bin nicht fähig etwas zu sagen, denn ich kann ihn nur anstarren. Entsetzt. Ungläubig. Gelähmt.

»Ich habe getötet. Ich habe meine Pflegemutter erstochen und dabei zugesehen, wie sie verblutet ist. ICH. BIN. EIN. KILLER.« Immer wieder hallt sein Geständnis durch mein Hirn, dazu der kalte und hasserfüllte Ausdruck in seinem Gesicht. Ich schlucke und will es nicht wahrhaben.

Nein! Nein! Nein! Das kann nicht sein. Habe ich mich so in ihm getäuscht? Er kann kein Mörder sein. Er ist niemand, der Böses tut. Und doch ist da etwas in seinen Augen, das ein beklemmendes Gefühl in mir freilässt.

Finster schaut er auf mich herab, und in seinem Blick tanzt der Teufel.

»Lauf endlich, Teach«, brüllt mein Verstand, und augenblicklich setzen sich meine Beine in Bewegung. Ohne mein Zutun strauchle ich rückwärts, wende mich von ihm ab und renne los. So schnell ich kann, haste ich durch den Wald, und diesmal stolpere ich nicht, sondern weiche trotz meiner Tränen allen Hindernissen aus. Erst am Auto schaue ich mich nach ihm um, doch nirgends ist er zu sehen. Der Wald liegt still und friedlich vor mir. Nur das Prasseln des Regens, der Wind in den Baumwipfeln und meine keuchenden Atemstöße sind zu hören. Zu spät vernehme ich hinter mir ein Rascheln und drehe mich um. Instinktiv spüre ich, dass der scheinbare Frieden ein Irrtum ist.

16

Es ist wie ein Kinderspiel – leicht, naiv und überschaubar. Beinahe bin ich enttäuscht, wie simpel und ohne Widerstand Teach in meine Arme fällt und wie unspektakulär ich den Plan durchziehen kann. Es war unproblematisch, sie hochzuheben und in ihr Auto zu verfrachten, zu mühelos, ihren Wagen in der Nähe des *Whispers* abzustellen und vorher ihren narkotisierten Körper im Kofferraum meines Autos zu verstecken. Noch unkomplizierter war es, sie ins Haus zu schaffen, auf dem Bett abzulegen und zu fesseln. ›Manchmal sind die einfachsten Dinge die naheliegendsten‹, sagt Mommy immer, und das stimmt.

Ich schaue auf Teach hinab. Sie schläft tief dank des Mittels und sieht dabei so wunderschön aus. Ihre blonden langen Haare schimmern im Licht golden, und ihre Haut …

»Hör auf sie anzuhimmeln. Das hält man ja im Kopf nicht aus. Sie ist nun hier, niemand hat was bemerkt, und jetzt heißt es einfach abwarten. Vergiss die Belohnung deiner Mutter nicht.«

Ist ja schon gut. Du hast ja recht, trotzdem tut es mir leid um sie.

»Warum? Sie ist eine Frau wie jede andere. Austauschbar, ersetzbar für unsere Zwecke.«

Das sehe ich nicht so. Sie hat etwas an sich, das mich reizt. Sie ist einfühlsam, verständnisvoll und manchmal, wenn ich sie beobachtet habe, hatte ich das Gefühl, dass sie mich verstehen könnte.

»Quatsch! Niemand versteht dich so gut wie ich. Ich bin dein Freund. Jahrelang habe ich nur das Beste für dich gewollt. Du denkst doch nicht ernsthaft, dass irgendjemand dich so, wie du bist, akzeptieren kann. Glaub mir, die Menschen hassen Leute, die so ticken wie du. Sie jagen dich und sperren dich für den Rest deines Lebens ein. Im schlimmsten Fall töten sie dich. Niemand wird sich für dich entscheiden, wenn sie die Wahrheit kennen. Schon gar nicht eine Frau.«

Vielleicht wäre es bei ihr anders gewesen.

»Langsam geht mir deine Gefühlsduselei echt auf die Nerven. Sag mir lieber, wann ich Jessica endlich bekomme.«

Alles zu seiner Zeit. Wir warten ab und beobachten genau die Lage draußen. Mommy kontrolliert zum wiederholten Mal Teachs Puls und streicht dann liebevoll eine Haarsträhne aus ihrem Gesicht. »Du hast ihr doch nicht zu viel Chloroform gegeben?«

»Nein, ich bin ja nicht blöd. Ich weiß, was ich tue.«

Sie seufzt und erhebt sich vom Bett. »Na gut, dann geben wir ihr Zeit. Ich muss mich ohnehin um das nächste Fläschchen für Lia kümmern, und Ruby braucht eine frische Windel.«

Sie will hinaus. Es stört mich ein wenig, dass sie nur Augen für Teach hat. Ich habe Angst, dass sie unsere Vereinbarung vergisst. Nur deshalb habe ich alles daran gesetzt, Teach so schnell wie möglich herzuschaffen. Sie weiß doch, wie wichtig das für Murmel ist. Er braucht sie. »Aber ... Mommy? Was ist mit ... mir?«

Sie bleibt stehen und sieht zu mir zurück.

»Alles zu seiner Zeit«, antwortet sie knapp und reserviert.

Ihre kalte Art bin ich gewohnt, aber es würde mir das Herz brechen, wenn ich eines hätte, sollte ich dem armen Murmel sagen müssen, dass er sich noch gedulden muss.

17

Teach

Ein gleichbleibendes leises Summen durchbricht die Stille. Ich öffne die Augen. Das grelle Licht einer einzelnen Glühbirne blendet mich, und verschwommen nehme ich einen spärlich eingerichteten Raum wahr. Mein Mund ist staubtrocken, bleierne Kraftlosigkeit fließt wie Nebel durch meine Gliedmaßen, und ein stechender Schmerz dröhnt durch mein Hirn.

Wo bin ich? Wie bin ich hierhergekommen? Fragend krame ich in meinen Erinnerungen, aber da ist nichts. Nur wabernde Bildfetzen vom Pearman Forest und das Streitgespräch mit Silent. Ein ungutes Gefühl flüstert mir zu, dass etwas ganz und gar nicht in Ordnung ist. Ich will mich aufsetzen, doch ich kann nicht. Irgendetwas hindert mich. Ich drehe den Kopf. Entsetzt registriere ich erst jetzt, dass meine Handgelenke mit Kabelbinder an einem Bett festgemacht sind – ebenso meine Fußgelenke. Hektisch zurre ich daran, aber sie geben mich nicht frei.

Scheiße! Ich bin gefesselt. Was hat das zu bedeuten? Panisch versuche ich mich zu befreien, aber jede Bewegung reibt sich wund in meine Haut. Ich schnappe nach Luft, und je länger ich an den Fesseln zerre, desto mehr Angst kriecht in mir hoch. Verzweifelt schluchze ich. »Hilfe! Ist da jemand?«

Meine Stimme klingt belegt, und die Benommenheit wird wieder übermächtig und will mich in die Tiefe zurückholen.

Ängstlich schaue ich mich um. Es gibt keine Fenster, und das Licht der Glühbirne erreicht nicht alle Winkel des Raumes, doch im hinteren Teil kann ich zwei Türen ausmachen, die sich über der Kopfseite des Bettes befinden. Im Schatten entdecke ich ein weiteres Bett, daneben eine Kommode mit einem Stapel Kleidung. Die Wände bestehen aus nacktem Ziegelstein. Die Decke ist alt und schäbig. Es ist kalt, feucht, es riecht muffig nach abgestandener Luft und entfernt nach einem Hauch von Lavendel. Ich bin verwirrt, und die Schwärze zerrt an mir, will mich mit sich in die Tiefe reißen. Sie ist mächtig, aber ich habe keine Wahl und lasse zu, dass sie mich erneut mit sich zieht.

Ich weiß nicht, wie lange ich geschlafen habe. Als ich die Augen öffne, bin ich sofort hellwach. Verängstigt zurre ich wieder an den Fesseln, winde mich, will mich befreien, aber das Plastik schneidet höllisch in meine Handgelenke. Schweißperlen laufen an meinen Schläfen herunter, und verzweifelt suche ich nach einem Ausweg, einer Erklärung, irgendetwas.

»Hilfe! Ist da jemand?«, schreie ich, so laut ich kann.

Pinke Panke kleines Kind,
gib gut acht auf dich geschwind,
er kommt, um dich zu rauben,
es regnet rote Tauben.
Verschwinde schnell,
verschwinde schnell,
das Mondlicht macht gleich alles hell.

Eins, zwei, drei, vier …
das Monster giert nach dir.

Scharf ziehe ich die Luft ein und halte augenblicklich inne, als ich eine weibliche Stimme diesen seltsamen Kinderreim singen höre. Am Ende des Bettes sitzt eine Frau – schmutzig, mit langem Haar und ausgemergeltem Körper. Erschrocken schreie ich auf, will, soweit es die Kabelbinder zulassen, zurückweichen. Ihr Nachthemd hat kleine Rüschen am Halskragen, und an den Ärmeln ist es völlig verdreckt. Es ist altbacken, ich registriere darauf rotbraune Flecken – Blutflecken? Ihr schwarzes Haar ist zerzaust und hängt in dünnen Strähnen über ihre Schultern. An ihren Armen und am Hals sind blaue und violette Blutergüsse und Verletzungen. Mein Gott! Sie sieht gruselig und verwahrlost aus. Ihre Haut ist kalkweiß, und sie lächelt mich seltsam an. Alles an ihr wirkt geisterhaft, wie aus einem Horrorfilm.

»Niemand wird kommen, Teach. So heißt du doch, oder?«

Okay, sie ist kein Geist, kein Zombie oder irgendein anderes Monster, und ich zwinge mich zu atmen. Nur langsam setzt mein Verstand wieder ein. »Wer bist du? Wo bin ich? Was ist hier los? Warum bin ich gefesselt?«

»Wir sind seine Gefangenen«, sagt sie, als wäre das klar.

Ich schlucke, als mein Blick über ihre Verletzungen wandert und mich eine böse Ahnung überkommt. Meine Kehle schnürt sich zu, und in meinen Gedanken tosen die schrecklichsten Vorstellungen, wer ihr das angetan haben könnte – ein Verrückter, ein Geisteskranker, ein Perverser.

»Du musst mich losmachen. Bitte!«, flehe ich, doch die junge Frau schüttelt bedächtig mit dem Kopf.

»Es gibt keinen Weg hier raus.«

Schniefend ziehe ich die Nase hoch und suche irgendeine Lösung. »Es muss einen Ausgang geben. Bitte.«

Mitleid lese ich in ihrer Miene, doch sie lächelt nur sanft und rührt sich nicht. Stattdessen schlingt sie die Arme um ihren Leib und wiegt sich hin und her. Dabei summt sie wieder dieses schreckliche Kinderlied. Es ist eindeutig, dass sie nicht ganz bei Verstand ist und Schlimmes durchgemacht haben muss. Steht mir etwa das Gleiche bevor? Wie kann ich sie dazu bringen, mich loszumachen? Bei einer Weiterbildung habe ich gelernt, dass man am besten versucht, eine persönliche Bindung aufzubauen. Das schafft Vertrauen.

»Wie heißt du?«, frage ich nach einer Weile.

»Jessica, zumindest war ich das einmal«, flüstert sie traurig und senkt ihren Kopf. »Das ist lange her.«

»Wie lange?«

Sie antwortet nicht.

»Jessica«, sage ich, so ruhig ich kann, und deute es als gutes Zeichen, dass sie ihr Wiegen und Summen unterbricht und zu mir aufsieht. »Willst du nach Hause? Wenn du mich losmachst, finden wir eine Fluchtmöglichkeit.«

Sie scheint nachzudenken, kneift die Augen zusammen, und für einen Moment kehrt Leben in ihren fast toten Blick. Aber es erlischt wieder, dann schüttelt sie erneut den Kopf und legt ihren Zeigefinger auf den Mund. »Sch ... Du musst leise sein.« Sie schaut ängstlich zur breiten Metalltür. »Sonst kommt er.«

Meine Nackenhaare stellen sich auf. »Wer? Von wem sprichst du?«

»Pindalou«, flüstert sie kaum hörbar und beginnt wieder dieses Lied zu singen. Dabei umschlingt sie fest ihre Beine und wiegt sich erneut hin und her.

Was ist das für ein Name? Pindalou. Den habe ich noch nie gehört. Ich spüre ihre Angst, die auf mich überspringt wie ein Virus, vor dem es kein Entrinnen gibt. So etwas kennt man nur aus dem Fernsehen oder hört von solchen Geschichten aus dem Ausland. Jetzt bin ich schon wieder in einem Albtraum gefangen.

Je länger Jessica schweigt, ich ihre Verletzungen betrachte, ihr seltsames Lächeln deute, desto mehr begreife ich, dass sie völlig traumatisiert sein muss und unsere Situation mehr als ernst ist.

Als von ihr keine Reaktion mehr kommt, starte ich einen neuen Versuch und reiße mit aller Kraft an den Kabelbindern. Doch die Fesseln schneiden schmerzhaft in mein Fleisch, und irgendwann gebe ich erschöpft auf. Zwischen Schluchzern und Keuchen will ich es endlich wissen. »Wer ist er?«

Sie neigt den Kopf, sieht mich mit weit aufgerissenen Augen an und flüstert: »Der Teufel höchstpersönlich.«

* * *

Wie viel Zeit ist vergangen? Minuten? Stunden? Ein Zeitgefühl habe ich längst verloren. Bestimmt sucht man schon nach mir und holt uns bald hier raus. Doch wenn ich an Jessica denke, bekomme ich eine Scheißangst. Wie lange ist sie schon hier? So wie sie aussieht, könnten es Wochen oder vielleicht Monate sein. Ich weigere mich darüber nachzudenken, was sie in all der Zeit durchgemacht haben muss. Mir dreht sich der Magen um.

Sie hat sich in ihr Bett zurückgezogen und seither keine meiner Fragen mehr beantwortet. Stattdessen summt sie dieses verdammte Lied.

Ich bin hungrig, und meine Blase meldet sich. Angestrengt überlege ich, wie ich hierhergekommen sein könnte. Meine letzte Erinnerung ist, dass ich an meinem Auto stand und den Schock über Silents Geständnis verdauen musste. Hat er etwas damit zu tun? Nein, das würde er niemals … Silent ist kein Mörder. Ich bin mir sicher, dass er mich nur vertreiben wollte, mich von sich stoßen, weil er aus irgendeinem Grund keine andere Möglichkeit sah. Ich schließe die Augen und weine, denke an das Baby und daran, dass ich gern meine Hand schützend auf den Bauch legen würde.

Plötzlich lässt mich ein Geräusch aus der Richtung der Tür erstarren, Jessica wimmert ein »Nein« und rollt sich noch kleiner im Bett zusammen.

Gott! Was geschieht jetzt?

Die Tür schiebt sich auf, und helles Licht flutet den Raum. Ich muss die Augen zusammenkneifen, und es braucht ein paar Sekunden, bis ich mich daran gewöhnt habe. Zuerst erkenne ich nur Umrisse, aber dann kommt ein Mann herein. Ich schätze ihn auf Mitte vierzig. Er ist groß, breit, hat kurzes gepflegtes Haar und atmet hörbar. Er trägt ein Tablett und stellt es auf der Kommode ab. Dann dreht er sich zu mir und schaut mich direkt an.

Ich zittere vor Angst und will instinktiv zurückweichen. Was wird er mir antun? Mein Mund ist ganz trocken, und ich weiß nicht, was ich machen soll. Ihn anflehen, mich freizulassen, oder so laut ich kann um Hilfe schreien? Das wird ihn wohl kaum beeindrucken, und helfen wird er mir garantiert nicht.

Er sieht nicht böse aus, im Gegenteil. Sein Gesicht zeigt zwar keine Regung, aber ich kann weiche Züge erkennen, braune Augen, eine breite Nase und volle Lippen. Das hat meistens nichts zu sagen. Niemand kann in die Menschen hineinschauen, ob sie gut oder schlecht sind.

Er kramt ein Messer aus seiner Hosentasche, murmelt Unverständliches und nickt, als würde er zu sich selbst sprechen. Ich rechne mit dem Schlimmsten und presse fest die Augen zu. Wenn ich jetzt sterben muss, dann hoffe ich, dass er es schnell hinter sich bringt. Ich denke an mein Baby, an Silent, Emily und …

Der erwartete Schmerz bleibt aus. Stattdessen befreit er erst mein linkes und dann mein rechtes Handgelenk von den Kabelbindern. Als die Plastikdinger aufspringen, bin ich völlig verwirrt. Instinktiv will ich ihn angreifen, ihn irgendwie überwältigen, aber die Gewissheit, dass er ein Messer in der Hand hält, ich wahrscheinlich keine Chance gegen ihn habe und zusätzlich auf mein Baby aufpassen muss, drängt den Impuls zurück. Keuchend drücke ich mich tiefer zur Wand und reibe stöhnend über die wund gescheuerten Gelenke. Er löst auch die Fesseln an meinen Füßen.

»Essen«, sagt er seltsam verwaschen und deutet auf das Tablett. »Toilette.« Mit dem Finger zeigt er zur Holztür, dann dreht er sich noch einmal um. »Jetzt Pinke, Panke spielen mit Mommy.« Er geht hinaus und schließt die Tür. Seine schweren Schritte verhallen draußen, bevor ich mich bewegen kann. Was hat er gesagt? Pinke was …? Was soll das heißen? Ich erinnere mich, dass Jessica diese Worte gesungen hat, aber ich verstehe nicht, was sie bedeuten. Und welcher erwachsene Mann spricht von seiner Mommy? Das klingt irgendwie schräg.

Sofort springe ich auf, eile zur Tür und will sie öffnen, doch sie ist verschlossen. Vehement hämmere ich dagegen. »Hey! Aufmachen!«

Ich klopfe und trommele weiter, nichts rührt sich. Verzweifelt schaue ich mich um und suche nach einem Ausweg. Es gibt keine Fenster, und hinter der schmaleren Tür verbirgt sich ein winziges Bad mit einer Dusche, einem Waschbecken und einer Toilette. Ich ermahne mich nicht in Panik zu verfallen. Ich muss Geduld haben, bestimmt sucht man inzwischen nach mir. An diesen Gedanken klammere ich mich.

Als ich von der Toilette komme, fällt mein Blick auf Jessica, die im Bett immer noch zu einer kleinen Kugel zusammengerollt ist. »Hey Jessie, war das dieser Pindalou?«

»Nein, Randall«, antwortet sie leise.

Dann sind es mehrere.

»Ist er …« Ich schlucke und weiß nicht, wie ich es ausdrücken soll. »Hat er dir das alles angetan?«

Jessica setzt sich langsam auf und schielt hinüber zum Tablett. Ich sehe ihr an, wie hungrig sie sein muss. Auf dem Teller befinden sich zwei Sandwiches, ein Glas Milch und etwas Obst. Zu wenig für uns beide. Ich bemerke, wie ihr Blick zu mir huscht, bevor er wieder auf dem Essen liegt.

»Wie lange hast du nichts mehr zu dir genommen?«, frage ich, ohne eine Antwort zu erhalten. Kurzerhand nehme ich den Teller und die Milch und setze mich zu ihr aufs Bett. »Hier, iss.«

Sie schüttelt kaum merklich den Kopf. »Nein, ich darf nicht«, flüstert sie und schaut ängstlich zur Tür. »Das ist nur für dich bestimmt.«

Ich runzle die Stirn. Sie darf nicht? Das ist unmenschlich. Auf keinen Fall werde ich das zulassen. »Aber du musst etwas essen. Wir teilen es auf, okay?«

Ich nehme ein Sandwich und halte es ihr direkt unter die Nase. Der Duft von Schinken und Käse steigt auf, worauf sie die Augen schließt.

Ich habe keine Ahnung, ob sie von ihrer Familie so genannt wurde, aber ich finde, es klingt vertraulich. Und im Moment ist sie die einzige Informationsquelle, die ich habe.

»Du musst essen, Jess«, versuche ich sie zu überreden.

Zögernd greift sie nach dem Sandwich und beißt, nachdem ich ihr aufmunternd zugenickt habe, hinein. Als sie den ersten Bissen im Mund hat und den Geschmack wahrnimmt, überkommt sie der Hunger, und sie stopft sich alles gierig auf einmal in die Backen. Sie hat Mühe zu kauen und schließt dabei die Augen. Ich bin geschockt und frage mich, wie lange sie schon nichts mehr zu essen bekommen hat.

»Trink«, fordere ich sie auf und reiche ihr die Milch.

Sie trinkt das Glas in einem Zug aus, und ein wenig tropft von ihren Mundwinkeln auf ihr verschmutztes Nachthemd hinab. Ich beiße von meinem Sandwich ab, aber dann sehe ich ihren sehnsüchtigen Blick und gebe es ihr. »Hier.«

Auch dieses Stück verschlingt sie gierig. Die Arme muss halb verhungert sein. Als sie alles heruntergeschluckt hat, lehnt sie sich dankbar zurück. Derweil schaue ich mich im Zimmer um. Die Kommode ist leer.

Plötzlich springt Jess vom Bett auf und hechtet zur Toilette. Dort übergibt sie sich schwallartig. Sofort gehe ich zu ihr und lege eine Hand auf ihren Rücken, bis sie ihren Magen entleert hat. Sie ist völlig fertig, als sie sich den Mund ausspült und mit meiner Hilfe zurückschleppt.

»Geht es wieder?«

Sie antwortet nicht, stöhnt leise, legt sich hin und kauert sich wie ein Igel zusammen. Ich bin machtlos, merke, dass sie dringend einen Arzt braucht. Sie ist schwach, unterernährt und ... Scheiße. »Jessie, wann hast du das letzte Mal gegessen?«

»Ich weiß es nicht«, sagt sie abgeschlagen und erschöpft.

Verdammt! Vermutlich waren die Sandwiches und die Milch zu viel auf einmal. Ich fühle nach ihrer Stirn, Fieber scheint sie zum Glück nicht zu haben, aber ihre Glieder sind eiskalt. Verzweifelt blinzele ich die Panik fort. Was soll ich nur tun? Ich ziehe an dem dünnen Laken und decke sie zu.

»Sie werden mich töten«, flüstert sie kaum hörbar. »Jetzt haben sie keine Verwendung mehr für mich«, murmelt sie schläfrig.

»Was meinst du damit?« Ich setze mich zu ihr, doch sie ist eingeschlafen. Tausend Szenarien male ich mir aus. Jedes ist so furchtbar, dass ich mich zusammenreißen muss, um nicht durchzudrehen.

Irgendwann lege ich mich in das Bett und verbringe Stunden des Wartens, während Jessie schläft. Bei jedem noch so kleinen Geräusch schrecke ich auf, doch als die Stille übermächtig wird, schlafe ich ein.

18

Silent

Während die aufgehende Sonne die Nebelfelder auflöst, sitze ich auf der Veranda am Boden und schaue zu, wie ein neuer, beschissener Tag beginnt. Ich bin müde, aber noch ist meine Gedankenwelt nicht ganz ausgeschaltet. Deshalb schütte ich mehr Moonshiner in mich und denke darüber nach, Elisabethtown zu verlassen. Ich will weg, fort von diesem Ort, der mich ständig daran erinnert, wie sie mich angestarrt hat. Ich habe ihre Angst, ihre Abscheu, gesehen, nachdem ich ihr die Wahrheit über mich erzählt habe. Ich könnte mich dafür ohrfeigen, denn das hätte ich niemals preisgeben dürfen. Jetzt ist es zu spät.

»Worte schlucken, das rettet mich«, raune ich immer wieder wie ein Mantra und kippe Whiskey nach, in der Hoffnung, dass er endlich alles ausblendet. Nie habe ich über diese Sache gesprochen. Ich bin geschockt. Wie konnte mir das passieren? Jahrelang habe ich alles unter Verschluss gehalten, es zu keiner Zeit an die Oberfläche kommen lassen. Erst der Nerd und jetzt ich selbst. Natürlich hat Teach Schuld. Seit Monaten treibt sie mich in den Wahnsinn, weil sie meinen Eisberg zum Schmelzen bringen will und mich dabei Dinge fühlen lässt, die ich nicht kenne, die mir sogar fremd sind. Das ist neu für mich, und ich bin verdammt überfordert.

Im Wald hat sie mich in die Enge getrieben, und bevor ich darüber nachdenken konnte, sprudelten die Worte einfach so über meine Lippen. Kein Wunder, dass sie abgehauen und vor mir geflohen ist. Ihr nachzulaufen wäre zwecklos gewesen. Gesagt ist gesagt. Ich war nicht in der Lage, ihr irgendetwas zu erklären, denn ich bin, was ich bin. Vielleicht hätte ich ihre Panik dadurch nur noch verschlimmert.

Das permanente Klopfen an der Tür nervt mich. Keine Ahnung, wer so früh etwas von mir will. Ich verfluche den Besucher, und wer es auch ist, ich schicke ihn zum Teufel, setze die Flasche an und trinke. Wohlig warm läuft der Whiskey meine Kehle hinab, und mit jedem Schluck dringt meine Erinnerung in den Hintergrund. Endlich!

»Silent?«

Wer, verflucht noch mal, hämmert gegen meine Tür?

»Ich hab einen Schlüssel, und wir kommen jetzt rein«, höre ich Mads Stimme, und kurz darauf tappen Schritte durchs Haus. Die Verandatür wird geöffnet, und mein Blick erfasst Beine, die in Jeans stecken, und schwarze Lederschuhe. Mad.

»Ach du Scheiße. Er ist hier, Em«, ruft er ihr zu. »Kannst du einen starken Kaffee machen, den wird er brauchen.« Er kniet sich zu mir herunter. »Du bist ziemlich im Eimer, Kumpel.«

»Und wenn schon. Lasst mich in Ruhe.«

»Auf keinen Fall, mein Freund. Na komm, steh auf.« Mühsam hilft er mir auf die Beine, greift mir unter die Arme, und wir torkeln ins Haus.

»Ich will schlafen, Mann«, murre ich, als er mich nicht wie erwartet auf dem Sofa loslässt, sondern ins Badezimmer schleppt. In meinem Kopf dreht sich alles, und ich brauche einen weiteren Schluck Whiskey. Mad tastet meine Hosentaschen ab.

»Was soll das werden, Mad? Willst du mich begrabschen?«

»Gott bewahre«, antwortet er, schiebt mich in die Duschkabine, und plötzlich rauscht eiskaltes Wasser über meinen noch bekleideten Körper. Ich keuche erschrocken auf, und mit einem Mal werde ich klarer. »Ey … Scheiße, Mad! Was tust du?«

»Du musst munter werden, Bro. Teach ist verschwunden.«

Kaum höre ich ihren Namen, bin ich da und wische verwirrt über mein Gesicht. »Was sagst du?«

»Wir finden sie nicht. Beeil dich«, befiehlt er. »Emily kocht dir einen Kaffee, der wird dir helfen.« Mit diesen Worten verlässt er das Badezimmer, und ich bin allein.

Sie ist verschwunden? Mein Hirn versucht das zu verarbeiten, aber der Alkohol lähmt meinen Motor. Ich stelle mich nochmals unter den Strahl, trinke Wasser und entledige mich meiner Kleidung. Kopfschmerzen kündigen sich an, und in meinem Magen verbreitet sich ein seltsames Gefühl. Sie ist weg? Wohin? Ein Grummeln durchzuckt meine Eingeweide.

Ich dusche kalt, bis ich einen einigermaßen klaren Kopf habe, ziehe mich im Schlafzimmer um, und als ich ins Wohnzimmer komme, warten Emily und Mad mit einer Tasse Kaffee, einem Aspirin und ratlosen Gesichtern auf mich.

»Wo ist sie?«, frage ich, zupfe die Beanie-Mütze zurecht und trinke das Glas mit der aufgelösten Schmerztablette in einem Zug.

»Wir hatten die Hoffnung, dass du uns das sagen kannst«, meint Emily, die übernächtigt wirkt. Dunkle Schatten haben sich unter ihre Augen gegraben, und sie ist ein wenig bleich. Unruhig geht sie im Wohnzimmer auf und ab. »Du warst der Letzte, der sie gesehen hat, und bist gestern ziemlich flott aus dem Pearman Forest verschwunden. Was ist zwischen euch passiert?« Es ist nicht leicht, vor Emily etwas zu verbergen. Sie kennt mich gut.

Ich öffne den Mund, um zu sprechen. Wie immer hält mein innerer Eisblock die Worte zurück.

»Ist sie nicht im *Whisper*?«, frage ich stattdessen.

»Nein«, antwortet Mad.

»Muss sie aber gewesen sein, weil ihr Wagen dort parkt. Wir haben auch ihre Mutter kontaktiert. Sie war zwar nicht kooperativ, jedoch sagt sie, dass sie Teach länger nicht gesprochen hat«, ergänzt Emily. »Wir haben sie überall gesucht. Am Friedhof, im *Whisper*, in den anderen Bars. Sie geht nicht an ihr Handy, ist wie vom Erdboden verschluckt. Niemand hat sie seit gestern Nachmittag mehr gesehen. Wir machen uns Sorgen. Weißt du irgendwas?«

Ich schüttle den Kopf. »Nein.«

»Habt ihr euch gestritten?«, bohrt sie weiter nach.

Ich reibe mir nachdenklich über den Bart. »Nicht direkt.«

»Was soll das heißen?«

Ich senke den Blick. »Wir hatten eine Meinungsverschiedenheit, aber dann ist sie gegangen. Wart ihr bei der Polizei?«

»Nein. Wir wollten noch warten, weil wir dachten, dass sie irgendwann auftauchen wird. Milow und die anderen suchen die Gegend nach ihr ab.« In dem Moment klingelt Mads Handy. Er läuft zum Fenster und geht ran.

Währenddessen kommt Emily auf mich zu, bleibt direkt vor mir stehen. »Silent, was ist zwischen euch vorgefallen? Teach haut nicht einfach so ab, ohne sich zu melden, schon gar nicht für so viele Stunden. Das ist nicht ihr Stil.«

Ich nicke, weil sie recht hat. Teach hat zwar auch ein Päckchen zu tragen, aber sie ist noch nie kopflos davongelaufen. Hat vielleicht dieser Collins etwas damit zu tun? Wir haben ihn gehen lassen, ihn aber im Auge behalten. Hätte einer unserer Männer etwas Seltsames bemerkt, hätten sie mich informiert. Doch wer weiß, vielleicht hat er uns irgendwie ausgetrickst.

Die Sorge steht Emily ins Gesicht geschrieben, und ich wünschte, ich könnte ihr alles sagen.

»Wir haben Probleme«, gebe ich schließlich zu.

»Das weiß ich, aber –«

»Das war Milow«, unterbricht uns Mad. »Unsere Männer können sie nirgends finden. Ich denke, wir sollten zur Polizei gehen und in den Krankenhäusern nachfragen.«

»Ihr Wagen steht am *Whisper*?«, will ich wissen und bin froh von Mad unterbrochen worden zu sein.

»Ja. Er parkt zwar nicht dort, wo sie ihn immer abstellt, aber er ist da.«

»Vielleicht ist sie auf dem Festivalgelände spazieren gegangen, hat sich irgendwo hingesetzt und ist eingeschlafen«, überlege ich laut und weiß, dass das Quatsch ist.

»Es ist nachts ziemlich kalt, Silent.« Emily schüttelt den Kopf. »Wir sollten jetzt zur Polizei.«

Einige Zeit später verlassen wir frustriert die Polizeistation und sind genauso schlau wie vorher. Emily hat den Polizeibeamten gedrängt, eine Suchaktion zu starten, die sie aber zum jetzigen Zeitpunkt nicht einleiten wollen. Sie konnte ihre Cousine als vermisst melden, doch selbst als Mad Detective Runley anrief, der damals den Mord von Hurley untersuchte, erhielten wir keine andere Antwort. Teach muss weitere vierundzwanzig Stunden verschwunden sein, bevor die Polizei aktiv wird.

Wir fahren zur Schule. Emily geht den langen Flur voraus, Mad und ich folgen ihr. Die Sekretärin unterbricht ihre Arbeit und schaut interessiert auf, als wir ihr Büro betreten.

»Guten Morgen. Ich bin Emily Westham, die Cousine von Pamela.«

Jetzt lächelt sie. »Oh, hallo. Schön, Sie kennenzulernen. Ist sie krank?«

Emily wirft uns einen bedrückten Blick zu. »Sie ist also inzwischen auch nicht zum Unterricht erschienen?«

Das Lächeln der Sekretärin verblasst. »Nein. Wir haben uns schon gewundert, weil sie sich sonst immer rechtzeitig krankmeldet. Wir haben im Moment personelle Engpässe und deshalb Probleme gehabt, einen Ersatz für die Klasse zu finden.«

Unheilvolles Schweigen erfüllt das Büro, und wir tauschen besorgte Blicke. Eine lederbezogene Tür öffnet sich, und ein Mann, den ich als Rektor Wellington erkenne, kommt heraus. Er ist in irgendwelche Unterlagen versunken, bevor er interessiert aufschaut.

»Guten Tag«, grüßt er uns nickend, nimmt seine Lesebrille von der Nase, und die Sekretärin klärt ihn auf, wer wir sind. Emily ergreift das Wort und schildert ihm, was geschehen ist.

»Tja, das hört sich wirklich besorgniserregend an«, sagt er nachdenklich und schürzt die Lippen. »Könnte es sein, dass Mrs. Westham es sich anders überlegt hat und nach Santa Barbara gegangen ist? Vielleicht hat sie sich doch entschlossen, die Stadt zu verlassen?«

»Nein … Das heißt, sie hat mal darüber gesprochen, aber sie wäre niemals einfach fort. Das hätte sie mir gesagt«, antwortet Emily bestimmt. »Außerdem wäre sie überall hin, aber Santa Barbara ist der letzte Ort, an dem sie sein wollte. Sie hat sich mit ihren Eltern überworfen.« Emily schielt in meine Richtung, und ich sehe ihr an, dass sie Gedanken hat, die sie vor mir verbirgt.

»Gut. Dann bleibt uns allen nichts anderes übrig, als zu warten. Hoffen wir das Beste, und halten Sie uns auf dem Laufenden.«

* * *

Mad bringt Emily ins *Whisper*. Sie soll dortbleiben, um alle Krankenhäuser anzurufen, oder falls Teach auftaucht. Wir anderen organisieren eine Suchaktion. Mit Autos und Motorrädern fahren wir stundenlang die Gegend ab, finden aber nichts. Sie kann doch nicht wie vom Erdboden verschluckt sein. Auch Collins klopfen wir nochmals ab, lassen ihn beobachten, und Mr. Wick durchstöbert seine Wohnung.

Mit jeder weiteren Stunde verstärkt sich mein Bauchgefühl, dass ihr etwas zugestoßen sein muss. Oder ist sie wirklich fort? War es nicht das, was ich von ihr gefordert habe? Sie stand gestern im Wald unter Schock, ist vor mir geflohen, und vielleicht hat eine Kurzschlussreaktion dafür gesorgt, dass sie Elisabethtown verlassen hat. Das würde bedeuten, dass sie mich aufgegeben hat. Der Gedanke lässt den alten Schmerz in mir aufflammen. Habe ich nun auch sie verloren?

Nach sinnlosem Herumfahren ohne Ergebnis oder einer Spur von ihr kehre ich schließlich in mein Haus zurück. Ich parke gerade mein Bike in der Garage, als Mad meine Einfahrt heraufkommt. Er steigt mit verschlossener Miene aus. Wir sehen uns an, und wie so oft brauchen wir keine Worte. Wir gehen hinein und setzen uns an den Küchentisch. Dort schenke ich uns einen Whiskey ein, und wir schweigen. Auf dem Tisch liegt die Schachtel mit den Knöpfen, die wir gestern getestet haben.

»Tut mir leid, dass ich dir noch keine Analyse zu den Dingern geben konnte.«

Mad winkt ab. »Vergiss es. Wir müssen Teach finden.«

Er sieht mir in die Augen und fühlt instinktiv, dass im Wald etwas geschehen ist, sagt aber nichts, stattdessen verfolgt er mich, während ich aufstehe und in der Küche auf und ab tigere.

»Ich habe ihr gestern wehgetan«, gebe ich schließlich

zu, und mein Hals schwillt an, weil es mir nicht leichtfällt, darüber zu sprechen. Ich genehmige mir einen Schluck und starre auf die bernsteinfarbene Flüssigkeit im Glas, bevor ich weiterrede. »Ich habe es beendet.«

Mad runzelt die Stirn. »Was?«

Wie soll ich ihm begreiflich machen, dass sie alles für mich ist, ich aber gestern Panik hatte und … »Sie ist vor mir davongelaufen.«

Lange sieht er mich an. »Du bist ein verdammter Idiot, Silent.«

»Ich weiß«, flüstere ich. »Es tut mir so leid.«

Mad verzieht den Mund. »Wir müssen sie finden, egal wie groß der Mist ist, den du mal wieder gebaut hast. Ich weiß nur noch nicht, in welche Richtung ich denken soll. Ich glaube kaum, dass sie Elisabethtown freiwillig verlassen hat. Das würde sie niemals tun. Dafür ist sie zu pflichtbewusst.«

Ich nicke, weil das genau das ist, was mein Bauchgefühl mir sagt. »Und was sollen wir tun?«

Mad reibt sich über seinen Dreitagebart. »Ich lasse Mr. Wick noch einmal bei Collins raus. Die Aufnahmen waren ungenau, weil die Ratte sich mal wieder lieber mit den Socken von dem Kerl vergnügt hat.«

Großer Gott! So kommen wir nicht weiter.

»Hast du mal an das Arschloch im Knast gedacht?«, will ich wissen.

»Natürlich. Ich kenne da einen Typen, der zufällig im selben Loch sitzt. Den kontaktiere ich.«

»Gut.«

Mad wirft einen Blick aus dem Fenster. »Es wird dunkel. Uns bleibt nichts anderes übrig, als bis morgen zu warten. Gleich bei Sonnenaufgang werden wir den Pearman Forest durchkämmen. Die Polizei wird ebenfalls aktiv werden und sie suchen.«

Ich nicke, frage mich aber, wie ich die vielen Nachtstunden ruhig abwarten soll, wenn ich weiß, dass Teach vielleicht Hilfe braucht oder in Schwierigkeiten steckt.

Mad kippt seinen Drink in einem Zug aus, stellt das Whiskeyglas ab und erhebt sich. Ich starre ihn an.

»Ich habe das Gefühl, wir übersehen was.« Er hatte schon immer einen guten Riecher, wenn etwas stinkt.

»Nur was?«

»Keine Ahnung, Bro. Bei der Sache von letztem Jahr warst du derjenige, der von Anfang an richtiglag.« Kurz denken wir nach. »Dann durchleuchten wir Collins eben noch einmal.«

»Ja, wir brauchen dringend mehr Infos über ihn.«

»Die wird uns Mr. Wick beschaffen, keine Sorge. Okay. Ich muss zu Emily. Sie ist völlig fertig.«

»Wie wir alle.«

Als Mad gegangen ist, schalte ich den Laptop ein, und während der Computer hochfährt, starre ich auf die Ohrhörer, die in der Schachtel liegen. Einer fehlt. Es muss der von Teach sein. Mir kommt eine Idee, und ich rufe die Seite mit den Daten der Ohrstöpsel auf. Augenblicklich beginnt mein Herz zu rasen, als ich auf dem Bildschirm alle angemeldeten Knöpfe sehe, und hinter einem ein grünes Licht aufleuchtet. Teachs winziger Ohrknopf ist aktiv. Das bedeutet, wir könnten kommunizieren. Sofort aktiviere ich einen, stecke ihn mir ins Ohr und lausche. Ich nehme erst ein Rauschen, Knistern und Knacken wahr, aber dann ... Ein Schluchzen?

»Teach?« Ich hoffe auf eine Antwort. »Teach? Bist du das?« Wilde Gedanken schießen mir durch den Sinn. Ist sie das? Ist sie verletzt, sodass sie nicht sprechen kann? Schreckensbilder tauchen vor meinen Augen auf, die ich aber direkt verbanne. »Teach? Bist du okay?«

»Silent?« Zuerst ist es nur ein Flüstern, doch dann kann ich die Tonqualität verbessern, das Rauschen unterdrücken und sogar ihren Atem hören. »Silent, bitte hilf mir. Ich werde gefangen gehalten. Bitte hol mich hier raus.«

19

Teach

Es ist purer Zufall, dass ich den Ohrstöpsel nachdenklich in der Hand halte und in der Stille, die mich ständig umgibt, ein leises Zwitschern und eine Stimme zu hören sind. Sofort setze ich mich auf, stecke mir das Ding ins Ohr, und augenblicklich fällt jede Müdigkeit von mir ab. Mein Herz rast, mein Blut kommt in Wallung, und ich kann die Tränen nicht zurückhalten, als ich tatsächlich *ihn* erkenne.

»Teach, wo bist du?«

»Ich weiß es nicht.« Ich schluchze. »Silent, du musst mich befreien, hörst du? Irgendwelche Typen halten mich hier gefangen.«

»Fuck!«, ruft er aus, und einige Schocksekunden vergehen. »Wer sind die?«

»Ich weiß es nicht. Bisher habe ich nur einen Kerl namens Randall gesehen. Es gibt noch einen anderen, der Pindalou heißen soll, aber der war bis jetzt nicht hier.«

»Kannst du diesen Randall beschreiben?«

Aufgeregt krame ich in meiner Erinnerung. »Er ist ungefähr eins achtzig, hat dunkle Haare, und ich schätze ihn auf Anfang vierzig, genau weiß ich es nicht. Ich glaube, er hat ein Sprachproblem, zumindest hat es sich so angehört. Und er erwähnte Pinke Panke und seine Mommy. Was soll das bedeuten?«

»Keine Ahnung«, sagt er nachdenklich. »Mommy, vielleicht seine Mutter? Pinke Panke? ... Das habe ich noch nie gehört.«

»Ich will nach Hause, Silent.« Meine Stimme bricht.

»Ich weiß, schon gut«, beruhigt er mich, als ich erneut aufschluchze. »Hat er ... Hat er dir etwas angetan?«

»Nein ... Noch nicht«, wimmere ich und muss an Jessie denken. »Ich bin gefesselt in einem Bett aufgewacht, und hier ist eine weitere Frau, die sie auch gefangen halten.«

»Da ist noch jemand?«

»Ja.« Weinend schaue ich auf ihr verlassenes Bett. »Vor einiger Zeit hat dieser Randall sie geholt.« Jetzt kann ich nicht mehr und lasse den Tränen freien Lauf. »Scheiße, Silent, ich habe ihre Schreie gehört und ... Oh Gott! Bitte. Ich will hier raus. Ich will nach Hause.«

»Sch ... Ganz ruhig. Wir kommen und holen dich.«

Schluchzend brauche ich einen Moment. Es tut so gut, seine Stimme zu hören, und allmählich, während er sanft auf mich einredet, bekomme ich die Angst in den Griff.

»Wir werden dich da rausholen, Teach, aber du musst uns helfen, damit wir dich finden können.«

»Okay.« Ich ziehe die Nase hoch und zwinge mich, ruhig zu werden.

»Kannst du beschreiben, wo du bist?«

Ich stehe vom Bett auf, versuche mich auf die Aufgabe zu fokussieren und laufe durch den Raum. »Hier sind keine Fenster. Die Wände sind aus Ziegelsteinen. Es gibt ein winziges Bad und eine Metalltür, die verschlossen ist. Hier sieht es aus wie in einem Keller.«

»Okay. Und ... Du erwähntest eine Frau?«

»Ja. Jessica. Sie war mit mir hier eingesperrt. Vor einiger Zeit kam er und hat sie, ohne ein Wort zu sagen, mit sich genommen. Sie ist weinend vom Bett aufgestanden, warf mir einen kurzen Blick zu, bevor sie zitternd mit ihm ging.

Ich habe ihre Angst gesehen, Silent. Irgendwann hörte ich Schreie, und mein Gott«, ich muss tief Luft holen, um weiterzusprechen, »ich weiß, dass sie es war. Ich habe solche Angst, dass sie ihr etwas angetan haben.«

»Hör zu, wir werden alles tun, um dich … Euch zu finden. Ich rufe die Polizei, wir retten euch. Okay?«

»Ja.« Hoffnungsvoll setze ich mich. Es tut so gut, jemanden von draußen zu hören, besonders, weil es *er* ist. Ich kann jetzt nicht daran denken, was er im Wald zu mir gesagt hat, ich sehne mich trotz allem so sehr nach ihm. Tränen laufen über meine Wangen, und in Gedanken spreche ich zu meinem Baby, dass nun alles gut wird. Ich kann es kaum erwarten.

Im Hintergrund redet er mit irgendwelchen Leuten. Ich bekomme mit, wie er meine Befreiung in Gang setzt. Wie ist es nur möglich, dass wir miteinander verbunden sind? Ich habe keine Ahnung von Technik, aber ich liebe die Dinger jetzt schon.

Es dauert eine ganze Weile, bis Silent das Wort wieder an mich richtet. »Teach?«

»Ja?«

»Ich habe alle informiert. Sie sind auf dem Weg.«

Erleichterung durchströmt mich. »Beeilt euch.«

»Erzähl mir genau, was geschehen ist, seit du den Pearman Forest verlassen hast.«

Ich berichte ihm jedes Detail und auch ausführlich von Jessie. Als er im Bilde ist, hält er einen Moment inne. »Ich weiß, wer sie ist. Ich habe ihr Foto im Fernsehen gesehen. Sie hat einen kleinen Sohn und wird schon eine Weile vermisst.«

Geschockt schließe ich die Augen, und in meinem Hals bildet sich ein dicker Kloß. Was hat sie in all dieser Zeit durchmachen müssen? Ich sehe sie vor mir, abgemagert, schmutzig und völlig traumatisiert. Ich schlucke mühsam meine Gedanken hinunter, als ich bei Silent im Hintergrund aufgeregte Stimmen höre.

»Teach? Oh mein Gott, Teach?«, ruft Emily weinend, und im selben Augenblick muss ich lächeln. Sofort habe ich ihr schönes Gesicht vor mir.

»Emily«, flüstere ich.

Wir weinen und bringen eine Weile keinen Ton heraus.

»Wir werden Himmel und Hölle in Bewegung setzen, um dich da rauszuholen«, verkündet sie kämpferisch.

Das hoffe ich, denn wenn ich daran denke, wie lange Jessie hier gefangen gehalten wird, dreht sich mir der Magen um. Dann vernehme ich die Stimme von Detective Runley, dem ich erneut alle Informationen gebe. Er will meine Einschätzung wissen, ob es sein kann, dass meine Entführer auf ein Lösegeld von meinen Eltern aus sind. Über diese Frage habe ich mir noch keine Gedanken gemacht. Aber das Szenario könnte Sinn ergeben. Mein Vater ist ein reicher Mann, er besitzt Geld, viel Geld, und vielleicht ist das tatsächlich das Motiv. Allerdings passt Jessie nicht ganz in das Bild.

Runley verspricht Kontakt zu meinem Vater aufzunehmen und rät mir, Ruhe zu bewahren, nichts zu tun, was die Geiselnehmer reizen könnte. Außerdem wollte er wissen, ob es in letzter Zeit Streit mit jemandem gab, ob ich mir Feinde gemacht oder irgendwelche Ungereimtheiten bemerkt habe. Mir fallen nur Silent und Collins ein. Doch nach längerem Nachdenken muss ich an Mias Vater denken. Mrs. Sunday war nervös, Angst stand in ihren Augen, und am Ende hat mir Mr. Sundy mit seiner unterschwelligen Drohung zu verstehen gegeben, dass ich mich nicht in ihre Familienangelegenheiten einmischen soll. Diese Botschaft kam klar bei mir an. Ich bin mir sicher, dass das Kind und die Mutter unter ihm leiden. Ich berichte dem Detective davon. Er verspricht mir auch ihn zu überprüfen. Sein Team und er werden alles in seiner Macht Stehende tun, um mich und Jessie so schnell wie möglich zu befreien.

Während ich den weiteren Gesprächen in Silents Haus lausche, kauere ich mich auf das Bett. Sie organisieren Suchtrupps, telefonieren mit Computerspezialisten, und beraten sich mit dem Ermittlerteam von Jessies Fall. Irgendwann wird es ruhiger.

»Teach?« Es ist Silent, und sofort stiehlt sich ein trauriges Lächeln auf meine Lippen.

»Ja.«

»Ich werde mich jetzt in meinen Wagen setzen und versuchen, den Radius des Empfangs einzugrenzen. Sobald du hörst, dass unsere Verbindung schlechter wird, sagst du mir Bescheid. Okay?«

»Ja.«

»Alle arbeiten auf Hochtouren, und es dauert nicht mehr lange. Das wird schon. Du musst Geduld haben.«

»Jede Minute hier ist ein Albtraum. Wenn ich nur wüsste, was der Kerl vorhat.«

Ich höre ihn seufzen. Es ist ein tiefes Seufzen, eines, das mich seine Sorgen erkennen lässt. Eine Wagentür wird zugeschlagen und der Motor gestartet.

»Wie viel Zeit bleibt uns, bis der Akku aufgebraucht ist?«

Silent überlegt. »Ich habe in die Knöpfe winzige Akkus verbaut, die halten schon eine Weile. Vielleicht ein paar Tage, zumindest so lange, bis wir dich gefunden und befreit haben.«

Tage – das hört sich wie ein weit entfernter Zeitraum an, den ich kaum ertrage. Ob ich das aushalte? In den letzten Stunden habe ich versucht, nicht in Panik zu verfallen, hysterisch gegen die Metalltür zu trommeln oder verrückt zu werden. Das kostet mich unfassbar viel Kraft. Aber jetzt habe ich Silents Stimme in meinem Kopf. Das ist eine Ablenkung.

Erschrocken fahre ich im Bett hoch, als ich plötzlich Geräusche an der Tür höre.

»Da kommt jemand«, flüstere ich und schiebe sofort eine Haarsträhne über mein Ohr, damit man den Knopf nicht sieht. Mein Herz rast, als Randall die Tür aufschließt.

* * *

»Ruhig bleiben. Lass dir nichts anmerken«, raunt Silent. Randall darf auf keinen Fall mitbekommen, dass ich mit der Außenwelt verbunden bin.

Kurz schaut Randall zu mir, bevor er wie üblich ein Tablett mit Essen auf der Kommode abstellt. Ich bin so angespannt, aber ich riskiere einen Blick zur Tür, die einen Spalt offensteht. Viel kann ich nicht erkennen. Wo ist Jessie? Mir liegt auf der Zunge ihn zu fragen. Adrenalin rauscht durch meine Adern, und weil dieses Martyrium bald ein Ende haben und dieser Mistkerl verhaftet und lange Zeit hinter Gitter wandern wird, kann ich meinen Zorn nicht zurückhalten.

Randall dreht sich um und will wieder gehen.

»Hey!«, rufe ich mutig. »Wo ist Jessica?«

Er reagiert nicht.

»Was hast du mit ihr gemacht, Arschloch?«, herrsche ich ihn lauter an.

»Teach! Was tust du?«, flüstert Silent aufgebracht, aber ich beobachte, wie Randall stehen bleibt und sich zu mir umdreht. Dabei neigt er den Kopf seitlich, wie ein Hund, dem man einen Befehl erteilt, den er nicht versteht. Er sieht mich durchdringend an und kneift seine Augen zusammen.

»Nicht schreien, sonst kommt er.« Er deutet mit dem Zeigefinger zur Tür. Seine Stimme klingt seltsam, undeutlich, er kann manche Laute nicht richtig aussprechen. Diese Art erinnert mich an ein Kind aus der Schule. Es ging in die

Klasse meiner Kollegin Ella und hatte eine Sprachbehinderung. Randall läuft hinaus und schließt die Tür hinter sich.

»Er war da und hat mir Essen gebracht«, flüstere ich, nachdem seine Schritte draußen verklungen sind. »Hast du seinen Sprachfehler bemerkt? Er spricht sehr langsam, undeutlich, und manche Laute verschluckt er. Es hat sich angehört, als hätte er eine verminderte Artikulation beim Sprechen. Ähnlich wie bei Menschen, die taub sind.«

»Okay, ich gebe das sofort an Runley weiter.« Silent drosselt den Motor seines Wagens. »Meinst du, er hat etwas mitgekriegt?«

»Nein, ich denke nicht.«

»Gut. Das war trotzdem leichtsinnig. Reiz ihn nicht, Teach. Solange wir nicht wissen, wo du bist, solltest du dich so unauffällig wie möglich verhalten.«

»Ja, du hast recht.«

»Du musst jetzt an dich denken. Um Jessica kümmern wir uns.«

Ich richte mich auf und hole das Tablett.

»Es gibt Hühnchen, Tomaten, Brot und etwas Obst.« Hungrig schnuppere ich an dem Hähnchenschlegel. Ich traue ihnen nicht, kann mich aber nicht länger zurückhalten und beiße hinein.

»Bitte, Silent, erzähl mir irgendwas. Lenk mich ab«, sage ich, nachdem ich fast alles verputzt habe.

»Was willst du wissen?«

»Wie viel Uhr es ist? Ich habe kein Zeitgefühl mehr, und das macht mich zusätzlich ganz kirre.«

»Es ist achtzehn Uhr siebenundvierzig. Es dämmert draußen, und heute hat es ein paarmal geregnet.«

Es tut gut, endlich zu erfahren, welche Tageszeit wir haben. Natürlich konnte ich mir denken, dass irgendeine Essenszeit ist, wenn Randall das Tablett bringt. Da aber die

Speisen recht untypisch zusammengestellt waren, konnte ich daraus nicht ableiten, ob es morgens, mittags oder abends war. Auch mein Schlafrhythmus ist in der kurzen Zeitspanne völlig durcheinandergeraten. Ich glaube, dass das mit dem psychischen Stress zusammenhängt.

Ich nehme das dünne Laken und rolle mich ein, während wir beide schweigen und dem monotonen Motorengeräusch lauschen.

»Teach? Hör mal, ich muss dir etwas erklären.«

Sofort werde ich aufmerksam. »Ja?«

»Wegen der Sache im Wald ... Ich habe überreagiert, und das tut mir leid.«

»Du hast mir Angst gemacht, Silent. Ich meine, so richtig.«

»Ich weiß, das wollte ich nicht. Ich war überfordert mit der ganzen Situation, mit ... allem.«

»Wieso?«

Sekunden vergehen, bevor er weiterspricht. »Weil ... Ich hatte Schiss, dass ich alles kaputtmache, dich verletze und erschrecke, wenn du herausfindest, wer ich wirklich bin.«

Er redet von Collins' Behauptung, die Silent im Wald selbst bestätigt hat. »Ist es denn wahr? Hast du deine Pflegemutter ... getötet?«

»Ich ... Verzeih mir, ich ... kann darüber nicht sprechen.« Er stößt den Atem aus. »Mir ist wichtig, dass du weißt, dass ich dir niemals etwas antun würde. Ich wollte dir keine Angst machen. Du hast mich in die Enge getrieben, und ich habe ziemlich blöd reagiert. Ich bin verkorkst und kaputt, weil ich mit Gefühlen nicht umgehen kann.«

Meine Neugier ist entfacht, aber ich muss wohl akzeptieren, dass er mir dieses Geheimnis nicht anvertrauen wird.

»Kannst du mir verzeihen?«

Diesmal bin ich es, die Sekunden verstreichen lässt, ehe ich antworte. Natürlich bin ich ihm nicht böse, aber Herrgott noch mal, wie kann ich seinen Panzer knacken? Wahrscheinlich überhaupt nicht.

»Das habe ich schon längst.«

»Das ist ... gut.« Er klingt erleichtert. »Danke.«

Eine Weile hören wir den Geräuschen seines Wagens zu. Er hat das Radio leise eingeschaltet, und langsam entspannen sich meine Muskeln, mein Körper verlangt nach Erholung, und für einen Moment fallen mir die Augen zu.

»Teach? Bist du noch da? Hast du das Rauschen auch gehört?«

Ich schüttle die Müdigkeit von mir. »Ja«, antworte ich und lausche. »Silent?«

»Ja, ich bin hier. Es scheint, als hätten wir den ersten Punkt erreicht. Das ist super. Dann werde ich jetzt Richtung Louisville fahren. Wir können eine Pause machen, und du kannst schlafen, wenn du willst.«

»Nein, auf keinen Fall. Ich habe Angst, Silent. Ich könnte es nicht aushalten, aufzuwachen und wieder allein zu sein.«

»Das wirst du nicht. Ich bleibe bei dir, die ganze Zeit, bis wir dich gefunden haben.«

»Versprochen?«

»Ich schwöre, dass ich diesmal mein Versprechen halten werde. Ich hole dich da raus, Teach.«

Ich will seinen Worten glauben. Sie legen sich wie eine warme Decke auf meine Seele, beruhigen mich und sorgen dafür, dass ich mich entspanne. Aus dem Knopf in meinem Ohr dringt plötzlich eine sanfte Melodie. »Was ist das?«

»Entspannungsmusik. Soll ich sie wieder ausschalten?«

Es rührt mich, wie besorgt er um mich ist, und mein Herz fliegt ihm zu. »Du hörst sowas im Auto?«

Er lacht leise. »Nein, keine Ahnung, wie das auf meine Playlist kommt. Kann aber nicht schaden in unserer Situation, oder?«

»Du hast recht.«

»Okay, entspann dich, Teach. Ich bin die ganze Zeit bei dir«, sagt er, und beinahe fühlt es sich an, als würde ich in seinem Bett liegen, geborgen und beschützt von ihm gehalten werden und nicht in diesem schmutzigen, dunklen Loch gefangen sein. Eingehüllt von der friedlichen Musik, dem gleichbleibenden Motorengeräusch, seinen ruhigen Atemzügen und der Gewissheit, dass er mich retten wird, könnte ich fast vergessen, wo ich bin.

Ein schrecklicher und unerträglicher Krach reißt mich abrupt aus den Gedanken. Ich brauche einen Moment, um klar zu werden, und setze mich ruckartig auf.

»Teach, was ist da los?«, fragt Silent in meinem Ohr.

»Ich weiß nicht«, antworte ich flüsternd, stehe vom Bett auf und laufe zur Tür. Ich lege mein Ohr auf die kalte Metalloberfläche und lausche. »Es hört sich an, als würde er etwas sägen.«

»Es ist mitten in der Nacht. Was zum Teufel treibt der Kerl?«

Ich halte den Atem an, und Horrorvorstellungen jagen durch mein Hirn. Sofort muss ich an Jessie denken, an ihre Angst, bevor sie von Randall abgeholt wurde, später ihre Schreie ... Die aufsteigende Panik lähmt mich.

»Oh mein Gott! Er hat sie umgebracht«, entkommt es mir flüsternd. »Er will die Leiche verschwinden lassen.« Mein Körper zittert, und mit dem Lärm der Säge draußen bricht Todesangst über mich herein. »Scheiße, Silent. Ihr müsst mich hier sofort rausholen. Er wird auch mich töten«, wispere ich weinend und presse fest die Augen zu.

20

Silent

Ich spüre ihre Panik und fühle mich so verdammt hilflos. Was kann ich tun? Was soll ich ihr sagen, außer beruhigenden Worten, die sich wie leeres Gesülze anhören? Ich balle die Fäuste, schlage verzweifelt aufs Lenkrad und fahre rechts ran, während ich mich ermahne, jetzt nicht durchzudrehen. Ich muss stark sein – für sie. Sie braucht mich.

Eilig tippe ich eine Nachricht an Runley, halte ihn seit Stunden auf dem Laufenden, dann an Mad, der mit unseren Männern sein Möglichstes tut, die Umgebung durchkämmt und jeden Stein umdreht. Wieso dauert alles so lange?

Mir fällt nichts Besseres ein, als weiterzufahren, die Entspannungsmusik wieder laufen zu lassen und auf Teach einzureden. Dabei fühle ich mich hundeelend, denn sie kennt die Wahrheit noch nicht. Sie weiß nicht, dass Runleys Leute nach wie vor im Dunkeln tappen, die Computerfreaks der Polizei sie weder orten noch sonst eine Spur von ihr finden können. Das Schlimmste ist, dass der Akku sich leert und wir die Verbindung zu ihr bald verlieren werden. Ich bringe es nicht übers Herz, ihr die Wahrheit zu sagen und von unseren Problemen zu erzählen. Das hätte ihr jegliche Hoffnung genommen und sie noch mehr in Angst und Schrecken versetzt. Allmählich läuft die Zeit ab, und wir stecken so richtig in der Scheiße. Ich hoffe, dass Mr. Wick uns schnell Ergebnisse liefern kann, wenn Collins gecheckt ist. Andernfalls werden Mad und ich ihm nochmals persönlich auf den Zahn fühlen müssen.

»Halt dir die Ohren zu, Süße«, sage ich und drehe die Musik lauter. Es ist kein Wunder, dass ihre Fantasie mit ihr durchgeht. Sie darf nicht darüber nachdenken, was das kranke Arschloch gerade treibt. Ich muss sie ablenken und suche verzweifelt nach etwas, was ich ihr erzählen könnte. Kurz überlege ich und dämpfe die Musik. »Teach? Erinnerst du dich an den Tag, als du und deine Schwester das erste Mal zu uns in die Bar gekommen seid?«

»Ja.« Sie schluchzt.

Mir entfährt ein künstliches, leises Lachen. »Mad hat euch ständig verwechselt. Ich nicht. Ich konnte deine Zwillingsschwester und dich von Anfang an unterscheiden.«

»Wieso?«, presst sie hervor, krampfhaft bemüht, nicht auf das Sägegeräusch zu achten.

»Weil du die Sanftere von euch beiden warst. Deine Gesichtszüge waren ein wenig zarter, deine Stimme klang eine Nuance weicher, und ich weiß noch, dass du mich so aus dem Konzept gebracht hast, dass ich beinahe die Zutaten für einen bestellten Cocktail verwechselt habe.«

»Rede weiter«, fordert sie mich auf.

»Von dem Moment, als du das erste Mal die Bar betreten hast, hast du mir … gefallen.«

»Warum?«

Ich denke kurz nach. »Weil … du mich veränderst. Du lässt mich … Wärme fühlen. Das … ist neu für mich«, gebe ich stockend zu und wundere mich, wie leicht mir das über die Lippen kommt.

Das verfluchte Geräusch im Hintergrund erstirbt, und ich weiß nicht, ob das gut oder schlecht ist. Nervös halten wir beide inne und lauschen.

»Es ist still. Ich glaube, was auch immer er gemacht hat, er ist damit fertig«, flüstert sie. Zitternd atmet sie, nach weiteren Sekunden, in denen nichts zu hören ist, aus.

Wir warten, und ich konzentriere mich vollkommen auf sie. Als länger nichts passiert, fällt die Anspannung von mir. »Okay. Liegst du in dem Bett?«

»Nein. Ich habe mich auf den Boden neben der Kommode gesetzt.«

»Leg dich hin und versuche dich, so gut es geht, zu entspannen.« Es raschelt, und ich vernehme ein Quietschen. »So ist es gut. Du machst das wirklich super.«

»Ich habe Angst, Silent.« Sie weint, aber nicht mehr so heftig wie vorhin. Minuten verstreichen, ohne dass etwas geschieht. Das erleichtert mich, aber wenn ich sie von ihrer Situation ablenken will, muss ich sie auf andere Gedanken bringen. Nur wie? Ich gehe in mich und suche nach etwas Sinnvollem, das ich ihr erzählen könnte. »Als Kind hatte ich auch viel ... Angst.« Die Worte sind raus und fühlen sich richtig an. »Es gab da jemanden, der mir einen Weg gezeigt hat, damit umzugehen.«

»Und wie?«

Ich schlucke und zwinge mich, weiterzusprechen. »Sie nahm mich mit in ihre Träume.«

»Wie soll das funktionieren, Silent?«

»Schließ deine Augen. Jetzt stell dir vor, wir sind an einem Strand. Die Sonne scheint, es ist warm, vom Meer weht eine laue Brise. Von irgendwoher ist Kinderlachen zu hören, sie lassen einen Drachen steigen. Spaziergänger laufen barfuß den Strand entlang, und alle haben gute Laune. Oberhalb einer Düne befindet sich ein Haus mit einer Veranda. Dort sitzt ein Mädchen mit kurzen rötlichen Haaren. Sie hat eine Sonnenbrille und einen Hut auf. In ihrer linken Hand hält sie ein Buch, in dem sie gerade noch gelesen hat, und in ihrer rechten ein Glas mit Eistee. Versonnen blickt sie aufs Meer hinaus, betrachtet die Wellen, die gegen eine Felsformation schlagen. Alles ist sehr harmonisch und friedlich.« Wie immer, wenn ich an Jo denke, höre ich das Meeresrauschen und sitze meistens neben ihr auf der Veranda.

»Wer ist das Mädchen?«

Ich starre auf meine Hände und kämpfe.

»Joanna.« Ich habe ihr Bild vor Augen.

»War sie deine Freundin?«

Sie war die Einzige, die mich gemocht, getröstet und mir beigestanden hat. Der Gedanke an sie tut weh. »Sie war ... wie eine Schwester.« Langsam brodelt der alte Schmerz in mir auf. »Wir lebten nach dem Tod meiner Mom bei der gleichen Pflegefamilie.«

»Was ist passiert?«

Alles in mir sträubt sich dagegen, über Mom zu sprechen, aber ich versuche es – für Teach.

»Sie starb, als ich fünf Jahre alt war ... An Krebs.« Die Erinnerung an sie ist nach all den Jahren noch lebendig. Ich schließe die Augen, sehe ihr sanftes Lächeln und spüre, wie sie zärtlich über meine Wange streicht. Ihr Verlust tut immer noch weh.

»Das tut mir leid. Das muss schlimm gewesen sein. Und dein Vater?«

»Er verschwand, als ich zur Welt kam. Ich kenne ihn nicht.«

»Und hattest du ... ein gutes Verhältnis zu deiner Mom?«

»Ja. Sie war eine starke Frau, liebevoll und einfühlsam. Ich war ein aufgewecktes Kind, bombardierte sie den ganzen Tag mit irgendwelchen Fragen. Sie fütterte meinen Wissensdurst, wir lasen gemeinsam Bücher, schauten einen Haufen Dokumentationen zu allen möglichen Themen an. In der Schule hatte ich ziemlich gute Noten, aber worüber sich die Lehrer beklagten war ... mein nie stillstehendes Mundwerk.«

»Was?«, ruft sie ungläubig aus, ihre Panik scheint völlig vergessen. »Ausgerechnet du sollst eine Plaudertasche gewesen sein? Das kann ich mir nicht vorstellen.«

Ich gebe es nicht gern zu, aber so war es. »Ich war aufgeweckt, wissbegierig und hatte einen gut trainierten Wortschatz. Meine Lehrer redeten ständig von Unterforderung und dass ich auf eine andere Schule gehen sollte. Dazu kam es nicht.«

»Weil deine Mutter krank wurde«, erkennt sie richtig.

Ich schlucke schwer. »Ich war erst eine Weile im Heim, aber dann ... kam ich zu einer Pflegefamilie.«

»Oh Silent, das tut mir so leid. Das war bestimmt keine einfache Zeit für dich.«

»Nein, das war es wirklich nicht.«

»Was ist dann passiert?«

So viele Worte, so viele Erinnerungen, die alle aus den untersten Schichten meines inneren Eisbergs herausströmen wollen. Ich dränge sie zurück, den Schmerz, die Bilder und meine Schuld. Ich will mich auf Teach konzentrieren. Keuchend lasse ich zu, dass der Versuch, es ihr zu erzählen, vom Eis wieder eingefroren wird. »Verzeih mir, Teach. Ich brauche eine Pause.«

Ich erkenne ihre Enttäuschung, aber sie drängt mich nicht, gibt mir den Freiraum, den ich benötige. »Ist okay.«

»Hörst du von draußen noch irgendwelche Geräusche?«, lenke ich sie mit einer anderen Frage ab.

»Nein. Es ist still.«

»Okay, in Ordnung.« Mein Handy vibriert, und ich sehe eine Nachricht von Mad. Wahrscheinlich hat er neue Informationen.

An der nächsten Tankstelle hole ich mir einen Kaffee und rufe ihn an. Er ist ganz in meiner Nähe, weshalb er fünfzehn Minuten später neben mir parkt. In seinem Gesicht stehen immer noch die gleichen Sorgen. Egal, welche Neuigkeiten er mitbringt, ich will nicht, dass Teach etwas mitbekommt, und sage ihr, dass ich kurz den Ton ausschalte.

Mad ist, genau wie ich, übernächtigt und sieht nicht so aus, als wäre er mit den Ergebnissen zufrieden. In seine Stirn haben sich Sorgenfalten gegraben.

»Hey Bro.« Er streichelt über Mr. Wicks Körper in seinem Arm und setzt ihn auf dem Boden ab.

»Und?« Ungeduldig starre ich ihn an.

»Fehlanzeige. Collins ist sauber. Wick hat noch mal alle Winkel und jeden Raum seines Hauses durchlaufen, die Kameras haben nichts Auffälliges aufgezeichnet, und Milow ist ihm auf Schritt und Tritt gefolgt, seit wir ihn haben laufen lassen. Er hat seine Mutter besucht, auch dort haben wir keine Spur von ihr gefunden. Collins hat keine Freunde, war die meiste Zeit zuhause und ansonsten nur das Übliche – Pornos, etwas Hasch und ein paar kriminelle Internetgeschäfte. Nichts, was auf ihn als Entführer hindeutet. Mit einer Person, die auf die Beschreibung passt, die Teach durchgegeben hat, hat er sich nicht getroffen.«

»Verdammt!« Frustriert fahre ich mir durch den Bart.

»Also, wenn du meine Meinung hören willst: Er ist nicht unser Mann!«

Mr. Wick läuft an meinen Wagen, wuselt dann auf mich zu und beschnuppert meine Schuhe. Ich nehme ihn hoch und streichle nachdenklich über sein graues Fell. »Ich habe den ersten Grenzpunkt des Empfangs gefunden.«

»Sehr gut.«

»Ich fahre jetzt Richtung Louisville und hoffe, dass ich schnell den nächsten Punkt finde.«

»Okay.«

»Was sagt das Ermittlerteam von Jessica? Gibt es da etwas Neues?«

Mad schüttelt den Kopf. »Nichts. Die stecken genau wie wir in einer Sackgasse.«

»Wir müssen sie da rausholen, Mad. Ich habe das dumpfe Gefühl, dass es sich nicht um eine Lösegeld-Entführung handelt. Der Typ scheint ein Verrückter zu sein.«

Mitfühlend legt er seine Hand auf meine Schulter. »Das werden wir. Wir geben nicht auf und befreien dein Mädchen.«

Ich nicke, aber wir wissen beide, dass die Zeit knapp wird. »Ich weiß nicht, wie lange wir noch eine Verbindung zu ihr haben.« Ich berichte ihm von dem vermeintlichen Sägegeräusch, das Teach in Panik versetzt hat, und wir überlegen weiter. Ohne Ergebnis.

»Das ist echt übel. Arme Teach. Das ist grausam. Wir finden sie. Wir brauchen nur etwas mehr Zeit.«

»Die haben wir aber nicht.«

Er nickt und presst die Lippen aufeinander. »Trotzdem sollten wir uns ein paar Stunden aufs Ohr hauen. Du siehst ziemlich beschissen aus.« Mad nimmt mir Mr. Wick ab und tritt an seinen Wagen. »Versuche wenigstens zu dösen, Bro. Wir brauchen einen klaren Kopf.«

Er hat recht, aber bevor ich weiterfahre, will ich die nächste Kleinstadt erreichen, um die Tonqualität zu checken. Ich schalte den Ton zu Teach wieder ein und höre ihren ruhigen gleichmäßigen Atem. Sie muss eingeschlafen sein. Sie braucht dringend Schlaf, genau wie ich.

Kurze Zeit später komme ich am Ziel an, halte und lausche. Kein Rauschen, kein störendes Geräusch. Verdammt! Jede Meile weniger würde unser Suchgebiet eingrenzen. Falls die Tonqualität erst in der Millionenstadt Louisville schlechter wird, würden wir nach einer Nadel im Heuhaufen suchen. Ich zwinge mich zu einer Pause, parke auf einem Supermarktparkplatz, schalte den Motor aus und lehne den Kopf zurück. Es ist drei Uhr morgens, und ich bin völlig erledigt. Nur ein paar Minuten, sage ich mir, schließe die Augen und döse im Sitzen ein.

* * *

Ich werde wach, weil bei Teach die Tür aufgemacht wird und jemand den Raum betritt. Sofort bin ich munter. Es muss der Typ sein, der sie gefangen hält, und augenblicklich spannen sich meine Muskeln an.

»Teach?«, flüstere ich, aus Angst, der Kerl könnte meine Stimme, ein Zischen oder etwas anderes hören. Keine Antwort. Schläft sie noch? Wenn ich doch nur sehen könnte, was gerade geschieht. »Teach?«, versuche ich es, aber auch beim zweiten Rufen antwortet sie nicht. Mit klopfendem Herzen warte ich, lausche und bete, dass er die Finger von ihr lässt.

Die Schritte entfernen sich, und die schrecklichsten Gedanken schießen durch meinen Kopf. Hat er sie erneut betäubt? Hat er sie angefasst? Ist sie überhaupt noch da? Verdammt!

Hastig starte ich den Wagen und fahre weiter.

»Teach!«, rufe ich jetzt verzweifelt, und als ich ihre Stimme höre, sinke ich erleichtert in den Fahrersitz zurück.

»Silent?«

»Ich bin hier. Alles in Ordnung bei dir?«

»Ja.«

»Die Polizei ist mit Spürhunden unterwegs, und Mads Männer sind auch auf der Suche. Also, sobald du Hunde oder irgendwas hörst, sag mir sofort Bescheid.«

»Mach ich. Dann kann meine Befreiung nicht mehr lange dauern, oder?« Sie klingt hoffnungsvoll.

»Bestimmt.«

»Da liegen Handtücher auf der Kommode«, sagt sie verblüfft. »Er war hier?«

»Ja, das habe ich mitbekommen, du hast geschlafen.«

»Da ist auch Kleidung.« Ich höre, wie sie vom Bett aufsteht. »Oh Gott, Silent! Das ist genau das gleiche Nachthemd, das Jessie anhatte. Er hat vor, mich hierzubehalten wie sie.«

Verdammt! Dieser Irre!

»Nein. Das werde ich auf keinen Fall anziehen«, sagt sie entschlossen. »Bis er das von mir verlangt, habt ihr mich schon gefunden. Richtig?« Jetzt schwingen Zweifel in ihrer Stimme mit, und ich fühle mich mies.

»Sicher.«

»Gibt es Neuigkeiten von meinem Vater? Hat er eine Lösegeldforderung erhalten?«

»Das weiß ich nicht. Wir treffen uns gegen neun Uhr mit Detective Runley, dann wissen wir vielleicht mehr.«

»Okay.«

Ich versuche, so gut es geht, meine Ungeduld vor ihr zu verbergen. Ich fahre Meile um Meile, halte einmal bei einer alten Scheune, sehe mich um, finde dort aber nichts als Unrat und Müll.

»Silent«, beginnt sie, »es gibt da etwas, worüber ich mit dir reden muss, sobald das alles hier vorbei ist. Diese Sache ist sehr wichtig und …«

»Alles, was du willst«, raune ich abgelenkt, als ich auf den verabredeten Parkplatz einbiege. Dort sind bereits mehrere Fahrzeuge. »Das Treffen mit der Polizei und unseren Leuten findet jetzt statt. Ich melde mich in ein paar Minuten wieder.«

»In Ordnung.«

Mad und Emily, Detective Runley sowie seine Beamten treten zusammen.

»Wie geht es ihr?«, will Emily sofort wissen und drückt mir ein Glas mit kleinen Zetteln in die Hand.

Ich runzle die Stirn. »Den Umständen entsprechend. Was ist das?«

»Teach erhält seit Monaten von einem Unbekannten oder einer Unbekannten kleine Aufmunterer, handgeschriebene Zeilen, die wirklich wunderschön formuliert sind, aber vielleicht könnte auch ihr Entführer dahinterstecken.« Sie mustert mich genau, als würde sie mich studieren. »Sie hat sie alle in diesem Einmachglas aufbewahrt. Wir sollten das Runley auf jeden Fall sagen, meinst du nicht?«

Nachdenklich schürze ich die Lippen.

»Ja, vielleicht«, gebe ich vage zurück.

»Silent?« Emily legt den Kopf schief und taxiert mich eindringlich.

»Hey Bro, kommst du?«, ruft Mad mir zu, wodurch er mir eine Antwort erspart.

»Wir reden noch darüber«, ermahnt sie mich. »Kann ich mit ihr sprechen?«

Ich reiche ihr den Miniknopf, und Emily begibt sich ein wenig von den Männern weg, wo sie mehr Ruhe hat. Ich stelle das Glas auf den Beifahrersitz. Sie hat all diese Zettel aufgehoben?

»Die Presse hat von der Sache Wind bekommen«, lenkt mich Mad ab, als ich bei den Männern ankomme. »Eine ganze Meute hat sich vor dem *Whisper* und Teachs Elternhaus versammelt.«

»Deshalb ist es wichtig, dass keine Details über ihr Verschwinden an die Öffentlichkeit gelangen, Mr. McKinley«, meint Runley mit Nachdruck. »Weisen Sie Ihre Leute darauf hin.« Er wendet sich an mich. »Das ist unser Computerspezialist, Michael Tirelli. Erklären Sie ihm, wie Sie mit Mrs. Westham verbunden sind.«

Tirelli sieht aus wie der typische Computernerd. Im Grunde nicht anders als Collins – drahtig dünn, dicke Hornbrille und im Gesicht bleich wie eine Wand.

»Natürlich.« Ich hole meinen Laptop aus dem Auto, und wir machen uns an die Arbeit.

»Wir haben die Namen, die Mrs. Westham angegeben hat, überprüft. Niemand in der Gegend ist mit diesen Vornamen registriert. Wir gehen inzwischen davon aus, dass sie falsch sind. Auch die Angabe mit der Sprachbehinderung.« Er schüttelt den Kopf. »Das alles hat zu keinem Ergebnis geführt.«

Emily gibt mir den Ohrhörer zurück, den ich stumm schalte. »Das gibt es nicht. Irgendetwas müssen wir doch finden.«

Aufgebracht überkreuzt sie die Arme.

»Ich verstehe Ihre Ungeduld, Mrs. Westham, bedenken Sie aber, dass der Radius in dem Ihre Cousine gefangen gehalten wird, die Stadt Louisville im Moment noch einbezieht. Das ist die größte Stadt im Bundesstaat Kentucky. Es leben dort knapp eins Komma drei Millionen Einwohner.«

»Das ist die berühmte Nadel im Heuhaufen«, ergänzt Milow.

Runley tritt hinter sein Computergenie und schaut ihm über die Schulter, während der auf der Motorhaube meines Wagens eifrig in den Laptop irgendwelche Codes eintippt. »Wie lange haben wir noch eine Verbindung zu ihr?«

»Nicht mehr lange. Ich würde sagen, wenn es hochkommt, vielleicht vier Stunden.«

Der Detective sieht mich ernst an und plustert die Backen auf.

»Das heißt also, wenn der Akku leer ist, die Verbindung abbricht, wird es noch schwerer, sie zu finden.«

Emilys ängstlicher Blick trifft erst Mad, dann mich. »Sie kann doch nicht wie vom Erdboden verschluckt sein.« Wütend und frustriert wischt sie sich die Verzweiflung aus dem Gesicht.

Runley reibt sich nachdenklich den Nacken, erwidert nichts, weil Emily recht hat. »Weiß Mrs. Westham das?«

Ich bringe kein Wort heraus und schüttle den Kopf.

»Sie muss es erfahren und darauf vorbereitet sein. Kümmern Sie sich darum, Scaroll.« Er wendet sich von mir ab und Tirelli zu. »Packen Sie zusammen. Ich werde der Familie Sunday nochmals einen Besuch abstatten.«

»Und was geschieht weiter?« Deutlich ist Emily anzusehen, wie unzufrieden sie mit allem ist.

»Alle Streifenwagen in der Gegend sind alarmiert, und ein Hubschrauber ist auch in der Luft. Die Befragungen der Leute dauern an. Hoffen wir, dass wir bald eine Spur finden.«

»Nur Befragungen werden nicht ausreichen«, unterbricht sie den Detective. »Wieso kann die Polizei nicht alle Häuser, Keller, Schuppen oder sonst was durchsuchen?«

»Mrs. Westham, ich sagte Ihnen schon, dass das rechtlich nicht geht. Kein Richter in Amerika wird das genehmigen. Abgesehen davon … So viele Beamte können wir für diesen Fall nicht von den anderen abziehen.«

Beruhigend legt Mad seinen Arm um ihre Schulter und flüstert ihr etwas ins Ohr.

»Was ist mit ihrem Vater? Hat er irgendeine Forderung erhalten?« Dankbar schaue ich zu Mad. Diese Frage hätte ich beinahe vergessen.

»Nein, kein Lösegeldschreiben, nichts dergleichen. Auch die Vernehmung ihrer Mutter ergab nichts. Mrs. Westham …« Runley kratzt sich am Kopf. »Sie ist nicht gerade eine umgängliche Person. Sie hat uns zwar in ihrem Hotelzimmer empfangen und unsere Fragen beantwortet, aber deutlich gemacht, dass sie Mr. McKinley verdächtigt, etwas damit zu tun zu haben.«

Mad lacht abfällig. »Ich? Diese Frau ist einfach unglaublich.«

»Meine Tante ist schnell dabei, die Familie McKinley für alles verantwortlich zu machen. Das hat sie letztes Jahr auch getan.«

»Ja, ich erinnere mich. Jedenfalls gehen wir davon aus, dass sie die Medien informiert hat. Wie auch immer. Keine

Informationen an die Presse«, ermahnt er uns ein weiteres Mal. »Und Sie, Scaroll, halten Mrs. Westham bei Laune und geben mir Bescheid, sobald Sie den Radius abgesteckt haben.«

»Einen Punkt habe ich schon, ich fahre weiter Richtung Louisville.«

Runley nickt zum Abschied in die Runde.

»Wir werden trotzdem jeden aus Teachs Umfeld von Mr. Wick weiter überprüfen lassen«, sagt Mad, als wir allein sind. »Emily, du kannst mir helfen, Mr. Wick an den richtigen Adressen auszusetzen. Milow, du und die Jungs sucht weiter.«

Milow klopft mir aufmunternd auf die Schulter und macht sich an die Arbeit. Emily will sich von Teach verabschieden. Ich schalte den Ton wieder ein und bin froh, dass sie ihre Cousine auf den aktuellen Stand bringt. Nur die Sache mit dem Akku, die lässt sie aus. Auch Mad redet Teach gut zu, bevor er mir den Ohrhörer in die Hand drückt.

»Die Zeit läuft«, raunt er mir leise zu. »Machen wir uns an die Arbeit.« Mad sieht mich mitfühlend an. Er weiß, dass diese Aufgabe schwer für mich ist.

»Ja, das habe ich ihr versprochen.«

21

Teach

Niedergeschlagen sitze ich auf dem Bett, halte mich am Anhänger mit dem Schutzpatron der Verlorenen fest und bete, dass Jessie noch am Leben ist und man uns in den nächsten Stunden findet. Dieses Schreckensszenario muss ein schnelles Ende haben, weil sonst … Ich schlucke schwer, bekomme den Kloß in meinem Hals nicht herunter. Emily und Mad wollten mich aufmuntern, mir Hoffnung und Zuversicht geben, doch ich hörte in ihren Stimmen all das Unausgesprochene, das sie vor mir zu verbergen versuchen. Ich bin nicht dumm und spüre das genau.

»Teach?«

»Ja?«

»Wir sind jetzt wieder allein.« Silent schlägt die Tür seines Wagens zu und startet den Motor.

»Sag mir die Wahrheit. Was ist das Problem?«

»Was meinst du? Da ist nichts.«

Ich weiß, dass er mich belügt. Ich höre es an seiner krampfhaft verstellten Stimme und der Art, wie er atmet. »Sag es mir. Ich kenne dich und Emily. Bei euch beiden habe ich es am deutlichsten wahrgenommen. Irgendetwas verheimlicht ihr.«

»Mach dir keine Sorgen, wir finden dich.«

»Weich mir nicht aus, bitte. Wenn es aus irgendwelchen

Gründen länger dauert oder es ein Problem gibt, dann sollte ich das wissen. Ich will hier nicht ahnungslos sitzen, nur um am Ende zu erkennen, dass …« Bei der Vorstellung, man könnte mich nicht aufspüren, und ich müsste das gleiche Schicksal wie Jessie durchleben, versagt meine Stimme.

»Teach, alles wird gut. Du musst daran glauben.«

»Glauben ist *eine* Sache, Realität eine andere.«

Er atmet hörbar, und beinahe kann ich seine Gedanken wahrnehmen. Ich verstehe, dass er schlechte Nachrichten von mir fernhalten will, aber da ich den Braten rieche, muss ich wissen, woran ich bin. »Wie realistisch ist es, dass ihr mich findet? Ich könnte überall sein. Du hast gesagt, dass ihr jedes Haus, jeden Bunker jede Hütte und Höhle durchkämmt, aber selbst mir ist klar, dass ihr nicht alle Steine umdrehen könnt.«

»Ich fahre jetzt direkt auf Louisville zu. Ich habe Hoffnung, dass die Verbindung schlechter wird …« Er stößt den Atem aus, weil er spürt, dass ich ihm nicht glaube. »Okay, du musst es sowieso erfahren«, gibt er endlich zu. »Du brauchst dir wirklich keine Sorgen zu machen, wir holen dich bald raus. Es ist nur eine Frage der Zeit.«

»Sag es einfach und rede nicht um den heißen Brei«, beharre ich ungeduldig.

Es vergehen Sekunden, bis er den Mund aufmacht. »Die Akkus der Ohrhörer … Sie … entladen sich schneller, als ich gedacht habe.«

»Das heißt, wir können demnächst nicht mehr miteinander sprechen?«, frage ich mit dünner, piepsiger Stimme.

Sein Schweigen dehnt sich, und Tränen brennen hinter meinen Augen. Gleichzeitig gebe ich mir Mühe, einen Wutschrei zu unterdrücken. Alles scheint sich gegen mich verschworen zu haben – das Schicksal, mein Glück. Das darf nicht passieren, denn mit Silent zu sprechen ist alles, was ich habe, um nicht vollends verrückt zu werden. Er holt mich runter, wenn ich kurz davor bin, durchzudrehen. Durch ihn habe ich Hoffnung, konnte die letzten Stunden irgendwie überstehen. Seine Stimme, sein Atem, besonders seine unerwartet vielen Worte haben mir Kraft gegeben, nicht auszuflippen.

»Mein Gott«, flüstere ich und komme kaum gegen die Gedanken an, die mir Angst einjagen.

»Aber Teach, noch ist nichts verloren. Die Polizei sucht mit Hochdruck nach dir, ein Hubschrauber ist auch dabei, und Hunde. Die sind bekannt dafür, dass sie eine Witterung aufnehmen können. Außerdem suchen Mad und Emily dich mit Mr. Wick. Ich bin sicher, Mr. Wick erledigt seinen Job wie immer gewissenhaft.«

»Mr. Wick? Du meinst die kleine Hausmaus von Mad?«

»Ratte«, verbessert er mich. »Mr. Wick ist kein gewöhnliches Haustier. Mad hat ihn dressiert, und deshalb können wir ihn als Spion einsetzen.«

»Wie meinst du das?«

»Ich habe eine Minikamera für Mr. Wick gebaut, die wir ihm um den Bauch schnallen. Hin und wieder überprüfen wir Geschäftspartner, Leute, die uns Ärger machen oder denen wir nicht vertrauen, indem wir den kleinen Racker bei ihnen zuhause aussetzen. Mr. Wick haben wir es zu verdanken, dass wir Emilys ehemaligem Jugendfreund Calvin auf die Schliche kamen.«

Okay, ich wusste ja, dass diese Maus ... Ratte einiges kann, aber dass Mad sie dressiert hat und für solche Zwecke einsetzt, davon hatte ich keine Ahnung. Zum ersten Mal sah ich sie bei der Moonshiner-Party, als Mad Emily einen Antrag gemacht hat. Es war wirklich süß, wie das kleine Tierchen auf einem langen roten Teppich zur Bühne marschierte und ihm den Ring gebracht hat. An diesem Abend war sie mein persönlicher Star, und ich weiß noch, wie sie es genossen hat, sich von mir streicheln zu lassen.

»Wir checken alle Leute ab, die du kennst. Zum Beispiel Collins. Durch Wick wissen wir, dass er sauber ist.« Silent macht eine kurze Pause. »Auch wenn ich noch immer ein seltsames Bauchgefühl bei dem Typen habe.«

»Wie viel Zeit bleibt uns?«

»Vielleicht drei Stunden«, antwortet er leise, und ich merke, wie der unsichtbare Countdown ihm zu schaffen macht. »Du musst vertrauen, Teach.«

»Das sagst du so leicht. Du wirst hier nicht von diesen Verrückten festgehalten. Ich weiß noch nicht mal, warum ich hier bin. Ich bin gefangen in diesem Drecksloch und bekomme regelmäßig Essen. Keine Information, nichts. Die müssen mir doch irgendwann mal sagen, was sie vorhaben. Das ist Psychoterror.«

»Lass dich darauf nicht ein. Reden wir von etwas anderem. Lenken wir uns ab, okay?«, schlägt er vor, und damit kocht mein Frust über.

»Aber ja, reden wir vom Wetter oder erzähl mir von den wöchentlichen Angeboten im Supermarkt, die ich verpasse. Vielleicht unterhalten wir uns auch über die nächste Strumpfhosen-Kollektion«, schnauze ich ihn gereizt an. Ich bin aufgebracht und lasse meine Wut an ihm aus. Ich weiß, das ist ungerecht, aber im Augenblick bin ich nicht in der Verfassung, mich zurückzuhalten. Am liebsten würde ich alles kurz und klein schlagen, so lange auf diese verdammte Tür eintreten, bis sie aufspringt und ich endlich nach Hause kann. Doch ich habe Angst, was hinter der Tür lauert. Nervös tigere ich im Raum auf und ab und versuche meine Nerven zu beruhigen. »Tut mir leid, Silent. Ich bin nur so …« Ich massiere meine Nasenwurzel.

»Hey, keine Entschuldigungen. Ich versteh, dass du wütend bist, und du hast jedes Recht dazu, aber du bist stark und schaffst das, Teach.«

Schweigend setze ich mich aufs Bett. Alles erscheint aussichtslos. Diese Warterei macht mich fertig, und je länger meine Rettung dauert, desto weniger kann ich glauben, dass man mich findet. Schluchzend presse ich die Hände auf mein Gesicht. Verdammte Scheiße! Was, wenn sie mich überhaupt nicht finden. Ich weine und kann nicht damit aufhören.

Silent lässt wieder die Musik laufen. »Erinnerst du dich an den Strand, von dem ich dir erzählt habe?«

Ich schniefe. »Ja.«

»Schließ die Augen und stell dir vor, du wärst dort.«

Ich tue, was er sagt. Erst fällt es mir schwer, doch dann bin ich auf der Veranda, blicke zum Strand und beobachte die Kinder auf der Düne beim Drachensteigen. Ich sitze in einem bequemen Schaukelstuhl neben Silent. Er hält meine Hand, und gemeinsam schauen wir den Wellen zu, wie sie gegen die Felsen brechen, aufschäumen und sich auflösen. Zufrieden recke ich mein Gesicht in die Sonne und genieße die Wärme.

Eine Weile lasse ich mich von dem Gefühl treiben, bis ich allmählich in das Loch zurückkehre, das mich gefangen hält. Tatsächlich bin ich jetzt ruhiger, und mir fällt unser Gespräch wieder ein und die Millionen Fragen, die ich ihm stellen wollte. »Du hast mir von dem Mädchen erzählt, das wie eine Schwester für dich war. Joana hieß sie, richtig?«

»Ja.«

»Wo ist sie heute?«

Wie immer wenn ich ihm eine persönliche Frage stelle, schweigt er erst, bevor er antwortet. »Ich weiß nicht. Wir haben uns irgendwann aus den Augen verloren.«

»Schade. Wie sieht es sonst mit Familie aus? Oder mit Menschen, die du als solche bezeichnen würdest.«

»Da gibt es nur Mad und Emily.«

Ich bin erstaunt, wie schnell seine Antwort kam. Er ist ungewöhnlich offen, und gleichzeitig versetzt es mir einen

Stich, weil ich gehofft habe, er würde mich zur Familie irgendwie dazuzählen. Aber Moment! Er war kürzlich an der Westküste, dort wohnt doch angeblich seine Familie? »Sonst hast du niemanden?«

»Nicht direkt. Warum fragst du?«

Vielleicht will er darüber nicht reden. Aber im Augenblick interessiert mich mehr, was er über uns denkt. Es ist bisher selten vorgekommen, dass wir uns so unterhalten konnten. »Was ist mit mir? ... Mit uns beiden? Haben wir jemals wirklich eine Chance gehabt?«

»Ich ... habe mir das gewünscht.«

»Wenn ich ehrlich bin, ist kein Tag vergangen, an dem ich mich das nicht frage«, gebe ich zu. »In deiner Nähe fühle ich immer diese seltsame Verbundenheit. Jedes Mal, wenn wir uns ansehen. Hast du das auch gespürt?«

»Ja«, sagt er kehlig. »Wir haben viel miteinander durchgemacht.«

Ich schüttle den Kopf. »Dieses Gefühl war davor schon da, Silent. Oder hast du das mit einer anderen Frau auch erlebt?«

»Nein, ich hatte nie eine, nicht mal ein Date.«

Ich erinnere mich, dass Emily mir davon erzählt hat, aber so richtig glauben konnte ich es nicht. »Du bist vorher nie ausgegangen?«

»Nein. Du warst die Erste.«

»Warum nicht?«

»Weil ... Ich weiß, dass ich nicht so gutaussehend bin wie Mad. Ich wirke auf Frauen ... zu eigenbrötlerisch und zu ruhig. Ich ... Es gab nie eine, die mich interessiert hat.«

»Das glaube ich dir nicht. Es gab bestimmt jemanden.«

»Nein, nie. Du ... warst die Erste, die ich ... wirklich wollte.«

Wärme strömt in mein Herz. Es ist schon ein Glanzstück,

dass er das zugeben kann, aber er spricht in der Vergangenheitsform, und das tut weh.

Gerade will ich weiter in ihn dringen und seine Geheimnisse erforschen, als ich bemerke, dass etwas an der Tür vor sich geht.

»Es kommt jemand«, flüstere ich Silent zu. Meine Muskeln verspannen sich. Ich rutsche auf die Matratze und winkle die Beine an. Wider Erwarten betritt niemand den Raum, sondern es wird ein weißes Stück Papier unter der Tür durchgeschoben.

* * *

Mein Mund ist staubtrocken, als ich zögerlich vom Bett aufstehe, hinübergehe, das Papier aufhebe und lese:

Egal, wie sehr sie dich suchen,
sie werden dich niemals finden.
Du gehörst uns.
Für immer.

Keuchend pralle ich gegen die Wand und sacke zu Boden.

»Jemand hat ein Stück Papier unter der Tür durchgeschoben«, flüstere ich geschockt und lese Silent die Nachricht vor. Er ist genauso sprachlos wie ich.

»Die werden mich für immer hier einsperren? Zum Teufel mit ihnen«, rufe ich entmutigt.

»Vergiss es einfach, blende es aus. Die wollen dir nur Angst machen. Lass dich darauf nicht ein.«

Ich lege mich ins Bett, ziehe das Laken über meinen Kopf und brauche eine ganze Weile, bis ich einsehe, dass er recht hat. Dennoch kann ich meine Fantasie nur bedingt zurückhalten. Bin ich verloren? Ist alles vorbei? Seit Stunden warte ich auf die Erlösung, und je länger es dauert, desto mehr sickert die Erkenntnis in mich, dass niemand kommen könnte. Angst kitzelt meinen Magen, und ich höre es auch an Silents Stimme. Die ganze Zeit. Er versucht mir einzureden, dass alles gut wird, aber ich beginne daran zu zweifeln. Zwischendurch befällt mich ein Anflug von hoffnungsvoller Kampfbereitschaft. Dann halte ich den Atem an, weil ich erwarte, dass jeden Moment die Tür aufgerissen wird und uniformierte, schwer bewaffnete Männer hereinkommen. Doch das versprochene Einsatzkommando stürmt nicht.

Die Verbindung rauscht, und ich gerate in Panik. »Silent? Silent?«

»Das kann nicht sein. Wir haben noch Zeit.«

»Was?«

»Das sind nicht die Akkus«, ruft er lauter, und angesichts der Art, wie seine Worte klingen, ist er ziemlich aufgeregt. »Das ist die Grenze. Teach! Ich habe einen weiteren Grenzpunkt erreicht.«

Es rauscht ununterbrochen, dennoch habe ich verstanden, was er gesagt hat, und Silents Freude schwappt auf mich über. Nervös lache ich auf.

»Ich melde mich gleich.« Dann verstummt der Ton ganz, und ich warte endlose Sekunden, bange und hoffe.

Ein paar Minuten später ist er wieder da, und die Tonqualität ist gut. »Das wird schon, Teach. Wir können jetzt gezielter nach dir suchen. Ich habe allen Bescheid gegeben.«

»Endlich mal positive Nachrichten.«

Trotzdem läuft die Zeit weiter ab. Aber das erwähne ich nicht und schlinge wartend die Arme um meine Mitte, während Silent versucht, mich mit heiterer Musik aufzumuntern. Er erzählt mir, wo Mads Männer mich gerade suchen, und berichtet vom Wetter. Unnützes Zeug soll mich ablenken, aber es ist sein sanfter, tiefer Bariton, der mich von innen wie ein Whiskey wärmt. Ich lausche den unterschiedlichen

Tonlagen seiner Stimme, genieße sie, sauge sie in mich auf, um sie niemals zu vergessen.

»Ich fahre zurück. Mad und ich beraten uns, und dann werde ich mich aktiv an der Suche beteiligen. Halte durch, Kleines.«

»Okay.«

Mit jeder Sekunde schwindet das Hochgefühl, macht den dunklen Gedanken wieder mehr Platz. Das Rauschen nimmt jetzt deutlich zu, und diesmal wissen wir beide, dass es tatsächlich am Akku liegt.

Mit Tränen in den Augen blicke ich auf mein Leben zurück. Was habe ich erreicht? Wovon habe ich geträumt? Was ist in Erfüllung gegangen, was nicht? Ich wollte Lehrerin werden, mit Kindern arbeiten. Das ist das Einzige, worauf ich stolz bin, denn allen Widrigkeiten zum Trotz habe ich das geschafft. Ich denke an das Baby und muss aufschluchzen. Werde ich es je zur Welt bringen? Mein armes kleines Baby. Ich habe Angst, dass ihm durch diesen Mist etwas geschehen könnte. Diesen Gedanken kann ich kaum ertragen, und während Silent alles tut, um mich abzulenken, überkommen mich Schuldgefühle. Ich muss es ihm sagen. Er hat ein Recht, es zu erfahren. Entschlossen ziehe ich die Nase hoch. »Silent?«

»Ja?«

Mein Herz wummert aufgeregt gegen die Rippen. Ich öffne den Mund und hole tief Luft, aber im letzten Augenblick halte ich inne. Was würde das ändern? Hier. In dieser Situation? Für ihn? Falls ich keinen Weg hier rausfinde, würde ihn das nur runterziehen oder in eine Krise stürzen. Er würde sich schuldig fühlen, dabei ist das Leben schon schwer genug für ihn gewesen. Er hat Frieden verdient. Er trägt bereits zu viel auf seinen Schultern. Jetzt zu erfahren, dass er Vater wird, würde ihn nur mehr belasten. Wenn ich es schaffen sollte und hier rauskomme, kann ich es ihm immer noch sagen. Nein. Ich halte den Mund und bin fest davon überzeugt, dass das für uns beide so am besten ist – zumindest für diesen Moment.

»Vergiss es.«

»Was wolltest du mir sagen?«

Schnell überlege ich, und mir fällt ein, worum ich ihn bitten könnte. »Falls diese Sache hier schiefgeht ...«

»Das wird nicht passieren«, sagt er protestierend. »Ich habe es dir versprochen. Diesmal werde ich mein Versprechen halten, Teach.«

Ich schlucke berührt und blinzle die aufkommenden Tränen fort. »Ich weiß ... Aber manchmal hat das Schicksal andere Pläne. Das können wir Menschen nicht beeinflussen.«

»Das Schicksal spielt in diesem Spiel nicht mit, Teach, es mischt nur die Karten. Es zeigt dir Wege, die du gehen kannst, nicht die, die du einschlagen sollst. Du bist der Spieler, und irgendwann kannst du mit deinem Spielzug alles verändern.«

»Wow!« Noch während ich über ihn staune, muss ich an die Sprüche in meinem Einmachglas denken, die ich monatelang bekommen habe. Und mit einem Mal weiß ich, dass er sie geschrieben hat. »Du warst das?«, raune ich gedankenverloren.

»Ich war was?«

»Wieso bin ich nicht gleich darauf gekommen? Von dir sind die vielen kleinen Zettel. Diese liebevollen Nachrichten, die ... Ich hatte mir gewünscht, dass sie von dir kommen, ging aber davon aus, dass es Edward oder Collins war. Wieso hast du dich nie zu erkennen gegeben?«

Er schweigt, und als ich schon glaube, dass er nicht antwortet, atmet er hörbar aus. »Weil ich geglaubt habe, dass du sie nicht mehr lesen würdest, wenn du wüsstest, dass sie von mir sind.«

Ich runzle die Stirn. »So ein Blödsinn! Du hast keine Ahnung, wie sehr sie mir geholfen haben. Nach Kims Tod habe ich schwierige Zeiten durchgemacht. Ich habe die kleinen Botschaften geliebt und sie alle aufbewahrt. Manchmal habe ich das Glas auf dem Bett ausgeschüttet und jede Nachricht wieder und wieder gelesen, weil sie mir viel bedeuten. Warum hast du das getan?«

»Ich brauche einen Whiskey«, raunt er, und ich merke, wie unangenehm ihm das ist. Dabei gibt es keinen Grund dafür. Niemals hat jemand etwas Schöneres für mich getan.

»Komm schon, Silent! Sag mir, warum.«

Er seufzt. »Weil … Weil es die einzige Möglichkeit war, dir nahe zu sein. Du hast Abstand von mir gebraucht nach Kims Tod. Ich konnte das verstehen, nachdem ich mein Versprechen nicht habe halten können. Milow hat mich während meiner Abwesenheit damit unterstützt. Ich … Es gibt so vieles, was du nicht weißt, Teach, aber … ich bin nicht in der Lage, es auszusprechen.«

»Wieso nicht?«

Wieder vergehen Sekunden. »Weil … es besser ist, zu schweigen. Das hat mich geschützt und oft im Leben vor schwierigen Situationen bewahrt. Aber du bist anders. Das zwischen uns ist … kompliziert, doch das liegt nicht an dir.« Er stockt. »Ich habe noch nie für jemanden so empfunden wie für dich, Teach. Ich habe geglaubt, dass ich mich mit meinen Dämonen arrangiert habe, aber als du mit deiner Schwester damals aufgetaucht bist, wusste ich sofort, dass du eine Herausforderung für mich werden würdest.«

»Wieso?«

»Weil du meinen hart erarbeiteten künstlichen Frieden störst. Du löst Dinge in mir aus, die ich nie gefühlt habe. Das alles ist neu, tut höllisch weh und verdammt … Ich weiß bis heute nicht, wie ich damit umgehen soll. Du forderst mich, gleichzeitig bist du wie Balsam für meine Seele und sorgst dafür, dass mein Herz zerspringt, wenn du mich ansiehst. Das ist mir fremd, aber es fühlt sich gut an. So gut, dass ich glaube, du könntest es mit meinen Dämonen aufnehmen. Du bist meine Dämonenkriegerin.« Er lacht unsicher.

Erst jetzt merke ich, dass ich den Atem angehalten habe, während er all diese schönen Worte sagt. Er spricht von dem Teufel, dem Mörder, der in ihm steckt. Ich kann fühlen, wie schwer ihm das fällt, und würde viel dafür geben, ihn zu umarmen, meine Nase an seinen Hals zu schmiegen und tief seinen Duft einzuatmen. Ich habe solche Sehnsucht nach ihm, dass der Schmerz, ihn vielleicht nie wieder zu sehen, so übermächtig wird, dass ich laut aufschreien will.

»Ich mache alles falsch bei dir. Ich bin ein emotionaler Krüppel. Ich bringe einfach nichts Brauchbares zustande.«

»Das stimmt nicht.«

»Es ist die Wahrheit, Teach. Das schwöre ich.«

»Nach Kims Tod haben wir uns nie ausgesprochen, aber du warst die ganze Zeit bei mir. Ich hatte dich in meinem Herzen. Immer. Auch, wenn wir beide nicht zusammen sind«, erwidere ich.

»Teach … Ich …«

Ich höre sein Unbehagen, und das ist sicher nicht die Emotion, die ich bei ihm auslösen möchte. »Entschuldige, ich will dich nicht in Verlegenheit bringen. Ich habe verstanden, dass aus uns kein Paar werden wird.«

»Aber …«

»Du brauchst nichts zu sagen, ich versteh das. Ich weiß nur nicht, ob ich dich jemals wiedersehe … Und will, dass du weißt, dass ich dich …«

»Nein! Hör auf damit, Teach! Wir sehen uns wieder.«

Augenblicklich verstumme ich. Wahrscheinlich habe ich mich zum Deppen gemacht. Ich höre ihn atmen und glaube zu wissen, dass er verbissen aufs Lenkrad geschlagen hat.

»Gib nicht auf. Noch ist nichts verloren.« Er klingt verzweifelt und zum ersten Mal, seit wir durch die Ohrhörer verbunden sind, verletzlich. Diese Schwäche erlaubt er sich nur einen kurzen Moment. Er räuspert sich und hat sich wieder im Griff. »Der Grund, warum ich das im Wald zu dir gesagt habe, ist … Ich kann dir nicht das geben, was du dir wünschst, was du verdienst, Teach. Ich bin ein Eigenbrötler, einer, der alles mit sich selbst ausmacht. So habe ich das von klein auf gelernt. Trotzdem schlägt mein Herz schneller, wenn du in meiner Nähe bist. Ich muss dich immerzu ansehen, weil dein Anblick mir einen Frieden schenkt, den ich nicht verdient habe. Ich wünschte, ich könnte vieles ungeschehen machen.« Er klingt erschöpft, und nach einer Pause stößt er den Atem aus. »Ich … will das Gleiche wie du, aber ich habe Angst, zu versagen.«

Ich kann nicht anders und muss laut aufschluchzen. Ich bin überwältigt von seinem Geständnis, seiner Ehrlichkeit und seinen Worten, die so innig mein Herz berühren, dass ich den Schmerz direkt fühlen kann.

»Nein, bitte nicht weinen. Ich werde es nie wieder sagen, wenn dich das traurig macht.«

Mit dem Handrücken wische ich mir über die Nase. »Halt die Klappe, du blöder Kerl«, erwidere ich lachend und gleichzeitig weinend. »In den vergangenen Stunden hast du nichts Schöneres zu mir gesagt. Du weißt nicht, was deine Worte mir bedeuten. Vielleicht hätten wir zu einer anderen Zeit das alles hinbekommen.«

22

Silent

Ich bin mit den Nerven völlig fertig. Jeder Muskel in meinem Körper ist angespannt, und in mir toben Stürme, die ich kaum bändigen kann. Ich befinde mich in einem Zustand zwischen Angst und prickelndem Glück. Ich weiß nur, falls Glück sich so anfühlt, könnte ich süchtig danach werden. Dafür verantwortlich ist ihr winziges Lachen. Dieses süße Geräusch dringt in mich und erreicht sofort mein Herz. Es steht in Flammen.

Ich bin so überwältigt, dass ich anhalten muss, aussteige und unruhig neben dem Wagen hin und her laufe. Die entstandene Wärme durchströmt mein Inneres, trifft auf den riesigen Eisklotz, der darauf mit einem Beben reagiert. Ein mächtiger Riss bricht den Eisberg auf. Unter den vielen Frostschichten verborgen befindet sich die Mauer, die mich all die Jahre geschützt hat. Teach ist gerade dabei, alles zu sprengen. Mit ihrem Lachen und ihrer Liebe für komplizierte Dinge wie mich erreicht sie die vereisten Stellen, lässt sie weiter schmelzen, bis ich mich nackt fühle, aber auf eine seltsame Art auch frei.

Der Strudel aus Worten ist noch nicht versiegt, und ich weiß, dass dies die Minuten sind, die mein Leben für immer verändern werden. Diesmal will ich mutig sein und sie nicht wieder aussperren.

Jetzt verstehe ich, dass ich sie nicht traurig gemacht habe, sondern dass sie sich freut. Aber ich begreife auch, dass alles, was sie sagt, nach Abschied klingt, und ich befürchte, sie ist drauf und dran, aufzugeben. Das darf sie nicht. Ich darf das nicht zulassen und muss dafür sorgen, dass sie die dunklen Gedanken zurückdrängt.

»Das bedeutet, dass wir eine echte Chance gehabt hätten«, flüstert sie.

»Sprich nicht so, Teach. Wenn wir dich gefunden haben, dann …«

»Dann?«

»Können wir es noch einmal versuchen. Ich will dich, schon so lange, aber es ist meine Vergangenheit, die mich immer wieder zu meinen alten Gewohnheiten umkehren lässt. Aber diesmal werde ich keinen Rückzieher mehr machen und mich allem stellen. Das … Das verspreche ich dir.«

Es folgt ein Schluchzer, bevor sie sich beruhigt. »Ich will nach Hause, Silent. Zu dir. Ich weiß nicht, wie ich das aushalten soll.«

»Das wirst du bald. Du darfst nur nicht aufgeben.« Ich werde alles zulassen, ihre Berührungen, Küsse, was sie will, wenn sie nur bei mir bleibt und mich nicht verlässt.

»Empfindest du wirklich so für mich?«

Noch viel mehr.

»Ich schwöre es. Unsere Nacht, also … Damals in meiner Küche …«, beginne ich ungeschickt.

»Du meinst den Fick an deinem Küchentisch?«

Erstaunt bleibe ich stehen und ziehe die Brauen hoch. Manchmal kann sie ziemlich direkt sein.

»So deutlich wollte ich es nicht ausdrücken, aber ja.« Ich grinse und lehne mich kurz gegen den Wagen.

»Nenn es beim Namen, Silent. Im Grunde war es genau das.«

»Du weißt, das war nicht meine Absicht.« Ich fühle mich immer noch beschissen deshalb.

»Schon gut. Es ist ja nicht so, dass ich es nicht genossen hätte.« Sie macht eine kurze Pause. »Also … Teile davon.«

Sprachlos starre ich auf das Maisfeld neben mir. Es zuckt in meiner Hose, wenn sie so offen darüber spricht.

»Der Sex war … ungewöhnlich. Nur hinterher habe ich mich ziemlich benutzt gefühlt. Das könntest du wiedergutmachen.«

Ich bin fest entschlossen ihr viel mehr zu geben.

»Aber, um wieder auf unser Thema zu kommen, wieso glaubst du, dass Schweigen dich rettet? Was ist damals geschehen?«

Ich stoße den Atem aus. Mein innerer Eisberg drängt sich in den Vordergrund, doch diesmal schiebe ich ihn mit aller Macht beiseite, schließe die Augen und zwinge die von mir selbst auferlegten Zungenfesseln für Teach nieder. Es kostet viel Kraft, ist anstrengend, aber als die ersten Worte über meine Lippen flattern, strömen sie aus mir heraus wie Fledermäuse, die aus einer Höhle fliehen.

»Benjamin, das ist deine neue Familie«, sagt Mrs. Goldwine von der Fürsorge, während sie mich auf die Veranda schiebt und alle Augen auf mich gerichtet sind. Mein Herz wummert aufgeregt, und ich drücke Mr. Freddy, meinen Stoffhund, fest an mich.

Die Mutter der Familie tritt lächelnd hervor und beugt sich zu mir herunter. »Hi, ich bin Grace. Willkommen bei uns.«

»Hallo, ich bin Benjamin, aber Sie können mich Ben nennen.«

Meine zukünftige Pflegemutter ist hübsch. Ihre grauen Augen sind ungetrübt, klar und schauen nicht durch mich hindurch, wie es Mom getan hat. Sie lächelt, was meine echte Mom am Ende nicht mehr konnte.

»Sehr gut, Ben. Und wen hast du da?«, will sie neugierig wissen und deutet zu Mr. Freddy, den ich fest im Arm halte.

»Das ist mein Hund Mr. Freddy.« Ich zeige ihr das Stofftier, das mir Mom geschenkt hat, als ich noch ganz klein war und bevor sie krank geworden ist. Ich weiß, für die meisten ist er hässlich. Er ist schmutzig, ihm fehlt ein Auge, und ein Ohr ist eingerissen, aber ohne ihn gehe ich nirgends hin.

»Okay, um ihn kümmern wir uns auch noch. Ich hoffe, du wirst dich bei uns wohlfühlen«, sagt Grace freundlich und zeigt zum Rest ihrer Familie. »Das sind Carl, mein Mann, und die anderen Pflegekinder Joana, Michael und Seth.« Carl trägt ein kariertes Hemd, Jeans, die von Hosenträgern festgehalten werden, und einen breiten Hut, der mich an Cowboy-Filme erinnert. Sein Gesicht ist sonnengebräunt und faltig. Er nickt mir grüßend zu. Das Mädchen ist die Älteste. Ich glaube, sie ist ein Teenager. Jedenfalls hat sie Brüste.

Die beiden Jungs mustern mich neugierig. Ob sie mit mir spielen werden? Ich schenke ihnen ein Lächeln, das aber nicht zurückkommt. Nicht schlimm, vielleicht sind sie nur schüchtern. Wenigstens bin ich nicht mehr allein.

»Hach … Mrs. Turner, wir sind Ihnen ja so dankbar«, sagt Mrs. Goldwine. »Wir sind sicher, dass der Junge sich in Ihrer Obhut wohlfühlen wird, so wie die anderen Kinder, die Sie und Ihr Mann bereits so liebevoll aufgenommen haben.«

»Ich bitte Sie, Mrs. Goldwine. Wir machen das gern. Jemand muss doch den Kids ein Zuhause geben.«

»Das stimmt. Gerade Benjamin ist so ein intelligenter Junge und ausgesprochen weit entwickelt für sein Alter. Auch in der Schule werden Sie keine Probleme haben. Das Kind lernt fleißig, bringt hervorragende Leistungen und ist sehr wissbegierig.«

»Das ist schön zu hören«, erwidert Grace und lächelt.

Zufrieden wendet sich Mrs. Goldwine an mich und streicht

mir über den Kopf. »Dann wird es jetzt Zeit für mich, zu gehen. Auf Wiedersehen, Benjamin. In ein paar Wochen schaue ich nach dir.«

»Ist gut, bis bald, Mrs. Goldwine.«

Als sie in ihren Wagen steigt, legt Grace ihren Arm auf meine Schulter und winkt der fortfahrenden Mrs. Goldwine nach. Sie lächelt, und als sie fort ist und wir ins Haus gehen, kribbelt mein Magen vor Aufregung. Endlich bekomme ich ein Zuhause, ein richtiges *Zuhause und eine Familie, die mich vielleicht gernhat und in der niemand krank wird und mich verlässt.*

»Das tut mir von Herzen leid. Es muss hart gewesen sein, die Mutter so früh zu verlieren«, sagt Teach nach einer Weile. »Du warst völlig allein.«

Das alles liegt schon so lange zurück, doch ich habe es nie vergessen können. Die Erinnerungen drängen sich unaufhaltsam in mein Hirn. Tief atme ich ein, bevor ich weitererzähle.

Es ist Nacht, und die Äste des Baumes werfen lange Schatten ins Zimmer. Ich habe die Decke bis unters Kinn gezogen und beobachte, wie sie sich zu schrecklichen Monstern formieren und mich höhnisch auslachen. Ich höre das leise Schnaufen von Michael, der tief schläft. Seth hat sich vorhin umgedreht, aber er ist nicht aufgewacht. Nur in Joanas Ecke, die ich Jo nenne, ist alles still. Hoffentlich wecke ich niemanden mit meinem Schluchzen.

Fest presse ich Mr. Freddy an mich, kneife die Augen zusammen und hoffe, dass nur der Wind die Geräusche verursacht. Ich denke an Mom. Ob sie jetzt im Himmel ist? Sie fehlt mir schrecklich. Ich wimmere, als ich ihr ausgemergeltes Gesicht und ihren entschuldigenden Blick vor mir sehe. Ich kann ihre Tränen nicht vergessen, als sie mir sagte, dass sie zu Gott gehen wird. Warum hat sie nicht stärker gekämpft? Sie hat mich alleingelassen. Vielleicht wollte sie mich nicht mehr?

Die Stelle an meinem Kopf pocht und tut weh. Heute Abend hat Jo mir einen Verband und eine Salbe auf die Wunde gemacht. Ein paarmal habe ich aufgeschrien, weil es so wehtat, aber Jo hat mir den Mund zugehalten, damit man mich nicht hört. Ich will nicht mehr hierbleiben, ich will nach Hause. Leise weine ich. Ich sehne mich nach Mom.

»Hey Ben, was ist denn los?«

Erschrocken zucke ich zusammen, weil ich Jo nicht bemerkt habe, wie sie aufgestanden und an mein Bett gekommen ist. Außer einem tiefen Schluchzer bringe ich keinen Ton heraus.

»Na komm, rutsch mal«, flüstert sie.

Ich mache ihr Platz, und sie schlüpft unter meine Decke. Jo ist da, sofort spüre ich ihre Wärme, und als sie einen Arm unter meinen Kopf schiebt und mich an sich zieht, geht es mir gleich etwas besser.

»Das wird schon wieder. Du wirst sehen.«

»Ich will nicht, dass hier alles gut wird. Ich will zu meiner Mom«, jammere ich flüsternd und kuschle mich an ihren Hals.

Sie seufzt. »Tut mir leid, Kleiner, aber dein Zuhause ist jetzt hier. Damit werden wir uns wohl abfinden müssen.«

Sie wischt meine Tränen fort und zieht die Decke über meine Schultern. Eine Weile liegen wir so da, und es geht mir besser.

»Soll ich dir verraten, wie ich das mache?«

»Wie?«

»Ich sage mir ständig: ›Worte schlucken, nichts fühlen, das rettet mich.‹ Meistens klappt es. Das musst du dir immer ins Gedächtnis rufen, Ben.«

»Was bedeutet das?«

»Na ja, je weniger du sprichst, je besser du dich aus allem heraushältst, desto mehr rettet es dich. Du musst wie ein

Schneehase sein. Der fällt kaum auf, überlebt in der Wildnis, weil er im Schnee beinahe unsichtbar ist. Verstehst du?«

Ich nicke. »Nicht auffallen, so wie ein Geheimagent? Oder?«

»Genau.« Sie lächelt. »Du darfst alles denken, dabei sogar frech sein, nur laut aussprechen darfst du es nicht. Das bringt dich in Teufels Küche.«

Ich erinnere mich, dass ich in der Schule oft Ärger bekommen habe, weil ich immerzu geredet habe. Mom sagte, dass ich ein kleiner Quatschkopf bin. »Das wird schwer. Ich rede gern. Mom war stolz auf mich, weil die Lehrer meinten, dass ich einen großen Wortschatz für mein Alter habe.«

»Das ist schön, Ben. Aber hier, in diesem Haus, solltest du meinen Rat verinnerlichen. Versprichst du mir das?«

»Wird sonst noch Schlimmeres geschehen als das mit meinem Kopf?«

»Ja«, flüstert sie ergriffen. »Du musst das üben, Ben. Das ist wirklich wichtig.«

Ich denke darüber nach und weiß jetzt schon, dass das schwierig wird. Weil manches einfach aus mir herauswill, ohne dass ich nachdenke.

Jo seufzt. »Irgendwann werde ich von hier fortgehen. Ich habe Fernweh und werde auf keinen Fall hierbleiben.«

»Fernweh? Was bedeutet das?«

»So wie du Heimweh hast, will ich fort von hier.«

»Und wohin willst du?«

»Nach Kalifornien oder Florida. Dort ist es immer warm.«

»Und was machst du dann da?«

Obwohl ich ihr Gesicht nicht sehen kann, weiß ich, dass sie lächelt. »Ich werde in einem Strandhaus leben, mir einen Strohhut kaufen und den ganzen Tag aufs Meer hinaussehen. Warst du schon mal an der See?«

»Nein.«

»Da ist es toll. Die Menschen sind fröhlich, haben gute Laune, weil sie freihaben und nicht arbeiten müssen. Man kann

stundenlang Sandburgen bauen, schwimmen gehen, die Möwen beobachten oder Schiffe am Horizont vorbeifahren sehen. Man hört immer das Meeresrauschen. Eines Tages werde ich da sein.«

Es ist lange still, während ich mir das alles vorstelle. Das hört sich schön an, und ich würde gern mal ans Meer fahren. Mein Zuhause ist weit fort, und Jo ist die Einzige, die ich habe. Sie ist meine Freundin. Plötzlich beschleicht mich eine noch größere Angst. »Jo?«

»Hm?«, fragt sie schläfrig.

»Wenn du dort hingehst, nimmst du mich dann mit?«

»Natürlich. Ich lasse dich nicht im Stich. Niemals.«

* * *

»Am Ende hat sie es doch getan«, sage ich noch ganz von den Erinnerungen befangen. »Sie hat mich zurückgelassen. Seither habe ich sie nie wieder gesehen. Ich suche sie, schon seit langer Zeit, aber jede Spur verläuft im Sand. Manchmal glaube ich, sie will nicht gefunden werden.«

»Oh Silent, das ist traurig. Warum ist sie gegangen?«

Ich beiße die Zähne zusammen und zwinge mich, gegen das Mantra anzukämpfen. Im Stillen sage ich mir, dass ich das für Teach mache, aber mein innerer Eisblock, der alles unter Verschluss halten will, grollt auf. Unruhig gehe ich neben dem Wagen auf und ab. Mein Herz klopft wie verrückt, ich balle meine Hand zur Faust und atme tief. Die Erinnerungen holen mich ein, aber es ist anders als sonst. In meinem Mund bilden sich ganze Erklärungsstränge, Antworten auf so viele Fragen schwirren meine Kehle hinauf, liegen schließlich auf meiner Zunge bereit, und mit einem Mal rollen sie über meine Lippen. »Joana hat mich verlassen, weil … ich Schreckliches getan habe. Ich habe Grace ermordet.«

Stocksteif vor Entsetzen starre ich auf Grace' verletzten Körper, dorthin, wo das Messer steckt – in ihrer Brust. Sie stöhnt vor Schmerz, ihre Hände umfassen die Wunde, während sie ungläubig zu mir aufschaut, Blut ihre Bluse durchtränkt und auf den Teppichboden sickert. Zum ersten Mal sehe ich sie schwach. Ich will ihr helfen, doch ich bin nicht fähig mich zu bewegen. Ich habe Angst. Mein Blick reißt sich von ihr los und sucht Jo. Sie liegt am Boden beim Esstisch, röchelt, hustet und hält sich den Hals. Ich will zu ihr, aber meine Beine gehorchen mir nicht. Ebenso weiß ich, dass ich den Notarzt rufen muss. Sosehr ich mich anstrenge, ich kann mich nicht rühren.

Jo versucht aufzustehen, doch es gelingt ihr nicht, weil Grace sie so sehr gewürgt hat, dass sie beinahe erstickt wäre. Jo japst nach Luft, Sekunden vergehen, es wird seltsam schwer in mir. Worte schlucken, nichts fühlen, das rettet mich, *hallt es durch meinen Kopf.*

»Ben, ruf … einen … Krankenwagen«, stottert Jo mit krächzender Stimme.

Ich höre sie, will Hilfe holen, und am liebsten alles ungeschehen machen, denn ich weiß, ich habe große Schuld auf mich geladen. Ich kann es spüren – in meiner Brust, in meinem Bauch und im Herzen.

Grace ist bleich, und die Blutlache auf dem Teppich breitet sich weiter aus. Sie wird sterben. Wegen mir. Weil ich sie getötet habe. Ich bin ein Mörder.

»Du … kleine … Ratte …« Sie schnauft geschwächt. Sie will noch etwas hinzufügen, aber ihre Worte gehen in ihrem Schmerz unter.

Endlich schaffe ich es aus meiner Schockstarre heraus, trete rückwärts, ohne Grace aus den Augen zu lassen, zum Telefon. Dabei stolpere ich über ein Kissen und falle. Erst jetzt merke ich, wie verwüstet der Raum ist. Der Lampenständer ist umgekippt, das Gesteck vom Beistelltisch liegt zertreten am Boden, und ein Stuhl ist umgefallen. Ich rapple mich auf und erreiche das Telefon, das oben an der Wand hängt. Ich kenne die Knöpfe, die ich drücken muss, das haben wir oft in der Schule geübt. Mit wummerndem Herzen warte ich, bis jemand abnimmt. »Notrufzentrale, Hallo?«

Ich hole Luft, um nach Hilfe zu bitten, Grace zu retten, auch wenn sie böse ist. Worte schlucken, nichts fühlen, das rettet mich, *sagt eine Stimme in mir. Ich schaue zu Jo und weiß, dass ich diesmal die Worte nicht schlucken darf. »Hallo, bitte kommen Sie schnell. Unsere Adresse lautet …«*

Plötzlich ist niemand mehr in der Leitung. Ich starre erst den Hörer an, dann zum Telefon hinauf und folge dem männlichen Arm, der die Verbindung zum Arzt unterbrochen hat. Carl. Er sagt nichts und sieht mich an. Da ist nichts Böses in seinem Gesicht. Ich lese Bedauern und Mitleid, ebenso Kälte und Entschlossenheit, als er zu Grace schaut. Sie liegt immer noch so da, aber ihre Brust hebt und senkt sich nicht mehr, und ihre Augen sehen aus wie die von Fischen – leer.

»Ich … Ich wollte das nicht«, sage ich mit tränenerstickter Stimme.

»Ich weiß, Junge. Niemand wollte das.«

»Du musst einen Krankenwagen rufen, Carl«, herrscht Jo ihn wütend an.

»Das werde ich, aber erst werden wir drei uns unterhalten.«

Mit offenem Mund stehe ich da, stütze mich mit beiden Armen am Wagendach ab und lausche in mich hinein. Es ist still, und in mir fühlt es sich wie ein warmer Sommerregen an, der erfrischend auf mich niedergeprasselt ist und die Reste des Eiswassers geschmolzen hat. Ich bin seltsam frei, sogar erlöst. Da ist eine herrliche Leichtigkeit, die von innen aus mir herausbricht. Es ist großartig, berauschend und absolut neu für mich. Trotzdem befreit mich das nicht. Ich bin immer noch schuldig.

»Oh mein Gott«, flüstert Teach mit tränenreicher Stimme. »Das ist so schrecklich, Silent. Ich weiß gar nicht, was ich sagen soll. Wie kann eine Frau, die Kindern ein Zuhause gibt, so grausam sein?«

Sie verurteilt mich nicht? Wieso? Ich bin der Mörder, ich habe das Messer in ihren Körper gerammt, aber Teach erkennt nur, was Grace getan hat. »Du siehst das falsch, ich habe sie ermordet.«

»Nein. Du warst ein Kind, in einer Notsituation. Wahrscheinlich völlig traumatisiert. Ich heiße nicht gut, was du getan hast, aber diese Frau hat euch schwer misshandelt. Hättest du nicht eingegriffen, hätte sie Jo erwürgt.«

»Grace war eine Narzisstin. Michael und Seth erging es nicht besser. Selbst ihren Ehemann hat sie oft verprügelt. Carl war schwach und konnte sich nicht wehren. Der Alkohol und ihre Wut waren der Mix, der uns das Leben zur Hölle gemacht hat. Ich habe sie gehasst, so sehr, aber noch mehr hatte ich Angst vor ihr. Ihre Misshandlungen haben bei uns allen Narben hinterlassen – psychisch wie physisch.«

»Deine Narben am Rücken ...«, flüstert Teach.

»Unter anderem.«

Schweigen tritt zwischen uns, aber diesmal ist es ein gemeinsames Sackenlassen, das mir Kraft gibt.

»Jetzt begreife ich *die Stille in dir*. Du hast als Kind durch Jo gelernt, den Mund zu halten, um deiner Pflegemutter keinen Grund zu geben, wütend zu werden.«

»Das alles rechtfertigt nicht, was ich getan habe, und es mindert schon gar nicht meine Schuld. Ich habe sie getötet.«

»Du hast Jo das Leben gerettet«, erwidert sie.

Von dieser Seite habe ich es noch nie betrachtet. Ein Leben beendet, eines gegeben. Ein Ausgleich, aber wiegt Mord nicht schwerer? »Mag sein, dennoch fühle ich mich schuldig und habe schlimme Zeiten hinter mir.« Ich senke den Blick. »Carl hat alle Schuld auf sich genommen. Er sitzt bis heute im Gefängnis.«

»Dein Pflegevater? Aber wie kommt das?«

»Nachdem Grace verblutet ist und Carl die Verbindung zur Notrufzentrale unterbrochen hat, wollte er mit Joana und mir reden. Er gab Joana Geld, und sie verschwand unmittelbar danach. Sie hat sich noch nicht mal verabschiedet. Sie ist einfach gegangen. Carl bläute mir ein, von nun an kein Wort mehr zu sprechen. Auch das hat mich in gewisser Weise gerettet. Michael, Seth und ich wurden verhört, kamen in verschiedenen Pflegefamilien unter. Aber Carl wurde wegen Mordes zu einer lebenslangen Haftstrafe verurteilt.«

»Carl wurde verurteilt? Aber ...«

»Er nahm die Schuld auf sich. Die Zusammenhänge habe ich erst viel später begriffen.«

»Wie ist das möglich?«

»Er hat meine Fingerabdrücke auf dem Messer abgewischt und seine hinterlassen. Joana, die als Zeugin hätte aussagen können, war spurlos verschwunden, und Seth und Michael waren zu dem Zeitpunkt nicht da. Jahrelang wurde Carl von Grace unterdrückt. Er hat nie den Mut aufgebracht, sich gegen sie zu stellen, wenn er mitbekam, dass sie uns Kinder mal wieder drangsalierte. Manchmal hat er versucht, sie zu besänftigen, und wurde oft selbst ihr Opfer. Jahre später, als ich ihn im Gefängnis besuchte, sagte er, dass es ihm immer leidtat, was Grace uns angetan hat. Er war zu schwach, um uns zu beschützen. Er glaubt, dass er sich mitschuldig gemacht hat. Er wollte es wiedergutmachen. Ich sei noch jung und hätte mein Leben vor mir. Ich sollte eine Chance bekommen.«

»Aber wieso behauptet Collins, in deiner Akte stünde, dass du ein Mörder bist?«

»Weil das in meinem psychologischen Gutachten vermerkt ist. Durch einige Widersprüche in meinen Therapiesitzungen gingen die Psychologen davon aus, dass ich der Täter hätte sein können. Aufgrund Carls Aussage und der Fingerabdrücke auf dem Messer war der Fall für das Gericht jedoch klar. Deshalb verurteilten sie ihn zu einer lebenslangen Haftstrafe. Ich erinnere mich, dass Jo auch auf der Verdächtigenliste stand, aber nur kurz. Letztendlich war Carls Geständnis ausschlaggebend. Er schilderte, dass er einen Streit mit Grace hatte, die Situation eskalierte und es zu einem Kampf gekommen war. Damit war sein Schicksal besiegelt.«

»Und wie ging es mit dir weiter?«

»Ich kam zu einer anderen Pflegefamilie, erhielt Therapiestunden, und es dauerte, bis ich mich überhaupt wieder traute, zu sprechen. Hauptsächlich war es Mad, dem ich das meiste verdanke. Er nahm mich so, wie ich war.« Erschöpft atme ich aus. »Das alles habe ich nie jemandem erzählt, Teach. Das weiß noch nicht mal Mad, und er ist mein bester Freund.« Geschafft setze ich mich in den Wagen und lehne mich gegen die Kopfstütze.

»Danke, dass du mir so vertraust.« Kurz herrscht Schweigen, aber dann höre ich, wie Teach zögert. »Eine Sache ist mir nicht ganz klar, und das würde ich gern verstehen.«

»Okay.«

»Warum ... kannst du mich nicht küssen? Wieso erträgst du keine Berührungen?«

Ich schließe die Augen und erinnere mich an einige Situationen, in denen Grace in einem Anflug grausamer Zärtlichkeit mir beibrachte, was Berührungen bedeuten – Schmerz. »Sie ... triggern mich«, gebe ich schluckend zu, atme aus und spreche weiter. »Anfangs habe ich geglaubt, dass Grace eine gute Seite hat, die nett, sanftmütig und lieb ist. Ich habe aber ziemlich schnell gelernt, dass man sich bei ihr immer in falscher Sicherheit wiegt.«

»Was hat sie getan?«, fragt Teach flüsternd, und ich kann die Angst in ihrer Stimme hören. Die Erlebnisse waren schlimm, aber sie soll sie erfahren. »Ich weinte und hatte schreckliches Heimweh. Ich dachte, Grace würde mich trösten wollen. Sie beugte sich zu mir herunter und legte ihre Hand auf meine Wange. Dabei schaute sie mich liebevoll an, bevor sie plötzlich ausholte und mir ihre Faust ins Gesicht zimmerte. Sie lachte höhnisch und bläute mir damit ein, dass es für mich keine Liebe gibt.«

»Gott, Silent. Wie grausam war diese Frau nur.«

»Das letzte Mal, als wir auf ihre scheinheilige Mutterliebe hereinfielen, war ...« Ich stocke und schlucke den Kloß bei dem Gedanken daran hinunter. »Sie umarmte Michael, beugte sich zu ihm hinab, um ihn auf die Wange zu küssen, aber stattdessen biss sie kräftig zu. So stark, dass er eine Narbe davontrug.«

Scharf zieht Teach die Luft ein, und ich schüttle die Erinnerung endgültig von mir.

»Diese tragische Geschichte ist brutal und traumatisierend. Das alles tut mir so unendlich leid. Aber ... Du darfst nicht denken, dass es deine Schuld war. Du warst ein Kind und deine Pflegemutter eine fiese, gewalttätige Hexe.«

»Ich habe sie gehasst und oft von ihr geträumt. Seit ich alle Hintergründe kenne, kämpfe ich mit mir, weil ein anderer meine Strafe verbüßt. Das ist nicht richtig.«

»Sei nicht so hart mit dir. Du warst in einer absoluten Notsituation. Was ist aus den anderen Kindern geworden?«

»Michael arbeitet heute an einer Tankstelle irgendwo in Arizona, und Seth habe ich nie gefunden. Ich habe zu keinem von beiden Kontakt.«

»Und Carl?«

»Ich besuche ihn ab und zu.«

»Deshalb warst du fort.«

»Ja, aber auch, weil ich nach Joana suche.«

Die Verbindung wird schlechter. Es rauscht, was Teach verunsichert. »Hörst du das? Die Akkuleistung nimmt ab, stimmts?«

»Ja.« Ich prüfe mein Handy. Keine Nachrichten von Runley. Sofort konzentriere ich mich wieder auf Teach und fahre weiter. Sie ist nervös. Ihr Atem geht schnell, und ihre Angst kriecht durch die Ohrhörer direkt in mein Herz.

Einige Atemzüge vergehen, dann klingt sie getrieben, irgendwie aufgescheucht. »Silent, hör mir bitte zu. Uns bleibt nicht mehr viel Zeit. Falls meine Rettung schiefgeht oder ich …«, ihre Stimme bricht, »nicht lebend rauskomme, möchte ich, dass du etwas für mich tust.«

»Teach … Sag so etwas nicht.« Ich will nicht, dass sie das denkt. Wir werden sie finden. Jedenfalls werde ich nach ihr suchen, bis ich sie wiederhabe.

»Ich weiß, was du sagen willst, aber sehen wir es doch mal realistisch. Ich könnte überall sein. Wenn ich davon ausgehe, dass Jessie inzwischen nicht mehr lebt, kann ich mir selbst ausrechnen, wie hoch die Wahrscheinlichkeit ist …« Sie bricht weinend ab, und mir wird übel bei dem Gedanken. Nach allem, was wir heute durchgestanden haben, bin ich nicht bereit, die Frau zu verlieren, die den Kampf mit meinen Dämonen beinahe gewonnen hat. Ich drücke das Gaspedal durch.

23

Teach

Ich reiße mich zusammen und unterdrücke die innere Panik, die in mir lauert. Die Zeit läuft, und ich muss diese Sache loswerden, auch wenn Runley das bereits weiß. »Ein Mädchen aus meiner Klasse. Sie heißt Mia Sunday. Ich habe die starke Befürchtung, dass sie und ihre Mutter in Schwierigkeiten stecken. Sie wohnt in deinem Viertel. Bitte, kümmere dich um sie und hilf ihnen.« Ich erzähle ihm kurz die Einzelheiten, damit er versteht, mit welchen Problemen die Sundays zu kämpfen haben. »Versprich mir, dass du ihnen helfen wirst.«

»Na gut. Ich verspreche es.«

»Danke«, flüstere ich und lege mich aufs Bett zurück.

Es vergehen Minuten, in denen wir beide nichts sagen und uns dennoch ganz nah fühlen. So vieles hat er mir endlich anvertraut, und ich bin erschüttert von dem, was Silent durchgemacht hat. Traumatische Erlebnisse prägen. Meine Brust füllt sich mit Stolz, weil er einen Quantensprung für mich vollbracht hat. Er hat intime und sehr private Geheimnisse mit mir geteilt. In jedem Satz und in allen Worten habe ich herausgehört, wie viel Überwindung ihn das gekostet hat. Auch wenn das Erlebte schlimm war, hat ihn seine Vergangenheit geprägt und den Mann aus ihm werden lassen, der er heute ist – stark, einfühlsam und großherzig. Ich habe immer gewusst, dass er etwas Besonderes ist. Diesmal hat mich mein Gefühl nicht getäuscht. Silent wäre der Richtige für mich. Da bin ich mir jetzt ganz sicher. Ich schließe die Augen und lausche seinen Atemzügen. Ich fühle ihn und sehne mich so sehr nach ihm. Wenn meine Lage nur nicht so schwierig wäre ...

Ich will mich an die Hoffnung klammern, dass die Polizei oder Mads Leute mich finden, doch wie soll ich daran glauben, wenn wir bald die Verbindung verlieren und alles aussichtslos erscheint?

Ich höre, wie er die Wagentür zuwirft und seine Schlüssel klimpern. Er ist bei sich zuhause angekommen. »Teach? Ich will, dass du noch einmal durch den Raum gehst und mir sagst, ob irgendetwas ungewöhnlich aussieht.«

Das ist sein verzweifelter Versuch in den letzten Momenten. Ich wische mir die Tränen aus dem Gesicht und stehe auf.

»Hier ist nichts. Ziegelsteine, ein Spinnennetz an der Decke. Eine Glühbirne, Jessies leeres Bett.«

»Durchsuch es.«

Ich tue, was er verlangt, wühle durch das Laken und schüttle das Kissen. »Nichts.«

»Such weiter«, fordert er mich auf. »Irgendetwas muss sich doch finden lassen.«

Ich schaue mich zum x-ten Mal um, aber alles, was ich sehe, habe ich ihm und dem Detective schon mehr als einmal erzählt. »Silent, ich will nicht die letzten Minuten mit einer sinnlosen Suche verschwenden. Hier sind nur Wände aus Ziegelsteinen ohne Fenster, zwei Betten, diese unnütze alte Kommode und das winzige Badezimmer.«

Resigniert setze ich mich auf die durchgelegene Matratze. Das Rauschen wird jetzt lauter, Silents Stimme leiser.

»Schon gut.« Er atmet schwer wegen all der Gefühle, die ihn zu übermannen drohen. Wir hören ein Knacksen, und die Verbindung wird instabil.

»Ich werde nicht aufgeben dich zu suchen, Teach. Niemals. Hörst du?«

Fest presse ich die Lider zu und sehe ihn vor mir. Silent mit seiner Beanie-Mütze und dem Bart, seinem markanten Gesicht und seinen wunderschönen schokoladenbraunen Augen.

»Teach? Hörst du mich?«

»Ja.«

»Wir sind am Strand, und es ist ein schöner Tag. Es ist warm, und der Himmel ist blau. Wir laufen Hand in Hand auf dem feuchten Sand, haben Muscheln gesammelt, und das kühle Meerwasser umspült unsere nackten Füße. Es fühlt sich angenehm an. Ich bleibe stehen und schaue in deine Augen. Meine Hand berührt deine Wange, während wir uns ansehen … Ich will dir noch etwas sagen, Teach.«

»Ja?«

»Ich liebe …«

Plötzlich Stille.

Kein Rauschen.

Kein Knacksen.

Die Verbindung ist tot.

»Silent? … Silent?« Tränen strömen über mein Gesicht, und ich schlinge die Arme um meine Beine. Weinend wiege ich mich hin und her und versuche zu glauben, dass es einen Ausweg gibt. Ich vertraue ihm. Er wird Himmel und Hölle in Bewegung setzen, um mich zu finden, und daran muss ich mich nun klammern.

Stunden vergehen. In einem abwechselnden Rhythmus raste ich aus, schreie, hämmere gegen die Tür und tigere umher, bis ich erschöpft bin, meine Stimme heiser ist, meine Augen vom Weinen geschwollen sind und ich mich ausgezehrt wieder aufs Bett lege. Apathisch kreisen meine Gedanken unermüdlich um Silent, der gleich da ist und mich hier rausholt – so hoffe ich.

* * *

Ich horche auf Geräusche, auf irgendetwas, aber immer wenn ich glaube, dass ein Einsatzteam der Polizei anrückt, werden Sekunden zu Minuten und zu weiteren Stunden. Ich fühle mich hundeelend, ziehe das Laken über den Kopf und träume mich zu Silent an den Strand. Das kann mir wenigstens keiner nehmen.

Jemand kommt. Abrupt setze ich mich auf, wische mir den Schlaf aus den Augen und starre zur Tür. Es ist nicht Randall, sondern eine rundliche, ältere Frau, die ein Tablett hereinträgt. In rosa Hauspuschen schlurft sie in den Raum, stellt das Essen auf die Kommode und wischt sich die Hände an ihrer Schürze ab. Sie dreht sich zu mir. Das liebenswürdige Lächeln, mit dem sie mich ansieht, ist mir bekannt. Ich kenne sie, weiß aber nicht, wo ich sie einordnen soll. Doch dann fällt es mir wieder ein, und ich bin augenblicklich wie versteinert.

Ich halte den Atem an. Graue, klare Augen mustern mich. Ihr blondes kurzes Haar ist ordentlich frisiert. Die Frau hat rosige Wangen, und ihr Mund ist mit einem roten Lippenstift geschminkt. Ich kenne sie, wenn auch nur flüchtig. »Mrs. ... McKee?«

»Betty«, korrigiert sie mich. »Ich sagte dir doch schon in der Einkaufsmall, du kannst mich beim Vornamen nennen. Hast du das vergessen?« Sie kommt näher, greift nach meinem Kinn und hebt es an, während ich nicht in der Lage bin, etwas zu erwidern. Völlig entgeistert klappt mein Mund auf. Edwards Mutter? Edward, der Kollege und Freund, der mir erst vor Kurzem gestanden hat, Gefühle für mich zu haben? Aber ...?

Ich schüttle ungläubig den Kopf. »Wieso?«

Sie lächelt sanft, und ich nehme einen starken Veilchenduft wahr, der mir die Kehle zuschnürt. »Es tut mir leid,

Kindchen. Wenn es nach mir gegangen wäre, hätten wir dir dieses blöde Ding gleich zu Beginn abgenommen«, sie deutet auf mein Ohr, »aber Pindalou liebt Dramatik und wollte unbedingt mitbekommen, wie du mit der Situation umgehst. Er schwärmt für solche Spielchen. Da wir alle Zeit der Welt haben, haben wir ihm den Spaß gegönnt. Jetzt bist du endlich von der Außenwelt abgeschnitten, und ich kann mich in Ruhe selbst um dich kümmern.«

»Sie haben es gewusst?«, entfährt es mir ungläubig.

»Natürlich. Wir wussten die ganze Zeit Bescheid.«

»Wir?«

»Na, Edward, Randall, Pindalou und meine Wenigkeit.«

Oh Gott! Sprachlos versuche ich die Informationen zu verarbeiten, was mir allerdings schwerfällt, weil ich Edward immer noch nicht als Täter in meinen Kopf bekomme. Das ist doch Wahnsinn! »Aber … Warum? Warum werde ich hier festgehalten?«

Sie senkt den Blick und lächelt. »Nun, dir wird es bei uns gutgehen, solange du ein braves Mädchen bist. Wir werden uns Mühe geben, dir den Aufenthalt so angenehm wie möglich zu gestalten, bis das Baby auf die Welt kommt. Es hat ein wenig gedauert, aber nun ist alles bereit.«

Wieso spricht sie von meinem Baby? Woher weiß sie überhaupt davon? Aus einem Impuls heraus schlinge ich schützend die Arme um meinen Bauch.

»Keine Angst«, wiegelt sie ab, als sie meinen verwirrten Gesichtsausdruck sieht. »Wir sind hier bestens ausgerüstet. Jetzt mach dich erst mal frisch, dusche und zieh dein Nachthemd an, dann musst du essen.«

Das kann unmöglich ihr Ernst sein. *Bis das Baby auf die Welt kommt …?* »Sie können mich doch nicht monatelang hier festhalten.«

»Du wirst das Baby hier gebären«, bestimmt sie in strengem Ton, dann werden ihre Züge wieder weicher. »Oh

Liebes, mach dir bitte keine Sorgen. Ich bin eine erfahrene Hebamme, und wir können sämtliche Untersuchungen hier durchführen, die wir im Laufe der Zeit brauchen.«

Sie muss vollkommen verrückt sein.

»Es wird alles gut werden, vertrau mir, Kindchen.«

Vertrauen? Das kann doch nur ein Scherz sein – ein ziemlich schlechter, aber ich kann nicht glauben, dass Edward so etwas geplant hat. Ich lache hysterisch auf, aber je länger ich sie ansehe, desto mehr merke ich, dass das alles andere als Spaß ist. Das ist krank – es gibt keine logische Erklärung. »Sind Sie noch ganz bei Trost? Das ist Freiheitsberaubung. Die Polizei sucht nach mir und wird mich finden.«

Sie hebt den Kopf, sieht auf mich herab und lächelt. »Aber nein, das werden sie nicht. Wir sind auf alles vorbereitet, wie ich schon sagte.«

Damit wendet sie sich von mir ab und will aus dem Zimmer gehen.

»Wo ist Jessica? Was habt ihr mit ihr gemacht?«, rufe ich ihr erbost hinterher.

Alles Liebenswürdige verschwindet aus ihren Zügen. Ihr Mund ist schmal wie ein Schlitz, tiefe Fältchen haben sich ringsherum eingegraben, und ihre mausgrauen Augen blitzen auf. Sie will etwas erwidern, doch dann besinnt sie sich und mimt wieder die freundliche ältere Frau, die keiner Fliege was zu Leide tun kann. Wenn ich in dem Baby-Geschäft neulich geglaubt habe, sie wäre eine liebevolle Großmutter, die in ihre Kinder und Enkel vernarrt ist, ahne ich nun, dass sie auch eine andere Seite hat und ich sie nicht unterschätzen sollte.

»Jessica war sehr unartig und hat ihre gerechte Strafe bekommen«, zischt sie leise, dann lächelt sie wieder. »Und jetzt mach schon, Liebes. Du müffelst, wenn ich das so direkt sagen darf.« Sie rümpft die Nase und schließt die Metalltür. Perplex höre ich, wie sie schlurfend davongeht.

Ich kann mich kaum rühren und bleibe wie angewurzelt sitzen. Mir will nicht in den Kopf, dass Edward und seine Mutter dahinterstecken. Meine Gedanken rasen. Ich habe Edward vertraut, geglaubt, dass er ein Freund ist. Er war so nett, hat mir zugehört und erst vor Kurzem gesagt, dass er mit mir ausgehen will. Ich könnte mich ohrfeigen, weil ich mal wieder auf einen charmanten Typ mit einem attraktiven Gesicht hereingefallen bin. Sie wollen mich hierbehalten, bis die Schwangerschaft zu Ende ist. Wieso? Was zum Teufel haben sie vor? Wenn ich doch nur mit Silent sprechen könnte. Das alles ist so verrückt, so unglaublich, dass ich nur mit dem Kopf schütteln kann.

Mein Blick wandert zum Tablett auf der Kommode und dem weißen Nachthemd. Obwohl ich mich nach einer ausgiebigen Dusche, einer Zahnbürste und Zahnseide sehne, werde ich mich sicher nicht ausziehen. Jederzeit könnte jemand hereinkommen. Die bloße Vorstellung, nackt und ausgeliefert zu sein, jagt mir eine Heidenangst ein. Meine Fantasie geht mit mir durch, und Ekel drängt meine Kehle hinauf. Ich schlucke schwer und vertreibe schnell diese widerlichen Gedanken. Ich werde mich auf keinen Fall waschen. Dann rieche ich eben. Je intensiver, desto besser.

Trotzig ziehe ich die Nase hoch, gehe zur Kommode und greife nach dem dünnen Nachthemd. Ich werde sicher nicht nach ihrer Pfeife tanzen. Mit aller Macht zerre ich an dem Stoff, bis die Nähte aufreißen und ich es ratschen höre. Ein tiefes, befriedigendes Gefühl erfüllt mich, als ich den Teller nehme, auf dem Fleisch und Gemüse für mich angerichtet wurden, und ihn in einem Anflug von Wut und Frust gegen die Tür werfe. Ich schreie, und es fühlt sich großartig an.

»Ihr könnt eure beschissenen Speisen wieder mitnehmen. Ich werde weder duschen noch essen. Ihr lasst mich jetzt augenblicklich hier raus!«

Scheppernd fällt der Teller gegen die Tür, aber er zerbricht nicht – er ist aus Plastik. Das stachelt meine Wut nur weiter an. Wäre er aus Porzellan oder Glas, hätte ich wenigstens eine Waffe gehabt. Enttäuscht fege ich das Tablett von der Kommode. Verzweifelt trommle ich gegen die Tür. Jetzt, da ich weiß, wer mir das antut, fühle ich mich mutiger. »Aufmachen! Sofort! Ihr könnt mich nicht gefangen halten … Edward? … Edward?«

Lange mache ich einen fürchterlichen Radau, klopfe, hämmere an die Tür, doch es geschieht nichts, außer dass ich in Tränen ausbreche, völlig erschöpft zu Boden sinke und irgendwann ganz aufgebe. Ich weiß nicht, wie viel Zeit inzwischen vergangen ist. Der Fußboden ist kalt, ich friere und bin entmutigt. Ich schleppe mich zum Bett und decke mich mit dem dünnen Laken zu.

»Silent … Wo bist du?«, flüstere ich ausgezehrt und voller Sehnsucht.

24

Mads Dauerflamme Emily steht mit verweinten Augen vor dem Plasma-Fernseher in seiner Villa und starrt auf die Portrait-Aufnahme, die von Teach eingeblendet wird. Ein fließender Schriftzug kündigt die Pressekonferenz an, die die Polizei abhalten will. Nachdem Mad, seine Männer und ich etliche Stunden mit der Suche verbracht haben, finden wir uns alle in seiner Villa ein. Wir sind durch die Gegend gefahren, haben an Bäumen und Laternen eine von Emilys gestalteten Vermisstenanzeigen aufgehängt und die gesamte Umgebung nach einer Spur von Teach abgesucht.

Ziemlich langweilig, da ich ja weiß, wo sie ist. Jetzt bin ich geschafft und hätte nichts gegen ein Bier oder eine warme Mahlzeit einzuwenden, aber niemand scheint einen Gedanken daran zu verschwenden. Ich will den Schein wahren und nicht für taktlos gehalten werden, weshalb ich mich füge. Mommy hat bestimmt etwas Leckeres für mich gekocht, wenn ich nach Hause komme. Es ist mir nicht schwergefallen, meine Rolle als besorgter und engagierter Kollege von Teach zu spielen, im Gegenteil, ich weiß ja, wie gut mein Schauspieltalent ist.

»Es geht los«, verkündet Milow und greift nach der Fernbedienung, um die Lautstärke zu erhöhen. Alle stehen im Halbkreis versammelt und starren gebannt auf die

Flimmerkiste, während ich unauffällig meinen Blick über die Männer gleiten lasse. Sie haben ernste Mienen, sind gespannt, was der Detective und die Eltern gleich verkünden werden. Das bin ich allerdings auch, wobei ich mir schon denken kann, was geschieht. Es läuft ja nach meinem Plan.

Eine Kamera zoomt auf das Haus, in dem Teach bis vor Kurzem gewohnt hat. Detective Runley, Mr. und Mrs. Westham, wahrscheinlich ihr Anwalt und weitere unwichtige Persönlichkeiten kommen aus der großen Eingangstür und positionieren sich vor der Presse, die geduldig gewartet hat. Ganz spontan muss ich sagen, dass ich Teachs Vater nicht mag. Er hat es endlich einrichten können und seinen versnobten Arsch nach Elisabethtown gebracht, und das, obwohl er seit mehreren Tagen wusste, dass seine Tochter vermisst wird. Wie kann man nur so herzlos sein?

Genauso schlimm finde ich Mrs. Westham, die ihre Krokodilstränen aus den Augen tupft und völlig übertrieben schnieft. Welch ein Schmierentheater! Teach hat mir selbst erzählt, wie schwierig das Verhältnis zu ihren Eltern und besonders zu ihrer Mutter ist.

Der Detective räuspert sich und wendet sich an die Journalisten, die ihm Mikrofone unter die Nase halten. »Meine Damen und Herren, wie Sie bereits alle wissen, wird Mrs. Pamela Westham seit einigen Tagen vermisst. Wir haben eine große Suchaktion gestartet, und viele unserer Einsatzkräfte waren rund um die Uhr unterwegs. Unzählige Beamte haben mit der Hundestaffel und Freiwilligen die Wälder durchkämmt, Hubschrauber waren mit Wärmekameras mehrfach in der Luft und haben die Suche in und um Elisabethtown ausgeweitet. Leider sind wir bisher auf keine Spur gestoßen, weshalb wir uns jetzt zu unserem Bedauern gezwungen sehen, die aktive Suche einzustellen.«

Ich muss ein zufriedenes Lächeln unterdrücken.

»Ich sagte doch, alles läuft nach Plan.«

»Wir bitten die Bevölkerung um weitere Mithilfe. Vielen Dank.« Runley tritt vom Mikrofon zurück.

»Was? Sie können doch nicht jetzt schon aufgeben?«, schreit Emily hysterisch auf. Gemurmel bricht im Wohnzimmer los, was unterbrochen wird, weil der Anwalt der Westhams den Platz von Runley einnimmt. Er richtet seinen Blick direkt in die Kameras. »Guten Tag. Ich vertrete die Familie Westham, die sich für den Zuspruch und die Unterstützung bei den Menschen in Elisabethtown, aber auch für die Zuschriften und Nachrichten herzlich bedanken möchte. Innerhalb kürzester Zeit hat die Familie viele Verluste hinnehmen müssen. Vor einem Jahr wurde die jüngste Tochter Kimberly aus dem Leben gerissen, und nun trifft es die ältere Zwillingsschwester Pamela. Wir werden alles tun, um sie wiederzubekommen, aber es ist kein Geheimnis, dass die Familie Westham und die Familie McKinley in der Vergangenheit einige Differenzen hatten. Daher vermuten wir, dass die Familie McKinley mit der Entführung von Mrs. Westham in Zusammenhang stehen könnte. Deshalb haben mich meine Mandanten gebeten, Ihnen mitzuteilen, dass jede Spur oder Hinweise, die das belegen, großzügig honoriert werden. Vielen Dank.«

Sofort murrt das Pressegeschwader auf und wirft mit Fragen wild um sich.

»Wie hoch wird die Belohnung sein?«

Diesmal tritt Mr. Westham persönlich ans Mikrofon. »Einhunderttausend Dollar.«

»Ich hasse ihn!«, schreit Emily weinend auf. »Ich kann nicht glauben, was für ein Drecksack mein Onkel ist. Statt auf eine Spur zu setzen, die zu seiner Tochter führt, will er lieber einen Haufen Geld für einen Beweis bezahlen, dass Mad oder seine Familie in Teachs Entführung verwickelt ist? Das ist wirklich das Letzte!«

»Beruhige dich, Babe. Es hat keinen Sinn, sich deshalb aufzuregen. Wir wissen, wie sie ticken.« Mad nimmt die heulende Emily in seine Arme.

»Siehst du, Edward, deine Teach war für uns die beste Wahl. Die Polizei wird sich irgendwann dem öffentlichen Druck, der vom Westham-Anwalt geschürt wird, beugen und Mad im Auge behalten.«

»Du willst doch nur wieder hören, dass du ein Genie bist.« Ich mag es nicht, wenn ich ihm recht geben muss, aber in diesem Fall verdient Pindalou definitiv Applaus.

Ella tritt neben mich. Sie schnäuzt ihre Nase und weint. »Das ist schrecklich, findest du nicht auch?«

Sie hat sich ebenfalls an der Suche beteiligt. Gestern und heute haben sie und Emily weitere Flugblätter in der Innenstadt verteilt und aufgehängt. Ella hat sich zur Heulsuse gemausert und geht mir ziemlich auf die Nerven.

»Ja«, antworte ich und setze eine mitfühlende Miene auf. Worauf ich Pindalou leise kichern höre.

»Oh, Edward. Ich habe solche Angst, dass wir Teach überhaupt nicht mehr finden. Was, wenn ihr Entführer ein Psychopath ist und ihr etwas Schlimmes antun wird? Ich muss ständig daran denken, was sie gerade durchmacht. Arme Teach.«

»Oh ja, Edward. Mit solchen Psychos ist nicht zu spaßen«, äfft Pindalou sie nach und lacht gehässig.

Ella schlägt die Hände vors Gesicht und heult. Kein Grund, theatralisch zu werden. Das würde ich ihr gern sagen, aber ... Na ja. Ich spüre ihren erwartungsvollen Blick. Dann fällt mir ein, dass ich Ella trösten sollte. Ich will zwar nicht, aber ich muss, wenn ich nicht auffallen will. Also ziehe ich die Heulsuse in meine Arme, genauso wie es Mad bei Emily gemacht hat, und ahme die Körperhaltung und den Gesichtsausdruck nach. Den Kuss auf den Scheitel finde ich allerdings etwas übertrieben und erspare ihn mir.

Während ich Ella so halte und sie mein Hemd mit ihren Tränen versaut, sehe ich zu Silent. Er steht immer noch stocksteif vor dem Fernseher. Er wirkt fassungslos, wütend, und ich wette, er würde Mr. Westham am liebsten an die Gurgel springen. Er hat die Fäuste geballt, und sein finsterer Blick könnte mir beinahe Angst machen – aber nur beinahe.

Pindalou rollt mit den Augen. »Ernsthaft, Ed, Angst?«

»Ich sagte doch ›beinahe‹«, verteidige ich meinen Gedanken und bringe Pindalou damit zum Schweigen.

Milow murmelt kopfschüttelnd etwas und wendet sich dann an Mad.

»Auch wenn die Suche eingestellt wird, wir machen weiter, oder, Boss?«, fragt er und gibt sich kämpferisch.

Alle Augen richten sich auf Mad.

»Natürlich. Wir lassen Teach nicht im Stich und suchen sie so lange, bis wir sie gefunden haben.«

Mads Männer brausen entschlossen auf und zeigen ihre Fäuste. Es erinnert mich an Kriegsgebrüll auf einem Schlachtfeld. Sollte ich mir jetzt Gedanken machen? Silent sieht zu seinem Freund und nickt ihm verbissen zu. Ich habe das Gefühl, dass ich auch etwas zur allgemeinen Nicht-aufgeben-Stimmung beitragen sollte, und löse mich von Ella. Schließlich will ich dazugehören.

»Ja, holen wir uns die Lehrerin zurück«, rufe ich und strecke die Faust in die Luft.

Wieso drehen sich alle Köpfe in meine Richtung und schauen mich so befremdlich an?

* * *

»Räum dein Zimmer auf, Murmel, und Finger weg von den Lollis. Ich füttere Lia und lege sie gleich schlafen, dann können wir essen«, ruft Mommy aus der Küche.

Ich rolle mit den Augen und unterdrücke ein genervtes Stöhnen. Immer diese blöde Aufräumerei. Mein Zimmer ist doch schon ordentlich. Und weshalb sind Lollis vor den Mahlzeiten nicht erlaubt? Schnell nehme ich ihn aus dem Mund und presse meinen Teddybären enger an mich.

»Okay, Mommy«, antworte ich, lutsche weiter und schiebe leise die Tür zum Keller auf. Einen Moment halte ich inne, aber Mommy ist mit Lia so beschäftigt, dass sie nichts mitbekommt.

Eilig schlüpfe ich durch die Tür, schließe sie und springe heimlich die Kellerstufen hinunter. Ich darf nicht nach unten, aber ich bin neugierig auf die Neue. Ich mag nicht, dass Mommy, Edward oder Pindalou Geheimnisse vor mir haben. Ich bin zwar erst sechs Jahre alt, jedoch verstehe ich schon eine ganze Menge.

Es ist dunkel, doch ich traue mich nicht, das Licht einzuschalten. Ich werfe einen Blick zurück zum Treppenaufgang und bin froh, dass niemand bemerkt hat, dass ich hier unten bin. Die letzte Stufe hüpfe ich hinunter und befinde mich in dem großen Kellerraum. Ich sehe Schatten und Umrisse, aber da ich mich öfter in den Keller geschlichen habe, kenne ich mich gut aus. Auf Zehenspitzen husche ich durch den Hauptraum hinüber zur Tür, die zum Gang führt, von dem aus man zu den anderen Zimmern gelangt. Hier muss ich besonders leise sein, damit Randall mich nicht hört oder noch schlimmer Pindalou. Ich zupfe meine Baseball-Cap zurecht und tapse lautlos wie eine Katze den Flur entlang, bis ich bei der Metalltür bin. Ich entriegle sie, horche, und als alles ruhig ist, bin ich endlich drin.

Iiiieeehhh! An meiner Schuhsohle ist etwas Weiches, Schmieriges. Was ist denn das? Essensreste? Ich mache einen großen Schritt um die Sauerei, schließe die Tür und sehe mich nach der Neuen um. Ich entdecke sie in ihrem Bett. Sie schläft. Ihr blondes Haar liegt ausgebreitet wie ein

Fächer auf der Matratze. Ihre Augen sind geschlossen, und sie hat sich ganz klein gemacht. Edward hat recht gehabt, sie ist hübsch, aber sie hat geweint. Das sieht man ihr an. Sie ist traurig, vielleicht weil sie keinen Teddybären hat. Niemand sollte deshalb heulen. Ich lege Twinkle vorsichtig zu ihr. Er wird sie trösten, so wie mich.

Achtsam setze ich mich ans Bettende und schaue ihr beim Schlafen zu. Ob sie aufwacht, wenn ich sie an den Füßen kitzle? Ich nehme den Lolli aus dem Mund und fahre mit meinem Finger über ihre Socken. Sie zuckt, schläft aber weiter. Sie ist kitzlig. Grinsend wiederhole ich die Berührung. Plötzlich zieht sie ruckartig ihre Beine an und wird wach. Verschlafen reißt sie die Augen auf, und als sie mich sieht, macht sie ein wütendes Gesicht. Sie muss ruhig sein, darf nicht schreien, sonst kommen Mommy, Edward oder … Pindalou. Ich schlucke ängstlich und will nicht an ihn denken.

Ich lege meinen Finger an die Lippen. »Sch … Du musst leise sein, sonst krieg ich mächtig Ärger.«

Ich nicke zur Tür.

Verwirrt schaut sie mich an, weicht bebend vor mir zurück. »Edward … Bitte, lass mich gehen. Warum tust du mir das an?«

»Ich bin nicht Edward, sondern Murmel. Keine Sorge, du bist nicht allein. Ich habe dir Twinkle gegeben.« Ich nehme den Lolli aus dem Mund, schlucke meine Spucke hinunter und deute auf den Teddy, der neben ihr liegt. »Der muntert dich garantiert auf. Macht er bei mir auch immer.« Ich lächle, aber sie sieht mich stirnrunzelnd an. »Ich leihe ihn dir, bis du ihn nicht mehr brauchst. Ich habe noch ein anderes Stofftier. Du musst ihn nur verstecken, sonst wissen sie, dass ich bei dir war. Okay?«

»Murmel?« Sie ist wie erstarrt, und ihre Augen sind weit aufgerissen.

»Warum liegt dein Essen auf dem Boden? Hattest du keinen Hunger? Mommy wird böse werden, wenn sie die Schweinerei dort sieht. Unordnung kann sie nämlich nicht leiden. Du kannst ihr ja sagen, dass der Teller versehentlich heruntergefallen ist. Dann bekommst du nur eine kleine Strafe.« Sie schaut mich immer noch völlig dusselig an. Weil sie weiß, dass man nicht lügen darf? Ich rolle mit den Augen. »Ja okay, das ist Schwindeln, und das darf man nicht, sonst kommt man in die Hölle. Aber Edward sagt, Notlügen sind manchmal erlaubt.« Ich zucke mit den Schultern. »Also, er meint ganz wenige«, gebe ich zu. Warum stiert sie so auf meinen Lolli? Vielleicht hat sie doch Hunger und will auch einen. Ich nehme ihn heraus und strecke ihn ihr entgegen. »Willst du mal lecken? Von mir aus kannst du ihn haben, ich muss sowieso gleich zum Essen.«

25

Teach

Edward trägt ein Cap und lutscht an einem Lolli, während er wie ein Wasserfall unaufhörlich blubbert. Seine gesamte Körperhaltung, seine Mimik und seine Sprache sind die eines Kindes, doch vor mir sitzt ein erwachsener Mann von knapp dreißig Jahren und streckt mir seinen Lutscher entgegen.

Ist das ein Spiel? Vor Schock kann ich mich kaum rühren, bin zwischen Angst und Unglauben gefangen. Was um alles in der Welt hat das zu bedeuten? Er gibt mir zu verstehen, dass ich leise sein muss, damit man ihn nicht erwischt? Er verstört mich, und gleichzeitig stellen sich meine Nackenhaare auf, weil er nicht nur krank, sondern auch vollkommen verrückt zu sein scheint.

»Du willst ihn nicht?«, fragt er, als ich nicht auf sein Lolli-Angebot reagiere. Er zuckt gleichgültig mit den Schultern. »Du magst wohl keinen Kirschgeschmack. Na gut.« Er steckt ihn sich wieder in den Mund. »Wie heißt du eigentlich?«

Ich kann nicht anders, als ihn verwirrt anzustarren. Wieso verhält er sich so kindisch?

»Teach«, flüstere ich völlig gebannt.

»Ich heiße Edward, aber alle nennen mich Murmel.« Erschrocken fährt sein Kopf zur Tür, als diese unerwartet aufgeschoben wird.

Randall steht im Rahmen und schaut mit entsetztem Gesichtsausdruck zu uns.

»Murmel, du darfst nicht ...«, murrt er flüsternd und undeutlich. Verängstigt schielt er in den Gang. Nervös zappelt er mit den Fingern, als erwartete er, dass jeden Moment jemand kommt.

»Ich muss gehen, Teach. Wenn du willst, besuche ich dich wieder. Okay?« Er lächelt, was mir seltsam vertraut erscheint.

»Pinke Panke«, ruft Randall erschrocken, und seine Finger zucken jetzt noch heftiger.

Edward beeilt sich. »Vergiss nicht, Twinkle zu verstecken, wenn Mommy oder die anderen kommen.«

Ich sehe ihm nach. Selbst sein Gang ist der eines Kindes – unbekümmert, schlaksig und beinahe hüpfend. An der Tür winkt er mir zu und grinst. Dann wird sie geschlossen.

Was zur Hölle war das? Mein Blick fällt auf den braunen Teddybären, der neben mir auf dem Bett liegt. Das war eindeutig Edward, aber sein Verhalten war ... sonderbar, schräg, geradezu grotesk. Ich nehme den Teddy, sehe ihn eine Weile an und schleudere ihn durch den Raum. Was soll dieser Mist? Soll Edwards Auftauchen mit seiner verschrobenen kindlichen Art mich psychisch weiter schwächen? Und wer zum Teufel ist Pindalou? Vor ihm scheinen alle Angst zu haben, selbst Randall. Edward spielt Spielchen, und vielleicht will er mich in den Wahnsinn treiben. Das könnte eine Erklärung sein. Inzwischen traue ich diesem Mistkerl alles zu.

Es ist lange still, und über Stunden versuche ich nachzuvollziehen, was hier los ist. Ich wünschte, ich könnte Silent erzählen, was geschehen ist. Ob sie mich noch suchen? Sind sie endlich auf eine Spur gestoßen?

Ich verliere immer mehr das Zeitgefühl, vegetiere und grüble. Mir ist übel, und ich bereue, das Essen gegen die Tür geworfen zu haben. Mein Magen rebelliert. Ich sitze auf dem Bett und lehne mit dem Rücken an der Wand. Zwischen meinen Fingern halte ich den Antonius-Anhänger ganz fest und hoffe, dass dieser Albtraum bald ein Ende hat. Ich weiß nicht, wie lange ich das noch aushalte, ohne komplett durchzudrehen.

Gerade als mich erneut der Schlaf einholen will, geht die Tür auf. Herein tritt Betty. Sofort richte ich mich auf.

»Was ist denn hier los?«, fragt sie, als sie das Essen auf dem Boden bemerkt. Sie hält ein Baby in ihrem Arm, das sie in ein Tuch gewickelt hat. Liebevoll drückt sie es an sich und wiegt es beruhigend. *Ein Baby*, hallt es in mir. Ist das ihres? Oder eines ihrer Enkelkinder? Edward erzählte mal, dass er mehrere Schwestern hat. Vielleicht auch entführt?

»Du hast nichts gegessen, meine Liebe? Und geduscht hast du auch nicht?«

Stolz hebe ich den Kopf. »Nein.«

Dabei knurrt mein Magen, und ich würde viel für saubere Kleidung geben.

»In diesem Haus wird kein Essen weggeworfen«, sagt sie streng. »Das ist respektlos.«

Erstaunt zucke ich die Brauen.

»Respektlos? Respekt muss man sich verdienen, Mrs. McKee«, sage ich spitz und verschränke trotzig die Arme.

Verärgert kräuselt sie die Lippen und kneift ihre Augen zusammen. »Du redest nicht in diesem Ton mit mir, junge Dame.«

Ein sarkastischer Lacher will aus meiner Kehle, weil sie sich wie meine Mutter anhört, doch als ich eine Waffe in ihrer Hand entdecke, die sie langsam auf mich richtet, verkümmert er in meinem Hals. Ich sehe ihr an, dass sie es liebt, ihre Macht auszuspielen. Sie merkt, wie mich die Pistole einschüchtert, setzt ihr unechtes Lächeln auf, kommt auf mich zu und beugt sich zu mir herunter. Ihr Veilchenduft steigt auf und verursacht Übelkeit. Ihre Augen wandern über mein Gesicht, hinab zu meinem Dekolleté und bleiben auf der Kette mit dem Anhänger liegen.

»Der Schutzpatron der verlorenen Dinge«, murmelt sie und nimmt die kleine goldene Figur zwischen ihre Finger. »Hübsch. Woher hast du sie?«

»Mein Freund hat sie mir geschenkt.« Fest beiße ich die Zähne zusammen, überlege, sie zu überwältigen und nach der Waffe zu greifen, doch den Gedanken verwerfe ich. Zu groß ist meine Angst, dass sich ein Schuss lösen könnte.

Mit einem Ruck zerrt sie die Kette von meinem Hals und hält sie in ihrer Hand.

»Nein, nicht«, wimmere ich, will sie zurück, aber es ist zu spät. Sie reagiert blitzschnell und verschließt sie in ihrer Faust.

»Ein hübsches Stück.«

»Bitte, geben Sie sie mir wieder.« Ich muss weinen. Die Kette ist alles, was ich von Silent habe, und bedeutet mir unendlich viel.

Sie lächelt triumphierend.

»Hör auf zu heulen. Los, steh auf. Du ziehst um«, befiehlt sie knapp.

Ich zögere, aber ich habe keine Wahl, rutsche widerwillig vom Bett und schlüpfe in meine Schuhe. Sie wartet, bis ich vorausgehe. Meine Knie sind weich, dennoch zwinge ich mich zu jedem Schritt. Mir wird heiß und kalt, weil ich nicht weiß, was mich erwartet. Unsicher trete ich in den Gang.

»Da vorne rechts«, kommandiert sie mich.

Als ich durch die Tür gehe, stockt mein Atem, und ich bleibe stehen. Ich befinde ich mich in einem riesigen Raum, der mit einem Eisengitter geteilt ist. Dahinter ist eine Treppe. Sie führt nach oben. Am anderen Ende des Raums ist ein aufgeschobener Vorhang. Dort erkenne ich einen gynäkologischen Stuhl, ein Ultraschallgerät und andere medizinische

Geräte, die mich an Dr. Aloes Untersuchungszimmer erinnern. Mir steigt Galle in den Rachen. Betty schiebt mich mit dem Lauf der Pistole weiter. Dann sehe ich das, wovon sie gesprochen hat – meine neue Unterbringung. Es ist eine Art Gefängniszelle, in der sich ein Bett, eine Toilette mit Waschbecken und ein Schränkchen befinden. In der Wand im Käfig ist ein breites Fenster eingelassen. Es ist abgedunkelt, und man kann nicht hindurchsehen. Die Käfigtür steht offen und wartet nur darauf, mich zu verschlucken.

»Warum tut ihr das?«, flüstere ich zitternd.

»Nun … Wir sind an deinem Kind interessiert, nichts weiter.«

Nichts weiter? Keuchend stoße ich den Atem aus, während sich meine Gedanken überschlagen. Ich werfe einen Blick über meine Schulter zu dem Bündel, das Betty in ihrem Arm trägt. Sie hat es gestohlen, und sie wollen auch meines.

»Niemals. Meins bekommt ihr nicht. Das ist mein Kind«, fauche ich und schlinge die Arme schützend um meinen Leib. Sie grinst und schweigt, und mir wird klar, dass ich keine Chance habe. »Was seid ihr? Eine Art Menschenmafia?«

Betty lacht laut auf. »Ach du meine Güte! Du hast wirklich eine blühende Fantasie, Liebes. Aber nein, dein Baby wird unser Leben wieder in Ordnung bringen.« Sie tritt hinter mir hervor und geht hinüber zur Zelle. »Jetzt schau mich nicht an wie ein verängstigtes Häschen. Wenn du ein braves Mädchen bist, wird es dir gut bei uns gehen.«

Mit der Waffe fordert sie mich auf hineinzutreten.

Das können sie unmöglich ernst meinen. Ich kann und werde das niemals akzeptieren. Doch die Pistole in ihrer Hand zwingt mich vorerst nachzugeben, mich zu fügen. Und das tue ich, gehe in die Zelle und lasse mich von ihr einsperren.

* * *

Betty schließt die Tür, während ich das versprochene Einsatzkommando herbeisehne. Es kann nicht mehr lange dauern. Daran klammert sich meine Hoffnung.

»Ich habe mir Mühe gegeben, es für dich gemütlich zu gestalten. Ich hoffe, du weißt das zu würdigen.« Sie grinst. »Du wirst nachher duschen, verstanden?«

Ich antworte nicht, sehe aber, was sie meint. Mit Rosen bedruckte Bettwäsche, einen Teller mit Keksen auf dem Nachttisch, einen rosa Teppich vor dem Bett und Bücher, die sich in einem unteren Fach des Schränkchens reihen. Insgesamt ist der Käfig größer als der Raum, in dem sie mich vorher eingesperrt haben.

»Ach, bevor ich es vergesse. Du solltest unbedingt wissen, was geschieht, wenn du nicht kooperierst.« Sie läuft zur Wand, an der sich ein Schalter befindet, knipst ihn an, und augenblicklich fährt ein Verdunklungsrollo in dem eingebauten Fenster in meiner Zelle hoch.

Ich erstarre, das Blut friert in meinen Adern, und ich kann die aufkommenden Tränen nicht zurückhalten. »Mein Gott!«

Schockiert schlage ich weinend eine Hand auf den Mund. Jessie.

Sie ist an den Armgelenken gefesselt und hängt von der Decke. Ihr Körper baumelt ein wenig hin und her, und ist über und über mit Schnittwunden übersät. Am Boden unter ihr haben sich kleine Blutlachen gesammelt.

Mit einem Aufschrei klopfe ich geschockt gegen das Fenster. »Jessie, Jessie!«

Lebt sie noch? Ihre Brust hebt und senkt sich, und sie schafft es, die Augen einen winzigen Spalt zu öffnen.

»Mein Gott, was zum Teufel habt ihr mit ihr gemacht?«, schreie ich weinend. Wütend fahre ich zu Betty herum und schaue in ihr böse grinsendes Gesicht. Ich bin fassungslos über so viel Grausamkeit.

»Sie gehört Pindalou. Ich denke, du wirst nun gegen etwas Sauberkeit nichts einzuwenden haben, oder?«

»Pindalou?«, frage ich flüsternd. Jetzt erst bemerke ich die unzähligen Messer und andere Folterinstrumente an der Wand im Raum, in dem Jessie ist.

»Das ist eine … Folterkammer.«

»Ja. Er liebt es, mit ungezogenen Mädchen zu spielen. Also benimm dich, meine Liebe, dann bleibt dir das erspart.« Sie beginnt zu singen, während sie das Kind in ihren Armen wiegt.

Pinke Panke hast du Angst?
Er genießt es, wenn du bangst.
Sein Messer wirst du spüren,
wenn Schatten dich berühren.
Er liebt dein Blut,
er liebt dein Blut,
das lindert seine kranke Wut.

Eins, zwei, drei, vier …
er steht schon hinter dir.

Grinsend summt sie die Melodie weiter, während sie mit dem Baby zum großen Gittereingang geht, hinter sich abschließt und dann die Treppe hinaufsteigt. Mit Absicht lässt sie die Jalousie oben, damit ich Jessies Schicksal als Warnung tief in mir aufnehmen kann. Ich habe ihre Drohung verstanden, und ich hasse sie dafür. Hilflos muss ich mit ansehen, wie Jessie leidet.

Pindalou … Ekel wabert in meinem Magen und schießt mit einem Mal meine Kehle hinauf. Sofort hechte ich zur Toilettenschüssel und stülpe mein Inneres nach außen. Was muss dieser Pindalou nur für ein Monster sein, dass er so etwas tut?

»Sie kommen und holen uns hier raus, Jessie. Hörst du?« Machtlos klopfe ich gegen die Scheibe und bete inständig, dass sie mich hört, mich irgendwie wahrnimmt, aber sie bewegt sich nicht, ihr Körper baumelt regungslos. Vielleicht ist sie bewusstlos? Da entdecke ich, wie sich ihre Brust ganz leicht hebt und senkt. Sie lebt. Gott sei Dank.

Warten. Geduld. Hoffen. Silent wird mich retten. Ich setze mich auf das Bett, und der Duft von Waschmittel steigt mir in die Nase. Das alles ist so surreal, dass ich kaum einen klaren Gedanken fassen kann.

Gehört das Kind in Bettys Armen etwa Jessie? Gott, ich darf nicht nachdenken, was sie durchgemacht hat. Betty hat gesagt, sie haben sie Pindalou überlassen. Warum? Ich stehe auf, gehe zum Gitter und schaue mich um. Erneut befällt mich Ekel, als ich den Gynäkologenstuhl im hinteren Bereich erspähe. Das ist absolut krank und widert mich an. Ansonsten sind auch hier Ziegelwände ohne Fenster. Nichts. Ich rüttle an den Stäben, an der Gittertür. Es ist sinnlos. Resigniert gebe ich auf.

Es vergeht so viel Zeit, dass ich nicht weiß, ob es Tag oder Nacht ist. Bleierne Müdigkeit lähmt meine Gedanken, wiegt schwer auf meinem Körper, und der Hunger, der inzwischen nagend ist, wird immer größer.

Betty kommt zurück. Diesmal ohne ein Kind. Wieder bedroht sie mich mit einer Waffe und zwingt mich zur Nasszelle. Ich gehorche, was bleibt mir sonst übrig?

Sie händigt mir einen Waschbeutel, ein sauberes Handtuch, Zahnputzzeug und ein Nachthemd aus. Mechanisch komme ich ihrer Aufforderung nach, putze ausgiebig die Zähne und dusche gründlich. Ein Anflug von Widerstand keimt in mir auf, als ich die Zahnbürste unter dem Wasserstrahl betrachte. Sie ist nicht unbedingt ein scharfes Werkzeug, aber ich könnte die alte Dame damit verletzen, sie dann bewusstlos schlagen, die Schlüssel nehmen und einen Weg hier raus suchen. Alles in mir schreit danach, will mich dazu bringen, es wenigstens zu versuchen, aber mir fehlen jegliche Kraft und Skrupellosigkeit. Ich warte auf Silent und will wegen meines Babys kein unnötiges Risiko eingehen. Nichtsdestotrotz wünsche ich Betty die Pest an den Hals, eine Herzattacke oder eine andere schlimme Krankheit.

Ich sollte mit den Gewaltphantasien aufhören. Es hat keinen Zweck. Ich weiß ja nicht, wie viele Leute tatsächlich hier sind, wie das Haus gesichert ist und wo ich mich genau befinde. Im Grunde könnte ich überall sein. Kentucky hat Wälder, viel unbewohntes Land. Vielleicht müsste ich Meilen um Meilen laufen, bevor ich auf Hilfe stoßen würde. Die McKees haben alles geplant, bis ins kleinste Detail durchdacht und ganz bestimmt Sicherheitsmaßnahmen getroffen. *Silent … Bitte beeil dich.*

Als ich fertig bin und zurückgeführt werde, steht ein Stuhl mitten im Raum.

»Setz dich«, befiehlt Betty.

Schweigend nehme ich Platz, während sie mir den Handtuchturban vom Kopf nimmt. Sie greift nach einem Kamm und beginnt meine Haare zu entwirren. Ausdruckslos lasse ich es über mich ergehen.

»Du hast wunderschönes Haar, meine Liebe. Je nach Lichteinfall glänzt es golden. Hach … Früher hatte ich ähnlich schönes Haar. Ich war noch jung, und die Mädchen im Dorf haben mich darum beneidet. Vielleicht wird das Baby genauso blond wie du. Das wäre wirklich sehr hübsch, oder nicht?«

Ich will mir gar nicht ausmalen, wie mein Baby aussehen könnte. Alles in mir schreit auf bei der Vorstellung, dass sie es mir wegnimmt, wenn ich es zur Welt bringe. Ich weiß genau, dass ich dann sterben werde.

Sie kämmt mich und flicht mir einen Zopf. Für Außenstehende könnte die Szene vertraut und liebevoll wirken. Betty spricht mit sanfter Stimme, aber hinter der friedlichen Fassade lauert eine böse Kreatur. Als Mensch kann ich sie nicht bezeichnen.

»Wird es meinem Baby denn gutgehen, wenn es geboren ist?«

Sie hält mitten in ihrer Bewegung inne und lehnt sich ein Stück zu mir herüber, damit sie mich ansehen kann. »Aber natürlich, Liebes. Darauf kannst du dich verlassen. Ich vergöttere Kinder.« Sie lächelt mich mit mütterlicher Zuneigung an und streicht mir eine Träne von der Wange. »Es wird ihm an nichts fehlen, das verspreche ich dir.«

Ich nicke traurig, gebe ihr das Gefühl, mich mit dem Gedanken abzufinden, aber in mir wächst der Hass, während sie den Zopf fertigstellt. Mir wird wieder übel von ihrem Veilchenduft. »Was ist bei Komplikationen?«

»Darüber brauchst du dir keine Sorgen zu machen. Wir haben alles im Griff, und ich kenne mich gut aus.«

Wieder nicke ich. »Ich habe Hunger.«

»Sehr schön«, lobt sie zufrieden. »Wir sind fertig. Komm, dein Essen steht bereit.«

26

Teach

Ich esse, schlafe und bete, aber nichts geschieht. Ich weiß nicht, wie lange ich noch durchhalte. Es ist ein Teufelskreis zwischen Bangen und Hoffen. Ich bin müde, mental erschöpft und finde mich mit meinem Schicksal immer mehr ab. Mit den Tagen bröckelt mein Widerstand, und ich achte auf Bettys Wohlwollen, auf ihre Zufriedenheit, damit ich nie die Bekanntschaft von Pindalous Grausamkeiten machen muss. Sie sollten sich freuen, eine so gehorsame Gefangene zu haben, die die Routine und Abläufe inzwischen kennt und einhält. Ich strenge mich an, keine Last zu sein, will ihnen das Gefühl vermitteln, dass sie mich gebrochen haben.

Doch die Gedanken sind frei. Die können sie mir nicht nehmen. Ich verbringe viel Zeit mit Silent an seinem Strand. Das sind die besten Stunden, aber auch dort werden die Farben durchsichtiger, manchmal verschwimmen sie, und hin und wieder muss ich mir sein Gesicht ins Gedächtnis rufen. Dann befällt mich Panik, und ich zerre sein Bild mit aller Kraft zurück, klammere mich daran fest und ermahne mich, es nicht zu verlieren.

Jemand kommt die Treppe herunter. Schnell verberge ich meine Gedanken und blättere eine Seite des Buches um, in das ich die meiste Zeit, ohne zu lesen, starre.

Wahrscheinlich ist mal wieder Essenszeit.

»Teach, meine Liebe, hättest du Lust, dein Baby zu sehen?« Betty strahlt mich voller Erwartung und Vorfreude an.

»Natürlich.« Mist! Sie meint bestimmt eine Ultraschalluntersuchung. Ein Schauer rollt über meinen Rücken, aber ich lasse mir nichts anmerken, schlucke die Angst und den Horror hinunter, dass ich mich vor ihr entblößen muss und ausgeliefert bin.

»Sehr gut, sehr gut. Dann werde ich alles vorbereiten.« Sie geht hinüber zum Untersuchungsbereich. »Randall bringt dir gleich dein Essen. Wenn du fertig bist, können wir loslegen.«

Als hätte Randall auf ihr Kommando gewartet, kommt er herunter, öffnet den Käfig und stellt das Tablett auf meinen Nachttisch. Wie so oft starrt er mich an, als würde er mich studieren, als könnte er meine Gedanken lesen. Man sagt Autisten einiges nach. Sie haben ein fantastisches Gedächtnis, geradezu verblüffende Fähigkeiten.

»Mommy …?«, ruft er langsam.

»Was ist denn, Randall?«, antwortet Betty genervt.

»Ruby weint, Fläschchen«, erwidert er in seiner unverkennbaren Aussprache.

Sie wendet sich ihm zu.

»Was stehst du so nutzlos herum und glotzt wie ein hässliches Warzenschwein? Na los, hol Teachs Schmutzwäsche und entsorge sie in einen Plastiksack«, schnauzt sie ihn an.

Sofort senkt er den Blick und macht sich an die Arbeit. Seine Finger zappeln aufgeregt. Das hat er auch getan, als Edward bei mir war. Ich deute das als ein Anzeichen für Nervosität.

»Und dir, meine Liebe, guten Appetit. Wir sehen uns nachher«, sagt Betty freundlich und verlässt den Kellerraum. Es ist unglaublich, wie schnell sie von erbost zu nett wechseln kann.

Ich lege die Decke um meine Schultern und esse. Jedes Mal muss ich an Jessie denken, die immer noch in der Folterkammer am Seil hängt. Sie wird versorgt, aber ich frage mich, wie lange ein Mensch das aushalten kann. Es ist unfassbar, wie sie das alles überhaupt erträgt. Ich werde nicht müde, Betty ständig zu bitten, sie aus der Kammer zu holen, aber sie lässt sich nicht erweichen und wiederholt jedes Mal, dass sie nun Pindalou gehört.

Randall kommt mit meinen Sachen zurück.

»Danke«, sage ich, bücke mich, um das leere Tablett unter dem Eisengitter hindurchzuschieben. Er hält inne, schaut zu mir herüber, bevor er weiter die Kleidung in den Sack stopft.

»Randall?«

Er sieht zu mir auf.

Ich zögere. »Kannst du … Jessie …« Ich deute zum Fenster. »Es geht ihr schlecht, und sie ist verletzt. Kannst du sie zumindest losbinden? Bitte.«

Ich lege so viel Flehen in meinen Welpenblick, und auch wenn ich damit rechnen muss, dass er mir diesen Gefallen nicht erfüllen wird, will ich es wenigstens versuchen.

Er übergeht meine Frage, bindet einen Knoten in den Sack und stellt ihn in einer Ecke ab. Dann verschwindet er im Gang, und irgendwo fällt eine Tür ins Schloss.

Ich hätte mir denken können, dass das nicht funktioniert. Resigniert werfe ich einen Blick zu Jessie, die hinter der Jalousie ein grausames Dasein fristet.

»Es tut mir so leid«, flüstere ich den Tränen nahe.

Kurze Zeit später kommt Betty zurück, lässt mich aus dem Käfig und führt mich zu der Nische, in der sie mich untersuchen will. Sie schaltet den Computer ein, der mit einem Surren hochfährt, und bittet mich, auf dem Gynäkologenstuhl Platz zu nehmen.

Kälte kriecht meine Glieder hinauf, und ich zögere. Sie

scheint zu wissen, was sie tut, denn jeder Handgriff wirkt routiniert. Doch etwas lenkt mich ab. Mein Blick fällt auf den Rollwagen neben dem Stuhl. Dort liegen auf einer Unterlage Untersuchungsinstrumente bereit.

»Zum Glück stille ich nicht. Das nimmt einfach zu viel Zeit in Anspruch«, erzählt Betty, als wären wir Mütter, die sich zufällig beim Einkaufen getroffen haben.

Sofort wende ich den Blick davon ab und nicke kaum merklich. Nein, ich kann das nicht. Es ist zu gefährlich, eines der Instrumente zu nehmen. Wo sollte ich es verstecken? Wenn es schiefgeht, erwartet mich eine Strafe. Der bloße Gedanke an Pindalou jagt mir so viel Angst ein, dass ich jeglichen aufkommenden Kampfgeist unterdrücke. Das traue ich mich nicht. Kim dagegen hätte nicht gezögert. Sie handelte stets spontan, unüberlegt und manchmal zu impulsiv. Das war immer der große Unterschied zwischen uns. Ich bin zurückhaltend, wäge Risiken ab und gehe lieber auf Nummer sicher. Ich bin ein Feigling und werde es bleiben.

Hin und wieder wirft Betty einen Blick in meine Richtung. Die Tatsache, dass sie mir gelegentlich den Rücken zudreht und keine Waffe auf mich richtet, zeigt, dass sie mir vertraut. Vielleicht soll ich aber auch nur den Eindruck gewinnen und mich sicher fühlen und merke nicht, dass Edward oder Pindalou mich irgendwie im Auge haben.

Fröstelnd reibe ich mir über die nackten Arme und verstehe allmählich den Sinn des dünnen Nachthemdes. Nichts lässt sich darin verstecken. Der Stoff ist so fein, in bestimmtem Licht sogar durchsichtig. Darunter trage ich lediglich einen Slip.

Gehorsam setze ich mich auf den Stuhl und lege die Beine auf die Vorrichtung. Schluckend wende ich den Blick zur Decke und versuche alles auszublenden. Ich fühle mich schutzlos, ausgeliefert und bloßgestellt, während Betty ihre Untersuchung startet.

Ich lasse es über mich ergehen. Sie hat als Hebamme gearbeitet. Ihre Handgriffe sind professionell, routiniert und selbstsicher, dennoch vertraue ich ihr nicht. Egal, wie freundlich sie zu mir ist, sie und ihre Söhne halten Jessie und mich gefangen, foltern uns körperlich wie seelisch und wollen mein Baby rauben.

»So«, sagt sie zufrieden, als sie den Abstrich gemacht hat. »Alles sieht gut aus.«

»Darf ich dich etwas fragen, Betty?«

»Natürlich.«

Kurz überlege ich, wie ich es formulieren könnte. »Du erwähntest eben, dass du froh bist, nicht zu stillen, weil das viel von deiner Zeit in Anspruch nimmt.«

»Das ist korrekt.«

»Ich würde mein Baby stillen, wenn ... ich es behalten dürfte.«

Sie macht ein mitleidiges Gesicht. »Darfst du aber nicht. Das weißt du doch, oder?«

»Du hast doch zwei Babys, um die du dich kümmern musst. Warum willst du dann auch meins? Du hättest noch weniger Zeit.«

»Nun ...« Sie denkt nach und hebt den Blick. »Es ist eine Wiedergutmachung. Er schuldet es mir.«

»Wer?«

Sie kneift fragend die Augen zusammen. »Du bist ganz schön neugierig, Liebes.«

Angespannt beiße ich mir auf die Lippen. »Es tut mir leid. Es war nur eine Frage.«

»Nun gut. Dann wollen wir mal sehen, wie es meinem Kind geht«, sagt sie lächelnd und beginnt mit dem Ultraschall.

Ich zwinge mich auf den Monitor zu schauen und versuche ihre Worte, ›wie es *meinem* Kind *geht*‹, nicht zu nahe an mich heranzulassen. Betty drückt irgendwelche

Knöpfe und schaltet das Gerät ein. Nach einer Weile wird eine Blase auf dem Bildschirm sichtbar, und sie deutet auf eine pulsierende Stelle. »Siehst du das? Das ist das Herz.« Sie strahlt mich an. »Es klopft kräftig.«

Eine Träne rollt aus meinem Auge, und mein Herz quillt über vor Liebe. Da ist es – mein kleines Baby. Ich kann deutlich Ärmchen und Beinchen erkennen, sogar den Kopf. Betty schaltet den Ton ein, und als ich den Herzschlag des Kindes höre, ist es, als weckte er etwas in mir. Ich hätte nicht gedacht, dass ich während der Gefangenschaft Glück empfinden könnte, aber genau das fühle ich in diesen Sekunden. Es ist ein flüchtiger Moment, der nur mir und dem Ungeborenen gehört. Vielleicht ist es sogar der einzige, den wir je gemeinsam haben werden. Je länger ich mein eigen Fleisch und Blut betrachte und je mehr ich seinen Herzschlag in mir aufnehme, desto klarer wird ein Gedanke: *Ich darf nicht aufgeben – niemals.* Ich muss es retten.

Ganz egal wie düster es wird, das Baby hat eine Chance verdient. Ich liebe es mehr als mein Leben und werde dafür kämpfen. Es gehört Silent und mir, und ich werde nicht zulassen, dass es mir irgendjemand wegnimmt. Silents Worte kreisen durch meinen Kopf, und ich kapiere plötzlich, wie viel Wahrheit darin liegt. ›Das Schicksal spielt in diesem Spiel nicht mit, Teach, es mischt nur die Karten. Es zeigt dir Wege, die du gehen kannst, nicht die, die du einschlagen sollst. Du bist der Spieler, und irgendwann kannst du mit deinem Spielzug alles verändern.‹

* * *

»Ein kleines Wunder, nicht wahr?«, sagt Betty erfreut. Sie ist ehrlich begeistert, liebt Kinder aufrichtig, aber während ich auf dem Bildschirm mein Baby ansehe, wird mir etwas klar. Silent hat recht. Ich bin diejenige, die es in der Hand hat.

Wenn ich Mutter werden, den kleinen Wurm aufwachsen sehen und großziehen will, dann muss ich dafür kämpfen. Niemand hat das Recht, es mir wegzunehmen. Es gehört mir, mir allein. Ich werde nicht nur überleben, ich will mein Leben zurück. Mit allen Schwierigkeiten und Problemen. Und ich will dieses Baby, mit Silent.

Ich schmunzle, denn das muss der berühmte Mutterinstinkt sein, der Frauen zu Löwinnen werden lässt.

»Ja, das ist wirklich ein Wunder«, flüstere ich und schenke Betty ein kleines Lächeln.

»Gut, das hätten wir, Kindchen. Du kannst in deinen Käfig zurück.« Während Betty sich um das benutzte Equipment kümmert, spüre ich, dass jetzt der Moment der Entscheidung naht.

Meine Gedanken rasen, mein Herz pocht, weil ich die vielen Instrumente nicht aus dem Kopf bekomme. Langsam steige ich vom Stuhl hinunter.

»Oh, mir ist … mit einem Mal so schwindlig …« Ich stöhne, schwanke so heftig, dass ich gegen den Rollwagen stoße. Ich halte mich an ihm fest, meine Beine geben nach, und ich breche zusammen. Dabei ziehe ich die sterile Matte mit den Untersuchungsinstrumenten mit mir.

Scheppernd fällt alles zu Boden, Betty fährt herum und schreit nach ihren Handlangern. »Randall? Edward?«

Regungslos bleibe ich liegen. Kurze Zeit später werde ich hochgehoben und zum Käfig getragen, wo ich auf das Bett niedergelassen werde.

»Mir war plötzlich schwindlig«, erkläre ich mich, als Betty meinen Puls prüft. »Es geht schon wieder«, sage ich mit benommener Stimme.

»Trinkst du genug?«, will sie wissen, und ihre grauen Augen mustern mich.

»Es war wohl nur der Kreislauf. Alles gut«, erwidere ich und ziehe die Decke über mich.

»Mach Tee, Randall«, befiehlt Betty knapp, ohne den Blick von mir zu nehmen. »Ja, das kann schon mal vorkommen. Ich würde sagen, du ruhst dich aus.« Sie ist wachsam, und ich lese in ihrem Gesicht eine Spur Skepsis. Es folgt ein langer Blickkontakt, dem ich standhalte. Innerlich bebe ich vor Angst, sie könnte hören, wie mein Herz gerade ausflippt.

Sie nickt kaum merklich, während sie mich einzuschätzen versucht. »Nun gut, wir werden sehen, Teach.«

Sie erhebt sich und geht aus dem Käfig.

Als ich endlich allein bin, schließe ich vor Erleichterung die Augen. Noch eine Weile bleibe ich regungslos liegen und bewege mich erst, als ich mich sicher fühle. Langsam winkle ich das Bein an und ziehe aus dem Socken das metallene Ding. Ich behalte es unter dem Laken und werfe kurz einen Blick darauf. Es ist kein Messer, leider auch kein Skalpell, ich habe keine Ahnung von den Untersuchungswerkzeugen, die benutzt werden, aber es fühlt sich großartig an und ist von nun an mein wertvollster Besitz. Ich lächle und drücke es zwischen Matratzenrand und Bettgestell. Zufrieden schlafe ich irgendwann ein, träume vom Strand, von Silent und von unserem Kind, mit dem wir einen Drachen steigen lassen.

Nach all der Aufregung fühle ich mich erstaunlich gut. Ob es an dem Herzschlag meines Babys lag oder an dem Erfolg meines Schauspiels?

Ich höre schwere Atemzüge in meiner Nähe. Vorsichtig drehe ich mich um, und mir entfährt ein Schrei. Randall steht direkt vor dem Käfig und beobachtet mich.

Erschrocken setze ich mich auf, beruhige mich aber wieder, denn niemand kennt mein kleines Geheimnis. Oder doch?

»Pinke Panke … Pindalou … Jessie«, flüstert er gedehnt, und sämtliche Nackenhaare stellen sich mir auf. Warum sagt er das?

Er bückt sich und schiebt etwas unter dem Gitter hindurch. Er wartet darauf, dass ich es hole. Also krabble ich vom Bett und greife danach. Stirnrunzelnd schaue ich den Schokoriegel an und verstehe. Jessie kann er wegen Pindalou nicht losbinden, dafür bekomme ich den Riegel. Simpel, kindlich, aber für mich der Beweis, dass Randall kein Holzkopf ist.

»Ist das für mich?«, frage ich mit einem zaghaften Lächeln.

Er nickt und beobachtet, wie ich die knisternde Verpackung öffne und davon abbeiße.

»Sehr lecker«, sage ich kauend, schließe genießerisch die Lider. »Ich liebe Schokolade. Danke.«

In Randalls Augen flackert es erfreut. »Ich auch.«

Seine Finger zucken aufgeregt, und er schaut immer wieder zum Treppenaufgang.

Ich lasse den Riegel in meiner Hand sinken. »Ist Edward dein Bruder?«

Er spitzt den Mund und scheint nachzudenken.

»Randall großer Bruder. Beschützt alle. Bin stark«, sagt er verwaschen.

Sekunden vergehen, bevor ich weiter mit ihm spreche. »Du hast dir um mich Sorgen gemacht, nicht wahr?«

»Ja«, antwortet er monoton, sieht mich aber nicht an.

»Wir sind doch jetzt Freunde, oder?«

»Ja. Freunde.«

»Wenn man befreundet ist, hilft man einander. Immer.«

»Ja.«

»Du musst Jessie helfen. Freunde tun das.«

Seine Pupillen wandern durch den Käfig. Er wirkt getrieben, durcheinander, dreht sich einfach um und lässt mich ohne eine Antwort allein zurück.

27

Silent

Langsam gehen mir die Ideen aus. Ich weiß nicht, wo wir noch suchen sollen. Mr. Wick ist im Dauereinsatz, Runley nerven wir täglich, intensiver an dem Fall zu arbeiten, und Mad, Emily und ich gönnen uns nur kurze Pausen.

Ich bin am Ende, falls ich Teach auch verliere. Ihr Verschwinden und die Vorstellung, dass irgendein krankes Schwein ihr wehtun könnte, machen mich rasend.

Diese Entführung setzt uns allen zu. Mad ist in Sorge um Emily. Sie isst kaum und schläft viel zu wenig. Am meisten regt sie die Pressemeute auf, die unsere Destillerie und Bars belagert und sogar vor Mads Villa nicht haltmacht. Vor einigen Tagen ist ein Reporter für ein exklusives Foto über die Gartenmauer geklettert. Und das nur wegen Teachs Eltern und deren Absicht, das Verschwinden ihrer Tochter den McKinleys anzuhängen. Seit Jahrzehnten herrscht Krieg zwischen den Familien, und das hat sich auch nach dem Drama vom letzten Jahr nicht geändert.

Doch jetzt schießen die Westhams wirklich den Vogel ab. Heute soll ein Gottesdienst für alle Bürger stattfinden. Sie wollen für Teachs unversehrte Heimkehr beten, Kerzen anzünden und gemeinsam an sie denken. Ich könnte kotzen. Teach ist doch nicht tot, verflucht noch mal! Wären ihre Tränen echt, ihre Verzweiflung spürbar, könnte ich das Bedürfnis nach Ermutigung verstehen, aber ich kenne die Westhams. Sie tun nichts ohne Hintergedanken und haben bisher nicht viel zur Suche nach ihrer Tochter beigetragen. Selbstverständlich haben sie die Presse, wichtige Persönlichkeiten von Elisabethtown und Geschäftspartner für dieses Spektakel eingeladen. Ich kann nachvollziehen, dass Emily fuchsteufelswild ist. Das Einzige, was Teachs Eltern damit bezwecken, ist Aufmerksamkeit.

Voller Hoffnung, dass wir nun endlich eine Spur finden, sitze ich im Wagen und schaue zu, wie Mad unseren Spion bei den Sundays wieder einsammelt. Mit Mr. Wick auf dem Arm kommt er zurück und steigt ein.

»So, mal sehen, was unser Freund heute gefunden hat.« Mad schnallt die Minikamera von dem kleinen Körper ab, entnimmt den Mikrochip und gibt ihn mir. Ich stecke ihn in den Slot des Laptops und kann es kaum erwarten.

Die Polizei hat bei ihrer Befragung der Sundays nichts herausgefunden, und auch die Familienproblematik schien für Runley nicht bedrohlich zu sein. Die Sache war deshalb für ihn erledigt. Das reicht mir nicht. Teach ist eine großartige Lehrerin, hat gespürt, dass bei der Familie irgendetwas nicht stimmt. Ich habe ihr versprochen, mich darum zu kümmern, und bei unserer ersten Beobachtung brauchte ich nicht lange, um zu kapieren, dass der Familienvater ein mieser Typ ist.

Die Aufzeichnung von Mr. Wick dauert fast eine halbe Stunde. Sie zeigt zuerst den Keller des Hauses. Außer altem Plunder ist da nicht viel. In einer weiteren Sequenz spielt das Mädchen in ihrem Zimmer mit Puppen, die Mutter bereitet in der Küche Essen zu, und der Vater sitzt Bier trinkend vor dem Fernseher. Wie jedes Mal schlägt mir die Enttäuschung auf den Magen, und ich donnere meine Faust gegen das Armaturenbrett.

»Tut mir leid, Mann«, sagt Mad, als wir fast am Ende des Videos angelangt sind. »Die Sundays sind sauber. Runley hat also recht gehabt. Wir können unsere Liste noch einmal durchgehen.«

»Wir haben doch schon alle mehrmals gecheckt«, erwidere ich missmutig, werde aber durch einen Schrei im Video abgelenkt. Sofort stoppe ich den Film und spule ein Stück zurück, damit wir sehen, was geschehen ist.

Mr. Sunday steht von seinem Sessel auf und torkelt in die Küche zu seiner Frau. Sie streiten, und schnell gerät Mr. Sunday außer Kontrolle. Er schlägt brutal zu.

»Teach hat es geahnt«, sage ich zu meinem Freund. »Ich habe ihr versprochen, mich darum zu kümmern.«

»Versprechen soll man halten, Bro.«

Stumm schauen wir uns einige Sekunden an und brauchen keine weiteren Worte. Mad setzt Mr. Wick auf dem Rücksitz ab, und wir steigen aus. Wir werden Mr. Sunday erklären, was er für ein mieser Schwachkopf ist und dass er dringend seine Finger von seiner Frau und seinem Kind lassen soll. Natürlich werden wir diskret vorgehen, ohne dass seine Familie dabei ist. Ein reines Männergespräch sozusagen.

Zwei Stunden später kühle ich meine Fäuste mit Eis, während Mad uns einen Whiskey einschenkt. Er reicht mir ein Glas, setzt sich in seinen Sessel, lehnt seinen Kopf an die Nackenstütze und streckt die Beine von sich. »Der Mistkerl hätte tatsächlich seine Frau vergewaltigt, wenn wir nicht gekommen wären.«

»Er wird ihnen nie wieder etwas antun«, erwidere ich und fühle noch immer die Wut, die ich an ihm ausgelassen habe. »Manche Männer verdienen ihre Familie überhaupt nicht.« Ich kippe den Alkohol in einem Zug hinunter.

»Eine Spur von Teach haben wir zwar nicht gefunden, dafür aber die Frau und das Kind gerettet.«

Das ist besser als nichts. Trotzdem bringt mich der Gedanke um, dass wir in all dieser Zeit nichts entdeckt haben – weder einen Anhaltspunkt noch sonst irgendwas.

Ich darf sie nicht verlieren. Mit jedem Tag, an dem ich sie nicht zurückbekomme, stirbt etwas in mir. Nie zuvor habe ich mich so verloren gefühlt – nicht mal als Kind. »Ich will sie zurück, Mad.« Der Kloß in meinem Hals schwillt an. »Ich … habe solche Angst um sie. Ich liebe sie und kann nicht mehr ohne sie sein.«

Meine Augen brennen merkwürdig, und plötzlich verschwimmt mein Blick. Flüssigkeit löst sich und läuft über meine Wange.

Mad hebt verwundert seinen Kopf und mustert mich mit gerunzelter Stirn. Als er kapiert, was mit mir los ist, steht er auf. »Silent …?«

»Ich drehe durch, Mad. Was tut der Mistkerl ihr an?«

Er kommt auf mich zu. »Scheiße! Du weinst?«

Ich schüttle den Kopf und wische das feuchte Zeug fort.

»Wir geben nicht auf, bis wir sie gefunden haben. Das hast du ihr versprochen. Wir haben irgendwas übersehen oder suchen an falscher Stelle. Du hast alle Videos zigmal angeschaut. Vielleicht müssen wir den Radius doch erweitern, oder Mr. Wick Haus für Haus, Hütte für Hütte in dieser verdammten Gegend durchlaufen lassen.«

Ich nicke zustimmend.

»Aber … Wow! Ich bin beeindruckt, dass du das so frei hast sagen können.«

»*Sie* hat das bewirkt.«

Er sieht mich an und legt eine Hand auf meine Schulter. »Sie ist deine ganz persönliche Medizin, Bro. Wir müssen sie finden.«

Es war ein kurzer Moment der Schwäche, den ich mir gestattet habe. Als ich mitbekomme, dass sich die Toreinfahrt öffnet und zwei Autos mit unseren Männern hereinfahren, verberge ich alle Gefühle, die mich übermannt haben, und verschließe sie sorgfältig unter den Resten der geschmolzenen Eismasse.

Das Tor schließt sich, während ein Blitzlichtgewitter losbricht.

»Langsam geht mir der Rummel echt auf die Nerven«, brummt Mad. Als wir sicher vor den Presseheinis sind, treten wir in den Innenhof. Die Jungs steigen mit erschöpften und betretenen Gesichtern aus.

»Wir sind bis zum Hoorsier National Forest gefahren, haben dort den Wald und die Schutzhütten der Gegend durchkämmt.« Milow schüttelt enttäuscht den Kopf. Bedauern liegt in den Mienen unserer Leute, sogar bei diesem Edward. Ich mag ihn nicht besonders. In kürzester Zeit hat er alle um den Finger gewickelt, einschließlich Mad und Emily. Sie mögen ihn, und man könnte den Eindruck bekommen, er gehört inzwischen zu uns. Fällt nur mir seine schleimige Art auf?

Zur Sicherheit habe ich den Sportlehrer noch mal gecheckt. Das Ergebnis: Seine Wohnung ist sauber, ultrasauber für meinen Geschmack. Mr. Wick konnte diesmal kein Souvenir in Form einer getragenen Socke mitnehmen. Manchmal ist da etwas in Edwards Augen, was mich unruhig werden lässt. Seltsamer Vogel! Vielleicht bilde ich mir das alles nur ein, weil ich weiß, dass er Teach um ein Date gebeten hat und ich eifersüchtig bin. Wie auch immer, er hat uns bei der Suche geholfen, und ich bin für jede Hilfe dankbar.

Wir gehen ins Haus. Aus der Küche will ich für unsere Männer Bier holen. Dort entdecke ich Emily. Sie steht an der Spüle und hat mir den Rücken zugedreht. Sie weint leise.

Fuck! Meine Eingeweide ziehen sich zusammen. Aus einem Impuls heraus will ich flüchten, Mad Bescheid geben, der sich sonst immer um sie kümmert, aber ihre Schluchzer treffen mich bis ins Mark, und meine Beine bewegen sich wie von selbst auf sie zu.

Sie hört mich und versucht ihre Tränen vor mir zu verbergen.

»Ich bin es«, sage ich vorsichtig. »Em, ist alles okay?«

Sie hat die Hände vor ihr Gesicht gepresst, und ihre Schultern werden von einem heftigen Weinkrampf geschüttelt. »Nein.«

Blöde Frage, natürlich ist nichts in Ordnung. Ich suche nach tröstenden Worten, aber bevor ich den Mund aufmachen kann, wirft sie sich in meine Arme. Zuerst erstarre ich, weil ich die unerwartete Nähe nicht gewohnt bin, doch der Drang, ihren Kummer zu lindern, ist größer, mächtiger, weshalb ich sie fest an meine Brust ziehe und sanft streichle. Ich weiß nicht, was ich ihr sagen soll, denn es gibt keine Worte, die unseren Schmerz erträglich machen. Wir stehen einfach nur da, bis sie sich irgendwann leicht von mir löst.

»Silent ... Ich ...« Ihre Augen sind ganz rot und geschwollen, und sie wendet ihren Blick von mir ab. »Seit Tagen weiß ich nicht, was ich tun soll. Ich habe Teach versprochen, es für mich zu behalten, aber ich kann das nicht länger vor dir geheim halten.«

Ich runzle die Stirn. Wovon spricht sie, zum Teufel?

Sie schluckt und verzieht gequält das Gesicht, bevor sie endlich weiterredet. »Sie wollte es dir sagen, aber ...«

Neue Tränen laufen über ihre Wangen.

»Was?«, frage ich forsch. Diese Ungewissheit macht mich verrückt.

»Sie ist schwanger. Von dir.«

Einen Moment kann ich nicht atmen, nicht klar denken, meine Arme geben sie sofort frei, und mein Herz rutscht in die Knie. Ich muss mich an der Spüle festhalten.

»Wir waren zusammen beim Arzt, er hat die Schwangerschaft bestätigt. Sie wollte es dir sagen, aber ... Sie war so verunsichert, sie hat sogar darüber nachgedacht, Elisabethtown zu verlassen.« Sie weint erneut, doch diesmal bin ich nicht fähig, sie zu trösten.

Teach ist schwanger? Von mir? Die Erinnerung an den Abend in meiner Küche drängt sich hervor. Wir hatten Sex – ungeschützt.

»Silent.« Emily rüttelt an mir. »Du musst sie finden. Bitte.«

Ich bin viel zu durcheinander, um zu reagieren. Diese Neuigkeit verschlimmert alles. Verstört verlasse ich die Küche und trete in den Garten hinaus. Tief atme ich die kalte Abendluft ein. Der nagende Schmerz hat sich nun verdoppelt. Ich kann kaum einen Gedanken fassen.

Ich setze mich auf die Bank, beuge mich vor und greife mit beiden Händen an meine Beanie-Mütze. Die Nachricht muss ich erst mal sacken lassen. Ich bin völlig überfordert, aber eines weiß ich mit klarem Bewusstsein: Wenn ich Teach nicht finde, habe ich nicht nur sie auf dem Gewissen, sondern auch mein eigenes Kind.

* * *

Die Last auf meinen Schultern ist wie ein Berg, unter dem ich zusammenzubrechen drohe. Er wird mich zerquetschen, wie eine Made.

»Es tut mir leid, Bro«, höre ich plötzlich Mads Stimme. Er setzt sich neben mich, zündet sich eine Zigarette an, zieht daran und reicht sie mir. »Emily hat es mir gerade gesagt.«

Tief inhaliere ich den Rauch, bevor ich ihn ausstoße.

»Wir werden heute Abend zu diesem Gottesdienst gehen. Ich habe gehört, der Polizeichief unseres Countys soll kommen. Vielleicht kann ich meine Beziehungen spielen lassen, und er unterstützt uns.«

Ich nicke und gebe ihm die Zigarette zurück. »Wenn ich es gewusst hätte … Ich …«

»Mach dir wegen des Babys nicht so viele Gedanken. Wir konzentrieren uns weiter voll auf die Suche. Du kannst alles mit Teach klären, wenn wir sie gefunden haben.«

Ich bewundere seinen Optimismus. Mad glaubt an das Gute. Ich wünschte, ich könnte das auch, aber er hat recht. Vorerst sollte ich nicht über das Kind nachdenken. Das bringt mich völlig aus dem Konzept und sorgt dafür, dass ich unkonzentriert bin.

Eine Stunde später kommen Mad, Milow, Edward und ich an der Kirche an. Auf dem Vorplatz sind viele bekannte Gesichter, die in Gruppen zusammenstehen, Kerzen angezündet haben, und irgendwo singen die Leute. Es sind sogar Getränke- und Essensstände aufgestellt, und ein Rednerpult ist auch bereit. Die Westhams haben an alles gedacht.

Bevor wir uns unter die Menschenmassen mischen, bleibt Edward abrupt stehen. »Ich kann da nicht rein. Sorry, Leute.«

Wir drehen uns zu ihm.

»Was ist los?«, will Mad wissen.

Edward sieht aus, als hätte er einen Geist gesehen. Sein Blick ist wie versteinert auf das Eingangsportal gerichtet, und er wirkt, als hätte er Angst. Er taucht aus seiner Starre auf, tritt von einem Bein aufs andere und lächelt unsicher. »Ich habe Kirchen nie gemocht. Sie sind mir unheimlich«, erklärt er. »Geht ihr ruhig, ich warte hier.«

Ich kann ihn verstehen, es geht mir ähnlich, weshalb ich mich auch entscheide, draußen zu bleiben.

»Ich ebenfalls«, erwidere ich und nicke Mad zu, dass er mit Milow gehen kann. Er weiß, dass ich mit der Kirche nicht viel am Hut habe.

»Na gut. Dann sehen wir uns nachher.« Mad und Milow laufen die Stufen hinauf, und ihr Auftauchen wird von blitzenden Fotokameras und neugierigen Reportern begleitet, die Mad einen Kommentar entlocken wollen.

»Danke, nett von dir, dass du mit mir draußen wartest«, sagt Edward, während wir über den Platz schlendern.

Das war nicht nett. Ich erspare mir bloß scheinheiliges Gequatsche. Ich nicke nur, und wir steuern auf einen Getränkestand zu. Er ordert zwei Bier, wir stellen uns abseits der Menge und sehen dem Treiben zu. Überall werden Kerzen angezündet. Selbstgeschriebene Plakate, teilweise mit Bildern von Teach, werden in die Höhe gehalten. Es rührt mich, wie die Menschen an sie denken. Mitten im Pulk der Leute werde ich auf ein kleines Mädchen aufmerksam. Sie trägt ein Stofftier in ihren Armen und winkt mir lächelnd zu. Zuerst glaube ich, dass sie nicht mich meint, aber dann erkenne ich sie. Es ist das Kind aus Teachs Schulklasse, das sich später ein Einhorn tätowieren lassen will. Sie hört nicht auf zu winken, sodass Edward mir schon einen auffordernden Blick zuwirft. Also hebe ich meine Hand und zwinge mich zu lächeln. Zufrieden dreht sich das Mädchen zu ihrer Mutter. Ich muss zugeben, dass das süß war.

»Du magst Kinder nicht besonders, oder?«

Natürlich mag ich sie. Ich habe nur keine Erfahrung mit ihnen. Eine Antwort bleibe ich ihm schuldig, weil Mrs. Winterbottom an uns vorbeiläuft und Edward sie überfreundlich begrüßt. »Guten Abend, Mrs. Winterbottom. Ein trauriger Anlass heute, nicht wahr?«

Die Frau des Stadtrats bleibt stehen, lächelt, und ich sehe ihr an, dass sie überlegt, wer Edward ist. Mir wirft sie allerdings einen mürrischen Blick zu. »Oh ja. Wir hoffen alle, dass man Pamela schnell wiederfindet. Die Ärmste, ich will mir nicht ausmalen, welche Qualen sie aushalten muss.«

Mrs. Winterbottom zählt zu den Schwatzbasen von Elisabethtown, aber diesmal höre ich ehrliche Betroffenheit in ihrer Stimme.

»Ja, schrecklich. Wenn ich mir vorstelle, dass der Täter heute Abend unter uns sein könnte.« Edward schüttelt den Kopf. »Diese ganze Sache ist fürchterlich.«

Mrs. Winterbottom nickt zustimmend. Die Kirchenglocken läuten und kündigen den Beginn des Gottesdienstes an. »Oh, ich muss hinein, ehe ich zu spät bin. Entschuldigen Sie mich.«

Eilig läuft sie über den Platz, während ich über Edwards Worte nachdenke. Mit seiner Vermutung könnte er recht haben. Teachs Entführer könnte hier sein. Ist es nicht so, dass Täter das Katz-und-Maus-Spiel lieben? Die meisten Leute betreten die Kirche, nur wenige bleiben der Messfeier fern. Vielleicht sitzt das Arschloch gerade auf der Kirchenbank und freut sich, weil sein Plan aufgeht. Bei dem Gedanken will ich auf etwas einschlagen. Bestimmt lacht der Kerl sich ins Fäustchen.

Ich werfe Edward einen Blick zu, bevor ich mein Bier austrinke. Er hat wieder diesen seltsamen Ausdruck in seinen Augen, und an seinem Mundwinkel zuckt ein winziges Grinsen. »Also, ich mag diese Stadt. Ihre Bewohner sind so … mitfühlend, so hilfsbereit. Findest du nicht auch?«

Für die nächste halbe Stunde quatscht er mir einen Blumenkohl ans Ohr. Erzählt vom Sport, den er treibt, von den Kindern in der Schule und davon, wie tief ihn Teachs Entführung getroffen hat. Es kommt mir vor, als wollte er mich von sich überzeugen. Mag sein, dass ich ihm nicht das Gefühl gebe, wir könnten Bros werden. Liegt vermutlich daran, dass ich ihn immer noch nicht leiden kann, und das wird sich auch nicht ändern. Er hat etwas Scheinheiliges für meinen Geschmack.

Na endlich! Der Gottesdienst ist zu Ende, und ich bin froh, dass Edward den Mund hält, als die Leute aus der Kirche strömen. Leise dröhnt Musik aus den Lautsprechern, die rechts und links zwischen dem Rednerpult aufgestellt sind.

Ich entdecke Mad, der in ein Gespräch mit dem Polizeichief vertieft ist, und hoffe, dass er erfolgreich sein wird. Milow tritt zu uns.

»Das hättet ihr sehen sollen. Die Westhams haben einen Aufstand gemacht, weil Mad und ich in der Kirche aufgetaucht sind.«

»Das ist doch ein öffentlicher Ort. Jeder darf kommen oder nicht«, meint Edward.

»Schon, aber sie haben nicht damit gerechnet, dass Mad so viel Schneid hat, tatsächlich aufzutauchen. Letztlich wollten sie wegen der Presse keinen Skandal und haben ihre Platzanweiser zurückgepfiffen.«

Das Mikrofon knackt, und die Leute stellen ihre Gespräche ein. Mr. und Mrs. Westham treten an das Rednerpult.

»Herzlichen Dank. Meiner Frau und mir bedeutet es viel, dass Sie alle heute gekommen sind.« Mr. Westham hebt grüßend die Hand, als die Menschen applaudieren. Teachs Mutter heult mal wieder ihre Krokodilstränen.

»Wir vermissen unsere geliebten Töchter. Kimberly und Pamela. Die Gewissheit, dass wir eine bereits verloren haben, die andere spurlos verschwunden ist, bereitet uns schlaflose Nächte und großen Kummer. Wir stellen uns täglich auf das Schlimmste ein, aber wir fragen uns auch, warum ausgerechnet uns so ein hartes Schicksal trifft. Wir als Eltern haben alles für unsere Töchter getan. Wir waren treusorgend, und besonders meine Frau hat sich stets liebevoll um Kim und Pamela gekümmert.«

Applaus brandet auf, als er das Mikrofon seiner Frau überlässt und für sie beiseitetritt. Erneut ist das Klicken der Kameras zu hören.

Bullshit! Alles in mir will aufschreien und den Mann von dem Pult wegstoßen. Innerlich bin ich so aufgebracht, weil er nichts als Lügen verbreitet. In jedem Wort steckt so viel Kalkül, das geht mir gehörig gegen den Strich.

»Was für ein Heuchler«, murmelt Milow neben mir, und ich kann ihm nur beipflichten.

Mrs. Westham tupft sich die Tränen aus den Augenwinkeln und blickt in die Menge.

»Danke, mein Lieber. Pamela wird irgendwo dort draußen festgehalten, und ich möchte an den vermeintlichen Entführer appellieren: Geben Sie mir mein kleines Mädchen zurück. Sie ist das Wertvollste, was wir noch haben. Ich bitte Sie von ganzem Herzen als Mutter«, sagt sie mit dünner Stimme und mit Blick direkt in die Kamera.

Mr. Westham umarmt seine Frau und richtet sich wieder an die Menge.

»Wir alle haben Kinder und wissen, wie anstrengend sie sein können. Ich will nicht leugnen, dass wir unsere Differenzen hatten. Das ist normal und kommt in jeder Familie vor.« Er lacht, und die Leute nicken zustimmend. »Ich wollte, dass sie ihren Lehrerjob an den Nagel hängt und zu uns nach Santa Barbara zieht. Stattdessen hat sie sich dagegen entschieden, weil ihre Cousine und ihr Freund sie dazu überredet haben. Mr. McKinley und Emily haben uns unsere Tochter gestohlen, sie so lange beeinflusst, bis sie nachgab. Dass das alles passieren konnte, dafür tragen sie eine Mitschuld und Verantwortung«, schimpft er ins Mikrofon.

Die Leute tuscheln.

»Das wurde ihr jetzt zum Verhängnis. Uns allen wäre dieses Desaster erspart geblieben, wenn diese beiden Personen sich aus ihrem Leben herausgehalten hätten.«

Sprachlos werfe ich einen Blick zu Milow, der genau wie ich nicht fassen kann, was Teachs Vater gesagt hat. Ich ertrage es nicht länger, wie sie ihre verlogene Show durchziehen, und in mir braut sich ein Sturm zusammen, den ich nicht aufhalten kann.

»Lügner«, rufe ich in einer Sprechpause laut aus. Ich halte inne. Habe *ich* das gerade gerufen? Köpfe drehen sich in meine Richtung, Mr. Westham runzelt die Stirn, und ich würde gern im Schatten verschwinden. Doch etwas in mir setzt meine Beine in Gang. Ich laufe zum Rednerpult. Keine Ahnung, woher plötzlich dieser Mut kommt, aber als ich mich zwischen der Menge hindurchschiebe, die mir sogar den Weg nach vorn freimacht, kann ich nicht mehr zurück. Ich ignoriere die Kameras, die alle auf mich gerichtet sind. Ich gehe an Mad vorbei, der mich mit großen Augen anstarrt.

»Was hast du vor, Bro?«, flüstert er, aber ich kann ihm nicht antworten. Unmittelbar vor Westham bleibe ich stehen. »Sie sind ein Heuchler und ein Lügner, Mr. Westham«, wiederhole ich laut. »Sie kennen Ihre Tochter schlecht, wenn Sie glauben, dass sie an einem Schreibtisch in einem Ihrer Büros in Santa Barbara glücklich gewesen wäre. Teach war und ist Lehrerin mit Leib und Seele. Sie liebt Kinder und ist der aufrichtigste und warmherzigste Mensch, den ich kenne. Sie hat auf ihr Herz gehört und diese Entscheidung für sich getroffen. Sie wollten das nicht akzeptieren und haben ihr gedroht, ihr das Haus wegzunehmen, was Sie letztlich auch getan haben. Sie haben es verkauft, worauf Teach bei einem McKinley Zuflucht suchte und fand.«

»Moment mal …?« Westham blickt fragend zu seinen Leuten. Aber ich rede weiter, fühle mich beflügelt, endlich Dampf abzulassen.

»Als Vater haben Sie versagt, ebenso Sie als Mutter. Sie haben Ihre beiden Mädchen jahrelang sich selbst überlassen. Ich weiß, dass Kim und Teach gelitten haben, weil sie nie die Liebe erfahren durften, die sie verdient hätten. Sie wissen einen Scheiß über Teach, also hören Sie auf, von Familie und Liebe zu sprechen. Schämen Sie sich nicht, hier zu stehen und Ihr Leid zu klagen, wie schlecht es Ihnen geht?

Glauben Sie, Teach geht es im Augenblick besser? Haben Sie sich schon mal Gedanken gemacht, was Ihre Tochter gerade alles durchmachen muss?«

»Was erlauben Sie sich? Wer zum Teufel sind Sie überhaupt?«

»Ich bin der Mann, mit dem Ihre Tochter zu Beginn ihrer Gefangenschaft ein paar Stunden kommunizieren konnte. Sie hat Todesangst, sie ist verzweifelt und wartet darauf, dass sie gefunden wird. Sie ist die verdammt stärkste Person, die ich kenne, aber sie braucht unsere Hilfe, statt hier zu stehen und sich Mitleid zu erschleichen. Das ist wirklich das Letzte, Mr. Westham.«

Kurz blicke ich zu Mad, der stolz grinst. Bevor ich noch mehr Wahrheiten ausplaudern kann, werde ich von Polizisten gepackt und weggerissen. Ich lasse es zu, denn ich habe gesagt, was ich sagen wollte, und ich fühle mich großartig.

Stunden später hat Mad mich aus meiner Arrestzelle gegen Kaution herausgeholt. Die Westhams haben mich angezeigt, aber das ist mir völlig egal, denn nun wissen die Leute, wie Teachs Eltern tatsächlich ticken, und das war es mir wert.

»Also, das nenne ich mal eine Ansprache«, meint Mad lachend, als wir die Polizeistation verlassen. Draußen am Wagen warten Milow und Edward.

»Silent, das war ...« Milow umarmt mich und klopft mir kumpelhaft auf den Rücken. »Krass, Mann! Da ist wohl dein Gerechtigkeitssinn mit dir durchgegangen, was?«

Ich nicke, ziehe meine Beanie-Mütze zurecht und will schnell weg von hier. Bevor wir einsteigen, klingelt Edwards Handy. Er nimmt ab und geht ein paar Schritte, um ungestört zu telefonieren. Mad erzählt, dass er vom Polizeichief nach diesem Vorfall keine Unterstützung mehr erwarten kann. Das ist zwar Mist, aber im Grunde habe ich nichts anderes erwartet.

»Hey Leute, ich muss los«, ruft Edward uns zu, während er telefoniert. »Ich muss nach Hause.« Dann dreht er sich um und geht davon. »Bin unterwegs, Mommy.«

28

Mit einem Messer durchschneide ich das Seil und trage Jessicas reglosen Körper aus Pindalous Folterkammer. Ich weiß, dass ihm das nicht gefallen wird, aber ich fürchte, wenn Jessica jetzt stirbt, könnte Teach etwas tun, was unseren Plan gefährdet. Ich will vermeiden, dass sie vielleicht wie Jessica damals auf die Idee kommt, die Schwangerschaft irgendwie zu beenden. Das müssen wir verhindern, und Pindalou wird das einsehen. Wobei es kein Problem für ihn ist, sich andere Opfer auszusuchen, mit denen er sein Pinke-Panke-Spiel treiben kann.

Ich lege den leblosen Körper auf die Untersuchungsliege. Sie stöhnt kaum hörbar, woraufhin ich eine Bewegung im Käfig bemerke. Teach ist aufgewacht und späht zu uns herüber. Aber davon lasse ich mich nicht ablenken und beginne Jessicas Wunden zu reinigen. Sie ist so schwach, dass sie noch nicht mal auf das scharfe Desinfektionsmittel reagiert.

»Edward?«

Kurz werfe ich einen Blick zu Teach. Mit besorgter Miene hält sie sich an den Gitterstäben in ihrem Käfig fest.

»Was habt ihr mit ihr vor?«

»Das geht dich nichts an, Teach. Halt die Klappe und leg dich wieder hin.« Schweigend arbeite ich weiter, und es dauert länger als erwartet, die Wunden zu säubern. Ich denke, Mommy muss sich einige Schnitte genauer ansehen und nähen.

»Ist sie …?«, beginnt Teach, aber die Worte bleiben ihr im Hals stecken.

»Tot?«, beende ich ihren Satz.

»Ja.«

»Nein, ist sie nicht.«

»Ich dachte schon einmal, dass ihr sie umgebracht habt.«

»Wieso?«

»Damals als dein Bruder sie aus dem Zimmer geholt hat, und dann hörte ich das Geräusch einer Säge.«

Ich lache verächtlich. »Du schaust zu viele Horrorfilme. Ich habe deinen Käfig gebaut. Nichts weiter.«

»Oh … Was ist mit Pindalou?«

»Was soll mit ihm sein?«

»Ist er auch dein Bruder?«

»Nein, ist er nicht«, antworte ich gereizt. Ich will nicht über ihn sprechen. Pindalou ist ein schwieriger und düsterer Typ. Er ist der grausamste Kerl, den ich kenne. Er durchschaut Personen schnell, scheint in ihnen lesen zu können wie kein anderer. Manchmal wünschte ich, es gäbe ihn nicht.

»Wird er mir auch wehtun?«, höre ich ihre zitternde Stimme.

Ich will nicht, dass er das mit ihr macht, aber falls irgendetwas schiefläuft, Teach das Kind für Mommy nicht zur Welt bringen kann, weiß ich nicht, ob ich ihren Tod verhindern kann. »Das hängt von dir ab, Teach.«

Aus einer Schublade hole ich frische Tupfer und reinige die Schnitte an Jessicas Armen.

»Edward, du hast mir mal gesagt, dass du Gefühle für mich hast. War das gelogen?«

Kurz schaue ich auf und konzentriere mich wieder auf die Wunden, denn ich will ihr Geplapper nicht hören. Ich habe mich entschieden, meine Schuld bei Mommy endlich zu begleichen. In einem normalen Leben wäre Teach eine tolle Frau für mich. Bestimmt hätten wir gut zusammengepasst. Wir sind beide Lehrer und arbeiten gern mit Kindern. Aber mein Leben ist nicht normal, und ich bin es auch nicht.

»Ja, das war eine Lüge«, sage ich genervt und ziehe ruckartig den Vorhang zu, damit sie mich nicht mehr sieht.

Eine Stunde später hat Mommy Jessicas Wunden genäht und versorgt. Sie schläft auf einer Matratze am Boden gegenüber von Teachs Käfig. Wir haben sie gefesselt. Wobei sie so schwach ist, dass sie sich ohnehin kaum rühren könnte. Wie erwartet hat Pindalou erst getobt, als er mitbekommen hat, dass ich sie aus seiner Kammer abgehängt habe. Jetzt schmollt er, während ich die nächste Unterrichtsstunde vorbereite.

»Ich habe dir erklärt, warum ich das getan habe. Glaubst du, ich würde mich nicht an unsere Vereinbarung halten? Es ist ja nur, bis Teach ihr Schicksal akzeptiert hat.«

Keine Reaktion.

Ich seufze. »Komm schon, Pindalou. Du kannst dir jederzeit ein anderes Opfer suchen. So wie ich dich kenne, hast du bereits jemanden im Visier.«

Immer noch keine Reaktion.

»Du weißt genau, dass ich deshalb kein Auge zubekomme. Ich will nicht, dass du sauer bist.«

»Mit euch emotionalen Typen ist es doch immer das Gleiche. Aber ich sag dir was, Edward: Das Tolle an meiner Herzlosigkeit ist, dass sie mich gut schlafen lässt, während du dir die Nächte um die Ohren schlägst.«

»Ha, ha … Sehr witzig, wenigstens redest du wieder mit mir.«

»Aber nur, weil ich dir recht geben muss. Wir dürfen deiner Teach nicht trauen, aber … Silent auch nicht.«

»Wieso? Läuft doch alles gut. Sie sind auf der falschen Spur, mehr noch, sie vertrauen mir und halten mich für ihren Freund. Außerdem ist sie nicht *meine* Teach.«

»Tz … tz … tz … Ich muss schon sagen, Edward, langsam lässt du nach. Silent frisst dir nicht so aus der Hand wie die anderen. Er mag dich nicht. Außerdem … Ist dir nicht aufgefallen, dass Mad und Silent Heimlichkeiten haben?«

Ich weiß selbst, dass Silent eine harte Nuss ist. Es ist schwer, mit ihm ins Gespräch zu kommen, da er so scheu ist. »Wie kommst du darauf, dass die beiden Heimlichkeiten haben?«

»Sie lassen dich und die anderen Männer stundenlang in die Pampa fahren, an sinnlosen Orten suchen, während die beiden ständig am Computer hängen. Außerdem schalten sie den sofort aus, sobald jemand den Raum betritt. Du solltest dringend deinen Grips aktivieren und genauer hinsehen.«

* * *

Leise öffne ich die Tür meines Zimmers und linse durch den Spalt in den Flur. Es ist dunkel, nur vom Wohnzimmer flackert das Licht des Fernsehers. Barfuß schlüpfe ich hinaus und versuche nicht auf bestimmte Holzdielen zu treten, die mich verraten könnten. Sie knarzen ziemlich laut, und Mommy könnte davon aufwachen. Zum Glück bin ich nicht so ein Koloss wie Randall. Bei ihm ächzt jede Diele.

Im Türrahmen bleibe ich stehen. Mommy liegt in ihrem Sessel, hat die Beine von sich gestreckt und schnarcht. Sie hört sich wie ein Schweinchen an. Wie jeden Abend schaut sie ihre Kinderserie und schläft dabei ein. Meine Geschwister Lia und Ruby liegen im Stubenwagen. Leise tapse ich zu ihnen und strecke ihnen die Zunge heraus. Sie starren mich mit ihren toten Augen an. Ich mag die beiden nicht. Sie grinsen dämlich, als wollten sie mich verhöhnen, weil

Mommy sie lieber hat als mich. Ich bin ihr großer Bruder, aber mit ihnen werde ich nicht spielen. Ich mag Randall und Edward. Die sind klasse.

Ich schaue mich um, suche nach dem Schlüsselbund, den Mommy immer bei sich trägt, und finde ihn in ihrer Hand. Mist! Wie soll ich ihn da rausbekommen? Vorsichtig trete ich näher an sie heran und versuche ihn ganz langsam aus ihren Fingern zu ziehen. Dabei achte ich auf ihr Schnarchen und dass die Schlüssel nicht klimpern. Falls sie aufwacht, bricht ein mächtiges Donnerwetter los. Davor habe ich Angst. Außerdem ist es bald Mitternacht, und das ist die Stunde von Pindalou. Bis dahin muss ich Twinkle aus dem Keller geholt haben und wieder im Bett sein. Mein Blick huscht zur Standuhr. Noch habe ich Zeit.

Ich halte den Atem an, als es einmal in ihrem Gesicht zuckt, aber ich ziehe den Schlüsselbund langsam, Stück für Stück heraus. Geschafft. Mit den Schlüsseln in der Hand schleiche ich hinaus, entdecke auf dem Weg die Bonbonniere auf der Anrichte und kann nicht widerstehen. Ich stibitze einen Lolli und versichere mich ein letztes Mal, dass Mommy nichts mitbekommen hat, bevor ich mich auf den Weg in den Keller mache.

Leichtfüßig wie immer springe ich die Treppe hinunter. Der Boden ist eisig. Ich hätte meine Schuhe anziehen sollen, aber die hätte Mommy bestimmt gehört.

Ich strenge mich an, das Schloss des Gitters zu öffnen, was nicht so einfach ist. Außerdem schaut Teach mir dabei zu. Mit einem Klick springt es endlich auf, und ich kann hinein.

»Hi«, rufe ich und freue mich, sie wiederzusehen. Ich laufe hinüber zum Käfig, drücke mein Gesicht zwischen die beiden Stangen und lache sie an.

»Edward?«

»Er schläft. Ich bins, Murmel.«

Teach steht von ihrem Bett auf, zieht ihr Laken mit und legt es sich über die Schultern. Sie hat rote Wangen, aber wieso sieht sie mich jedes Mal so irritiert an? Dadurch bekommt sie Falten auf der Stirn.

»Wie alt bist du, Murmel?«

Ich zeige ihr mit den Fingern mein Alter. »Sechs.«

»Das ist …«

»Er glaubt, dass er ein Kind ist. Er ist verrückt.«

Verärgert drehe ich mich zu Jessica.

»Das bin ich gar nicht. Mommy sagt, ich bin etwas Besonderes«, verteidige ich mich. Es macht mich traurig, dass Jessica sowas von mir denkt.

»Beruhige dich, Murmel. Sie hat es nicht so gemeint«, besänftigt mich Teach.

Beleidigt setze ich mich auf den Boden vor dem Käfig und spiele an dem Saum meines Schlafanzugs. »Das sagt sie immer.«

»Du bist … groß für dein Alter«, meint Teach.

»Bin ich nicht. Ich bin ganz normal.«

»Okay.«

»Kannst du mir Twinkle zurückgeben, Teach? Ich kann ohne ihn nicht schlafen, seit Mommy …« Die Worte bleiben mir im Hals stecken, und jedes Mal, wenn ich daran denke, wollen Tränen kommen. Aber Mommy sagt, Männer weinen nicht, deshalb strenge ich mich an, damit sie sich nicht aus meinen Augen lösen.

»Seit deine Mommy was …?« Sie beugt sich zu mir herab. »Du kannst mir vertrauen und alles erzählen.«

Außer Edward ist niemand so nett zu mir. Jetzt kommen doch Tränen aus mir heraus. Tapfer schlucke ich sie herunter und schaue zu ihr auf. Ihre Stimme ist viel weicher als die von Mommy. Kann ich ihr wirklich alles sagen? Sie lächelt mir aufmunternd zu, und irgendwie habe ich das Gefühl, dass sie meine Freundin ist.

»Sie hat mich nicht mehr richtig lieb«, murmle ich leise.

»Das glaube ich nicht. Du bist ein toller Junge.«

»Sie liebt nur noch Lia und Ruby.«

»Das sind die Babys?«

Ich nicke.

»Hast du noch mehr ... Schwestern?«

»Nein, aber Mommy sagt, es kommt bald noch eins. Ich wünsche mir dann einen Jungen.«

»Und ... Weißt du, woher die Babys kommen?«

»Natürlich«, antworte ich verlegen und werde rot. »Aus der Vagina.« Ich muss kichern und halte mir die Hand vor den Mund.

»Und warum glaubst du, dass deine Mommy dich nicht so lieb hat wie die anderen Kinder?«

Beschämt senke ich den Kopf. »Weil ... Weil ich etwas Böses getan habe.«

»Jeder macht mal Fehler, Murmel. Deshalb hört man nicht auf, jemanden zu lieben. Und schon gar nicht ein Kind.«

Diese eine Sache kann Mommy mir nicht verzeihen. Selbst Edward versucht alles, damit sie mich wieder lieb hat.

»Magst du mir erzählen, was geschehen ist?« Teach hüllt sich in ihre Decke. Ich würde mich gern zu ihr kuscheln, ihre Wärme spüren und mit ihr reden.

»Du brauchst keine Hemmungen zu haben. Vertrau mir.«

Ich würde Teach gern glauben, aber Pindalou hat es mir verboten. Wenn er herausfindet, dass ich es ihr sage, dann ...

»Du musst dich für nichts schämen, Murmel.«

Ich beiße mir auf die Unterlippe und überlege. Sie ist meine Freundin. Vielleicht versteht sie mich. Bilder von damals sausen wie ein Film durch meinen Kopf. Da ist das Blut ... So viel Blut. Ich hole Luft und bin bereit.

29

Teach

Er ringt mit sich, und irgendetwas geht in ihm vor. Ich kann es kaum erwarten, mehr zu erfahren, giere danach, weitere Informationen zu bekommen. Plötzlich flattern seine Augen. Seine Pupillen rollen nach hinten, bis nur noch das Weiße zu sehen ist. Er bewegt den Kopf hin und her, seine Halswirbel knacken. Mir ist klar, was gerade geschieht, aber ich bin so geschockt und gleichzeitig fasziniert, dass ich mich nicht bewegen kann. Mein Atem stockt. Ein Ruck geht durch seinen Körper, dann ist es mucksmäuschenstill. Ich höre nur Jessies ängstliches Wimmern. Regungslos sitzt er vor mir, hebt leicht den Kopf und schaut mich funkelnd und mit breitem Grinsen an. Alles Weiche und Kindliche ist aus seinen Zügen verschwunden.

»Netter Versuch, Teach«, sagt er mit tiefem männlichen Ton. Seine Stimme klingt rauchig, erwachsen, und in seinen Augen lodert ein Feuer, das mir Angst einjagt. Meine Nackenhaare stellen sich auf, denn vor mir sehe ich zum ersten Mal … Pindalou.

Pinke Panke arme Seele,
gleich greift er nach deiner Kehle,
du hast nicht gut achtgegeben
und musst ihm dein Leben geben.
Jetzt packt er dich,

jetzt packt er dich,
des Teufels Messer macht den Stich.

Eins, zwei, drei, vier …
das Monster, es ist hier.
Fünf, sechs, sieben, acht …
jetzt spürst du meine Macht.

Blitzschnell greift er durch die Gitterstäbe, packt meinen Hals und drückt zu. Im ersten Moment bin ich so geschockt, dass ich mich nicht rühren kann. Er steht auf und zieht mich mit sich hoch. Er hat ungeheure Kraft, gegen die ich mich nicht wehren kann. Ich bekomme keine Luft, versuche verzweifelt seine Hand von meinem Hals zu lösen, aber seine Finger fühlen sich wie ein Schraubstock an.

»Du bist zu weit gegangen, Frau Lehrerin. Jetzt zeig ich dir meine Macht«, zischt er wütend. Auf seinen Lippen liegt immer noch ein Grinsen.

Panik greift nach mir, meine Lungen schreien nach Sauerstoff, und gleich ist es endgültig mit mir vorbei. Ich röchle, zapple, und langsam droht mein Blick zu verschwimmen. Die Schwärze nimmt zu und will mich mit sich ziehen, doch bevor das geschieht, wird Pindalou mit einem Ruck von mir gerissen und lässt meinen Hals los. Ich taumle rückwärts, schnappe gierig nach Luft, huste, würge und kann mich kaum beruhigen. Am Rande bekomme ich mit, wie Randall etwas sagt, verstehe aber kein Wort.

Wutentbrannt brüllt Pindalou ihn an. »Du wagst es, dich einzumischen?«

Randalls Finger zappeln so flink wie nie, er atmet schwer, sein Körper bebt, er traut sich nicht mal, den Kopf zu heben.

»Dann weißt du, was jetzt folgt.« Er läuft zur Tür der Folterkammer, öffnet sie und fordert Randall mit stummem Blick auf, hineinzugehen. Pindalous Wut verschwindet genauso schnell, wie sie gekommen ist, und macht dem seltsamen fiesen Lächeln Platz.

»Randall, nein!«, will ich ihn keuchend warnen, werde aber von einem heftigen Hustenanfall unterbrochen.

»Keine Sorge, kleine Lehrerin. Ich werde ihn nicht töten. Der gute Randall kennt das schon.«

Mein Retter senkt den Blick und trottet mit hängenden Schultern in die Folterkammer. Weinend stehe ich am Käfig, noch immer nach Atem ringend, und schreie ihm nach. Die Jalousie am Fenster wird hochgelassen, während Randall seine Kleidung auszieht und sich nackt auf die Liege legt. Pindalou befestigt Arme und Füße mit Lederriemen. Dann geht er vor seiner Messersammlung auf und ab und fragt mich mit einer Handbewegung, welches Messer er verwenden soll. Er lächelt vergnügt, als wären wir Freunde. Ängstlich hämmere ich gegen die Scheibe und brülle, dass er aufhören soll. Doch Pindalou ist in seinem Element.

Angeekelt wende ich mich ab, will bei den Grausamkeiten nicht zusehen, und als ich Randalls erste Schreie höre und Pindalous Gelächter, breche ich zusammen und muss mir die Ohren zuhalten. Ich will hier raus, sehne mich nach Frieden und Ruhe, nach Silents Stille. Ich summe irgendeine Melodie, um die barbarischen Vorgänge in der Kammer zu übertönen, wiege mich hin und her und bete, bis es plötzlich ruhig ist.

Ich weiß nicht, wie viel Zeit vergangen ist. Meine Gedanken rasen, und ich erinnere mich, dass ich in meiner Studienzeit von einem Phänomen gelesen habe, das mich beschäftigt hat. Je länger ich in meinem Gedächtnis krame, ergibt das alles Sinn.

Ich vermute, dass Edward an einer multiplen Persönlichkeitsstörung leidet. In ihm leben drei Charaktere – Murmel, Pindalou und Edward, vielleicht auch mehr. Zumindest haben sich mir bisher nur diese drei gezeigt. Im Frotteeschlafanzug mit niedlichem Bären-Druck saß vorhin Murmel vor mir. Wahrscheinlich war das früher Edwards Spitzname. Als Junge muss ihm etwas Schreckliches passiert sein, sodass sich seine Seele zum Schutz abspaltete und ein weiterer Charakter zum Vorschein kam. Pindalou. Alle Details passen zusammen, das unterschiedliche Auftreten, die Art, wie er spricht, seine Körperhaltung als Kind oder als Erwachsener, seine Mimik, sogar seine Stimme hat sich dementsprechend verändert. Er lebt die Charaktere bis zur Perfektion aus – als Kind – als Lehrer und Freund – als Psychopath. Bleibt das Rätsel um Betty, die Mutter. Eines ist klar, sie hat ebenfalls ein gewaltiges psychisches Problem.

»Du wirst nie wieder Murmel beeinflussen, Teach. Das nächste Mal könnte böse für dich ausgehen. Da nützt die Schwangerschaft als Schutz auch nichts mehr.«

Mein Kopf fährt herum, und ich schreie auf, als ich ihn am Käfig sehe. Er ist überall mit Blut verschmiert, sein Schlafanzug, seine Hände, sein Gesicht. Ich zittere vor Angst, erkenne aber Edward, denn es liegt nichts Bedrohliches in seiner Stimme.

Langsam stehe ich auf, wage es jedoch nicht, zum Fenster zu schauen. »Hat Pindalou Randall getötet?«

»Nein, das hatte er nicht vor«, antwortet er stumpf. »Randall hat seine Strafe bekommen.«

Es ist seltsam, mit ihm über Pindalou zu sprechen, weil ich weiß, dass er jederzeit wieder in Edward hervortreten kann. Ich schlucke meine Angst hinunter. »Werde ich auch bestraft?«

Er nickt langsam. »Pindalou vergisst nichts. Es tut mir leid, Teach.«

Ich sehe Edward, wie er früher war, und es liegt Bedauern in seiner Stimme. Bereut er, was er getan hat? Gibt es irgendeine Chance, ihn zu beeinflussen, sein Gewissen zu erweichen? Obwohl in mir alles schreit, es nicht zu tun, gehe ich die wenigen Schritte zur Käfigtür. »Edward … Du bist doch mein Freund, oder?« Wir stehen uns gegenüber, uns trennt nur das Metallgitter. Das viele Blut ekelt mich an, aber ich versuche es auszublenden und den Mann in ihm zu sehen, den ich mal gemocht habe. Seine Augen gleiten über mein Gesicht, und ich spüre, dass er traurig ist. »Ich kann verstehen, welcher Druck auf deinen Schultern lastet.«

»Du kannst das?« Misstrauisch runzelt er die Stirn.

Ich nicke. »Ich weiß, dass in dir immer noch ein guter Kerl steckt, der niemals etwas Böses wollte. Aber das hier …« Ich deute durch den Raum. »Das ist Unrecht, und das weißt du. Es gibt andere Lösungen für deine Probleme. Lass mich gehen, und ich werde dir helfen. Das verspreche ich.«

Zitternd lege ich meine Finger auf seine Knöchel, um meinen Worten Nachdruck zu verleihen und ihm das Gefühl zu vermitteln, dass ich es ernst meine.

Lange sieht er mich an, und ich bete, dass er zur Vernunft kommt.

»Teach, ich …« Mit der Fingerkuppe streichelt er sanft über meine. »Glaubst du wirklich, dass es einen anderen Ausweg gibt?«, fragt er beinahe zärtlich und vollkommen ruhig.

Ich lächle und nicke. »Ja, ganz bestimmt.«

Wieder folgt ein langer, abschätzender Blick, und zum ersten Mal keimt Hoffnung in mir auf, ihn erreicht zu haben. Vielleicht sieht er ein, dass er krank ist und Hilfe braucht.

»Dann bist du dümmer, als ich angenommen habe.« Er stößt sich vom Käfig ab und verlässt den Keller. Enttäuscht und entmutigt sacke ich weinend zusammen.

* * *

Pausenlos arbeite ich daran, das Schloss mit dem gestohlenen Werkzeug zu öffnen. Meine Finger sind wund, weil das verdammte Ding sich hartnäckig gegen alle Versuche sträubt.

Es muss Tage her sein seit der Sache mit Randall und Pindalou, genauso lange habe ich Jessica nicht mehr gesehen. Sie haben sie in einen der hinteren Räume getragen, und ich bete, dass sie noch am Leben ist.

Ich habe viel Zeit, nachzudenken, aber ich verbiete es mir, mir über Edwards Worte von neulich Sorgen zu machen. Pindalou wird mich bestrafen, doch Betty wird das verhindern. Sie will mein Baby. Dafür würde sie alles tun. Allerdings ist mir klar, dass sie mich zum Freiwild erklärt, sollte dem Ungeborenen etwas zustoßen. In gewisser Weise beschützt sie mich, auch wenn sie mich mit bösen Blicken straft, jegliche Freundlichkeit verschwunden ist und sie nur noch den verletzten Randall mit Essen zu mir schickt.

Es muss spät sein, denn das Abendessen habe ich schon vor längerer Zeit bekommen. Randall hinkt, zieht ein Bein nach, seine Wunden sind mit Pflastern versorgt, und am deutlichsten fällt mir auf, dass er den Kopf gesenkt hält und es nicht wagt, mich anzusehen.

Wortlos kommt er in den Käfig, bringt frische Handtücher und Nachthemden. Dann geht er wieder hinaus.

»Danke, Randall«, flüstere ich leise.

Kurz hält er inne, dann wendet er sich ab und humpelt in den Gang.

Ich lasse genug Zeit verstreichen, um sicherzugehen, dass die späten Abendstunden angebrochen sind. Ich will gerade erneut mein Werkzeug ansetzen, da gleitet die Gittertür wenige Zentimeter auf.

Wie ist das möglich? Heißkalte Wellen schwappen über mich hinweg, als ich verwundert zum Gang schaue, in dem Randall verschwunden ist. Hat er die Tür absichtlich offen gelassen?

Nervös starre ich auf das Schloss, das geöffnet in der

Vorrichtung hängt. Bleibt noch die Schließe vor dem Treppenaufgang. Angespannt schiebe ich die Gittertür auf und trete hinaus. Mit wenigen leisen Schritten bin ich dort, und auch hier ist das Schloss nur eingehängt. Es kann nicht anders sein, Randall verhilft mir zur Flucht.

Meine Gedanken überschlagen sich, aber ich darf jetzt keinen Fehler machen. Es könnte auch eine Falle sein, doch das Risiko muss ich eingehen. Ich schaue auf das gestohlene Werkzeug in meiner Hand. Es kommt mir mickrig und harmlos vor. Ob ich mich im schlimmsten Fall damit verteidigen kann? Mein Blick wandert zur Folterkammer, wo Pindalous Messer an der Wand hängen. Alles in mir sträubt sich, auch nur einen Fuß hineinzusetzen. Ich weiß, dass die Kammertür offen sein muss, da ich nie gesehen habe, wie Pindalou sie abschließt. Daher schlucke ich den Widerwillen hinunter, trete ein und verbiete mir, darüber nachzudenken, wo ich mich befinde und was hier geschehen ist.

Obwohl sich mir der Hals zuschnürt, greife ich nach zwei Messern, ziehe sie aus der Vorrichtung und bediene mich noch bei den kleineren. Eines davon verstecke ich im Socken. Pindalou wird schon dafür gesorgt haben, dass sie scharf sind. Er liebt seine Sammlung, hegt und pflegt sie. Ich schau mich nach anderen Waffen um, finde aber nichts und bin froh, als ich wieder draußen bin.

Unsicher setze ich einen Fuß auf die erste Stufe, doch etwas hält mich zurück. Jessica. Ich könnte sie in den Räumen hinten suchen, aber das kostet Zeit. Wahrscheinlich ist sie zu schwach für eine Flucht. Ich bin hin- und hergerissen, ob ich sie wenigstens informieren soll, das würde Hoffnungen wecken, die leicht zerstört werden könnten, falls sie überhaupt noch am Leben ist.

»Wenn ich es schaffe, hole ich dich raus, Jessie – versprochen«, murmle ich und verriegele das Schloss, damit auch Randall mir nicht nachkommen kann. Dann taste ich mich im Dunkeln am Handlauf entlang. Die Sehnsucht nach frischer Luft, nach Freiheit treibt mich die Treppe hinauf, während mein Herz bei jedem Schritt zu zerspringen droht.

Oben ertaste ich eine Tür. Ich bete, dass sie sich öffnen lässt. Fest beiße ich auf die Zähne, lege mein Ohr auf die Türoberfläche, und als ich nichts wahrnehme, drücke ich Millimeter für Millimeter die Klinke hinunter. Adrenalin schießt durch meine Adern, als ich sie vorsichtig einen winzigen Spalt aufschiebe.

Gespenstische Stille und ein spärlich beleuchteter langer Gang empfangen mich. Es riecht nach einer Mischung aus Gebratenem und Bettys widerlichem Veilchenduft. Für immer werde ich diesen Duft hassen. Ich kann nur Schatten ausmachen, aber als ich genauer hinschaue, stellen sich meine Nackenhaare auf, und ich presse erschrocken eine Hand auf den Mund. Ich ermahne mich, nicht in Panik zu verfallen, und stoße den Atem aus, als ich es erkenne. Auf mehreren Schemeln sitzen seltsame Puppen. Sie sind beinahe so groß wie ein Kleinkind. Ich schlucke und zwinge mich lautlos vorwärtszugehen. Ein Schauer läuft mir den Rücken hinunter, als ich im Vorübergehen in die Gesichter der Puppen blicke. Sie müssen sehr alt sein. Sie haben riesige Augen, einer fehlt ein Arm, und eine andere hat kein Haar mehr. Sie sind mir unheimlich, und mit jedem Schritt habe ich das Gefühl, dass sie langsam ihre Köpfe drehen und mir hinterherschauen. Fest halte ich die Messer in meinen Händen, bereit, jederzeit zuzustechen. Ich ermahne mich, nicht durchzudrehen.

Am Ende des Flurs stehe ich in einer Sackgasse. Hier sind überall Türen, eine davon muss ich öffnen, wenn ich an ein Fenster gelangen will. Ich entscheide mich für eine, lege mein Ohr an die glatte Oberfläche und horche. Von drinnen ist nichts zu hören. Vorsichtig drücke ich die Klinke hinunter und spähe durch einen schmalen Spalt. Das muss ein Wohnzimmer sein. Es hat ein Fenster, und zum ersten Mal seit langer Zeit kann ich den Nachthimmel und Bäume sehen. Mir kommt das wie ein Wunder vor, und es ist zum Greifen nahe. Ich konzentriere mich und versuche zu erkennen, ob jemand im Raum ist. Mutig und mit klopfendem Herzen schiebe ich die Tür noch weiter auf, strecke den Kopf hinein. Das Zimmer scheint leer zu sein. Erleichtert trete ich ein.

Sofort gehe ich hinüber zum Fenster, will es öffnen, aber mein Blick fällt auf eine Babywiege, die daneben steht. Mir fallen die Babys ein, die Betty ständig herumträgt. Ich weiß, ich kann sie auf meiner Flucht jetzt nicht mitnehmen, aber ich muss kurz nach ihnen sehen. Beide Bündel liegen eingewickelt in Tüchern darin. Ich will ihre Fingerchen berühren, doch statt weicher, warmer, kleiner Hände ertaste ich etwas Hartes, Kaltes. Ich bin wie versteinert, lege die Messer beiseite und hebe vorsichtig eines der Kinder hoch. Dabei spüre ich, wie leicht der Körper ist.

»Lass uns spielen ... Ich habe Hunger ...«, ertönt mit einem Mal eine Kinderstimme. Darauf folgt ein künstliches Babyweinen. Erschrocken zucke ich zusammen und stoße keuchend den Atem aus. Die sind nicht echt. Das sind Puppen – Spielzeug. Als ich noch zu begreifen versuche, geht plötzlich das Licht an, und vor Schreck fällt mir die Babypuppe zu Boden.

30

Teach

Bettys Augen weiten sich, bevor die Milchflasche aus ihren Händen gleitet und sie sich auf mich stürzt. Blitzschnell kann ich ihr ausweichen und renne. Jetzt habe ich nichts mehr zu verlieren, haste aus dem Zimmer, den Flur zurück, nehme die nächste Tür und finde mich in einer Küche wieder.

Betty schreit nach Edward und eilt mir hinterher. Mir bleiben nur wenige Sekunden, um einen Ausweg zu suchen. Verzweifelt schaue ich mich nach etwas Brauchbarem um. Einem Messerblock, einer Schere oder irgendetwas, womit ich mich verteidigen kann. Ich ziehe zwei Schubläden auf, vergebens und zu spät.

Betty schnauft wie ein Walross, als sie hereinkommt. »Das wird dir leidtun, Fräulein«, zischt sie wütend und zielt mit einer Pistole auf mich. »Los! Vorwärts. Geh zurück in deine Zelle.«

»Lass mich gehen, Betty.« Langsam wage ich mich um die Kücheninsel herum Richtung Tür.

Lächelnd schüttelt sie den Kopf und stellt sich mir in den Weg. »Oh nein!«, sagt sie betont. »Wir haben diesen ganzen Aufwand nicht umsonst betrieben. Edward«, schreit sie erneut. Sie klingt unruhig, seltsam flatterhaft und versucht das mit ihrem dämlichen Grinsen vor mir zu verbergen. Die Hand, in der sie die Pistole hält, zittert.

Nichts ist zu hören – keine Schritte, kein Gepolter, niemand, der kommt. Ist er überhaupt da? Blufft sie?

Mutig greife ich nach der Pfanne, die vor mir liegt, was Betty zum Kichern bringt.

»Du glaubst doch wohl nicht, dass du mich mit der überwältigen kannst. Ich denke, das Ding hier ist eindeutig effektiver.« Sie deutet auf die Waffe.

Sie hat recht, aber ich gehe nicht darauf ein. »Wie alt bist du, Betty? Fünfundsechzig? Siebzig?«

»Achtundsechzig, wenn du es genau wissen willst.«

»Und da spielst du noch mit Puppen?«

Ihr Grinsen erstirbt, und sie verzieht den Mund. »Das ist kein Spiel. Sie sind meine Kinder.«

»Sie sind aus Plastik«, beharre ich.

»Du verstehst das nicht. Los, leg die Pfanne weg und geh wieder in deine Zelle. Edward«, ruft sie halbherzig und fuchtelt gefährlich mit der Waffe.

»Das ist der Grund, warum du mein Baby willst. Stimmts? Du willst ein Echtes, eines, das wirklich lebendig ist. Aber wieso? Du hattest doch Edward und Randall.«

Sie schnauft, und ihre Pupillen gleiten hektisch über mich hinweg. »Randall? Er ist nicht von mir. Den hat mein Mann in die Ehe mitgebracht. Er ist ein Schwachkopf und nicht ganz richtig in der Birne«, sagt sie abfällig. »Und Edward …« Sie verzieht bitter den Mund. »Murmel hat alles kaputtgemacht. Wegen ihm habe ich mein Baby damals verloren, er hat es auf dem Gewissen. Er schuldet mir eins. Er soll lernen, dass man seine Schulden begleicht, und muss es wiedergutmachen.«

»Deshalb habt ihr Jessica und mich entführt«, erkenne ich.

»Es war seine Idee, und er hat versprochen, dass wir wieder eine glückliche Familie werden, sobald Jessica von ihm schwanger ist. Aber sie …« Sie schüttelt den Kopf, und

Tränen schimmern in ihren Augen. »Ich hätte das Baby geliebt, mich darum gekümmert, aber sie hat alles zerstört.« Sie verzieht angewidert das Gesicht. »Sie hat es getötet. Dabei war es noch so klein, so unschuldig«, jammert sie mit sanfter und süßer Stimme, die dann sofort einen boshaften Ton annimmt. »Dafür hat sie ihre gerechte Strafe bekommen.« Sie grinst höhnisch.

Mein Hals schnürt sich zu, und ich ahne Schlimmes. Oh mein Gott! Was hat die arme Jessie alles durchmachen müssen? Ich brauche einen Moment, um zu begreifen, und kämpfe gegen Schock und Zorn an, die mich zu befallen drohen.

»Was habt ihr mit ihr gemacht?«, flüstere ich.

Bettys Lächeln wird breiter, und sie legt eine Reihe vergilbter Zähne frei. »Pindalou hat ein letztes Mal mit ihr gespielt.«

Oh Gott! Keuchend stütze ich mich an der Arbeitsplatte ab. Tränen brennen in meinen Augen, die ich tapfer zurückblinzle. Sie haben sie umgebracht, und ich dachte, sie könnte gerettet werden.

»Edward entsorgt sie«, verrät Betty achselzuckend, als redete sie von einem kaputtgegangenen Möbelstück. »Nun ja, sie war unbrauchbar und wurde zu einer Belastung. Jetzt ist sie tot, und wir können uns ganz auf dich konzentrieren.«

Ich schlucke meine Trauer herunter, und mir wird klar, dass sie mich auch töten werden, sobald ich das Baby entbunden habe.

»Los! Es wird Zeit, dass du wieder in den Käfig gehst. Wie bist du überhaupt herausgekommen?«

Ich schweige und starre sie fassungslos an.

»Ist ja auch egal.« Sie fuchtelt mit der Waffe Richtung Tür.

Was soll ich tun? Meine Gedanken rasen. Würde sie wirklich auf mich schießen? Wenn sie mein Baby haben will, würde sie es damit in Gefahr bringen, es vielleicht sogar töten. Sie wird keinen Schuss lösen. Außerdem hat ihr Rufen nach Edward nichts genutzt, weil er gar nicht hier ist. Sie ist allein.

Mutig lege ich die Pfanne zurück und sehe sie an. »Dein Verlust tut mir sehr leid, Betty. Es ist eine der schlimmsten Tragödien im Leben, das eigene Kind zu verlieren.«

Schweigend sieht sie mich an, aber schließlich wird ihr Blick wehmütig. »Ich war allein. Mein Mann starb während der Schwangerschaft bei einem Verkehrsunfall. Es war hart.«

»Du hattest keine einfache Zeit.«

»Es wäre ein Mädchen gewesen«, sagt sie aufgewühlt, und ihre Stimme droht zu brechen. »Ich wollte immer ein Mädchen.«

Vorsichtig wage ich einen Schritt rückwärts zur Tür. »Ich verstehe dich.« Wenn ich nur wüsste, wo die Haustür ist. Mein Herz hämmert gegen meine Rippen, weil ich bete, dass sie nicht auf mich schießen wird, wenn ich losrenne. »Es tut mir leid, dass du dein Baby damals verloren hast, aber … Du kannst mir meins nicht wegnehmen. Du weißt, dass das Unrecht wäre. Deshalb bitte ich dich von werdender Mutter zu Mutter: Lass mich gehen.«

Ich schaue sie flehend und voller Mitgefühl an und hoffe, dass ich ihr Herz erreicht habe, falls sie so etwas besitzen sollte.

Ich schlucke meine Angst hinunter, recke das Kinn und nehme das Risiko in Kauf. »Es wird alles gut werden, Betty«, füge ich deutlich selbstbewusster hinzu, als ich mich tatsächlich fühle. »Ich weiß, dass Edward nicht da ist.«

Ich mache den letzten Schritt über die Türschwelle. Im gleichen Augenblick pralle ich mit dem Rücken gegen einen großen warmen Körper.

»Nein, Edward ist nicht da, aber ich, kleine Lehrerin«, höre ich Pindalous markante Stimme hinter mir – unheimlich, leise und beinahe freundlich.

Entsetzt fahre ich zusammen. Dann durchzuckt mich ein brennender Schmerz. Seine Finger haben sich in meinen Zopf gegraben, und er zerrt mich an den Haaren in den Flur, sodass ich fast rücklings umfalle.

»Schaff das Weibsstück nach unten«, schreit Betty. »Sie hat versucht mich zu manipulieren.«

Panik peitscht in mir hoch. Pindalou reißt an mir, während ich wild kreischend um mich schlage. Nein! Nein! Nein! Es darf nicht umsonst gewesen sein. Verdammt! Wieso habe ich die beiden Messer nur in der Wiege gelassen?

In einer Sekunde gelingt es mir, mich loszureißen, doch er schnappt mich lachend und zieht mich erneut zu sich, als würde er mit mir spielen. »Wo willst du denn hin, kleine Lehrerin?«

Mir ist zum Heulen zumute, als ich das dämliche Grinsen auf Bettys Gesicht sehe. Gleichzeitig, während sie amüsiert dasteht und selbstgefällig nickt, setzt mein Instinkt ein. So kann das nicht enden – so *darf* es nicht enden.

In meiner Verzweiflung fällt mir das Messer in meiner Socke wieder ein! Ich will danach greifen, ziehe das Bein an, um an den Strumpf zu gelangen, komme aber ins Straucheln. Pindalou kichert über meinen Versuch, drückt mich an die Wand und packt mich am Hals. Verzweifelt will ich mich befreien, ringe nach Luft. Dabei kämpfe ich gegen den Drang an, seine Hände von mir zu lösen. Es kostet mich Überwindung, aber ich schaffe es und schlage mehrfach in seinen Unterleib, in der Hoffnung, seine empfindlichste Stelle zu treffen. Ich scheitere und verfehle ihn. Ich darf jetzt nicht schwach werden oder aufgeben – egal wie sehr er mich würgt und den Druck am Hals erhöht. Gerade als ich glaube, es nicht mehr auszuhalten, taucht in meinem Kopf Silents Spruch auf. *Du bist der Spieler, und irgendwann kannst du mit deinem Spielzug alles verändern.*

Die Worte dringen erneut in mich, geben mir Kraft, und so hart ich kann, trete ich gegen sein Schienbein. Ich weiß, das wird ihn nicht verletzen, aber ich kann mich doch nicht wehrlos wie ein Lamm zur Schlachtbank führen lassen. Ich bin jetzt am Zug. Und bei Gott, diesmal will ich dieses dämliche Spiel gewinnen, denn es gibt etwas, wofür ich bereit bin zu kämpfen: mein Baby … Silent!

Während Pindalou grinst, weil er glaubt, dass er wieder gewonnen hat, ramme ich ihm, in einem letzten verzweifelten Versuch, mein Knie in die Weichteile.

Treffer! Sein Grinsen friert ein, er heult vor Schmerz auf, lockert seinen Griff und lässt meinen Hals los.

»Pindalou!«, schreit Betty entsetzt. »Lass sie nicht entkommen.«

Ich ringe nach Luft, könnte jetzt losrennen, doch mein Hals brennt wie Feuer, und meine Beine bewegen sich nicht. Geschwächt stütze ich mich an der Wand ab, schwarze Punkte tanzen vor meinen Augen, aber ich schaffe es irgendwie, mich hinunterzubeugen, und bekomme das Messer in der Socke zu fassen. Im selben Moment packt er mich erneut und bemerkt die Klinge. Er will sie mir wegnehmen, wogegen ich mich wehre. Im Augenwinkel sehe ich Betty, die unruhig mit der Waffe im Türrahmen steht und nicht weiß, was sie tun soll.

»Na los, schieß dem Miststück in die Beine. Worauf wartest du?«, brüllt er ihr zu.

Betty zielt, aber durch unser Gerangel zögert sie.

Plötzlich löst sich ein Schuss. Ich zucke unter dem Knall zusammen. Es vergehen Sekunden, bis ich begreife, was geschehen ist. Pindalou sieht mich ungläubig, fast schon verblüfft an, bis er fassungslos abwärts schaut, wo Blut aus einer Wunde sickert. Der Stoff seines Hemdes saugt sich voll. Er verliert den Halt, fällt gegen die Wand und gleitet langsam mit mir zu Boden. Ein undefinierbarer Laut entweicht seinen Lippen.

»Was habe ich getan?«, schreit Betty mit weit aufgerissenen Augen und eilt zu ihrem Sohn.

Keuchend und mit den Kräften am Ende, ringe ich nach Luft und strample mich endgültig von ihm frei. Ich krabble Richtung Küche, muss aber immer wieder zu ihnen schauen. Da liegt das Monster, der Mann, der mich entführt, der Jessica und Randall gefoltert hat. Blut sickert schneller als erwartet aus der Wunde, bildet auf dem Fußboden eine immer größer werdende Lache. Er bleibt gegen die Wand gelehnt auf dem Boden sitzen. Bettys Versuch, das herausströmende Blut mit bloßen Händen aufzuhalten, ist aussichtslos, und der Blick, mit dem Pindalou mich bedenkt, zeigt mir, dass er es weiß.

Ich höre Betty wimmern und heulen. Sie zittert am ganzen Körper. Sie hat die Waffe noch in der Hand, und bevor sie mich damit vielleicht doch erschießt, rapple ich mich auf, greife geistesgegenwärtig nach der Pfanne, hole mit den letzten Kräften aus und ziehe sie ihr über den Schädel. Mit einem lauten Gong fällt die Frau wie ein alter Baumstamm bewusstlos über ihrem Sohn zur Seite. Die Pistole lässt sie fallen. Keuchend nehme ich sie an mich, aber meine Beine tragen mich nicht länger. Ich bin so erschöpft, dass ich vor Pindalou zusammensacke. Ich brauche einen Moment, nur einen winzigen Augenblick, dann werde ich dieses Haus hocherhobenen Hauptes verlassen.

* * *

Die Stille ist gespenstisch. Mein Körper bebt, und ich kann immer noch nicht glauben, was geschehen ist. Betty hat ihren eigenen Sohn erschossen. Er sitzt im Flur an die Wand gelehnt, daneben liegt seine bewusstlose Mutter. Das weiße Nachthemd ist mit seinem Blut besudelt. Ich bin erschöpft und vollkommen am Ende. Wie durch ein Wunder habe ich nichts abbekommen. Ich will gehen.

»Warum hast du meine Mommy totgemacht?« Edward schiebt traurig seine Unterlippe hervor, wie ein schmollendes Kind und sieht mich mit seinem Dackelblick an.

Erschrocken richte ich sofort die Waffe auf ihn. Ich erkenne den Charakter von Murmel, der aus ihm spricht. Er klingt geschwächt, und ich sehe ihm an, dass er Schmerzen hat.

»Sie schläft nur«, antworte ich tonlos, bleibe aber auf der Hut.

»Warum hast du das getan? Bist du jetzt meine Mommy?«

»Nein.« Mein Blick wandert über seine Verletzung. Er wird verbluten. Die Blutlache wird immer größer.

»Das tut weh.« Er verzieht schmerzverzerrt das Gesicht.

»Ich weiß.«

»Bitte, lass mich nicht allein, Teach«, weint Murmel, und echte Tränen laufen über seine Wangen. Obwohl es Edward ist, zögere ich, das Kind in ihm zurückzulassen. Das ist völlig paradox, verrückt und wahnsinnig, aber die Gefahr ist vorüber. Randall ist unten eingesperrt, Betty wird noch eine Weile bewusstlos sein, und Edward kann sich kaum rühren.

»Ich kann dich nicht mitnehmen, Murmel. Ich gehe nach Hause.«

Traurig senkt er den Blick. »Ich habe gehofft … Ich habe mir gewünscht … Ich könnte zu meinem Dad.«

»Er ist aber tot.«

»Ich weiß. Er ist im Himmel.«

Es erschreckt mich, dass ein Kind solche Gedanken hat. Murmel muss als kleiner Junge Schreckliches erlebt haben.

»Erzähl mir, was dir passiert ist, Murmel. Vielleicht kann dir der Himmel vergeben, und du kannst zu deinem Daddy.«

Einen Augenblick denkt er darüber nach, verzieht vor Schmerzen wieder das Gesicht. Ich kann zusehen, wie sein Körper schwächer wird und an Kraft verliert.

»Und du schimpfst nicht mit mir?«

Schweigend schüttle ich den Kopf.

»Du sagst es auch niemandem?«

»Nein«, flüstere ich und warte. Dann schließt Murmel die Augen, und nach einem langen Moment beginnt er zu erzählen:

Mom parkt den Wagen vor der St.-Bonifatius-Kirche, steigt aus und öffnet die hintere Autotür. Etwas beschwerlich, wegen ihres Babybauchs, beugt sie sich zu mir und löst meinen Gurt. Als ich mich nicht rege und zu den parkenden Autos vor dem Gebäude schaue, hält sie inne und sieht mich an. »Mach nicht so ein Gesicht, Murmel. Ich finde, du bist hier besser aufgehoben, als den ganzen Nachmittag allein durch die Wälder zu streifen. Jetzt steig schon aus, wir sind spät dran.«

Regungslos verharre ich auf dem Sitz und beiße auf die Zähne. Einen Moment denke ich darüber nach, abzuhauen. Ich könnte im Wald leben, mich von Beeren und Blättern ernähren. Mir wird flau im Magen, weil bald das Baby kommt und Mommy meine Hilfe brauchen wird. Ich weiß noch nicht, wie ich es finden soll, einen kleinen Bruder oder eine Schwester zu haben. Es wird komisch sein. Ich werde dann der Mann im Haus sein, und ich weiß nicht, ob ich bereit dazu bin.

Mein Blick liegt auf der dunklen Limousine direkt neben uns. Heute ist er auch da. Sie sind alle da. Meine Kehle wird eng, und ich strenge mich an, dass das Pippi nicht in meine Hose läuft. Ich will da nicht hin. Warum versteht Mommy das nicht? Tränen wollen aufsteigen, die ich zurückhalte. Ich hasse die Kirche. Ich mag die hohen Decken nicht, und das Kreuz, an dem Jesus hängt, macht mir Angst. Außerdem erinnert mich dort alles an Dads Beerdigung.

»Komm schon, Murmel. Wir sollten Pater Trash dankbar sein, dass er sich so gut um uns kümmert.« Mom streckt mir ihre Hand entgegen.

Ich will nicht, greife aber nach ihren Fingern und klettere zögerlich aus dem Wagen. Zuhause habe ich getrödelt und Zeit geschunden. All das hat nichts genutzt. Mommy hat nicht lockergelassen, bis ich endlich im Auto saß, und jetzt gibt es kein Zurück.

Mommy lächelt, als ich vor ihr stehe. Sie nimmt ein Tuch aus ihrer Rocktasche und säubert mit etwas Spucke meine Mundwinkel. »Ich verrate dir eine Überraschung. Pater Trash meinte, wenn du dich weiter gut machst, könnte er sich vorstellen, dich in seine Ministrantengruppe aufzunehmen.« Ihr Lächeln wird breiter, weil sie glaubt, ich würde mich freuen. »Ich wäre so unfassbar stolz auf dich.«

Während Mommy meine Hand nimmt und die Stufen zur Kirche hinaufgeht, kapiere ich, was das bedeutet. Aufgepeitschte Panikwellen schwappen über mich hinweg. Ich bin wie erstarrt, wage trotzdem einen Blick zurück zu der dunklen Limousine. Kurz flammen Erinnerungen auf, die sich echt anfühlen. Kerzenflackern … Dunkelheit … Männer in seltsamen Gewändern … Ihr Gesang … Und dann Schmerz … Unvorstellbarer Schmerz und die Musik, die die Schreie übertönen soll. Ich will weglaufen und nie wieder zurückkommen. Ich will zu Dad in den Himmel. Jetzt.

»Sie kommen aber spät, meine Liebe.«

Plötzlich wird es ganz still in mir, als ich seine Stimme höre. Langsam drehe ich den Kopf. Ich will nicht, dass er mich angrinst, als wären wir Freunde, die ein Geheimnis haben. Ich starre auf seine Hosenbeine und zu seinen Schuhen, die im Sonnenlicht glänzen. Dads Schuhe haben auch immer so gefunkelt.

»Entschuldigen Sie bitte, Pater. Es kommt nicht wieder vor«, antwortet Mommy demütig und lässt meine Hand los, um sie ihm zu reichen. Ich will nicht, dass sie sich berühren oder freundliche Worte austauschen. Mommy weiß nicht, dass …

»Ich bitte Sie, die Hauptsache ist, dass Sie da sind. Wir haben schon gewartet.«

»Siehst du, wie gütig Pater Trash ist«, versucht sie ihn mir schmackhaft zu machen und wendet sich ihm zu. »Ich bin Ihnen so dankbar für die Möglichkeit.«

»Das ist doch selbstverständlich. Jungs in diesem Alter brauchen eine Beschäftigung, und was bietet sich da besser an, als zu lernen, wie man Gott dienen kann? Und Ihnen tun die freien Nachmittage auch gut.«

Mommy streicht sich über den geschwollenen Bauch und lächelt. »Das ist sehr nett von Ihnen. Manchmal habe ich kaum eine ruhige Minute.«

Der Pater nickt bedächtig. »Gönnen Sie sich eine Pause. Ihr Sohn ist in Gottes Händen. Er allein wird ihn leiten, nicht wahr, mein Junge?«

Er legt seine wulstigen Finger auf meine Schultern. Sie sind so schwer, dass ich befürchte, unter der Last zusammenzubrechen. Als er mich an sich zieht, steigt sofort der Geruch von Weihrauch und Lavendel in meine Nase. Ich halte den Atem an, um mich nicht zu übergeben. Vielleicht sollte ich genau das tun – krank spielen. Dann könnte ich nach Hause, und Mommy würde mich pflegen. Was wäre, wenn ich niemals wieder gesund werde? Dad … Ich will zu meinem Dad.

»Also, junger Mann. Lass uns zu den anderen gehen. Sie warten schon.«

»Viel Spaß, Murmel.« Ich sehe Mommys rot geschminkte Lippen, die sich zu einem breiten Lächeln verziehen. Der Pater öffnet die riesige Kirchentür und schiebt mich durch das Tor zur Hölle. Ich bin verloren.

31

Teach

Mein Magen krampft; Mitleid überschwemmt mein Herz. Der Verlust seines Vaters und der Missbrauch haben ihn zu dem Monster werden lassen. Das alles tut mir unendlich leid und hätte nie geschehen dürfen. Ob Betty etwas geahnt hat?

»Murmel?«, frage ich, weil er nicht mehr weiterspricht. »Murmel?« Mit dem Fuß stupse ich ihn an. Er hat die Augen geschlossen, und ich kann nicht genau erkennen, ob er noch atmet. Ist er tot?

»Singst du mir das Pinke-Panke-Lied vor, Teach?«, fragt er plötzlich flüsternd.

»Nein. Das wird ab sofort nie wieder gesungen.«

»Gibt es in der Hölle auch Lieder?«

»Wie kommst du darauf?«

»Mommy hat das immer gesagt.«

Ich werfe der Hexe einen vernichtenden Blick zu.

»Du kommst in den Himmel, Murmel, zu deinem Vater. Er wartet auf dich. Dort gibt es wunderschöne Musik, Frieden und Liebe. Niemand wird dir mehr wehtun. Und es gibt Lollis, jede Menge«, füge ich noch hinzu.

Er lächelt matt, zu schwach, um etwas zu sagen. Langsam sinkt sein Kopf beiseite, er atmet leise aus, bevor er die Augen für immer schließt.

Sekundenlang sitze ich vor ihm. Nach allem, was ich

durchgemacht habe, nimmt mich Edwards Schicksal mit. Wieso hat niemand bemerkt, dass in dem kleinen Jungen Dinge vor sich gingen, die nicht normal waren? Auch wenn Betty selbst krank war, frage ich mich, wo waren Lehrer, Ärzte, Nachbarn, Leute, die ihn kannten? Wieso verschließen so viele Menschen die Augen vor Unrecht?

»Er hat es dir also erzählt.«

Erschrocken zucke ich zusammen. Edward hebt minimal den Kopf und schafft es gerade so, mich anzusehen. Seine Stimme ist kaum mehr ein Flüstern, und ich spüre, dass er nicht mehr lange durchhält.

»Du wurdest als Kind schwer missbraucht«, sage ich, zeige ihm aber meine Betroffenheit nicht.

»Ja.«

»Das tut mir leid und hätte niemals passieren dürfen.«

»Mir auch. Wir sterben, Teach. Murmel ist schon fort.«

»Ich weiß.«

»Das bedeutet, du bist frei.«

»Wieso hast du das alles getan, Edward? Ich verstehe deinen Schmerz, den du als Kind erleiden musstest, aber Jessica zu entführen, sie zu vergewaltigen, um sie zu schwängern, das …« Ich schüttle den Kopf. »Das ist unmenschlich, barbarisch und hochgradig ekelhaft.«

Edward hustet. »Ich wollte nur, dass Mommy mir verzeiht. Ich wollte wieder in ihr Bett, bei ihr sein und ihre Liebe spüren. Das war alles, was ich mir je gewünscht habe.«

»Ich möchte es verstehen«, bitte ich ihn und hoffe, dass er noch so viel Zeit hat.

Er schluckt und nickt kaum merklich. »Okay. Ich erzähle es dir. Das Rehkitz ist schuld. Damit hat alles angefangen.«

Muffige, warme Sommerluft strömt mir entgegen, als ich die Tür des Schuppens öffne und wie paralysiert auf das kleine

Kitz starre, das sich ängstlich vor mir verstecken will. Mein Blick ruht auf den winzigen Wunden, die es sich gestern an einem Stacheldraht zugezogen hat. Das Tier gibt keinen Mucks von sich, aber ich spüre seine Angst und seine Panik.

Bei meinen Streifzügen durch die Wildnis habe ich das Kitz entdeckt und ihm eine Weile zugeschaut, wie es verzweifelt versucht hat, sich aus dem stacheligen Draht zu befreien. Seine Mutter war weit und breit nicht zu sehen. Es dauerte, bis ich es losbekam, es an den Hufen packen und zu unserem Schuppen schleppen konnte, den seit Dads Tod niemand mehr betreten hat. In der Nacht habe ich mich heimlich aus dem Bett geschlichen, um es zu betrachten. Ich weiß nicht mehr, wie lange ich mit der Taschenlampe vor ihm saß und wir uns angestarrt haben. Ich weiß nur, dass mich die Angst in seinen kugelrunden Augen und das Blut aus seinen Verletzungen berauschten.

Langsam trete ich in Dads alten Schuppen, schaue noch einmal zum Haus hinüber. Alles ist ruhig, Mommy hat sich hingelegt und glaubt, ich mache Hausaufgaben.

Ich schließe die Tür, und dann bin ich mit dem Tier allein. Es wittert mich, will vor mir flüchten, aber es ist zu schwach, zu verletzt und spürt die Gefahr, die von mir ausgeht. Ich lächle bei dem Gedanken, denn oft habe ich mir ausgemalt, wie es sich anfühlen würde, ein Messer in eine Kehle zu schlagen, zu sehen, wie das Leben aus einem Körper weicht und warmes Blut meine Hände benetzt – frisches, reines Blut. Endlich werde ich es erfahren. Das Kitz ist mir ausgeliefert, und ich entscheide über sein Schicksal.

Jede Bewegung raubt ihm Energie, die es beim Todeskampf brauchen wird. In den Ohren trommelt mein Herzschlag, als ich nach dem Messer greife, das ich im Werkzeugschrank, im untersten Fach, versteckt habe. So oft habe ich es mir vorgestellt, und jetzt ist die Zeit gekommen, es auszuprobieren.

Ich knie nieder, schlucke und sehe dem Kitz in die Augen. Seine Atmung geht schnell, sein Leib hebt und senkt sich. Meine Finger umklammern Dads altes Jagdmesser, und während ich den Arm anhebe und einige Sekunden so verharre, sickert der Blick des Tieres tief in mich. Da ist diese seltsame Verbindung, eine unsichtbare Macht, die mich plötzlich befällt. Ich fühle mich stark und kräftig, weiß genau, was ich tun muss. Das Kitz spürt, was ich vorhabe, es merkt, dass ich sein Leben auslöschen werde. Aufregung und Vorfreude kitzeln in meinem Magen.

Ich halte den Atem an, bevor ich mit einer raschen fließenden Bewegung die Klinge in den Hals des Rehkitzes bohre. Das Metall gleitet durch sein Fell, dringt in sein Fleisch, während es röchelnde Geräusche von sich gibt und die Augen verdreht. Sein Blut rinnt über meine Hand, und je mehr ich das Messer in der Wunde drehe, desto stärker wird der rote Strom. Fasziniert starre ich darauf, und plötzlich überkommt mich eine tiefe Ruhe. Wärme erfüllt mich, und ein seltsamer Frieden nimmt von meinem Körper Besitz. Ich keuche auf, als ich langsam begreife – es ist das Blut.

Mit einem Mal bin ich nicht mehr verschmutzt, sondern sauber und … gereinigt von all dem Mist, der aus mir den schwachen und verdorbenen Jungen gemacht hat. Erschrocken, weil die Erkenntnis heftig über mich hereinbricht, lasse ich den Griff los und betrachte meine rotgefärbten Finger. Ein ungeahntes Machtgefühl macht sich plötzlich in mir breit, und instinktiv weiß ich, wie ich mich selbst befreien kann. Ich brauche mehr, will mich von diesem Gefühl der Zufriedenheit berauschen lassen. Ich streiche das Blut über meinen Unterarm, nehme neues auf und reibe es auf Wangen, Hals und Arme. Je öfter ich das tue, desto stärker keimt vollkommene Reinheit in mir auf. Ich presse mein Gesicht in die Wunde, sauge den Geruch tief in mich auf. Das Dunkle in mir verstummt und macht dem Frieden Platz. Ich schließe die Augen, lege einen Moment den Kopf in den Nacken und gebe mich der Stille und der Harmonie hin.

Als ich mich dem Kitz wieder zuwende, liegt es regungslos vor mir, das Messer steckt immer noch in seiner Kehle. Seine Zunge hängt schlaff aus seinem Maul, und mit seinen großen kugelrunden Augen starrt es mich dankbar an. Ich ziehe das Messer heraus und berühre die Klinge. Das Metall ist warm und …

»Liebling? Bist du da drin?« Die Schuppentür geht knarrend auf und lässt Sonnenlicht ins Innere. Erschrocken fahre ich zusammen und sehe die Silhouette von Mommy. Panik packt mich, aber ich bin nicht fähig zu reagieren. Stattdessen kann ich nur in ihr entsetztes Gesicht starren. Eine Hand liegt geschockt auf ihrem Mund, die andere hält sie schützend auf ihren Babybauch. Ihr Blick wandert zu dem Kitz und dann wieder zu mir, als versuchte sie zu begreifen, was geschehen ist. Aber ich weiß, dass sie das nicht kann. Seit Dad gestorben ist, schafft sie es noch nicht mal, mir zuzuhören.

»Was hast du getan? Hast du … Hast du es getötet?«

Ich lächle fröhlich und nicke, weil die Hoffnung in mir keimt, dass sie es verstehen könnte. Doch dann tritt langsam ein Ausdruck von Ekel und Unverständnis in ihr Gesicht. Ich erkenne es an ihrem Mund und sehe es in ihren Augen. Sie zittert und schüttelt verständnislos den Kopf. »Das ist nicht normal. Du bist nicht normal! Was stimmt nicht mit dir?«

»Aber Mommy, ich …!« Ich erhebe mich und will zu ihr, worauf sie vor mir zurückweicht.

»Wenn dein Vater das herausbekommt, prügelt er dich.«

Wütend schnaube ich, weil ich es hasse, dass sie von Dad spricht, als wäre er noch am Leben. Wieso vergisst sie das andauernd?

»Dad ist tot«, brülle ich ihr entgegen. »Er hat uns verlassen.«

Sie keucht schockiert auf, als hätte ich etwas Schlimmes gesagt, taumelt rückwärts, bis sie gegen Dads Werkbank stößt. Als könnte der Abstand zu mir nicht groß genug sein, tastet sie sich weiter, stolpert in eine Nische, wo Dad sein Gartenwerkzeug aufbewahrt. Dabei verliert Mommy das Gleichgewicht und knallt gegen den Schrank, der geräuschvoll ins Wanken gerät. Gerümpel fällt laut polternd herunter, begräbt sie unter sich, und in dem Moment, als sie schmerzhaft aufschreit, weiß ich, dass ich ein Mörder bin, dass mein Leben sich für immer verändern wird.

* * *

»Sie hat das Baby verloren – wegen mir«, flüstert Edward, als er aus den Erinnerungen wieder auftaucht. »Durch das Kitz kam Pindalou in unserem Kopf hinzu. Er war stark, witzig, und niemand konnte ihm etwas anhaben.«

»Warum hat deine Mutter dir den Unfall nie verziehen?«

»Weil ich ihren größten Wunsch vernichtet habe – das Baby – ein Mädchen, das letzte Andenken an unseren Dad. Sie machte mich dafür verantwortlich und tauchte von da an mit den Puppen in ihre eigene Welt ein. Sie vernachlässigte mich und Randall immer mehr, bis sie eines Tages ein Kind von mir forderte. Solange ich meine Schuld nicht beglich, strafte sie mich mit Liebesentzug. Das war mein Ausweg. Jessica wurde zweimal von mir schwanger, aber sie verlor das erste und … tötete das zweite selbst. Sie …«

Weinend schließe ich die Augen. »Hör auf«, fahre ich ihn an. »Das ist grausam, unmenschlich und …«

Die Worte bleiben mir im Hals stecken. Mein Gott! Wie verzweifelt muss die junge Frau gewesen sein, um so etwas Schreckliches zu tun.

»Teach, ich … Kannst du mir je verzeihen?«

Verzeihen, Vergebung – so große Worte. Auf einer Waage

liegen die Taten, die er begangen hat. Nichts könnte seine Schuld aufwiegen. »Nein«, erwidere ich. »Ich denke nicht. Ich habe genug gehört und möchte jetzt nach Hause.«

Ich will mich endlich erheben, aber plötzlich greifen seine Finger nach meinem Handgelenk.

»Wo willst du hin, kleine Lehrerin?« Ein winziges Lächeln umspielt Pindalous Lippen. Im ersten Moment zucke ich ängstlich, aber dann spüre ich, wie wenig Kraft er noch hat, und meine Selbstsicherheit kehrt zurück. Mit Leichtigkeit befreie ich mich.

»Ich gehe und hoffe, du schmorst in der Hölle, Pindalou.«

Er lächelt. »Das werde ich.« Er hustet. »Willst du mich nicht fragen, ob ich bereue?«

»Nein.«

»Wieso nicht?«

»Weil ich weiß, dass du das nicht tust.«

»Kluges Mädchen.« Er grinst. »Murmel und Edward durften erzählen, was ihnen widerfahren ist und warum sie so wurden. Es wäre nur fair, dass ich auch dazu eine letzte Möglichkeit bekomme.«

»Dir bleibt nicht mehr viel Zeit, Pindalou. Du stirbst.« Inzwischen ist sein Gesicht grau und fahl, dunkle Schatten liegen unter seinen Augen, und sein Tod steht unmittelbar bevor.

»Ich weiß, deshalb gestatte mir diesen letzten Auftritt. Du weißt doch, Psychopathen lieben das Rampenlicht.« Er grinst, aber das wirkt aufgezehrt. »Du hast wohl schwache Nerven, was?«

Langsam rappele ich mich auf, lasse ihn dabei nicht aus den Augen. Die Waffe halte ich immer noch auf ihn gerichtet. Man kann diesem Kerl einfach nicht trauen. Ich blicke auf ihn hinab. »Ich denke, ich habe bewiesen, dass ich stark genug bin, nach allem hier, aber für deinen Mist habe ich keine Geduld mehr.«

»Das ist schade.«

Deutlich merke ich ihm an, wie es ihn stört, dass ich nicht auf ihn eingehe. Ich will mir sein Gefasel nicht antun. Viel zu viel habe ich gesehen, gehört und am eigenen Leib erfahren. Er hat nicht mal den Dreck unter meinen Fingernägeln verdient, und ich finde, ihm steht überhaupt nichts zu. »Ehrlich gesagt denke ich, du hast genug gequatscht, Menschen verletzt, gequält und Leben zerstört.«

»Das enttäuscht mich.«

»Ich weiß.« Ich kann nicht anders und setze ein sarkastisches Lächeln auf.

»Aber vielleicht begegnen wir uns wieder? Männer wie mich gibt es überall auf der Welt. Sie tragen keine Masken, deshalb ist es schwer, sie zu erkennen.«

»Du machst mir keine Angst mehr. Und weißt du, warum? Weil du in Wahrheit ein armseliges, kleines Würstchen bist. Du verdienst es nicht, auch nur ein Wort sagen zu dürfen. Wir werden dich vergessen, und niemand wird sich an dich erinnern, weil du nicht wichtig bist. Darum halt jetzt einfach die Klappe und schmor in der Hölle, Pindalou.«

Es verletzt seinen Stolz, dass ich ihm keine Zeit mehr schenke. Während ich auf ihn hinabblicke, erwarte ich, dass er noch etwas sagt, aber das tut er nicht. Obwohl er sonst immer das letzte Wort hat, flammt es wild in seinem Blick auf, doch er ist zu schwach, um zu sprechen. Er lächelt zart, sein Kopf kippt zur Seite, und er starrt mit offenen Augen ins Leere. Murmel, Edward und Pindalou sind tot.

Gerade will ich mich nach einem Telefon und der Haustür umschauen, da bemerke ich etwas Graues, das auf den Hinterläufen steht und mich schnuppernd ansieht. Es hat ein blinkendes kleines Ding um den Bauch geschnallt und kommt jetzt direkt auf mich zu. Lachend und gleichzeitig weinend strecke ich die Hand nach Mr. Wick aus und hebe ihn hoch.

»Du hast mich gefunden. Du hast mich tatsächlich gefunden«, sage ich glücklich und streiche ihm über das Fell. Überall in den Räumen schalte ich Licht ein und entdecke schließlich die Haustür.

Ich öffne sie und trete hinaus. Mich empfängt eine sternenklare Nacht. Es ist Vollmond, und mein dünnes, blutverschmiertes Nachthemd flattert im Wind, während eine Gänsehaut meinen Körper überzieht. Tief atme ich die kalte Herbstluft ein, fülle damit meine Lungen und streiche über Mr. Wicks Köpfchen. Ich bin frei, kann gehen, wohin ich will, aber ich warte auf ihn – auf Silent.

Ich befinde mich auf einer Veranda mitten im Nirgendwo und setze Mr. Wick ab. Von Weitem sehe ich mehrere Polizei- und Krankenwagen, die mit lauten Sirenen und blinkenden Blaulichtern auf mich zurasen. Mir entfährt ein glückseliges Lachen. Er ist da.

32

Silent

Mit hoher Geschwindigkeit jagen wir hinter Runley den Schotterweg zur McKee-Farm her, und mir kann es nicht schnell genug gehen. Ich bin so ungeduldig wie nie in meinem Leben. Meine Augen fixieren einen weißen Punkt am Haus, der regungslos dasteht, und je näher wir kommen, desto mehr galoppiert mein Herz. Sie ist es. Sie ist es tatsächlich.

»Da vorne!« Emily deutet mit dem Zeigefinger auf das Farmhaus vor uns. »Da ist Teach!«

Nichts hält mich mehr auf dem Beifahrersitz. Noch während Mad und die Einsatzfahrzeuge vor uns abbremsen und zum Stehen kommen, bin ich schon raus und stürme zu ihr. Ich ignoriere Runleys Gebrüll und überwinde die letzten Meter. Teach lächelt und breitet die Arme nach mir aus. Getrieben von Sehnsucht und Erleichterung sprinte ich die Stufen hinauf, und dann bin ich bei ihr, umarme sie, drücke sie fest an mich und will sie nie wieder loslassen.

»Du bist da«, flüstert sie, während ich kein Wort herausbringe. Alle Anspannung und die dunkelsten Befürchtungen, sie verloren zu haben, lösen sich mit einem Mal auf. Ich habe sie endlich wieder, und vielleicht bekomme ich eine Chance, es diesmal richtig zu machen.

Eine Weile stehen wir da und haben die Welt um uns herum vollkommen ausgeschaltet. Erst als ich Dummkopf bemerke, dass sie vor Kälte zittert und sich ihre Haut eiskalt anfühlt, ziehe ich meine Jacke aus und hülle sie darin ein.

»Bist du verletzt?«

»Nein, ich hatte unvorstellbares Glück. Bring mich bitte fort von hier«, murmelt sie wieder in meiner Umarmung. Vorsichtig hebe ich sie hoch, trage sie die Stufen hinunter, während Polizisten mit gezogenen Waffen an uns vorbei ins Haus stürmen. Sanitäter eilen uns mit einer Trage entgegen. Teach wird zusätzlich in eine Rettungsdecke gehüllt. Sie will mich nicht loslassen, als ich sie sanft auf die Krankenliege bette. Ich verspreche bei ihr zu bleiben. Sofort wird sie medizinisch versorgt.

»Sie können mitfahren, Sir«, sagt jemand.

»Teach, oh mein Gott, Teach.« Emily weint und greift nach ihrer Hand, bevor die Rettungssanitäter die Flügeltüren des Krankenwagens schließen. »Wir sehen uns gleich im Krankenhaus.«

Teach lächelt müde, und ich frage mich, woher die Frau die Kraft nimmt, nach allem, was sie durchgemacht hat. Es ist unglaublich, wie tapfer sie ist, und ein neues Gefühl macht sich in meiner Brust breit – Stolz.

Im Krankenhaus stellen mich die Ärzte auf eine harte Probe. Es kommt mir wie eine Ewigkeit vor, bis sie ihre Untersuchungen abgeschlossen haben und dann endlich zu Emily, Mad und mir in den Wartebereich kommen.

»Sind hier Angehörige von Mrs. Pamela Westham?«

»Ja, hier«, sagt Emily, und wir erheben uns alle gleichzeitig.

»Ich bin Dr. Sanders. Mrs. Westham und dem Baby geht es den Umständen entsprechend gut. Sie hat zum Glück keine ernsten Verletzungen. Trotzdem wollen wir sie zur Überwachung hierbehalten. Sie ist sehr erschöpft und braucht Ruhe.«

Emily fällt erst Mad und dann mir um den Hals.

»Ist unter Ihnen ein …« Der Arzt schaut auf sein Klemmbrett. »Benjamin Scaroll?«

Ich hebe die Hand, bin es nicht gewohnt, mit meinem richtigen Namen angesprochen zu werden.

»Sie verlangt nach Ihnen. Station vier, Zimmer dreihundertelf.«

Ich nicke, schaue zu Emily, die mich anstrahlt. »Na los, geh schon, Silent. Die Frau, die man liebt, lässt man nicht warten.«

»Okay«, flüstere ich ein wenig durch den Wind. Ich bin nervös, habe Angst, wieder das Falsche zu sagen. Auf dem ganzen Weg probe ich die Sätze, bläue mir ein, die neue Freiheit in mir zuzulassen. Ich krieg das hin, irgendwie. Ich konzentriere mich, alles im Gedächtnis zu behalten und nichts zu vergessen. Dabei darf ich sie jetzt nicht überfordern, sie braucht Ruhe und Erholung, hat der Arzt gesagt. Doch als ich ihre Zimmertür öffne und sich unsere Blicke treffen, ist mein Hirn völlig leergefegt. Es erscheint mir nichts mehr wichtig, außer dass es ihr und dem Kind gutgeht.

Sie lächelt, und mein Herz läuft mit Wärme randvoll. Wie ein Magnet werde ich von ihr angezogen, und mit weichen Knien und kräftigem Herzklopfen überwinde ich die wenigen Meter zu ihr, ergreife ihre Hand und setze mich. Es tut so gut, sie anzusehen – ihr wunderschönes Gesicht, ihre Augen, in denen so vieles zu lesen ist.

»Hi«, sagt sie leise.

»Hi.« Ich verschränke unsere Finger, was ihr wieder dieses süße Lächeln entlockt. »Wie geht es dir?«

»Ganz okay.«

Schweigend sehen wir uns an – dankbar, erlöst und für diesen Moment glücklich. Sie ist wieder da, lebt und ist gesund. Nichts habe ich mir sehnlicher gewünscht. Es gibt viele Dinge, die wir zu besprechen haben, doch für den

Augenblick genügen *die Stille in uns* und unsere Herzen, die im gleichen Rhythmus schlagen.

»Ich bin so froh, dass ...«

»Es war schrecklich, Silent. So absolut fürchterlich.«

Mehr Worte schafft sie nicht und bricht weinend zusammen. Sofort umarme ich sie, ziehe sie fest an mich und kämpfe gegen den Schmerz an, den ihre Tränen in mir verursachen. Das Erlebte muss schlimm gewesen sein. Mein Magen krampft, und ich wünschte, ich könnte das alles ungeschehen machen. Was kann ich tun? Wie kann ich ihr helfen?

»Es ist vorbei. Jetzt wird alles gut, Teach. Du bist in Sicherheit, niemand wird dir wehtun«, raune ich in ihr Ohr und streiche sanft über ihren Kopf, während sie sich ausweint. Es dauert lange, bis sie sich beruhigt, und bestimmt wird es viel Zeit brauchen, bis sie alles verarbeitet hat. Ich kann nichts anderes tun, als für sie da zu sein.

»Tut mir leid, ich habe dein Hemd nass gemacht.« Mit einem Taschentuch versucht sie die Stellen zu trocknen.

»Das ist nicht schlimm.« Ihre Augen sind vom Weinen gerötet und geschwollen. »Ich kann nicht in Worte fassen, wie sehr mich das alles mitnimmt. Ich –«

»Sch ...«, unterbricht sie mich und legt ihren Finger auf meine Lippen. »Ich will jetzt nicht über die Entführung sprechen, sondern über uns.« Sie setzt sich auf. »Es ist vielleicht nicht der richtige Moment, aber ... Ich muss dir etwas sagen.«

Ich will sie daran hindern, weil ich weiß, was jetzt kommt, und das macht mich nervös. Doch eine innere Stimme flüstert mir zu, dass es keinen besseren Zeitpunkt dafür geben könnte. »Du bekommst ein Baby – unser Baby.«

Sie runzelt die Stirn. »Woher ...?«

»Em hat es mir gesagt.«

»Oh ... Okay. Tut mir leid, ich ... Und was sagst du dazu?«

»Die Wahrheit?«, frage ich unsicher und senke den Blick.

»Immer.«

Aufgewühlt stoße ich den Atem aus und zupfe die Beanie-Mütze zurecht. »Ich habe eine Scheißangst, kenne mich mit Kindern überhaupt nicht aus. Ich weiß nicht, wie man Windeln wechselt, einen so winzigen Körper richtig in den Armen hält oder wie man ihn zu einem guten Menschen erzieht und all das. Und noch weniger weiß ich, ob ich ein guter Vater werden kann … Aber, wenn du mir eine Chance gibst und mir hilfst, dann kann ich es lernen.«

Tränen laufen über ihr Gesicht, und ich habe Angst, wieder etwas Falsches gesagt zu haben.

»Nein?«, frage ich mit brüchiger Stimme.

Sie nickt lächelnd. »Doch. Genau das habe ich mir erhofft. Mehr wollte ich nicht hören«, flüstert sie. »Wir beide haben viel Mist hinter uns, wir verdienen eine Chance. Du wirst ein großartiger Daddy sein, Silent. Das weiß ich.«

Erleichtert lehne ich meine Stirn an ihre und schließe die Augen. »Ich liebe dich, Teach. Ich würde alles tun, um dich glücklich zu machen.«

Mit beiden Händen will sie mir über die Wangen streichen, zögert aber, weil sie mein Problem mit intimen Berührungen kennt. Doch das hat sich geändert – *sie* hat alles verändert, und das will ich ihr zeigen.

Vorsichtig schmiege ich mich in ihre Handfläche. Es ist schön, und ich beginne es zu genießen. Das Eiswasser in mir ist längst eine lauwarme Brühe geworden. Es gibt keine Blockaden, keine Mauern, die erst noch eingerissen werden müssen. Durch ihre Stärke, ihre Willenskraft und ihre Liebe bin ich aufgetaut und will jetzt alle Gefühle zulassen. Ich bin bereit dazu, und das habe ich ihr zu verdanken.

Mein Blick liegt auf ihrem Mund, und der plötzliche Drang, davon zu kosten, wird übermächtig. Schüchtern überwinde ich die letzten Zentimeter und lege meine

Lippen auf ihre – sanft, zögerlich und scheu. Teach ist überrascht, spürt meine Unerfahrenheit und zeigt mir, wie es richtig geht.

Ich schließe die Augen, überlasse alles ihr und erkunde das neue Gefühl. Mein Herz wummert, und in meinen Lenden zieht es verräterisch. Nach nur wenigen Sekunden ist es auch schon vorbei. Es ist ein leises schmatzendes Geräusch zu hören, als sie ihre Lippen von meinen löst und mich forschend ansieht. Der Kuss war zärtlich, viel zu kurz. Ich will mehr, sehne mich nach der Weichheit und ihrem Geschmack zurück und rücke näher zu ihr. Teach grinst zufrieden, nimmt diesmal meine Unterlippe zwischen ihre, und als ich ihre Zungenspitze spüre, sie dann in meinen Mund eintaucht, dringt ein wohliges Stöhnen aus meiner Kehle. Das Bedürfnis, sie an mich zu reißen, sie noch intensiver zu schmecken, könnte meine neue Sucht werden. Ich bin gefangen, und es soll nie aufhören. Dieser Augenblick ist fantastisch. Er darf nicht gleich vorbei sein. Ich lerne schnell und will ihr alles zurückgeben.

Ein wenig außer Atem zieht sie sich irgendwann zurück, und ich kann nicht glauben, was dieser Kuss mit mir gemacht hat. Mein Mund fühlt sich feucht und warm an.

»Wow!«, flüstert sie. »Das war …«

»… fantastisch«, ergänze ich ihren Satz ungläubig.

»War das wirklich okay für dich?«

Ein dümmliches Grinsen schleicht sich auf meine Lippen, und ich nicke, wie ein Kind, das völlig begeistert im Spielzeugladen umherirrt. Das Küssen könnte ein neues Hobby werden. Wieso noch mal habe ich das jahrelang nicht zugelassen? Das erscheint mir unbegreiflich. »Oh ja … Ja … Das war genial.«

* * *

»Wie bist du eigentlich auf Edward gekommen?«, will Teach einen Tag später wissen. Mad, Emily und ich belagern seit Stunden das Krankenzimmer, und insgeheim kann ich es nicht erwarten, bis ich wieder mit ihr allein bin. Meine Lippen sind geschwollen und haben mir schon einige fragende Blicke von Mad eingebracht. Emily riecht den Braten und grinst. Hin und wieder kann sie sich einen Kommentar nicht verkneifen.

»Bei der Veranstaltung deiner Eltern hat er mit seiner *Mommy* telefoniert. Als ich das hörte und mich daran erinnerte, dass du mir davon erzählt hast, wurde ich auf ihn aufmerksam und bin meinem Bauchgefühl gefolgt«, erkläre ich ihr.

»Kaum ein erwachsener Mann spricht so seine Mutter an«, meint Mad. »Niemand konnte ahnen, dass er eine Wohnung in der Nähe der Schule hat, die meiste Zeit aber zu seiner Mommy auf die alte Farm rausgefahren ist.«

»Kranke Familie«, murmelt Emily kopfschüttelnd. »Das hätte ich niemals für möglich gehalten. Edward war ... nett, und ich dachte, er wäre ein Freund.«

»Ja, das glaubten alle.«

»Na ja, nicht ganz. Ich hatte von Anfang an ein ungutes Gefühl bei ihm, aber ich konnte nicht genau sagen, warum«, erwidere ich und kratze mich am Bart. »Es war schwer, ihn zu durchschauen.«

»Er hat auch alles daran gesetzt, charmant und freundlich zu sein«, meint Teach. »Was ist mit Jessica? Hat die Polizei sie inzwischen gefunden?«, will sie wissen, und ich sehe ihr an, wie sehr sie die ganze Sache mitgenommen hat.

»Nein, noch nicht.«

Es klopft an der Tür. Ohne hereingebeten worden zu sein, treten Mr. und Mrs. Westham ein. In ihren Gesichtern ist zu lesen, dass ihnen unsere Anwesenheit nicht passt.

»Wir würden gern mit unserer Tochter allein sprechen«,

sagt Westham, und mit seinem Tonfall duldet er keinen Widerspruch. Doch am meisten regt mich auf, dass sie tatsächlich eiskalt sind. Da ist keine Freude oder Erleichterung, dass ihre Tochter aus den Fängen des Psychopathen gerettet werden konnte. Nicht mal bei ihrer Mutter.

Mad, Emily und ich erheben uns.

»Ich komme schon klar«, flüstert Teach mir zu, als sich unsere Hände voneinander lösen. Nur widerwillig verlassen wir das Krankenzimmer und schließen die Tür hinter uns.

Wartend lehne ich gegen die Wand und streiche nachdenklich durch meinen Bart. Was, wenn Teach dem Drängen ihrer Eltern nachgibt und doch nach Santa Barbara geht? Falls das der Fall wäre, würde ich sie begleiten. Ob das ihren Eltern passt oder nicht.

Angespannt lauschen wir auf die Stimmen. Wir hören ihren Vater, einmal Teach und ganz am Ende noch Mrs. Westham. Als nach gefühlt unendlichen Minuten die Tür wieder aufschwingt, wirft uns die Mutter einen vernichtenden Blick zu, der Vater schüttelt grimmig den Kopf. Ich achte nicht auf sie und habe es eilig, zu Teach zu kommen. Mad und Emily folgen mir.

Sie sitzt mit geröteten Wangen im Bett und nestelt an der Bettdecke. Was zur Hölle ist geschehen?

»Und? Was haben sie gesagt?«, platzt Emily mit der Frage heraus, die uns alle interessiert.

»Sie sind bereit, mich mit dem Kind finanziell zu unterstützen, wenn ich alle Zelte hier abbreche und nach Santa Barbara ziehe. Sie wünschen sich einen Neuanfang. Sie sehen einen Teil ihrer Fehler ein. Sie – besonders mein Vater möchte über alles in Ruhe sprechen.«

Mein Magen krampft, als sie meinen Blick meidet. So ein Leben kann ich Teach nicht bieten.

»Und? Darauf bist du hoffentlich nicht eingegangen, oder?« Wie kann Emily einfach so davon ausgehen? Teach sollte darüber nachdenken. Schließlich sind sie trotz allem ihre Eltern. Sie hat sich immer Frieden mit ihnen gewünscht.

»Natürlich nicht«, erwidert sie. »Ich habe gesagt, dass ich mit dem Kindsvater zusammen bin, kein Interesse an Santa Barbara habe, aber einem klärenden Gespräch nicht abgeneigt wäre.«

»Das heißt, du bleibst … Bei mir?«, frage ich fassungslos.

»Wenn du mich willst?«

Gott, ich liebe diese Frau. Mal wieder bringe ich kein Wort über meine Lippen, dafür nicke ich und kann gar nicht damit aufhören.

Teach blieb drei volle Tage im Krankenhaus, ehe sie nach Hause durfte. Sie hatte mehrere Weinkrämpfe, wachte von Albträumen geplagt auf, während ich ihr nicht von der Seite wich. Erst als die Nachtschwester mich spät abends rauswarf, ging ich, war aber in Gedanken immer bei Teach. Die Ärzte rieten ihr zu einer Therapie bei einem Seelenklempner, woraufhin sie mir zu verstehen gab, dass ich das auch für mich tun sollte. Aber ich winkte ab, ich komme durch sie inzwischen besser mit allem klar.

Außerdem werde ich die nächsten Monate dafür keine Zeit haben. Ich werde aus dem Raum, in dem ich meine ganze Technikausrüstung aufbewahre, ein Kinderzimmer machen. Denn Teach zieht zu mir.

Mad, Milow und die anderen haben ihre Sachen in der Zwischenzeit aus dem *Whisper* geholt und in mein Haus gebracht. Es wird neu für mich sein, mit einer Frau zusammenzuleben, aber seit sie in mein Leben getreten ist, ist alles eine Herausforderung. Ich bin bereit dafür.

Ich bin aufgeregt, als ich sie vom Krankenhaus abhole und in unser Zuhause bringe. Gerade helfe ich ihr aus dem Wagen, als plötzlich eine Frau mit einem Kind an der Hand in meiner Einfahrt steht.

»Hallo Mrs. Teach«, ruft das kleine Mädchen. Mia lächelt,

und auch ihre Mutter sieht deutlich besser aus als noch vor ein paar Tagen.

»Mia? Was machst du denn hier?«

»Wir wollten zu Ihnen.«

»Das ist aber nett. Hallo Mrs. Sunday.« Die beiden Frauen begrüßen sich.

»Hallo. Wir kommen nur kurz vorbei, weil wir uns bei Ihnen bedanken wollen.« Mia streckt ihr einen Blumenstrauß entgegen.

»Oh wie lieb. Danke.«

»Es tut mir leid, dass ich bei unserer letzten Begegnung so abweisend zu Ihnen war.«

Teach winkt ab. »Ach, das habe ich nicht persönlich genommen. Ich habe gemerkt, dass es Ihnen nicht gutging.«

»Ja, der Druck wegen meinem Mann war ... Aber das ist jetzt vorbei. Sie und Ihre Freunde haben mir die Augen geöffnet. Ich habe ihn verlassen, wohne zwar in einem Frauenhaus, aber mit etwas Glück kann ich bald in eine Wohnung ziehen.«

»Das freut mich sehr für Sie.«

»Mia wird allerdings die Schule wechseln.«

»Verstehe. Du wirst mir fehlen, Mia.«

Während die Frauen sich noch weiter unterhalten, betrachte ich das Mädchen. Bei dem Gedanken, dass ich Vater einer kleinen Tochter wie Mia werden könnte, wird mir ganz warm. Niemals könnte ich einem so zarten Wesen etwas antun.

Nachdem die Frauen sich verabschiedet haben, gehen wir ins Haus. Es wartet viel Arbeit, denn aus meiner Junggesellenbude will Teach ein Heim machen. Ich hoffe nur, dass ich keine rosa Zierkissen oder pinkfarbene Toilettensitze ertragen muss.

Angestrengt starre ich in einen Karton und weiß ehrlich gesagt nicht, wo ich die vielen Staubfänger hinstellen soll.

»Silent?«

»Hm?«

Teach lehnt sich von hinten an mich, und ihre Hände gleiten über mein Hemd. Ich drehe mich zu ihr.

»Komm her«, raunt sie, schiebt ihren Zeigefinger in den Kragen meines Hemdes und zieht mich zu sich.

Die zärtliche Abwechslung kommt wie gerufen. Schon liegen meine Lippen auf ihren.

»Ich würde gern etwas versuchen«, sagt sie keuchend, als sie unsere Knutscherei unterbricht.

»Und was?« Ich erkenne mich selbst nicht wieder. Ich will sie sofort in mein Schlafzimmer tragen, aber als ich merke, dass sie keinen Sex im Sinn hat und meine Beanie-Mütze anstarrt, ahne ich, was sie vorhat.

Das wäre für mich der ultimative, letzte Schritt. Kaum jemand hat mich je ohne meine Kopfbedeckung gesehen. Ich fühle mich nackt, entblößt und verletzlich ohne sie. Aus einem Impuls heraus will ich Teach das verbieten, neige dazu, in alte Verhaltensmuster zu verfallen. Doch dann erinnere ich mich, dass die Vergangenheit vorbei ist, ich Teach bedingungslos vertraue und sie alles von mir wissen sollte. Ich schlucke, weil ich dennoch Angst habe. Nickend gebe ich ihr mein Einverständnis.

»Ich mache es vorsichtig, und sobald es dir zu viel wird, sagst du mir Bescheid, okay?«

»Na gut«, flüstere ich.

Sie zieht mich in ihre Arme, und als wir engumschlungen dastehen, spüre ich ihre Finger am Rand der Mütze. Tief atme ich ihren Duft ein, das beruhigt meine Nerven. Langsam und liebevoll streift sie sie vom Kopf, bis ich den kühlen Luftzug wahrnehme. Nun bin ich ihr ausgeliefert, und es gibt kein Zurück mehr. Es ist ein merkwürdiges Gefühl ohne die schützende Wolle.

Ich beiße die Zähne zusammen, und meine Muskeln spannen sich an, als sie mit ihrer Hand durch mein kurzgeschorenes Haar fährt und plötzlich innehält. Ich weiche ihrem fragenden Blick aus, kann den angewiderten Ausdruck, den ich gleich in ihrem Gesicht lesen werde, nicht ertragen.

»Was ist das?«, fragt sie leise. Schweigend lasse ich zu, dass Teach meinen Schädel zu sich herunterzieht und mit ihren Fingern das wulstige Narbengewebe berührt. »Oh mein Gott!« Sie keucht geschockt.

Ich brauche einen Moment, bis ich mich durchringen kann, ihr davon zu erzählen. »Das war Grace. Ich war keine zwei Wochen bei ihr, da war sie wütend auf mich, weil ich ihr sagte, dass ich wieder zurück ins Heim will.«

»Was zum Teufel hat sie getan?«

»Sie hat meinen Kopf mit einem Bügeleisen verbrannt.«

Scharf zieht Teach die Luft ein und schlägt ihre Hand vor den Mund.

»Jo ist damals dazwischengegangen, was ihr eine Tracht Prügel einbrachte. Tut mir leid, dass das kein schöner Anblick für dich ist. Das ist es für niemanden, weshalb ich immer die Mütze trage.«

Teach sieht mich betroffen und gleichzeitig geschockt an. »Schau mich an, Silent.«

Beschämt hebe ich den Kopf und blicke in ihre tränenden Augen.

»Du bist gutaussehend, hast einen unfassbar definierten Körper, Wahnsinnsmuskeln und bist sexy, *sehr* sexy, um ehrlich zu sein.« Sie schluckt. »Aber ... Erst durch deine Vergangenheit, deine Geschichte und durch deine Narben bist du der attraktivste Mann, dem ich je begegnet bin. Deine Narben sind schön, weil sie dazu beigetragen haben, dass du zu dem Mann geworden bist, in den ich mich verliebt habe, mit dem ich immer zusammen sein will und mit dem ich ein Kind bekommen werde. Ich liebe dich, Silent. Keine Narbe oder Verletzung könnte dich je entstellen.«

Noch einmal zieht sie meinen Kopf zu sich, drückt sanft ihre Lippen auf die abgeheilten Stellen und haucht viele kleine Küsse darauf, bevor sie mir die Beanie-Mütze wieder aufsetzt. Als wäre ich nicht schon genug geflasht, berührt und voller Liebe für sie, greift sie in ihre Handtasche, nimmt eine Mütze heraus und stülpt sie sich über. Sie ist dunkelblau und glitzert im Licht.

»Wie sehe ich aus?«, fragt sie und dreht lachend ihren Kopf, damit ich sie von allen Seiten bewundern kann.

Es gibt keine Worte für ihre Schönheit – innen wie außen.

Fuck! Ich vergöttere sie.

– Ende –

»Ey, stopp! Das Buch ist noch nicht zu Ende. Es gibt da noch einen Schwank aus meinem Leben, den ich nicht erzählen durfte, was gelinde gesagt eine Unverschämtheit ist. Okay, vielleicht habe ich Deine zarten Nerven auf die Probe gestellt, aber willst Du mir nicht diesen letzten Auftritt auf meiner Bühne gewähren?«

33

Pindalou

Zum Abschluss von Teachs Tragödie (ja, es ist eine Tragödie, weil ich kein Happy End bekommen habe) möchte ich Dir in einem letzten Akt erzählen, wie sich Rache anfühlt.

Vorhang auf, Bühne frei:

Blutige Bilder durchzucken mein Hirn, als ich mir die brutalsten Dinge ausmale, die ich mit ihm anstellen könnte. Meine favorisierte Sequenz ist ein Szenario mit einem Hammer und seinem Knie, aber ich bevorzuge meine Lieblinge – die Messer. Ich höre seine Schreie und bekomme prompt eine Erektion.

Ich kichere, weil Du so schockiert schaust. Na ja, jedem das seine, oder?

Im Ernst: In meinem Inneren knurrt das Monster, will endlich seine Krallen ausfahren, und ich habe Mühe, dem Drang nicht nachzugeben. Es ist die Lust am Töten, die mich befällt und die ich kaum noch zurückhalten kann. Wilde Mordszenarien formen blutige Fantasien in meinem Kopf, die ich so gern in die Tat umsetzen würde.

Wie eine Katze, die einer Maus auflauert, sitze ich im Schutz der Dunkelheit im Ohrensessel von Pfarrer Trash. Geduldig zupfe ich meine Gummihandschuhe zurecht, fächere einen Staubfussel von meinem Ärmel, während ich auf ihn warte und mich zufrieden zurücklehne. Alles ist perfekt. Niemand ahnt, was ich vorhabe. Heute Nacht werde ich mich für all die Qualen und Schmerzen von Murmel rächen.

Es dauert nicht mehr lange, bevor ich meiner dunklen Seite gestatte, das Monster in mir von der Kette zu lassen. Ich kann es kaum erwarten und bin voller Vorfreude, weil ich mich ausführlich auf diesen Moment vorbereitet habe. Mein schwarzes Herz gerät bei der Vorstellung in Verzückung, und jetzt ist der Augenblick gekommen. Ich werde ihn töten – langsam – genüsslich – detailverliebt. Vielleicht auch ein wenig verspielt. Oh, ich freue mich, und ich werde jede Sekunde auskosten.

Endlich gleitet Scheinwerferlicht durch den Salon, und sofort erhöht sich mein Herzschlag. Ich kann ein breites Grinsen kaum unterdrücken, weil mein Opfer keine Ahnung hat, dass der Tod auf ihn lauert.

Schlüssel klimpern, eine Tür wird aufgeschlossen, und jemand schaltet das Licht ein. Schritte nähern sich. Er ist da. Er knipst die kleine Lampe auf seinem Schrank ein und entdeckt mich.

»Wer sind Sie? Du …? Was willst du hier?« Er bemerkt die Waffe in meiner Hand, die in Wahrheit eine Attrappe ist.

Pst … Das weiß der Pfaffe nicht.

Er keucht erschrocken. Oh, ich liebe den Klang seiner Angst. Der ist Musik in meinen Ohren. »Pater Trash«, rufe ich überaus freundlich. »Willkommen zu meiner Party.«

»Party? Verlass sofort mein Haus«, befiehlt er und setzt das gleiche strenge Gesicht auf wie damals.

Das juckt mich nicht, denn er kann Murmel nicht mehr einschüchtern. Diese Zeiten sind endgültig vorbei.

»Aber nein, Pater«, echauffiere ich mich. »Heute will ich spielen. Ich habe mir sogar etwas Schönes ausgedacht – das Pinke-Panke-Spiel.«

Verwirrt schaut er mich an, als wüsste er nicht, was ich meine.

»Na, du kennst doch das alte Kinderlied vom armen Schuster«, helfe ich ihm auf die Sprünge. »Ich habe es nur ein wenig umgeschrieben, aber ich schwöre, das lernst du ratzfatz.«

»Verschwinde aus meinem Haus. Sofort. Oder ich rufe die Polizei.« Es ist sein verzweifelter Versuch, mich loszuwerden.

Ich grinse und schüttle gemächlich den Kopf. »Aber Trashilein, warum so unfreundlich? Früher haben du und deine Freunde auch gern mit mir gespielt. Daran erinnere ich mich noch genau.«

Ich erhebe mich und gehe langsam auf ihn zu. Ich mag es, wie eingeschüchtert er von mir ist.

»Also, pass auf. Ich erkläre dir erst mal die Regeln. Sie sind ganz simpel.« In aller Seelenruhe schlciche ich um ihn herum. »Während ich das Pinke-Panke-Lied singe, darfst du dich überall im Haus verstecken.« Ich mache eine ausladende Handbewegung. »Sobald ich fertig bin und aufhöre, komme ich und suche dich. Verstanden?«

»Und wenn du mich gefunden hast?«, fragt er bebend.

Ich lächle voller Aufregung. »Dann habe ich gewonnen und darf mit dir tun und lassen, was ich will.«

Er schluckt schwer. »Und wenn ich gewinne?«

Ich freue mich über sein Interesse, lege den Kopf schief und überlege kurz. »*Falls* du gewinnst ... Darf ich das auch.«

Ich lache laut auf, als ich in sein verdutztes Gesicht blicke. Bin ich nicht überaus witzig?

»Aber ... Das ist ... unfair.«

»Ich weiß.« Ich kichere. »Und jetzt runter mit den Klamotten.« Ich deute mit der Waffe auf seine Kleidung.

»Was?«

»Du hast mich schon verstanden. Ausziehen.« Ich hebe

die Hand und ziele auf seine fette Wampe, die er unter seiner dämlichen Robe versteckt.

Ich rolle mit den Augen, weil er sich mehrmals bekreuzigt und irgendwelchen Jesuskram murmelt. »Mach schon, ich will endlich spielen.«

Zögernd und mit zitternden Fingern beginnt der Pfaffe den obersten Knopf zu öffnen. »Hör mal, Edward. Das alles ist lange her. Wir können uns sicher irgendwie anders einigen. Brauchst du Geld?«

»Nein.«

Krampfhaft überlegt er. »Du kannst alles haben. Ich besitze auch Aktien und Wertpapiere.«

»Was soll ich damit?«

Geräuschvoll fällt seine Kleidung zu Boden. Schweiß bildet sich auf seiner Stirn, als er schließlich in Socken, Unterhemd und einer ziemlich altbackenen Feinripp-Unterhose mit vergilbtem Eingriff vor mir steht. Diese Dinger habe ich schon früher an ihm gehasst.

»Runter damit«, befehle ich strenger.

»Bitte, Edward. Es tut mir leid. Ich habe nicht gewusst, dass es dir damals nicht gefallen hat. Ich dachte immer, du hast auch deinen Spaß.« Er redet viel zu schnell und hechelt seltsam vor Aufregung. Verzweifelt versucht er mich mit irgendeinem öden Angebot oder einer Ausrede für seine Gräueltaten umzustimmen. »Es gehört alles dir, wirklich. Ich habe eine wertvolle Münzsammlung. Nimm alles, aber bitte lass mich gehen.«

Lächelnd, weil ich sein Flehen niedlich finde, schüttle ich kaum merklich den Kopf. Ich hebe die Waffe und ziele direkt auf seinen Schwanz. »Mach schon, ich will endlich spielen.«

Wimmernd und weil er merkt, dass er keine Chance hat, entblößt er sich. Schützend hält er seine Hände vor seinen Wikinger. Zumindest nannte er ihn früher so.

Ich mustere ihn ausgiebig. »Du bist fett geworden, und so wie ich es sehe, ist er ganz schön geschrumpft, aber mach dir nichts draus, du wirst ihn ohnehin nicht mehr brauchen.«

Er jammert und heult wie ein Mädchen.

Ich lege die blöde Plastikpistole ab und ziehe meine Messer hervor.

Sie sind meine Lieblinge, aber das weißt Du ja. Nur der Pfaffe nicht. Ich wünschte, Du könntest seine schreckgeweiteten Augen sehen, als ich eines in die Hand nehme und die Klinge aufblitzt. Herrlich.

»Ach, bevor ich es vergesse. Ich habe da eine Kleinigkeit vorbereitet.« Ich greife in die Innentasche meines schwarzen Sakkos, das über dem Sessel hängt, und hole ein Papier heraus. »Bitte unterzeichne das.« Ich drücke ihm einen Kugelschreiber in die Hand, halte ihm das Schriftstück unter die Nase und warte.

»Was ist das?«

»Och, nichts Besonderes, nur dein Schuldeingeständnis über den sexuellen Missbrauch, den du und deine Freunde begangen haben.«

Ängstlich überfliegt er die Zeilen. »Das kann ich nicht unterschreiben.«

»Du kannst und wirst. Mach dir keine Gedanken. Alles hat seine Richtigkeit. Oder habe ich jemanden vergessen?« Untröstlich, falls dem so wäre, gehe ich alle Namen durch. »Ist vollständig, zum Glück. Bitte unterzeichne hier.«

Er zögert immer noch, worauf ich ungeduldig werde und ihm die Spitze der Klinge leicht gegen seine Wampe drücke. Er unterschreibt, und endlich ist es so weit. Ich strahle ihn zufrieden an. »Super. Vielen Dank. Ich bin schon ganz aufgeregt. Du auch?«

Sorgsam stecke ich das Papier wieder ein.

»Gott steh mir bei«, flüstert er leise.

»Na, ich weiß nicht. Gott hat heute ausnahmsweise mal frei. Also los, kleines Schweinchen, lauf und versteck dich.« Ich beginne zu singen.

Pinke Panke Mitternacht,
im Keller wohnt die dunkle Macht.
Hörst du nicht die Schreie,
bald bist du an der Reihe.
Er kommt gleich rauf,
er kommt gleich rauf,
so nimmt das Spiel jetzt seinen Lauf.

Eins, zwei, drei, vier …
das Monster, das wohnt hier.

Pinke Panke kleines Kind,
gib gut acht auf dich geschwind,
er kommt, um dich zu rauben,
es regnet rote Tauben.
Verschwinde schnell,
verschwinde schnell,
das Mondlicht macht gleich alles hell.

Eins, zwei, drei, vier …
das Monster giert nach dir.

Pinke Panke hast du Angst?
Er genießt es, wenn du bangst.
Sein Messer wirst du spüren,
wenn Schatten dich berühren.
Er liebt dein Blut,
er liebt dein Blut,
das lindert seine kranke Wut.

Eins, zwei, drei, vier …
er steht schon hinter dir.

Pinke Panke arme Seele,
gleich greift er nach deiner Kehle,
du hast nicht gut achtgegeben
und musst ihm dein Leben geben.
Jetzt packt er dich,
jetzt packt er dich,
des Teufels Messer macht den Stich.

Eins, zwei, drei, vier …
das Monster, es ist hier.
Fünf, sechs, sieben, acht …
jetzt spürst du meine Macht.

Wie schade. Das Spiel dauerte nicht mal zehn Minuten. Vor mir liegt das fette Schweinchen – nackt, geknebelt und gefesselt. Pater Trash zittert am ganzen Körper und spricht undeutlich durch den Knebel. Aber ich weiß schon, was er meint.

Immer das Gleiche mit den Losern. Sie wollen es einfach nicht wahrhaben, wenn sie schlecht spielen und verlieren. Ich rolle mit den Augen.

»Tut mir leid, aber hättest du dir nicht denken können, dass du mit deinem dicken Hintern nicht unters Bett passt? Tja, selbst schuld. Es gab tausend andere Möglichkeiten.« Ich schüttle verständnislos den Kopf und puste das Streichholz aus, mit dem ich überall die Kerzen angezündet habe. »Also, dann wollen wir mal loslegen.« Unentschlossen gleiten meine Finger über meine Lieblinge, die alle hübsch aufgereiht und bereit neben dem Pfaffen auf einem Tischchen liegen. »Mit welchem soll ich anfangen? Ich kann mich nicht entscheiden. Weißt du was, ich verwende sie einfach alle«, sage ich mit einem Lächeln.

Trashilein jammert und zittert, sodass der Tisch, auf dem er liegt, bebt. Er pinkelt sich ein, als ich eines in die Hand nehme. Ich liebe es, wie das Metall im Kerzenschein funkelt und aufblitzt. Ich setze an, und jetzt folgt der beste Teil des Pinke-Panke-Spiels.

Auch wenn ich es geliebt habe, dass Du mir im Laufe des Buches zugesehen und mich begleitet hast, will ich mal nicht so sein und dem Pfaffen ein wenig Privatsphäre gönnen, aber Du musst nicht traurig sein. Wir sehen uns bestimmt wieder. Hier ist endgültig Schluss, denn die Geschichte hat erst jetzt das perfekte Happy End.

Also, mach es gut. Bis bald und denk immer daran: Ich bin überall.

Nun kannst Du applaudieren, weil der Vorhang fällt und ich mich tief vor Dir verbeuge.

Was wurde aus …

Pamela Westham alias Teach

Macht Euch keine Sorgen, mir geht es gut. Natürlich werde ich Zeit brauchen, um das Erlebte zu verarbeiten. Langsam verlieren sich die Alpträume, ich denke nicht mehr jeden Tag über meine Gefangenschaft nach, und die Therapie hilft mir sehr. Außerdem ist Silent an meiner Seite, aber auch Mad und Emily sind immer für mich da. Gemeinsam werden wir das schaffen.

Einige Monate später, genauer gesagt, drei Tage vor dem errechneten Termin, brachte ich unseren Sohn *Jordan Benjamin* zur Welt. Bei der Erinnerung muss ich schmunzeln, weil Silent im Kreißsaal ohnmächtig wurde. Der riesige Kerl ist einfach umgekippt, dabei ging es noch nicht mal richtig los. Entschädigt wurde ich aber, als er dann seinen Sohn im Arm hielt. Er war so überwältigt und gerührt, dass er weinte. Wer hätte das gedacht! Mein Herz sprudelt über vor Liebe, wenn ich daran zurückdenke. Silent ist ein großartiger Vater – wie ich es vorausgesagt habe.

Gestern habe ich beschlossen, nach der Babypause wieder als Lehrerin zu arbeiten. Das Wichtigste ist: Ich habe das Gefühl, endlich meinen Platz im Leben gefunden zu haben, ich bin angekommen – bei Silent und unserem Kind.

Silent alias Benjamin Scaroll

Ich hätte niemals geglaubt, dass ich jemals so glücklich und zufrieden sein könnte. Teach hat mich verändert. Sie hat den Kampf gegen meinen inneren Eisberg gewonnen, und ich kann deutlich besser über Gefühle sprechen. Natürlich nur mit Menschen, denen ich vertraue, aber mein Mantra *Worte schlucken, nichts fühlen, das rettet mich* ist Geschichte.

Wir sind jetzt eine Familie, und für mich gibt es nichts Wichtigeres, als dafür zu sorgen, dass es Teach und Jordan gutgeht, und für sie da zu sein.

Mad brachte mich auf die Idee, dass ich meine Beziehung mit Teach auf ein nächstes Level bringen könnte. Er schleppte mich zu einem Juwelier. Ja, ich habe einen Ring gefunden, warte aber noch auf den perfekten Moment, um ihn Teach an den Finger zu stecken.

Sekunde … Ich glaube, Jordan weint. Ich muss mal schnell nach ihm sehen …

Emily und Mad

Alles ist gutgegangen, und wir sind sehr froh, dass Teach und Silent die Kurve gekriegt haben und endlich ein Paar geworden sind. Es tut gut, die beiden glücklich zu sehen.

Es ist unglaublich, welche Entwicklung Silent gemacht hat. Wir hätten das niemals für möglich gehalten. Außerdem ist er völlig vernarrt in seinen Sohn. Der kleine Jordan ist aber auch unfassbar süß, weshalb Mad darüber nachdenkt, auch so einen Racker zu bekommen. Ständig überredet er mich, ihm in sein Büro oder sein Geheimzimmer zu folgen. Mr. Nimmersatt kann kaum die Hände von mir lassen. Ich habe ihm gesagt, dass wir erst mal unseren Whiskey weiterproduzieren. Das ist schließlich auch wie ein Baby.

Was er allerdings nicht weiß: Nächste Woche habe ich einen Termin beim Frauenarzt. Ich bin nämlich überfällig. Teach wird mich begleiten. Also drückt mir die Daumen, dass etwas Kleines unterwegs ist.

Betty McKee
Den Verlust meines Mannes und meines Babys habe ich nie verwinden können. Ich weiß, dass ich deshalb krank geworden bin, aber ich trauere immer noch dem Baby nach, das Teach geboren hat. Wie ich höre, ist es ein Junge – namens Jordan Benjamin.

Für den Rest meines Lebens werde ich nun hinter Gitter sitzen und in der Bibel lesen. Vielleicht nehme ich mir auch einen Strick und folge Edward.

Randall McKee war ebenfalls ein Opfer von Betty und Edward, der völlig isoliert im Haus gelebt hat. Er wurde vom Gericht freigesprochen und in einer Behinderteneinrichtung untergebracht, die sich auf traumatisierte Menschen mit Autismus spezialisiert hat. Anfangs fiel ihm die Eingewöhnung in die neue Umgebung schwer, aber im Laufe der Zeit gewöhnte er sich an die fremden Gesichter und sein Leben im Heim.

Er hat das Schachspielen für sich entdeckt und spielt mit Bewohnern, Pflegern und manchmal auch mit seinem behandelnden Arzt. Er gewinnt immer, zappelt dann aufgeregt mit den Fingern und ruft ›Pinke-Panke‹.

Jessica Amers' Leiche wurde eine Woche, nachdem die Polizei die McKee-Farm gestürmt hatte, im Bluegrass Forest gefunden. Damit hat dieser Wald, in dem damals auch Kim ums Leben kam, eine weitere Schauergeschichte zu erzählen.

Jessie hinterlässt einen kleinen Sohn, der von seiner Tante liebevoll großgezogen wird. Sie ruht in Frieden.

Milow

Ich kann es immer noch nicht fassen, dass ich auf Edward hereingefallen bin. Wir haben Stunden verbracht nach Teach zu suchen, haben uns über viele Themen unterhalten, und ich habe geglaubt, er wäre einer von uns – ein Freund. Dabei hat der Dreckskerl die ganze Zeit gewusst, wo Teach sich aufhielt.

Nur gut, dass er jetzt tot ist, sonst hätte ich dem Kerl das Fürchten beigebracht.

Mrs. Westham

Mein Mann hat die Scheidung eingereicht, obwohl ich alles getan habe, was er wollte. Ich verstehe nicht, warum er sich plötzlich auf Teachs Seite stellt. Aber gut. Er wird sehen, was er davon hat. Pamela wird ihm schon bald auf der Tasche liegen, weil der tätowierte Holzklotz sie verlassen wird.

Ich werde jedenfalls nicht nachgeben und von nun an mein eigenes Leben in die Hand nehmen ohne Familie. Meine Anwälte werden dafür sorgen, dass ich eine großzügige Zahlung bekomme – schließlich habe ich mich jahrelang für diese Familie aufgeopfert.

Mr. Westham

Ich habe Fehler gemacht, und vieles tut mir inzwischen leid. Nachdem ich mit Pamela im Krankenhaus gesprochen, alles erfahren und nachgedacht habe, ist mir klargeworden, wie sehr ich all die Jahre unter dem Einfluss meiner Frau stand. Natürlich will ich ihr nicht allein die Schuld geben, ich habe mich in veralteten Denkstrukturen aufgehalten, statt das Wesentliche zu sehen. Deshalb und auch weil wir uns längst auseinandergelebt haben, will ich die Scheidung.

Vielleicht heilt die Zeit alle Wunden, und Pamela kann mir irgendwann verzeihen.

Vor Kurzem habe ich beschlossen, anderen die Verantwortung der Firma zu überlassen und mehr Freizeit zu genießen. Darauf hat mich Gloria, meine süße fünfundzwanzigjährige Freundin gebracht. Nächste Woche fliegen wir nach Hawaii und machen uns ein paar schöne Tage.

Theodor Collins

Ich habe mich versetzen lassen, nach dem, was mit Teach passiert ist. Ich weiß inzwischen, dass ich Silent unrecht getan habe. Nur weil in einigen Gutachten von damals drinstand, dass auch er der Mörder der Pflegemutter hätte sein können, heißt das noch lange nicht, dass er es wirklich getan hat. Ich habe mich hinreißen lassen, weil ich Teach unbedingt für mich wollte. Sie ist halt eine tolle Frau.

Meine Mutter geht mir auf die Nerven. Sie schimpft, weil ich selten anrufe und ständig nur am Computer hänge. So werde ich nie eine Frau abbekommen, meint sie. Aber sie weiß nicht, wie schüchtern ich bin und wie schwer es mir fällt, eine anzusprechen. Vielleicht kann ich ja bei Ella landen. Ich habe schon alle Informationen über sie im Netz zusammengesucht. Viel war es nicht, jetzt muss ich nur dafür sorgen, dass sie mich wahrnimmt. Mal sehen ...

Mrs. Sunday und ihre Tochter Mia

Ich bin mit Mia in eine andere Stadt gezogen, habe einen Job gefunden und kann alles hinter mir lassen. Vorbei ist die Zeit, in der ich Angst vorm Nach-Hause-Kommen hatte. Das habe ich Mias Lehrerin und auch den beiden Männern zu verdanken, die mich in letzter Sekunde vor meinem Mann gerettet haben.

Uns geht es endlich gut, und Mia hat sogar in der neuen Schule Freunde. Es ist schön, sie wieder lachen zu sehen.

Mr. Sunday

Ich bin zu betrunken, um zu erzählen, wie es mir geht. Lasst mich einfach in Ruhe.

Ella Moore

Ich bin ein wenig eifersüchtig auf Teach. Sie hat alles, was ich mir wünsche – einen tollen Mann und ein Baby. Aber ich gönne es ihr. Sie hat schließlich genug durchgemacht. Kurzzeitig habe ich geglaubt, dass aus Edward und mir etwas hätte werden können, aber na ja ... Niemand hat ahnen können, wie verrückt und krank der Kerl ist.

Detective Runley

Also, die Familie McKinley und die Westhams scheinen Verbrecher magisch anzuziehen. Das sind schon verrückte Fügungen des Schicksals, aber so spielt nun mal das Leben. Diese beiden Fälle werde ich jedenfalls nicht so schnell vergessen.

Rektor Wellington

Letzte Woche ist meine Affäre mit meiner Sekretärin aufgeflogen. Ausgerechnet Mrs. Winterbottom erwischte mich und Mary, als wir gerade auf meinem Schreibtisch ...

Na ja, jetzt ist es auch egal. Ich stehe dazu, hatte das Versteckspiel ohnehin satt. Aber warum die alte Schnattertante das gleich an die große Glocke hängen musste, ist mir ein Rätsel. Zumindest lenkt das die Leute ab, und sie denken nicht ständig an diesen Psychopathen, den ich damals eingestellt habe.

Gott sei Dank wurde Mrs. Westham gefunden, und wie ich höre, will sie nach ihrer Babypause wieder arbeiten. Das freut mich, denn es ist verdammt schwer, gute Lehrkräfte zu finden.

Mrs. Matthews

Ja, ich erlebe gerade den vierundsechzigsten Frühling. Meine Kinder und Enkelkinder haben das ganz unterschiedlich aufgenommen. Aber das ist egal, denn ich habe auch Bedürfnisse. Sie werden sich schon alle wieder einkriegen.

Ich bin völlig vernarrt in den kleinen Jordan. Er ist so ein süßes Baby, und Teach hat wirklich etwas Glück verdient. Ich wusste immer, dass am Ende alles gut wird.

Mr. Thucker

Die Leute heutzutage sind verrückt. Haben die Eltern denn kein Pflichtbewusstsein? Wieso sehen sie alles so locker? Zu meiner Zeit hätte es das nicht gegeben. Ach, hier gibt es nächste Woche meinen Lieblingskäse im Angebot. Das muss ich Lizbeth sagen. Ob sie meine lindgrüne Popelin-Jacke schon gewaschen hat?

Mr. Wick

Ich habe ganz schön geackert in letzter Zeit und finde, ich hätte einen großen Haufen getragener Socken verdient. Hast Du noch irgendwelche Ecken, wo Deine Stinkesocken rumliegen? Ich geh mal bei Dir schnüffeln.

Über die Autorin

Bereits als Jugendliche sparte sich Any Cherubim ihr Taschengeld, kaufte eine Schreibmaschine und träumte davon, Autorin zu werden. Wie das mit den Kindheitsträumen oft ist, verloren sie sich im Laufe der Jahre. Any machte eine Ausbildung, heiratete und widmete sich der Erziehung ihrer Söhne.

2010 entdeckte sie die Plattform BookRix, auf der sie ihre Geschichten teilte. Any Cherubim zählte ab 2013 zu den erfolgreichsten BookRix-Autorinnen und hat über die Plattform bisher mehr als 300.000 eBooks verkauft. Ihr erster Verlagstitel *Beautiful Danger – Vertrau mir nicht* erschien 2019 bei LYX.digital. Seit dem dramatischen Zweiteiler *Broken Feelings* veröffentlicht Any Cherubim beim Zeilenfluss-Verlag.

Wenn sie gerade nicht an einer neuen Romanidee arbeitet, zeichnet Any Cherubim gerne. Zusammen mit ihrem Mann und ihren drei Söhnen lebt sie am Stadtrand von Freiburg.

Printed in Poland
by Amazon Fulfillment
Poland Sp. z o.o., Wrocław

86277733R00211